DRAGONLANCE™

EL OCASO DE LOS DRAGONES • VOL 1

DRAGONLANCE

LOS CABALLEROS DE TAKHISIS

EL OCASO DE LOS DRAGONES • VOL 1

MARGARET WEIS
TRACY HICKMAN

TIMUN MAS

Diseño de cubierta: Víctor Viano
Ilustración de cubierta: Larry Elmore

Título original: *Dragons of Summer Flame*
Traducción: Mila López

ISBN: 84-480-3905-X (Obra completa)
ISNB: 84-480-3903-3 (Vol. 1)
Depósito legal: B. 16.199-2000
Hurope, S.L.
Impreso en España - *Printed in Spain*
Grupo Editorial Ceac, S. A. Perú, 164 - 08020 Barcelona
Internet: http://www.ceacedit.com

US, Canada,
Asia, Pacific & LatinAmerica:
Wizards of the Coast, Inc
P.O. Box 707
Renton, WA 98057-0707
+1-800-324-6496

European Headquarters:
Wizards of the Coast, Belgium
P.B. 34
2300 Turnhout
Belgium
+32-14-44-30-44

www.wizards.com

A los moradores temporales de Krynn

Que vuestra espada nunca se rompa.
Que vuestra armadura nunca se oxide.
Que las tres lunas guíen vuestra magia.
Que vuestras plegarias sean oídas.
Que vuestra barba crezca larga.
Que vuestra Misión en la Vida
no os estalle en la cara.
Que vuestra jupak cante.
Que vuestra patria prospere.
Que los dragones vuelen siempre
en vuestros sueños.

Margaret Weis y Tracy Hickman

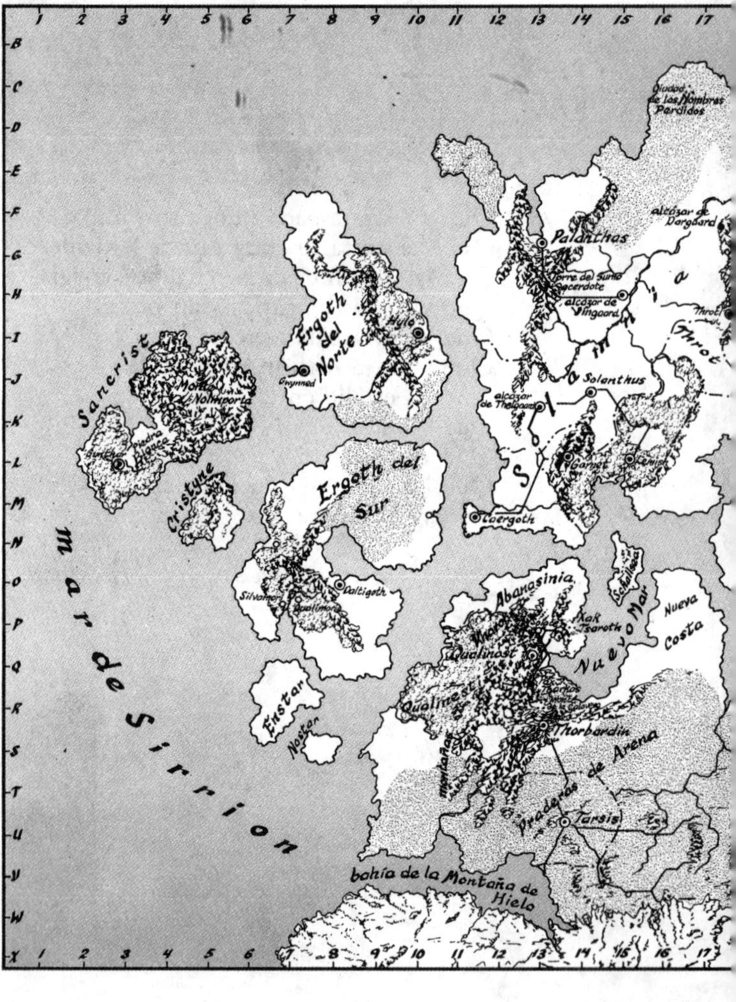

Ciudad de los Hombres Perdidos
alcázar de Dargaard
Palanthas
Torre del Sumo Sacerdote
alcázar de Vingaard
Throt
Solamnia
Solanthus
alcázar de Thelgaard
Garnet
Kalaman
Caergoth
Ergoth del Norte
Hylo
Gwynned
Sancrist
Monte Nolmporta
Piedra Blanca
Gunthar
Cristyne
Ergoth del Sur
Silvamori
Qualimori
Daltigoth
Enstar
Nostar
Mar de Sirrion
Abanasinia
Xak Tsaroth
Nuevo Mar
Schallsea
Nueva Costa
Qualinost
Qualinesti
Thorbardin
Praderas de Arena
Tarsis
bahía de la Montaña de Hielo

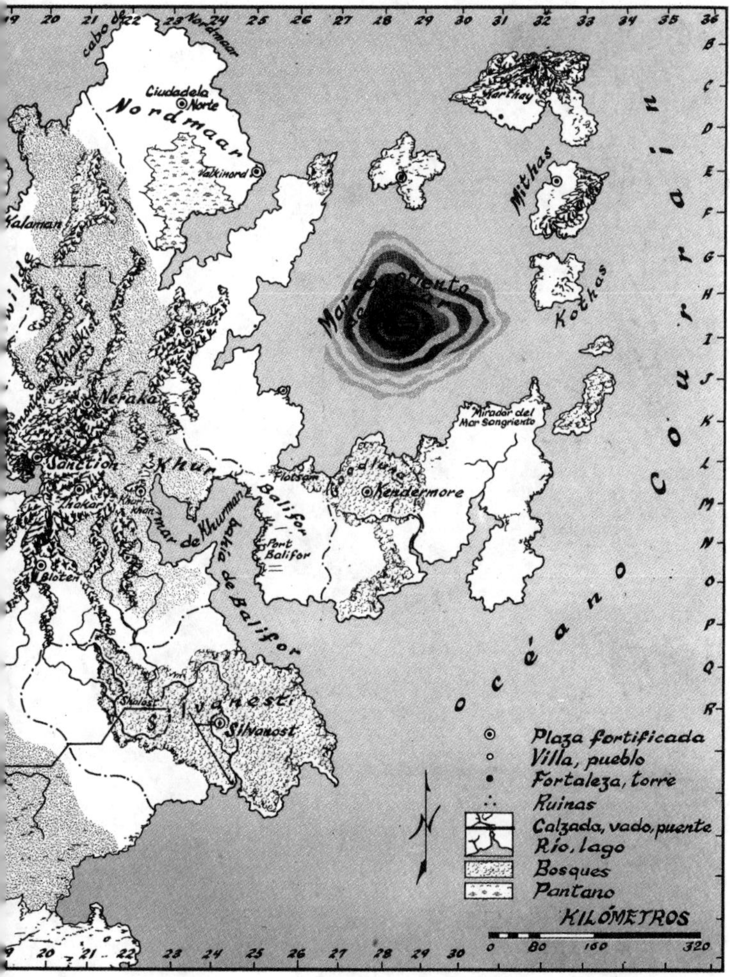

Nordmaar
Ciudadela Norte
Nordmaar
Valkinord
Kalaman
Khalkist
Neraka
Sanction
Khur
Thokar
mar de Khurman
bahía de Balifor
Balifor
Port Balifor
Flotsam
Kendermore
Mirador del Mar Sangriento
Karthay
Mithas
Kothas
Océano Courrain
Silvanost
Bloten
Plaza fortificada
Villa, pueblo
Fortaleza, torre
Ruinas
Calzada, vado, puente
Río, lago
Bosques
Pantano
KILÓMETROS
0 80 160 320

Remembranzas del Muro de Hielo

En el territorio más meridional
donde se alza el Muro de Hielo
bajo el pálido y cíclico sol,

donde las leyendas se congelan
en la escarcha del recuerdo
y el mercurio descendido,

preparan las largas tinas
en memoria de la costumbre
vertiendo oro, vertiendo ámbar,

las viejas destilaciones
de grano, de sangre de bardos
y hielo y remembranza.

Y el bardo desciende bajo las aguas
bajo el oro, bajo el ámbar
escuchando todo el tiempo

al oscuro fluido amniótico
de corrientes y recuerdos
que fluye a su alrededor,

hasta que los pulmones, el dilatado corazón
se rinden a las aguas,
y lo inunda lo percibido

y el mundo se precipita hacia él
más hondo de lo pensado, y se ahoga
o se queda huero, o emerge un bardo.

En el norte se hace de otro modo:
juiciosamente bajo la luna
donde las fases se afanan

saliendo de la oscuridad a la luz
de monedas y espejos
en abundantes libertades de aire.

Oí decir que erais extranjeros
en el país injusto
donde los bardos descienden

a las aguas donde la fe
se transforma en visión,
al elixir de la noche,

a la última inhalación asfixiada
entregada al recuerdo
de donde viene la poesía, solitaria.

Oí decir que erais extranjeros
en el misericorde norte
que Hylo, Solamnia,

y una docena de provincias innominables
os purificaron más allá de la envidia, de la soledad.
Entonces las aguas me contaron la verdad:

lo mucho que recordáis vuestras muertes
donde las mitades de un reino dividido
se unen en un terreno perdido,

de cómo pasáis como lunas, rojos y plateados,
con destino al celestial oeste.
en una alianza de compasión y luz.

Desde el principio los cielos
tenían esto en mente, un tránsito
a través de la oscuridad y del país imaginado,

el punto de fuga a la luz del sol
al aire y en los horizontes de la tierra...
sin ahogarse, sin la inundación del arpa.

Oh, jamás olvidasteis
la inmersión del bardo, el país del sueño,
el tiempo precedente al nacimiento de los mundos

donde todos nosotros esperábamos
en la gestante oscuridad,
en la muerte que la carta pronostica,

pero solos y juntos cabalgáis
hacia la moribunda, la agonizante
historia que significa que empezamos de nuevo...

Libro I

1

Grupo de desembarco. La profecía. Un encuentro inesperado

Era una mañana calurosa, condenadamente calurosa.

Demasiado para finales de primavera en Ansalon. Casi tan calurosa como a mitad de verano. Los dos caballeros que iban sentados en la popa del bote estaban sudorosos y agobiados con sus pesadas armaduras de acero, y miraban con envidia a los hombres semidesnudos que manejaban los remos de la embarcación.

Las armaduras negras, adornadas con una calavera y un lirio de la muerte, habían sido bendecidas por un clérigo mayor, con lo que se suponía que debían resistir los caprichos del viento y la lluvia, del calor y el frío. Pero, al parecer, las bendiciones de su Reina Oscura no surtían efecto en esta ola de calor intempestiva. Cuando el bote se aproximó a la orilla, los caballeros fueron los primeros en bajar de un salto al agua poco profunda, y se lavaron los rostros enrojecidos y los cuellos quemados por el sol. Pero no podía decirse que el agua estuviera muy fresca.

—Es como vadear en sopa caliente —rezongó uno de los caballeros mientras salía del agua, chapoteando. Al tiempo que hablaba, su mirada escrutadora recorría la línea costera, buscando alguna señal de vida en maleza, árboles y dunas.

—Más bien como sangre —dijo su compañero—. Imagínate que es la sangre de nuestros enemigos, los enemigos de nuestra reina. ¿Ves algo?

—No —contestó el otro. Agitó una mano sin mirar atrás y oyó el sonido de hombres saltando al agua, sus broncas risotadas y la conversación en su idioma gutural, tosco. Uno de los caballeros se volvió hacia ellos.

—Traed el bote a tierra —ordenó, innecesariamente, porque los hombres ya corrían empujando la pesada embarcación por las someras aguas. Con muecas retorcidas, arrastraron el bote hasta la arenosa playa y miraron al caballero, a la espera de más órdenes.

Éste se enjugó la frente, maravillado por la fuerza de los hombres y, no por primera vez, agradeció a Takhisis que estos bárbaros estuvieran de su parte. Se los conocía por los cafres, aunque no era el verdadero nombre de su raza. Dicho nombre, el que se daban a sí mismos, era impronunciable, así que los caballeros que dirigían a los bárbaros habían empezado a llamarlos con una versión abreviada: cafres.

Era un nombre que les iba bien. Procedían del este, de un continente que muy poca gente de Ansalon sabía que existía. Todos los hombres sobrepasaban el metro ochenta de estatura; había algunos que incluso llegaban a los dos metros diez. Eran de constitución corpulenta y musculosa, como los humanos, pero sus movimientos era tan ágiles y gráciles como los de los elfos. Tenían las orejas puntiagudas, también como los elfos, pero en sus rostros crecían espesas barbas, semejantes a las de los humanos o los enanos. Eran tan fuertes como estos últimos, y también, al igual que a ellos, les encantaba la batalla. Luchaban ferozmente, eran leales a quienes los dirigían, y, aparte de algunas costumbres grotescas, como cortar varias partes del cuerpo de un enemigo muerto para guardarlas como trofeos, los cafres resultaban ideales como soldados de infantería.

—Informemos al capitán que hemos llegado con bien y que no hemos hallado resistencia —le dijo el caballero a su compañero—. Dejaremos un par de hombres con el bote, y nos internaremos en la isla.

El otro caballero asintió con un cabeceo. Cogió un gallardete de seda roja de su cinturón, lo desenrolló, lo alzó por encima de su cabeza y lo agitó tres veces suavemente. Pudo verse un movimiento rojo ondeante como respuesta en el enorme barco negro, con la proa tallada a semejanza de un dragón, que estaba anclado a cierta distancia. Ésta era una misión de exploración, no una invasión. Las órdenes habían sido muy claras a tal respecto.

Los caballeros enviaron las patrullas, unas a recorrer la playa arriba y abajo, otras hacia el interior, donde unas altas colinas de roca blanca como tiza y totalmente áridas se alzaban tras los árboles como unas garras arañando el cielo. Unas quebradas en la roca conducían hacia el interior de la isla, a cuyo alrededor había navegado el barco; ahora sabían que no era grande. Las patrullas regresarían pronto.

Hecho esto, los dos caballeros se dirigieron, agradecidos, hacia la escasa sombra que proporcionaba un árbol achaparrado y deforme. Dos de los cafres montaban guardia, pero los caballeros permanecieron alerta, sin confiarse, mientras descansaban. Tras sentarse tomaron un poco del agua dulce que llevaban consigo. Uno de ellos hizo una mueca.

—Qué asco, está caliente.

—Dejaste el odre al sol, así que no te extrañe que lo esté.

—¿Y dónde demonios se supone que lo iba a dejar? No había sombra en el maldito bote. Parece como si no hubiera sombra en ningún sitio del maldito mundo. No me gusta este sitio ni un pelo. Esta isla me da mala espina, como si estuviera embrujada o algo por el estilo.

—Sé lo que quieres decir —se mostró de acuerdo su compañero con actitud sombría. No dejaba de echar ojeadas aquí y allí, hacia los árboles, a uno y otro lado de la playa. Sólo veía a los cafres, quienes, evidentemente, no estaban desasosegados por ninguna sensación extraña. Claro que no eran más que unos bárbaros—. Se nos advirtió que no viniéramos aquí, ¿sabes?

—¿Qué? —El otro caballero estaba perplejo—. Lo ignoraba. ¿Quién te lo dijo?

—Brightblade. Lo supo por el propio lord Ariakan en persona.

—Pues si lo dice Brightblade, es cierto. Es del estado mayor de Ariakan, aunque he oído comentar que ha pedido ser trasladado a una fuerza de combate. Además, Ariakan fue su padrino cuando ingresó en la orden. —El caballero parecía nervioso y preguntó en voz queda—: Esa información no es secreta, ¿verdad?

Al otro caballero pareció divertirle la pregunta.

—No conoces muy bien a Steel Brightblade si crees que rompería cualquier juramento revelando información que le hubieran dicho que guardara para sí. Antes le arrancarían la lengua con tenazas al rojo vivo. No, lord Ariakan discute abiertamente los asuntos con todos los comandantes de regimiento antes de tomar una decisión y actuar en consecuencia. —El caballero cogió un puñado de guijarros y empezó a arrojarlos al agua ociosamente.

»Los Caballeros Grises fueron quienes empezaron todo. Alguna clase de augurio reveló la localización de esta isla y que estaba habitada por un gran número de personas.

—Entonces ¿quién nos advirtió que no viniéramos?

—Los Caballeros Grises. El mismo augurio que les reveló la existencia de la isla los previno de no aproximarse a ella. Intentaron persuadir a Ariakan para que la dejara en paz. Dijeron que este sitio podía significar el desastre.

El otro caballero frunció el ceño y echó una ojeada alrededor con creciente inquietud.

—Entonces ¿por qué nos enviaron aquí? —preguntó.

—Por la inminente invasión de Ansalon. Lord Ariakan creyó que esta maniobra era necesaria para proteger sus flancos. Los Caballeros Grises fueron incapaces de precisar qué tipo de desastre ocurriría con nuestra venida a la isla. Como dijo lord Ariakan, el desastre podría sobrevenir incluso si no hacíamos nada. Así que decidió seguir el viejo dicho enano: es mejor ir a buscar al dragón que el dragón vaya a buscarte.

—Buen razonamiento —se mostró conforme su compañero—. Si hay un ejército de Caballeros de Solamnia en esta isla, más vale que nos las entendamos con ellos ahora. Aunque no parece muy probable. —Señaló con un ademán la amplia extensión de la arenosa playa, las dunas cubiertas con hierba verde grisácea, y, más hacia el interior, un bosque de feos árboles deformes que se recortaban contra la silueta de las colinas semejantes a garras.

»No consigo imaginar por qué querrían venir aquí los solámnicos. Ni ninguna otra persona. Los elfos no vivirían en un sitio tan feo.

—No hay cuevas, así que tampoco les gustaría a los enanos. Si hubiera minotauros ya nos habrían atacado a estas alturas. Y en el caso de los kenders, ya se habrían largado con el bote y nuestras armaduras. Los gnomos nos habrían salido al encuentro con algún tipo de máquina atrapapeces manejada por demonios. Los humanos somos la única raza lo bastante necia para vivir en una isla tan horrible —concluyó el caballero con guasa. Recogió otro puñado de piedrecillas.

—Quizás una banda de delincuentes draconianos o goblins. O incluso de ogros. De los que escaparon hace veintitantos años, después de la Guerra de la Lanza, y huyeron hacia el norte, a través del mar, para evitar que los capturaran los Caballeros de Solamnia.

—Sí, pero ellos estarían de nuestra parte —respondió su compañero—. Y nuestros caballeros hechiceros con sus túnicas grises no estarían tan interesados en ello. Ah, ahí llegan nuestros exploradores para informar. Ahora lo sabremos.

Los caballeros se pusieron de pie. Los cafres que habían ido al interior de la isla se acercaron presurosos a sus jefes. Los bárbaros sonreían de oreja a oreja. Sus cuerpos casi desnudos brillaban por el sudor, y la pintura azul con que se cubrían y que se suponía poseía alguna clase de propiedades mágicas —como por ejemplo hacer que las flechas salieran rebotadas— se escurría en reguerillos por sus musculosos cuerpos. Largos mechones de pelo, decorados con plumas de llamativos colores, brincaban sobre sus espaldas mientras corrían ágilmente por las dunas de arena.

Los dos caballeros intercambiaron una mirada de tranquilidad.

—¿Qué encontrasteis? —preguntó el caballero al líder del grupo, un tipo gigantesco, pelirrojo, que sobrepasaba con creces la estatura de los caballeros y que probablemente habría podido cogerlos a ambos y levantarlos sobre su cabeza, pero que miraba a los dos caballeros con veneración y respeto ilimitados.

—Hombres —contestó el cafre. Aprendían con rapidez, y no les había costado trabajo adaptarse al Común, que era el lenguaje utilizado por la mayoría de las razas de Krynn. Desafortunadamente, los cafres denominaban «hombres» a toda la gente que no perteneciera a su raza.

El cafre bajó la mano hacia el suelo para indicar hombres pequeños, lo que podía significar enanos, pero que más probablemente se refería a niños. Luego la subió hasta su cintura, con lo que seguramente indicaba mujeres. Esto último lo confirmó el cafre poniendo las manos ahuecadas sobre el pecho y meneando las caderas, con lo que sus compañeros se echaron a reír mientras se daban codazos unos a otros.

—Hombres, mujeres y niños —dijo el caballero—. ¿Muchos hombres? ¿Montones de hombres? ¿Edificios grandes? ¿Ciudades?

Al parecer, esto les resultó muy divertido a los cafres, pues prorrumpieron en escandalosas carcajadas.

—¿Qué encontrasteis? —repitió el caballero con tono cortante, y el ceño fruncido—. Basta de tonterías.

Los cafres recobraron la seriedad rápidamente.

—Muchos hombres —dijo el líder—, pero no murallas. Casas. —Hizo un gesto raro, se encogió de hombros, sacudió la cabeza y añadió algo en su propia lengua.

—¿Qué significa eso? —preguntó el caballero a su compañero.

—Tiene algo que ver con los perros —contestó el otro, que ya había estado al mando de cafres con anterioridad y había aprendido algunas palabras de su idioma—. Creo que quiere decir que esos hombres viven en casas en las que sólo vivirían los perros.

Varios de los cafres empezaron a caminar de aquí para allí con los hombros hundidos, balanceando los brazos alrededor de las rodillas y gruñendo. Luego todos se irguieron, se miraron unos a otros y de nuevo se echaron a reír.

—Por su Oscura Majestad, ¿qué demonios hacen ahora? —inquirió el caballero.

—Que me aspen si lo entiendo —dijo su compañero—. Creo que deberíamos ir a echar un vistazo nosotros. —Desenvainó su espada parcialmente de la vaina de cuero negro—. ¿Peligro? —preguntó al cafre—. ¿Necesitamos armas?

El cafre se rió otra vez, cogió su propia espada corta (los cafres combatían con dos, larga y corta, así como con arcos y flechas) la hincó en el tronco de un árbol y le dio la espalda.

Alentado por el gesto, el caballero enfundó de nuevo su arma, y su compañero y él siguieron a sus guías. Dejaron la playa y se internaron en el bosque de árboles deformes. Caminaron casi un kilómetro a lo largo de lo que parecía una senda de animales y al fin llegaron al poblado.

A pesar de la grotesca pantomima representada por los cafres, los caballeros no estaban preparados para lo que encontraron. Parecía que habían topado con una gente que se hubiera quedado varada en los bajíos mientras el gran río del Tiempo seguía fluyendo y los dejaba atrás, sin tocarlos.

—Por Hiddukel —le dijo uno al otro en voz baja—. «Hombres» es un término excesivo para referirse a ellos. ¿Son seres humanos o bestias?

—Seres humanos —contestó el otro mientras miraba a su alrededor, pasmado—, pero son como los hombres que según la historia habitaron Krynn en la Era del Albor. ¡Mira! Sus herramientas son de madera. Y también lo son sus lanzas, y muy burdas, por cierto.

—Con la punta afilada, no hecha de piedra —dijo el otro—. Las viviendas son chozas de barro. Los cacharros de cocina, de arcilla. No se ve ni un fragmento de hierro o acero. ¡Qué grupo tan lastimoso! No veo cómo pueden representar un gran peligro, a no ser a causa de la suciedad. A juzgar por el olor, no se deben de haber bañado desde la Era del Albor.

—Qué seres tan feos. Más parecen monos que hombres. No te rías. Muéstrate serio y amenazador.

Aunque no era fácil distinguir su sexo bajo las pieles de animales que llevaban puestas, algunos de los hombres, si es que lo eran, echaron a andar hacia los caballeros. Los «hombres-bestia» caminaban encorvados, con los brazos balanceándose a los costados y los nudillos casi arrastrando por el suelo. Sus cabezas estaban cubiertas de pelo largo y greñudo, y unas barbas descuidadas casi les tapaban las caras. Se movieron frente a los caballeros balanceándose, arrastrando los pies y contemplándolos boquiabiertos por el pasmo. Uno de los hombres-bestia se acercó lo bastante a ellos como para extender una mano mugrienta y tocar la negra y reluciente armadura.

Uno de los cafres se adelantó para interponerse con su corpachón entre él y el caballero.

Éste hizo un ademán al cafre para que se apartara y desenvainó la espada. El acero centelleó a la luz del sol. El caballero se volvió hacia uno de los árboles achaparrados que, al igual que los demás, con sus ramas y troncos nudosos y retorcidos, guardaban bastante semejanza con la gente que vivía bajo ellos. El caballero alzó la espada y cercenó una rama del árbol de un solo tajo.

El hombre-bestia cayó de hinojos al suelo y se arrastró por el polvo al tiempo que emitía lamentos y lloriqueos.

—Creo que voy a vomitar —le dijo el caballero a su compañero—. Ni siquiera los enanos gullys querrían tener nada que ver con esta pandilla.

—En eso tienes razón. —El otro caballero continuó con la inspección—. Entre tú y yo podríamos aniquilar a toda la tribu.

—Podríamos, pero nos sería imposible quitar la peste de nuestras espadas por mucho que las limpiáramos.

—¿Qué hacemos? ¿Los matamos?

—No habría mucho honor en hacer algo así. Es obvio que estos desdichados no representan ninguna amenaza para nosotros. Nuestras órdenes eran descubrir quién o qué habitaba en la isla, y luego regresar y presentar el informe. Cabe la posibilidad de que estas gentes sean el pueblo favorecido por algún dios, que podría encolerizarse si les hacemos daño. Quizás eso es a lo que se referían los Caballeros Grises al hablar de desastre.

—Dudo que sea ése el caso —dijo el otro caballero—. No concibo que ningún dios trate así a su pueblo elegido.

—Tal vez Morgion —dijo el otro con una mueca irónica.

Su compañero asintió con un gruñido.

—Bueno, desde luego no les hemos hecho daño alguno por mirarlos. Los Caballeros Grises no pueden reprocharnos eso. Envía a los cafres a explorar el resto de la isla y volvamos a la playa. Necesito un poco de aire fresco.

Los dos caballeros regresaron hacia la playa y se sentaron a la sombra del árbol. Esperando que volvieran las restantes patrullas, pasaron el tiempo charlando sobre la próxima invasión de Ansalon y acerca de la vasta armada de negros navíos con la proa tallada a semejanza de los dragones, tripulados por minotauros, que navegaba veloz a través del océano Courrain transportando miles y miles de guerreros bárbaros. Todo estaba casi a punto para la invasión del continente por dos frentes, que tendría lugar en la víspera del verano.[1]

1. El ejército que lord Ariakan había creado a lo largo de varios años, después de haber sido liberado por los Caballeros de Solamnia, se conocía con el nombre de Caballeros de Takhisis. Durante los años que pasó prisionero, Ariakan había llegado a la conclusión de que la derrota sufrida por las huestes de la Reina Oscura en la Guerra de la Lanza se debía a los enfrentamientos entre sus dirigentes, que anteponían sus intereses a los de la causa. Por ello decidió crear una orden de caballeros semejante a la de sus enemigos, en la que primara la lealtad entre sus miembros y, ante todo, a su Oscura Majestad.

Esta nueva entidad tenía tres órdenes: la Orden del Lirio, la Orden de la Calavera y la Orden de la Espina, así como sus leyes: el Voto de Sangre y el Código. La regla del Voto de Sangre era: «Somete o muere». El Código era tan complejo como el de los Caballeros de Solamnia e igual-

Los Caballeros de Takhisis no sabían con exactitud dónde atacarían; tal información había sido mantenida en secreto. Pero no dudaban de la victoria. Esta vez, la Reina Oscura tendría éxito. Esta vez, sus ejércitos saldrían victoriosos. Esta vez, la diosa conocía el secreto para alcanzar la victoria.

---

mente estricto en su cumplimiento. Quien lo quebrantaba era juzgado y por lo general el castigo era la pena máxima, aunque podía haber excepciones.

El Código se dividía en varios conceptos básicos. En la Orden del Lirio era: «La independencia genera el caos. Somete y serás fuerte». El de la Orden de la Calavera era: «La muerte es paciente, ataca tanto desde dentro como desde fuera. Estáte alerta en todo y sé escéptico con todo». El de la Orden de la Espina era: «El que se guía por el corazón cosecha sufrimiento. Que tu único sentimiento sea el deseo de victoria».

Quien quería entrar a formar parte de los Caballeros de Takhisis tenía que ser presentado por un caballero ya ordenado, al que se lo llamaba padrino del solicitante, y que se hacía responsable de las futuras acciones del nuevo caballero. Se aceptaban hombres y mujeres en sus filas, pero sólo a humanos, elfos oscuros, enanos apátridas y minotauros. Las demás razas quedaban excluidas.

Una vez que algún miembro de cualquiera de las tres órdenes alcanzaba el quinto nivel y deseaba ascender de categoría —el máximo nivel era el decimoctavo—, era preciso que superara la Prueba de Takhisis, en la que se había de demostrar la lealtad. Esta prueba se centraba generalmente en tres temas: la Visión, el orden y la obediencia. Era tan difícil como la prueba que habían de pasar todos los magos de Krynn, e, igualmente, el resultado del fracaso era la muerte.

Una vez superada, y tras cuatro días de ayuno y preces a la Reina Oscura, el aspirante recibía la Visión, otorgada por la propia Takhisis, que era la misión que ese caballero tenía destinada particularmente a fin de alcanzar la meta final de la Visión cuya máxima era: «Un único orden mundial». Es decir, el dominio absoluto de Krynn. A partir de entonces, el caballero elegía en cuál de las tres órdenes quería militar.

Los Caballeros del Lirio formaban la orden de los guerreros. Los de la Calavera formaban la orden clerical de la caballería. Los de la Espina, o Caballeros Grises, formaban la orden de hechiceros y operaban totalmente desvinculados de las Torres de la Alta Hechicería, por lo que los miembros del Cónclave los consideraban magos renegados.

A diferencia de los Caballeros de Solamnia, los Caballeros de Takhisis podían mentir, robar y asesinar, pero sólo si dichos actos estaban destinados al progreso de la causa, no para beneficio personal o por haber perdido el autocontrol.

Los cafres regresaron al cabo de unas pocas horas y dieron sus informes. La isla no era grande, tal vez unos ocho kilómetros de longitud y otros tanto de ancho. Los cafres no encontraron más gente. La tribu de los hombres-bestia se había escabullido, probablemente escondiéndose en sus chozas de barro hasta que los extraños seres se hubieran marchado.

Los caballeros volvieron hacia el bote varado en la playa. Los cafres lo empujaron sobre la arena, y, al entrar la embarcación en el agua, se subieron de un salto y cogieron los remos. El bote se deslizó sobre la superficie del mar, encaminándose hacia el barco negro en el que ondeaba el estandarte de los Caballeros de Takhisis: el lirio de la muerte, la calavera y la espina.

Los caballeros dejaron tras de sí una playa vacía, desierta.

Pero su marcha no pasó inadvertida, como tampoco lo había sido su llegada.

2

La isla mágica. Una reunión urgente. El Dictaminador

El barco negro desapareció en el horizonte. Cuando no quedó el menor atisbo de él, los observadores descendieron de los árboles.

—¿Regresarán? ¿Existe ese riesgo? —preguntó uno de los hombres-bestia a otro, una hembra.

—Ya los oíste. Han vuelto para informar que somos «inofensivos», que no representamos una amenaza para ellos. Y eso significa que regresarán —añadió la mujer tras un instante de reflexión—. No ahora, ni dentro de poco. Pero regresarán.

—¿Qué podemos hacer?

—No lo sé. Nos reunimos para venir a vivir todos juntos en esta isla a fin de guardar a salvo nuestro secreto. Quizá fue un error hacerlo. Quizás habría sido mejor permanecer desperdigados por todo el mundo. Aquí nos exponemos a ser descubiertos y atacados. Del otro modo al menos podíamos ocultarnos entre las otras razas. No sé —repitió con desánimo—. No puedo estar segura. La decisión está en manos del Dictaminador.

—Sí. —El hombre parecía aliviado—. Eso es verdad. Estará esperando nuestro regreso con impaciencia. Deberíamos volver enseguida.

—Pero no así —advirtió su compañera.

—No, por supuesto que no. —Dirigió una mirada descontenta al mar, los ojos entrecerrados bajo el desaseado pelo enmarañado—. Todo es tan espantoso, tan aterrador... Ni siquiera ahora me siento a salvo. Sigo viendo ese barco apareciendo en el horizonte. Veo a los oscuros caballeros. Oigo sus voces, lo dicho y lo que no se ha dicho. Conversaciones sobre conquistas, batallas, muertes. Deberíamos... —Vaciló un instante—. Deberíamos advertir a alguien en Ansalon, quizás a los Caballeros de Solamnia.

—No es responsabilidad nuestra —replicó la mujer, cortante—. Debemos ocuparnos de nosotros mismos, como hemos hecho siempre. No te quepa duda —añadió, y su tono se volvió amargo— que, en circunstancias similares, a ellos no les importaría lo que nos pasara. Vamos, recobremos nuestra forma verdadera y vayámonos.

Los dos musitaron unas palabras mágicas, unas palabras que ningún hechicero del continente de Ansalon habría podido entender y menos aún pronunciar, unas palabras por las que todos los magos de Ansalon habrían dado su alma a cambio de poseerlas. Ninguno lo conseguiría jamás. Una magia tan poderosa era un don innato, no algo que se adquiriera mediante aprendizaje.

La desastrosa y mugrienta apariencia del hombre-bestia se desprendió como cae el feo caparazón de una crisálida para descubrir la hermosa mariposa aprisionada en su interior. De los disfraces emergieron dos seres de belleza extraordinaria.

Es difícil describir tanta hermosura. Eran altos, esbeltos, de delicada estructura ósea, con ojos grandes y luminosos. Pero hay muchos en este mundo a los que podría describírselos así, muchos a los que se considera hermosos. Y lo que para unos puede ser bello, no lo es para otros. Un enano considera las patillas de una enana muy atractivas, y cree que los tersos rostros de las mujeres humanas resultan insulsos y sin carácter. Aun así, hasta un enano se daría cuenta de que estas personas eran hermosas. Tan hermosas como una puesta de sol en las montañas, como un claro de luna en el mar, como la bruma matinal levantándose en los valles.

Una palabra transformó las burdas pieles de animales que llevaban puestas en fino tejido de seda brillante. Otra palabra cambió el propio árbol en el que los dos habían estado escondidos, estirando las ramas contraídas, suavizando los nudosos troncos. El árbol se alzó recto y orgulloso, y sus hojas, de un verde profundo, susurraron con la brisa del océano. Unas flores exudaron un dulce perfume. Como resultado de otra palabra, todos los otros árboles sufrieron esta misma transformación.

Los dos abandonaron la playa y se dirigieron tierra adentro, siguiendo la misma dirección que los caballeros habían tomado para llegar al poblado de chozas de barro. Ninguno de los dos habló; se sentían cómodos con su silencio. Las palabras que acababan de intercambiar eran, probablemente, más de las que cualquiera de ellos había dirigido a otro de su raza en varios años. Los irdas disfrutaban con el aislamiento, con la soledad. Ni siquiera les gustaba estar cerca entre ellos mismos durante largos períodos. Había hecho falta que surgiera esta crisis para que se iniciara la conversación entre los dos observadores.

En consecuencia, la escena con la que se encontraron a su regreso fue casi tan perturbadora como lo había sido para los caballeros ver las chozas de barro y los utensilios de arcilla. Los dos irdas vieron a todos los suyos, varios centenares de personas, reunidos debajo de un inmenso sauce, una circunstancia casi sin precedentes en la historia de los irdas.

Los feos y deformes árboles habían desaparecido, reemplazados por un denso y lujuriante bosque de robles y pinos. Construidas alrededor y entre los árboles había viviendas pequeñas, concebidas y diseñadas con sumo cuidado. Cada casa era distinta en aspecto y apariencia, pero muy pocas tenían más de cuatro habitaciones, incluyendo el área de cocinar, la de meditación, la de trabajo y la de dormir. Las viviendas que contaban con cinco cuartos también albergaban a los jóvenes de la raza. Un niño vivía con uno de los padres (la madre, por lo general, a menos que las circunstancias aconsejaran lo contrario) hasta que el niño alcanzara el Año de la Unicidad. En ese momento, el niño abandonaba la casa y se establecía en una vivienda propia.

Cada morada irda era autosuficiente. Todo irda cultivaba y criaba su propio alimento, obtenía su agua, se dedicaba a sus estudios. El intercambio social no estaba prohibido ni mal visto. Simplemente, no existía. Semejante idea jamás se le habría ocurrido a un irda; de haberlo hecho, se habría considerado un rasgo peculiar de otras razas inferiores, tales como la humana, la elfa, la enana, la kender y la gnoma; o de las razas oscuras, como la de los minotauros, los goblins y los draconianos; o de una raza que jamás se mencionaba entre los irdas: la de los ogros.

Un irda se unía con otro sólo una vez en la vida, con el propósito de tener intercambio sexual. Ésta era una experiencia traumática tanto para los hombres como para las mujeres, ya que no se unían por amor, sino por un fuerte impulso producto de la práctica mágica conocida como el *Valin*. Creado por los ancianos para perpetuar la raza, el *Valin* provocaba que el alma de un irda tomara posesión del alma de otro. No había escapatoria, ni defensa, ni elección, ni selección. Cuando surgía el *Valin* entre dos irdas, debían copular o el *Valin* los torturaría y los atormentaría de tal modo que podría conducirlos a la muerte. Una vez que la mujer había concebido, el *Valin* dejaba de actuar y los dos se marchaban por caminos separados tras decidir entre ellos cuál se responsabilizaba del bienestar de la criatura. Tan devastadora era esta experiencia en la vida de dos irdas que rara vez se repetía en el transcurso de su vida. Así pues, los irdas tenían pocos hijos, por lo que el número de su colectivo se mantenía bajo.

Los irdas habían vivido en el continente de Ansalon a lo largo de siglos, desde su creación. Sin embargo, pocos miembros de las restantes y más prolíficas razas conocían su existencia. Semejantes criaturas portentosas habían sido materia de leyenda y cuentos populares. Todos los niños aprendían sobre el regazo de sus madres la historia de los ogros, que en un tiempo fueron las criaturas más hermosas creadas jamás, pero que —a causa del pecado del orgullo— habían sido maldecidos por los dioses y transformados en monstruos feos y aterradores. Tales cuentos tenían un fondo de moraleja.

—Rolando, si vuelves a tirar del pelo a tu hermana, te convertirás en un ogro.

—Marigold, si sigues admirando tu cara bonita, un día te mirarás en el espejo y te encontrarás con que te has vuelto más fea que un ogro.

Los irdas, así lo dice la leyenda, eran ogros que habían logrado escapar de la ira de los dioses y por ello seguían siendo hermosos, con todas sus virtudes y poderes mágicos intactos. A causa de ser tan poderosos y tan bellos y gozar de tantas bendiciones, los irdas no se codeaban con el resto del mundo, de manera que desaparecieron. Los niños, cuando paseaban por un bosque oscuro y silencioso, siempre buscaban un irda porque —según la leyenda— si se capturaba uno se lo podía obligar a que concediera un deseo.

En esto había el mismo grado de verdad que suele hallarse en la mayoría de las leyendas, pero expresaba el principal temor de los irdas: si alguien de cualquier otra raza descubría un irda, intentaría aprovecharse de su poderosa magia para alcanzar sus propios fines. Este temor de ser utilizados empujaba a los irdas a vivir solos, escondidos, disfrazados, evitando todo contacto con cualquiera.

Habían pasado muchos años desde que un irda había caminado por Ansalon, ya fuera por bosques oscuros y silenciosos o por cualquier otro sitio. Tras la Guerra de la Lanza, los irdas habían esperado con anhelo un largo período en el que reinara la paz, pero habían sufrido una desilusión. Las distintas facciones y razas de Ansalon eran incapaces de acordar un tratado de paz. Peor aún: las razas estaban luchando entre ellas. Y entonces llegaron rumores de la formación de una vasta oscuridad en el norte.

Temeroso de que su gente quedara atrapada en otra guerra devastadora, el Dictaminador tomó una decisión. Envió aviso a todos los irdas para que abandonaran el continente de Ansalon y viajaran a esta isla remota, a mayor distancia de los límites conocidos por todo el mundo. Y así habían llegado aquí y habían vivido en paz y aislamiento durante muchos años. Paz y aislamiento que ahora acababan de romperse.

Los irdas se habían congregado debajo del sauce para intentar poner fin a esta amenaza. Se habían reunido para discutir sobre los caballeros y los bárbaros, pero, aun así, seguían estando aparte, cada uno de ellos separado de sus semejantes, mirando el árbol y después volviendo la vista hacia los otros, desasosegados, incómodos e insatisfechos. La rama cortada por el frío acero del caballero yacía en el suelo. La savia rezumaba del corte en el árbol vivo, y el espíritu del sauce gritaba de angustia sin que los irdas pudieran confortarlo. Una existencia pacífica, que había sido perfecta a lo largo de los años, había llegado a su fin.

—Nuestro escudo mágico ha sido penetrado —dijo el Dictaminador dirigiéndose al grupo en general—. Los caballeros negros saben que estamos aquí. Volverán.

—Disiento en eso, Dictaminador —argumentó otro irda con actitud respetuosa—. Los caballeros no volverán, pues nuestros disfraces los engañaron. Creen que somos salvajes, poco más que unos animales. ¿Por qué iban a regresar? ¿Qué podrían querer de nosotros?

—Ya conoces el modo de actuar de la raza humana —replicó el Dictaminador, su tono cargado de la tristeza de siglos—. Puede que los caballeros negros no quieran nada de nosotros *ahora*. Pero llegará el momento en que sus líderes necesitarán hombres para aumentar las filas de sus ejércitos, o decidirán que esta isla sería un buen sitio para construir barcos, o precisarían situar una guarnición aquí. Un humano nunca es capaz de dejar nada en paz. Tiene que hacer algo con cualquier objeto que encuentra, darle algún uso, romperlo para ver cómo funciona, atribuirle algún tipo de significado o sentido. Y así será con nosotros. Volverán.

Viviendo siempre a solas, en aislamiento, los irdas no habían necesitado un organismo gubernamental, pero comprendían que era preciso que uno de ellos tomara decisiones en nombre de todos. En consecuencia, desde tiempos inmemoriales, siempre habían elegido a uno entre ellos que era conocido como el Dictaminador. A veces un hombre y a veces una mujer, el Dictaminador no era ni el más viejo ni el más joven, ni el más sabio ni el más astuto, ni el mago más poderoso ni el más débil. Era de un término medio, por lo que se esperaba que no tomara decisiones drásticas, sino que siguiera un curso comedido.

El actual Dictaminador había demostrado ser mucho más fuerte, mucho más agresivo que cualquiera de los Dictaminadores que lo habían precedido. Decía que era debido a los malos tiempos que corrían. Sus decisiones habían sido sabias o, al menos, así lo pensaba la mayoría de los irdas. Los que no estaban de acuerdo eran reacios a alterar la placidez de la vida irda, y por ello no habían dicho nada.

—En cualquier caso, no volverán en un futuro inmediato, Dictaminador —dijo la mujer que había sido uno de los observadores de la playa—. Vimos que su barco desaparecía en el horizonte y advertimos que la bandera que ondeaba en él era la de Ariakan, hijo del antiguo Señor del Dragón, Ariakas. Al igual que hizo su padre antes que él, es seguidor de la diosa oscura, la reina Takhisis.

—Si no fuera seguidor de Takhisis, entonces lo sería de Paladine. Y si no lo fuera de Paladine, lo sería de cualquiera de los otros dioses o diosas. Eso no cambia las cosas. —El Dictaminador se cruzó de brazos y sacudió la cabeza—. Repito que volverán. Aunque sólo sea por la gloria de su reina.

—Hablaron de guerra, Dictaminador, de invadir Ansalon. —Esto lo dijo el observador varón—. Sin duda eso los tendrá ocupados muchos años.

—¡Ah! ¿Ves? —El Dictaminador dirigió una mirada triunfal a la asamblea que lo rodeaba—. Guerra. Otra vez guerra. La razón por la que abandonamos Ansalon. Había esperado que aquí, al menos, estaríamos a salvo, sin que nos afectaran sus conflictos. —Suspiró hondo—. Al parecer, no ha sido así.

—¿Qué vamos a hacer?

Los irdas, separados, apartados los unos de los otros, intercambiaron miradas interrogantes.

—Podríamos abandonar la isla y marcharnos a otra, donde estuviéramos a salvo —sugirió uno.

—Abandonamos Ansalon y vinimos a esta isla —dijo el Dictaminador—, y no estamos a salvo en ella. No lo estaremos en ninguna parte.

—Si regresan, lucharemos contra ellos, los expulsaremos —dijo otro de los irdas, una muchacha muy joven, que acababa de alcanzar el Año de la Unicidad—. Sé que jamás, en toda nuestra historia, hemos derramado la sangre de otra raza, que nos hemos ocultado a fin de evitar matar a nadie, pero tenemos derecho a defendernos. Todos los seres de este mundo tienen ese derecho.

Los otros irdas, más maduros, miraban a la joven con la actitud de exagerada paciencia que los adultos de todas las especies adoptan cuando los más jóvenes hacen comentarios que ponen en evidencia a sus mayores.

En consecuencia, se llevaron una buena sorpresa cuando el Dictaminador dijo:

—Sí, Avril, lo que dices es cierto. Tenemos derecho a defendernos. Tenemos derecho a vivir la vida que hemos elegido: una vida de paz. Y yo digo que deberíamos defender ese derecho.

En su conmoción, varios de los irdas empezaron a hablar al mismo tiempo.

—¿No estarás sugiriendo que luchemos contra los humanos, verdad, Dictaminador?

—Por supuesto que no —respondió—. Pero tampoco sugiero que empaquetemos nuestras pertenencias y abandonemos nuestros hogares. ¿Es eso lo que queréis?

Uno de los presentes habló, un hombre conocido como el Protector y que de vez en cuando se había mostrado en desacuerdo con el Dictaminador. Consecuentemente, no gozaba de la simpatía de éste, que frunció el entrecejo cuando el Protector empezó a hablar:

—De todos los lugares en los que hemos vivido, éste es el más agradable, el más bonito, el más adecuado para nosotros. Aquí estamos juntos, aunque separados. Aquí podemos ayudarnos cuando es necesario, si bien conservamos el aislamiento. Será muy duro abandonar esta isla. Aun así... ya no parece igual ahora. Yo digo que deberíamos trasladarnos.

El Protector señaló con un ademán las pulcras, cómodas casas rodeadas de setos vivos y jardines floridos primorosamente cuidados. Los otros irdas sabían lo que quería decir con su gesto. Las casas eran las mismas, invariables por la magia que había sustituido la ilusión de las chozas de barro. La diferencia no era visible, pero podía sentirse, oírse, saborearse y olerse. Los pájaros, que por lo general estaban gorjeando y piando, guardaban silencio, asustados. Los animales salvajes, que deambulaban libremente entre los irdas, habían desaparecido en sus madrigueras o en las copas de los árboles. El aire estaba cargado del olor penetrante a acero y sangre.

La inocencia y la paz se habían corrompido. Las heridas pueden curarse, y las cicatrices desaparecen, pero el recuerdo perdura. ¡Y ahora el Dictaminador estaba sugiriendo que defendieran esta tierra! La sola idea resultaba espantosa. La propuesta de mudarse iba ganando adeptos, afianzándose.

El Dictaminador vio que tenía que dar un giro a su postura, cambiar de rumbo.

—No sugiero que nos pongamos en pie de guerra —dijo con un tono afable, tranquilizador—. La violencia no es nuestro estilo. He dedicado mucho tiempo a estudiar el problema, ya que presagié que nos sobrevendría un desastre. Acabo de regresar de un viaje al continente de Ansalon. Permitid que os cuente lo que he descubierto.

Los otros irdas contemplaron a su Dictaminador con expresiones de estupefacción. Vivían tan aislados los unos de los otros que nadie había caído en la cuenta de que su cabecilla había estado ausente, y mucho menos que hubiera corrido el riesgo de mezclarse con los del exterior. El semblante del Dictaminador se tornó grave y entristecido.

—Nuestra nave bendecida por la magia me llevó a la ciudad humana de Palanthas. Caminé por sus calles, escuché las conversaciones de la gente. Viajé desde allí hasta la plaza fuerte de los Caballeros de Solamnia, y desde allí a las naciones marítimas de Ergoth. Entré en Qualinesti, el país de los elfos. Invisible como el viento, me deslicé por las fronteras de la nación maldita de Silvanesti, recorrí las Praderas de Arena, pasé un tiempo en Solace, Kendermore y Flotsam. Por último, observé el Mar Sangriento de Istar y, desde allí, pasé cerca del alcázar de las Tormentas, que es de donde vinieron estos mismos caballeros negros.

»En cómputos humanos han pasado más de veinticinco años desde la Guerra de la Lanza. Las gentes de Ansalon esperaron que hubiera paz, una esperanza que era vana, como nosotros podríamos habérselo dicho. Mientras los dioses combatan entre sí, sus batallas se desbordarán al plano mortal. Con estos caballeros negros para combatir por ella, Takhisis es más poderosa que nunca.

»Su comandante, Ariakan, hijo del Señor del Dragón, Ariakas, posee el temple y la temeridad como para señalar a la Reina Oscura dónde está su punto débil. "El Mal se vuelve contra sí mismo." La Guerra de la Lanza se perdió debido a la ambición y egoísmo de los comandantes de la Reina Oscura. Ariakan, prisionero de los Caballeros de Solamnia durante la guerra y después de ella, se dio cuenta de que los solámnicos habían alcanzado la victoria mediante su buena disposición a hacer sacrificios por la causa; sacrificios que tuvieron su máximo exponente en la muerte del caballero Sturm Brightblade.

»Ariakan llevó sus ideas a la práctica y ahora ha formado un ejército de hombres y mujeres entregados en cuerpo y alma a la Reina Oscura y, lo más importante, a conquistar el mundo en su nombre. Renunciarán a cualquier cosa... riqueza, poder, sus propias vidas... con tal de alzarse con la victoria. Están vinculados por el honor y la sangre los unos con los otros. Son un enemigo indomable, sobre todo considerando que Ansalon está, una vez más, dividido y enfrentado.

»Los elfos están en guerra entre sí. Qualinesti tiene un nuevo líder, un muchacho, el hijo de Tanis el Semielfo y de la hija del último Orador de los Soles, Laurana. El muchacho fue inducido, con engaños primero y después obligado, a asumir el papel de rey. En realidad, es poco más que una marioneta cuyas cuerdas mueven algunos elfos partidarios del antiguo orden, que buscan el aislamiento de su raza y que odian a todo aquel que sea distinto de ellos. Eso incluye a sus propios primos de Silvanesti.

»Y, como esos elfos han reforzado su poder, los enanos de Thorbardin temen un ataque y están considerando la posibilidad de cerrar de nuevo su montaña. Los Caballeros de Solamnia están levantando y organizando sus defensas, no por temor a los caballeros negros, sino por miedo a los elfos. Los caballeros de Paladine han sido advertidos contra los oscuros paladines del Mal, pero rehúsan creer que el tigre pueda haber cambiado sus rayas, como reza el dicho. Los solámnicos todavía creen que el Mal se volverá contra sí mismo, como ocurrió en la Guerra de la Lanza, cuando la Señora del Dragón, Kitiara, acabó luchando contra su propio comandante, Ariakas, en tanto que el hechicero Túnica Negra, Raistlin Majere, los traicionaba a ambos. Eso no ocurrirá esta vez.

»La balanza se está inclinando de nuevo a favor de la Reina Oscura. —El Dictaminador echó una mirada a su alrededor, a su pueblo, y sus ojos fueron pasando de uno a otro hasta abarcarlos a todos—. Pero esta vez, amigos míos, creo que Takhisis va a ganar.

—¿Y qué pasa con Paladine? ¿Y Mishakal? Les rezamos ahora como hemos hecho en el pasado. Ellos nos protegerán. —Fue de nuevo el Protector quien habló, pero muchos otros asentían con la cabeza en señal de conformidad.

—¿Acaso nos protegió Paladine de los caballeros perversos? —preguntó el Dictaminador con tono áspero—. No. Permitió que desembarcaran en nuestra costa.

—Pero no nos hicieron daño alguno —hizo notar el Protector.

—Aun así —continuó el Dictaminador ominosamente—, los dioses del Bien, en cuya protección hemos confiado tanto tiempo, poco pueden hacer por nosotros. Este terrible incidente lo ha puesto de manifiesto. Nuestra magia, su magia, ha fallado. Es hora de que contemos con algo más poderoso.

—Es evidente que tienes una idea. Cuéntanos —instó el Protector con voz severa.

—Mi idea es ésta: que usemos el artilugio mágico más poderoso del mundo para protegernos, de una vez por todas, de los extranjeros. Sabéis el nombre del artilugio al que me refiero: la Gema Gris de Gargath.

—La Gema Gris no es nuestra —argumentó el Protector con actitud severa—. No nos pertenece. Pertenece a los pueblos del mundo.

—Ya no —comentó el Dictaminador—. Fuimos nosotros los que hallamos este artefacto. Lo cogimos y lo trajimos aquí para tenerlo guardado a salvo.

—Lo robamos —dijo el Protector—. Se lo quitamos al cándido pescador que lo encontró en la orilla, arrastrado por la marea, y que se lo llevó a su casa y lo guardó por sus brillantes facetas y el placer de presumir de él ante sus vecinos. No hacía uso de él, no sabía nada de magia ni le interesaba la magia. Y así la Gema Gris no pudo utilizarlo. Quizás el propósito era que él fuera su guardián. Quizás, al quitársela, hemos frustrado involuntariamente los planes de los dioses. Quizás ése sea el motivo por el que han dejado de protegernos.

—Puede que algunos consideren un robo lo que hicimos. —El Dictaminador miró con dureza al Protector—. Pero mi opinión es que al recuperar la Gema Gris hicimos un favor al mundo. Este artilugio ha sido un problema durante mucho tiempo, sembrando el caos por dondequiera que pasara. Habría escapado de ese simplón como lo hizo de otros muchos con anterioridad. Pero ahora está inmovilizado por nuestra magia. Al conservarlo aquí, bajo nuestro control, estamos haciendo un gran beneficio a la humanidad.

—Recuerdo que nos dijiste, Dictaminador, que la magia de la Gema Gris nos protegería de incursiones del mundo exterior. Pero, al parecer, no ha sido así —intervino el Protector—. ¿Cómo puedes decirnos ahora que su magia nos escudará?

—He empleado largos años estudiando la Gema Gris y recientemente he hecho un importante descubrimiento —contestó el Dictaminador—. La fuerza que impulsa a la Gema Gris, que la hace deambular por el mundo, no es propia de la piedra en sí, sino que creo que está *oculta* en su interior. La piedra sólo es su recipiente, que contiene y constriñe el poder de dentro. Esta fuerza mágica, una vez liberada, sin duda resultará ser inmensamente poderosa. Propongo a la asamblea que rompamos la Gema Gris, liberemos la fuerza que guarda en su interior, y la utilicemos para proteger nuestro hogar.

Era patente el desasosiego de los irdas. No les gustaba emprender acciones de ningún tipo, prefiriendo dedicar sus vidas a la meditación y al estudio. Tomar una decisión tan drástica era casi inconcebible. Aun así, sólo tenían que mirar a su alrededor para ver los daños causados en su amada tierra, su último refugio del mundo.

—Si hay una fuerza atrapada dentro de la Gema Gris —se aventuró el Protector a hacer una última protesta—, debe de ser, como bien has dicho, muy poderosa. ¿Estás seguro de que podremos controlarla?

—Actualmente somos capaces de controlar la propia Gema Gris con suma facilidad. No veo qué dificultad puede haber en controlar su poder y utilizarlo para defendernos.

—Pero ¿cómo estás seguro de que la Gema Gris está bajo tu control? ¡Puede que ella te esté controlando a ti, Dictaminador!

La voz que había intervenido —más bronca que la musical de los irdas— llegó de alguna parte, detrás del Protector. Todos los irdas volvieron la cabeza hacia la dirección de la voz y se apartaron para que la persona que había hablado pudiera ser vista. Era una mujer joven, una humana de edad indeterminada, entre los dieciocho y los veinticinco años humanos. La joven era, a los ojos de los irdas, una criatura extraordinariamente fea. A pesar de su aspecto poco atractivo —o quizás a causa de él— los irdas la querían, la adoraban, la mimaban. Lo habían hecho durante años, desde que llegó siendo aún un bebé, huérfana, para vivir entre ellos.

Pocos irdas se habrían atrevido a hacer una pregunta tan impertinente al Dictaminador. La joven debería saberlo. Las miradas desaprobadoras de todos se volvieron hacia el irda al que se había encargado el cuidado de la humana, aquel a quien, por esa misma razón, se conocía como el Protector.

Éste parecía muy turbado mientras hablaba con la muchacha intentando, al parecer, convencerla para que regresara a su casa.

El Dictaminador asumió una expresión de extremada paciencia.

—No sé muy bien a qué te refieres, Usha, pequeña. Quizá podrías explicarte.

La muchacha pareció satisfecha de ser el centro de tanta atención. Se libró con una sacudida de la mano del Protector que la retenía con suavidad, y se adelantó hasta situarse en el centro del círculo de los irdas.

—¿Cómo sabes que la Gema Gris no te está controlando? En tal caso, no es probable que dejara que lo supieras, ¿verdad? —Usha miró a su alrededor, sintiéndose orgullosa de su planteamiento.

El Dictaminador reconoció este argumento, alabó la sagacidad de la humana, y tuvo mucho cuidado en contener una sonrisa. La idea era, por supuesto, ridícula, pero la muchacha era humana, al fin y al cabo.

—La Gema Gris ha permanecido muy sumisa desde que se la trajo a nuestra tierra —dijo—. Descansa sobre el altar que se construyó para ella, y apenas si brilla. Dudo que nos esté controlando, pequeña. No tienes que preocuparte por ese lado.

Ninguna otra raza de Krynn era tan poderosa en la

magia como los irdas. Ni siquiera los dioses —así rumoreaban algunos irdas, entre ellos el Dictaminador— eran tan poderosos. El dios Reorx había perdido la joya. Los irdas la habían descubierto, la habían cogido, y ahora la guardaban. Los irdas conocían las historias del pasado de la Gema Gris, cómo había extendido el caos por dondequiera que pasaba por todo el mundo. Según la leyenda, la Gema Gris era la responsable de la creación de las razas de kenders, gnomos y enanos. Pero eso fue antes de que los irdas la tuvieran a su cuidado. Antes había estado al cuidado de humanos. ¿Qué podía esperarse?

Los irdas prosiguieron su reunión, intentando por todos los medios salir de esta situación sin tener que recurrir a ningún tipo de acción drástica.

Usha no tardó en aburrirse —como tan fácilmente hacían los humanos— y le dijo al Protector que regresaba a casa para preparar la cena. El hombre pareció aliviado.

Al alejarse de la reunión, Usha se sintió inclinada, al principio, a ponerse furiosa. Su idea era buena, y la habían desestimado con demasiada rapidez. Pero estar enfadada requería un montón de energía y concentración, y tenía otras cosas dándole vueltas en la cabeza. Se internó en terreno agreste, pero no para recolectar hierbas para la cena.

Por el contrario, se dirigió a la playa, y cuando llegó a la orilla se quedó parada, mirando con fascinación las huellas de los pies dejadas en la arena por los dos jóvenes caballeros. Se arrodilló y posó la mano sobre una de las huellas. Era mucho más grande que su mano. Los caballeros eran más altos y más corpulentos que ella. Al evocarlos, un agradable y desconcertante cosquilleo le recorrió el cuerpo. Era la primera vez que había visto a otros humanos, humanos varones.

A decir verdad, eran feos al compararlos con los irdas, pero tampoco lo eran tanto...

Usha, sumida en sus ensoñaciones, permaneció en la playa, mucho, mucho tiempo.

Los irdas llegaron a una decisión: dejar el asunto de la Gema Gris en manos del Dictaminador. Él sabría mejor cómo manejar esta situación. Fuera cual fuese su decisión, se acataría. Así resuelto, regresaron a sus viviendas, deseosos de estar solos, de dejar atrás todo este desagradable tema.

El Dictaminador no volvió de inmediato a su casa. Convocó a tres de los irdas más ancianos y los llevó aparte para mantener una conversación privada.

—No quise sacar a colación este asunto públicamente porque sabía la pena que ocasionaría a nuestro pueblo —comenzó, hablando suavemente—, pero hay que tomar otra medida a fin de afianzar nuestra seguridad. Somos inmunes a las tentaciones generadas por la Gema Gris, pero hay alguien viviendo entre nosotros que no lo es. Sabéis a quién me estoy refiriendo.

Los otros lo sabían, a juzgar por sus expresiones consternadas y tristes.

—Me duele tener que tomar esta decisión —continuó el Dictaminador—, pero debemos hacer que esa persona se marche. Todos vosotros visteis y oísteis a Usha hoy. Debido a su ascendencia humana es vulnerable a la influencia de la Gema Gris.

—Eso no lo sabemos con certeza —se aventuró uno a objetar débilmente.

—Conocemos la historia —replicó, cortante, el Dictaminador—. He investigado y he descubierto que todo lo que se cuenta es verdad. La Gema Gris pervierte a todos los humanos que se acercan a ella, llenándolos de anhelos y deseos que no pueden controlar. Los hijos del héroe de guerra, Caramon Majere, casi cayeron víctimas de ella, según uno de los informes. El dios Reorx en persona tuvo que intervenir para salvarlos. La Gema Gris puede haberse apoderado ya de Usha y estar intentando utilizarla para provocar disensiones entre nosotros. En consecuencia, en bien de su propia seguridad y de la nuestra, Usha debe abandonar la isla.

—Pero la hemos criado desde que era un bebé —protestó otro de los ancianos—. ¡Éste es el único hogar que conoce!

—Usha es lo bastante mayor ya para vivir sola, entre

los de su clase. —El Dictaminador suavizó su tono severo—. Hemos comentado anteriormente el hecho de que cada vez se muestra más inquieta y parece aburrirse con nosotros. Nuestra vida estudiosa, contemplativa, no es para ella. Como les ocurre a todos los humanos, necesita de los cambios para madurar. La estamos sofocando. Esta separación será ventajosa tanto para ella como para nosotros.

—Será doloroso renunciar a ella. —Uno de los ancianos se enjugó una lágrima, y llorar no era habitual entre los irdas—. Sobre todo para el Protector. Adora a la pequeña.

—Lo sé —dijo el Dictaminador suavemente—. Parece cruel, pero cuanto antes actuemos será mejor para todos, incluido el Protector. ¿Estamos todos de acuerdo?

En reconocimiento a su buen juicio, prevaleció la decisión del Dictaminador, que fue en busca del Protector para decírselo. Los otros irdas regresaron a toda prisa a sus casas separadas.

3

Adioses. El regalo de despedida del Protector

Marcharme? —Usha miraba atónita al hombre al que siempre había conocido como Protector—. ¿Marcharme de la isla? ¿Cuándo?

—Mañana, pequeña —dijo el Protector, que iba de un lado a otro de la casa que compartían recogiendo las cosas de Usha y poniéndolas sobre la cama para después empaquetarlas—. Se está preparando un bote para ti. Eres una experta marinera y la embarcación ha sido mejorada con magia. No volcará por muy encrespadas que estén las aguas. Si deja de soplar el viento, el bote no se detendrá y seguirá navegando, impulsado por la corriente de nuestros pensamientos. Te llevará a través del océano a salvo hasta la ciudad humana de Palanthas, que está casi rumbo sur de nosotros. Será una travesía de doce horas, no más.

—Palanthas... —repitió Usha, sin acabar de comprender, sin darse siquiera cuenta de lo que decía.

El Protector asintió con la cabeza.

—De todas las ciudades de Ansalon, creo que Palanthas será la más adecuada para ti. La población es grande y variada, ya que los palanthinos tienen una gran tolerancia hacia otras culturas distintas de la suya. Lo extraño es que esto se deba, quizás, a la presencia de la Torre de la Alta Hechicería y a su señor, lord Dalamar. Aunque es un mago perteneciente a la Orden de los Túnicas Negras, es respetuoso con...

Usha ya no escuchaba. Sabía que el Protector hablaba

sin parar llevado por la desesperación. Siendo un hombre silencioso, retraído, afable, dulce, todas esas palabras eran más de las que le había dirigido durante meses, y probablemente lo estaba haciendo sólo para procurar algún consuelo a ella y a sí mismo. Usha lo supo porque, cuando el hombre cogió una muñeca con la que había jugado de niña, de repente dejó de hablar, la apretó contra su pecho y la sostuvo como lo había hecho con ella antaño.

A Usha se le llenaron los ojos de lágrimas. Se volvió con rapidez para que no la viera llorar.

—Así que se me envía a Palanthas, ¿no? Bien. Sabes que hace tiempo que quería marcharme. Tenía planeado todo el viaje. Pensaba dirigirme a Kalaman, pero... —se encogió de hombros—, Palanthas servirá. Da igual un sitio que otro.

No había pensado en ir a Kalaman en ningún momento. Era el primer nombre de ciudad que le había venido a la cabeza, pero lo dijo de forma que parecía que llevara años planeando el viaje. La verdad era que estaba asustada. Terriblemente asustada.

«¡Los irdas saben dónde estuve anoche!», pensó, sintiéndose culpable. «Saben que estuve en la playa. ¡Saben lo que estuve pensando, soñando!»

Sus sueños habían evocado las imágenes de los caballeros: sus jóvenes rostros, su cabello húmedo de sudor, sus fuertes y flexibles manos. En sus sueños se habían encontrado con ella, le habían hablado, se la habían llevado en su barco con cabeza de dragón. Le habían jurado que la amaban; habían renunciado a la guerra y a las armas por ella. Una estupidez, lo sabía. ¿Cómo podía un hombre amar a alguien tan feo como ella? Pero podía soñar que era hermosa, ¿no? Al recordar ahora sus sueños, Usha se ruborizó. Se avergonzaba de ellos, de los sentimientos que despertaban dentro de ella.

—Sí, los dos sabemos que ha llegado el momento de que te marches —dijo el Protector con cierta torpeza—. Ya habíamos hablado de ello antes.

Cierto, Usha había hablado de marcharse durante los

últimos tres años. Planeaba el viaje, decidiendo qué llevarse consigo; incluso llegó a marcar una fecha de partida, una fecha imprecisa, como la Víspera del Solsticio de Verano, o el Día de las Tres Lunas. Esas fechas llegaron y pasaron, pero Usha siempre se quedaba. El mar estaba demasiado agitado, o el tiempo era demasiado frío o el bote resultaba inadecuado o los augurios desfavorables. El Protector siempre se mostraba de acuerdo con ella, afablemente, del mismo modo que estaba de acuerdo con todo lo que ella decía o hacía, y el tema quedaba zanjado. Hasta la próxima vez que Usha empezaba a planear su viaje.

—Tienes razón. De todas formas pensaba marcharme —repuso, confiando en que el temblor de su voz fuera tomado por excitación—. Tengo mi equipaje hecho a medias.

Se pasó una mano por los ojos y se volvió para mirar al hombre que la había criado desde la infancia.

—¿Pero qué haces, Prot? —inquirió dirigiéndose a él por el nombre con que lo llamaba de pequeña—. No pensarás que voy a ir a Palanthas llevando mi muñeca, ¿verdad? Déjala aquí. Te servirá de compañía mientras yo estoy ausente. Los dos podréis hablar hasta que vuelva.

—No volverás, pequeña —dijo el Protector con voz queda.

No la miró, pero acarició la usada muñeca. Luego, en silencio, se la tendió a la joven.

Usha lo miraba fijamente. El temblor de la voz dio paso a un nudo en la garganta, y éste provocó que las lágrimas volvieran a sus ojos. Cogió la muñeca con brusquedad y la arrojó al otro lado del cuarto.

—¡Se me está castigando! ¡Se me castiga por decir lo que pienso! ¡Porque no me da miedo ese hombre! ¡El Dictaminador me odia! ¡Todos vosotros me odiáis! ¡Me odiáis porque soy fea y estúpida y... y humana! ¡Vale! —Usha se limpió las lágrimas con el dorso de las manos, se atusó el cabello e inhaló honda, temblorosamente—. De todos modos no tenía planeado regresar. ¿Quién querría volver aquí? ¿A quién le importa un sitio aburrido en el que nadie le dirige la palabra a otro durante meses? ¡A mí, no! ¡Me marcho esta misma noche! ¡Al infierno con el equipaje! ¡No quiero nada de vosotros! ¡Nada! ¡Nunca más!

Ahora lloraba sin disimulo... Lloraba y observaba al mismo tiempo para ver el efecto que causaban sus lágrimas. El Protector la miraba con impotencia, como había hecho siempre cuando ella lloraba. Cedería. Siempre cedía. Haría cualquier cosa para apaciguarla, para consolarla; le daría lo que quisiera. Siempre lo había hecho.

Los irdas no están acostumbrados a mostrar sus emociones a menos que sean extraordinariamente fuertes. En consecuencia, los desconcertaban las extravagancias tempestuosas del temperamento humano. No podían soportar ver a nadie en un estado de profunda angustia emocional. Resultaba embarazoso, mal visto, falto de dignidad. Usha había aprendido muy pronto que las lágrimas y las rabietas le proporcionaban lo que quisiera, fuera lo que fuera. Sus sollozos se hicieron más fuertes; se atragantó y se ahogó mientras se regocijaba para sus adentros. No tendría que marcharse. Ahora no.

«¡Me marcharé!», pensó con resentimiento. «Pero sólo cuando yo lo diga y esté dispuesta.»

Había llegado al estado de dolorosos hipidos y pensaba que era el momento de parar y dar al Protector una oportunidad de disculparse humildemente por disgustarla, cuando oyó algo asombroso:

El ruido de la puerta al cerrarse.

Usha tragó saliva, cogió torpemente un pañuelo para limpiarse los ojos y cuando pudo ver miró a su alrededor, estupefacta.

El protector se había marchado. La había dejado plantada.

Usha se sentó en la pequeña casa, silenciosa y vacía, que había sido suya durante todos los años que habían pasado desde que la trajeron aquí siendo un bebé. En una ocasión había intentado llevar las cuentas, marcar los años desde el día en que el Protector le dijo que había nacido. Pero dejó de contarlos alrededor de los trece. Hasta entonces fue como un juego, pero a esa edad —por alguna razón— el juego se volvió doloroso. Nadie le contaba gran cosa acerca de sus padres o por qué no estaban allí. No les gustaba hablar de esas cosas. Los ponía tristes cada vez que ella sacaba a colación el tema.

Nadie quiso decirle quién era... sólo lo que no era. No era una irda. Y así, en un acceso de rabia, había dejado de marcar los años, y cuando volvieron a ser importantes para ella, había perdido la cuenta. ¿Habían pasado cuatro o cinco años? ¿Seis? ¿Diez?

Tampoco es que importara mucho. No importaba nada.

Usha sabía que esta vez sus lágrimas no le servirían.

Al día siguiente, cuando el sol estaba en su cenit, más o menos, los irdas volvieron a reunirse —dos veces en dos días era algo prácticamente sin precedente en su historia— para decir adiós a la «pequeña» humana.

Ahora Usha estaba protegida por la cólera; la cólera y el resentimiento. Sus palabras de despedida fueron distantes y formales, como si estuviera diciendo adiós a algunos primos lejanos que habían venido de visita.

—No me importa —fue lo que el Protector le oyó decir, y no en voz demasiado baja, para sí misma—. ¡Me alegro de marcharme! No me queréis. Nadie me quiso nunca. No me importáis ninguno, puesto que yo no os he importado.

Pero a los irdas sí les importaba. El Protector deseó poder decírselo, pero le costaba pronunciar esas palabras, si es que era capaz de decirlas. Los irdas se habían encariñado con la chiquilla alegre, que reía y cantaba, que los había sacado de sus estudios contemplativos con sobresalto, obligándolos a abrir sus corazones cerrados a cal y canto. Si la habían mimado y malcriado —y lo habían hecho, de eso no le cabía duda al Protector— había sido sin intención. Se sentían felices al verla feliz y, por lo tanto, habían hecho todo lo posible para que siguiera así.

El Protector empezó a pensar, vagamente, que quizás esto era un error. Al mundo al que la empujaban de un modo tan brusco no le importaba Usha ni poco ni mucho. Estuviera triste o alegre, muerta o viva, no era asunto del mundo. Se le ocurrió ahora —un poco tarde— que quizás Usha debería haber recibido cierta disciplina, haber aprendido a afrontar tal indiferencia.

Claro que jamás pensó en realidad que tendría que dejar libre al silvestre pájaro cantor. Ahora que había llegado ese momento, aunque no se demostraron emociones abiertamente, los irdas mostraron sus sentimientos del único modo que sabían hacerlo: dándole regalos.

Usha los aceptó dando las gracias con descortesía, cogiéndolos y metiéndolos a empujones en una bolsa de cuero sin siquiera echarles un vistazo. Cuando el que le entregaba el objeto intentaba explicarle su utilidad, Usha cortaba las explicaciones con un ademán. Estaba dolida, profundamente dolida, y tenía intención de causarles el mismo daño a todos ellos. A decir verdad, el Protector no podía culparla.

El Dictaminador pronunció un conmovedor discurso que Usha escuchó en un silencio gélido, y después llegó el momento de la partida. La marea era la correcta; el viento, también. Los irdas musitaron sus plegarias y buenos deseos. Usha les dio la espalda y echó a andar hacia el bosque, encaminándose a la playa, aferrando los regalos contra su pecho con fuerza.

—¡No me importa! ¡No me importa! —repetía una y otra vez en lo que el Protector confiaba que fuera un mantra fortalecedor.

Fue el único que la acompañó hasta el bote. La muchacha se negó a hablar con él, y el irda empezó a preguntarse si quizá la habría juzgado mal. Quizás era una más de esos humanos a los que nada les importaba y carecían de sentimientos. A mitad de camino de la playa, cuando los dos estuvieron solos en el bosque, Usha se frenó de sopetón.

—¡Prot, por favor! —Le echó los brazos al cuello y lo estrechó contra sí, una muestra de afecto que no hacía desde que había dejado atrás la infancia—. ¡No me alejes de ti! ¡No me obligues a marcharme! ¡Seré buena! ¡No volveré a causar ningún problema! ¡Te quiero! ¡Os quiero a todos!

—Lo sé, niña, lo sé. —El Protector, cuyos ojos también estaban empañados, le palmeó la espalda con gesto torpe. Acudió a él con fuerza el recuerdo de hacer esto mismo con ella cuando era un bebé, acurrucada en sus brazos, y él hacía cuanto estaba en su mano para darle el amor que su madre nunca pudo darle.

Cuando los sollozos de Usha se apagaron, el Protector la apartó para mirarla a los ojos.

—Pequeña, se supone que no tendría que decirte esto, pero no puedo dejarte marchar pensando que ya no te queremos, que nos has decepcionado de algún modo. Eso no podría pasar nunca, Usha. Te amamos mucho. Tienes que creerme. La verdad es... que vamos a realizar magia, una magia muy poderosa en un intento de evitar que los caballeros malvados regresen. No puedo explicártelo, pero esta magia podría dañarte, Usha, porque no eres irda. Podría ponerte en peligro. Te hacemos marchar porque nos preocupa tu seguridad.

Una mentira, quizá, pero era una mentira inofensiva. En realidad, a Usha se la hacía partir porque podía poner en peligro la magia. La humana, Usha, era una mácula en la perfecta estructura cristalina del encantamiento que los irdas planeaban utilizar para contener el poder de la Gema Gris. El Protector sabía que ésta era la verdadera razón de que el Dictaminador decretara la marcha de Usha.

La muchacha sollozó bajito. El Protector le limpió la nariz y la cara, como había hecho cuando era una niñita.

—¿Esa..., esa magia os pondrá a salvo? —Usha tragó saliva—. ¿A salvo del mal?

—Sí, pequeña. Es lo que dice el Dictaminador, y no tenemos motivo para dudar de su buen juicio.

Otra mentira. El Protector había dicho más mentiras en este día que en toda una vida de incontables siglos. Estaba profundamente asombrado de que se le diera tan bien mentir.

Usha hizo un débil intento de sonreír.

—Gracias por ser sincero conmigo, Prot. Siento..., siento haber sido tan brutal con los demás. Díselo, por favor. Diles lo mucho que los voy a echar de menos y que pensaré en vosotros todos los días... —Las lágrimas amenazaron con desbordarse otra vez. Tragó saliva y las contuvo.

—Se lo diré, Usha. Y ahora, vamos. El sol y la marea no esperan a nadie, o eso es lo que dicen los minotauros.

Caminaron hacia la playa. Usha iba muy callada. Parecía aturdida, incrédula, conmocionada.

Llegaron al bote, una embarcación grande, de dos mástiles, de fabricación y diseño de los minotauros. Los irdas la habían conseguido varios años antes, para utilizarla en la adquisición de la Gema Gris. Una vez completada la tarea, los irdas no tenían otra utilidad para la embarcación y habían dado permiso al Protector para enseñar a Usha cómo navegar en ella. Aunque la idea lo horrorizaba, siempre había temido que este día acabaría llegando.

Entre los dos colocaron cuidadosamente los dos bultos de equipaje: uno pequeño, en el que guardaba objetos personales y que podría llevar a la espalda, y una bolsa más grande, que contenía los regalos de los irdas. Usha llevaba puestas lo que los irdas juzgaban ropas adecuadas para viajar con calor: pantalones hechos con ligera seda verde, sueltos y ondeantes, fruncidos en los tobillos, y sujetos a la cintura con una banda bordada; una túnica a juego, abierta por el cuello y atada a la cintura con un fajín dorado; y un chaleco de terciopelo negro, con bordados de vivos colores. La cabeza se la cubría con un pañuelo de seda.

—Con tantos paquetes pareces una kender —intentó bromear el Protector.

—¡Una kender! —Usha se obligó a soltar una risa—. Me contaste historias sobre ellos, Prot. ¿Crees que llegaré a conocer a uno?

—Será más fácil conocerlos que librarte de ellos. Oh, sí, pequeña. —El Protector sonrió al evocar ciertos recuerdos—. Conocerás a los alegres y despreocupados kenders de ágiles dedos. Y a los severos y secos enanos; a los astutos e ingeniosos gnomos; a los audaces y apuestos caballeros; a los elfos de voces argentinas. Los conocerás a todos...

Mientras hablaba, el Protector observó que Usha apartaba los ojos de él y dirigía la mirada hacia el mar. La expresión de su rostro cambió, dejando de ser aturdida, conmocionada. Ahora advirtió ansia, el anhelo de ver y oír y probar y tocar la vida. En el horizonte unas nubes blancas iban formando un cúmulo más y más alto, pero Usha no veía nubes, sino ciudades, blancas y brillantes al sol. El Protector tuvo la impresión de que si el océano hubiese sido de pizarra la joven habría echado a correr por él en ese mismo instante.

El irda suspiró. La parte humana había tomado control de la huérfana finalmente. La excitación brillaba en sus ojos; sus labios se entreabrieron. Se inclinó hacia adelante, en un gesto inconsciente de ansiedad, dispuesta —como lo estaban todos los humanos— a zambullirse de cabeza en el futuro.

Sabía mucho mejor que ella —pues había sido uno de los pocos irdas que había recorrido el mundo— a los peligros que Usha, en su inocencia, se enfrentaba. Estuvo a punto de prevenirla; las palabras acudieron a sus labios. Le había hablado de los caballeros y los kenders. Ahora debería hablarle de los crueles draconianos; de los malvados goblins; de humanos con el alma y el corazón corruptos; de clérigos oscuros que realizaban actos indecibles en nombre de Morgion o Chemosh; de hechiceros Túnicas Negras con anillos que absorbían la vida; de delincuentes, ladrones, perjuros, seductores.

Pero no le dijo nada. No llegó a advertirle del peligro. No tuvo corazón para apagar su entusiasmo, para ensombrecer el brillo de su mirada. Pronto lo descubriría por sí misma. Ojalá los dioses velaran por ella, como se decía que velaban por los niños dormidos, los animales extraviados y los kenders.

La ayudó a subir al bote.

—La magia guiará la embarcación hacia Palanthas. Lo único que tienes que hacer, pequeña, es mantener el rumbo de manera que el sol poniente toque tu mejilla izquierda. No temas por las tormentas, pues el bote no puede volcar. Si el viento deja de soplar, nuestra magia será tu brisa marina, empujando al bote en su camino. Deja que las olas te mezan hasta dormirte, y cuando despiertes por la mañana verás las cúpulas de Palanthas brillando bajo el sol.

Levantaron la vela entre los dos. Durante todo el proceso, el protector estuvo abstraído, argumentando consigo mismo, intentando tomar una decisión. Finalmente, lo hizo.

Cuando la embarcación estaba lista para zarpar, el Protector instaló a Usha en la popa, colocando de nuevo sus posesiones a su alrededor, ordenadamente. Hecho esto, sacó un rollo de pergamino atado con una cinta negra y se lo tendió a Usha.

—¿Qué es esto? —preguntó ella, mirándolo con curiosidad—. ¿Un mapa?

—No, pequeña. No es un mapa. Es una carta.

—¿Para mí? ¿Me habla...? —Su rostro se iluminó con la esperanza—. ¿Me habla de mi padre? ¿De por qué me abandonó? Me prometiste que un día me lo contarías, Prot.

El Protector se sonrojó hasta las orejas, sorprendido.

—Eh... Mmmm... No, no es eso, pequeña. Ya conoces la historia. ¿Qué más podría añadir?

—Me dijiste que me dejó después de la muerte de mi madre, pero nunca me dijiste el porqué. Es porque no me quería, ¿verdad? Porque fui la causa de la muerte de mi madre. Me odiaba...

—¿De dónde has sacado esa idea, pequeña? —El Protector estaba conmocionado—. Tu padre te amaba profundamente. Sabes lo que pasó. Te lo contamos.

—Sí, Prot —dijo Usha con un suspiro. Todas sus conversaciones acerca de sus progenitores acababan de este modo. Se negaba a decirle la verdad. Vale, no importaba. Ella encontraría su propia verdad.

—La carta no es para ti —dijo el Protector mientras le daba golpecitos al pergamino con el dedo, deseoso de cambiar de tema—; pero, cuando hayas perdido de vista nuestra isla, puedes abrirla y leerla. La persona a la que has de entregársela tal vez quiera hacer preguntas que sólo tú puedes contestar.

Usha contempló la carta fijamente, con expresión desconcertada.

—Entonces ¿para quién es, Prot?

El Protector guardó silencio un momento, luchando consigo mismo. Sacudió la cabeza para librarse de las dudas que lo acosaban.

—Hay un poderoso hechicero que vive en Palanthas —respondió—. Se llama Dalamar. Después de que hayas leído esta carta, llévasela a él. Es justo que sepa lo que nos proponemos hacer, en caso de que... —calló sin terminar la frase, pero Usha tenía una viva inteligencia.

—¡En caso de que algo vaya mal! —la concluyó por él—. ¡Oh, Prot! —Se aferró al irda con fuerza, ahora que el momento de partir había llegado—. ¡Tengo miedo!

«Siempre lo tendrás, pequeña. Toda tu vida. Es la maldición del ser humano», pensó el Protector, que se inclinó y la besó en la frente.

—Que la bendición de tu madre, y la de tu padre, vayan contigo.

Bajó del bote y lo empujó fuera de la playa, haciendo que se deslizara sobre las olas.

—¡Protector! —gritó Usha, alargando la mano para agarrarse a él.

Pero el agua, o la magia, o ambas, alejaron el bote rápidamente. El chapoteo de las olas al romper en la orilla ahogaron sus palabras.

El Protector permaneció en la arenosa playa hasta que el bote se perdió de vista. Incluso después de que el pequeño punto hubiera desaparecido en el horizonte, continuó parado allí.

Sólo cuando la marea subió, borrando con las olas el rastro de las pisadas de Usha en la arena, el Protector dio media vuelta y se marchó.

4

Una carta para Dalamar

Usha, sola en el bote, contempló cómo la esbelta figura del Protector se hacía más y más pequeña, vio cómo la costa de su hogar se difuminaba en la distancia hasta no ser más que una línea negra en el horizonte. Cuando el Protector y la costa se perdieron de vista, Usha dio un tirón al timón para hacer que el bote girara y navegar de regreso.

El timón no respondió. El viento sopló con más fuerza y de manera constante. La magia irda mantenía la embarcación rumbo a Palanthas.

Usha se tumbó en el fondo del bote y se entregó a su pena, llorando y gritando hasta casi ponerse enferma. Las lágrimas no aliviaron en absoluto el dolor de su corazón. Por el contrario, le dieron hipo, le pusieron rojos los ojos, que le picaban y le ardían, e hicieron que la nariz le goteara. Manoseando torpemente para coger un pañuelo se topó con la carta que el Protector le había dado. La abrió sin mucho entusiasmo, imaginando que había sido otra excusa para librarse de ella, y empezó a leer.

«Mi Usha: mientras escribo esto, tú duermes. Te miro —descansando plácidamente, el brazo echado sobre tu cabeza, el cabello despeinado, las huellas de las lágrimas en tus mejillas— y recuerdo a la criatura que trajo alegría y calor a mi vida. Ya te echo de menos ¡y todavía no te has ido!

»Sé que te sientes herida y estás enfadada porque te enviamos lejos de aquí, sola. Por favor, créeme mi querida niña: jamás habría hecho esto si no estuviera convencido de que tu marcha es por tu propio bien.

»La pregunta que planteaste en la reunión, referente a la Gema Gris y su control sobre nosotros, es algo que nos hemos preguntado muchos de nosotros. No estamos seguros de que romper la joya sea el mejor curso de acción. Accedimos a la proposición del Dictaminador porque, sinceramente, creemos que no tenemos otra opción.

»El Dictaminador ha decretado que ni el menor indicio de lo que planeamos debe trascender al mundo exterior. En eso, creo que se equivoca. Durante demasiado tiempo nos hemos mantenido apartados del mundo. Ello ha acabado —más de una vez— en tragedia. Mi propia hermana...»

En este punto, lo que quiera que hubiera escrito había sido tachado. El Protector nunca le había mencionado que tuviera una hermana. ¿Dónde estaba? ¿Qué le había ocurrido? Usha trató de descifrar las palabras debajo del tachón, pero fracasó. Suspiró y siguió leyendo. Lo que venía a continuación iba dirigido a lord Dalamar, señor de la Torre de la Alta Hechicería, en Palanthas.

Usha pasó con una ojeada las educadas presentaciones preliminares y una descripción de cómo se las habían ingeniado los irdas para robar la Gema Gris, una historia que había oído contar infinidad de veces y que ya le resultaba aburrida. Se saltó hasta la parte interesante.

«La Gema Gris descansa sobre el altar que le hemos construido especialmente para retenerla. A simple vista, el aspecto de la piedra es modesto. Al examinarla más detenidamente se vuelve más interesante. Su tamaño parece variar según quién la contempla. El Dictaminador insiste en que es tan grande como un gato adulto, mientras que yo la veo con un tamaño como el del huevo de una gallina.

»Es imposible determinar su número de facetas. Todos nosotros las hemos contado y ninguno ha llegado a la misma cifra. Esas cifras no varían en uno o dos números, sino que son radicalmente distintas, como si cada uno de nosotros hubiese contado las facetas de gemas diferentes.

»Sabemos que la joya es caótica por naturaleza. Sabemos también que el dios Reorx ha hecho muchos intentos para recapturarla, pero que siempre ha fracasado. La Gema Gris está más allá de su poder para retenerla. Entonces ¿por qué se nos ha permitido que nosotros la conservemos?

»La respuesta del Dictaminador a esta pregunta es que Reorx es un dios débil, fácil de distraer, e indisciplinado. Tal vez sea verdad, pero me pregunto por qué los otros dioses no han hecho nunca el menor intento de controlar la gema. ¿Será porque ellos, también, son débiles contra ella? Y sin embargo, si los dioses son todopoderosos, ¿cómo es eso posible? A menos que la propia Gema Gris posea un poder mágico mucho más fuerte que el de los propios dioses.

»Si es así, la piedra es inmensamente más poderosa que nosotros. Y ello significa que la Gema Gris no está bajo nuestro control. Nos está engañando, utilizándonos... no sé con qué propósito. Pero me da miedo.

»Por ello he incluido una copia de la historia de la creación del mundo y de la Gema Gris, según la tradición irda. Encontraréis, milord Dalamar, que difiere considerablemente de las otras historias recopiladas, y ésa es una razón por lo que considero esencial que esta información llegue al Cónclave de Hechiceros. Quizá se puedan recoger algunas claves respecto a la Gema Gris a través de este relato.»

—¡La historia de los irdas! —exclamó Usha, que a punto estuvo de enrollar el pergamino—. ¡La tengo oída de sobra! ¡Me la sé de memoria!

Había aprendido a leer y escribir el lenguaje irda y también el conocido como Común, que los irdas jamás hablaban entre sí pero que se consideró aconsejable que ella supiera. Aunque había sido buena estudiante, Usha no disfrutaba demasiado con el aprendizaje. A diferencia de los estudiosos irdas, ella prefería hacer cosas antes que leer sobre las cosas que se hacían.

Pero no tenía otra cosa que hacer ahora salvo lloriquear y gemir y compadecerse de sí misma. Se inclinó sobre el macarrón, metió el pañuelo en el agua de mar, se refrescó la cara y la frente calientes, y se sintió mejor. Y así, para evitar pensar en su pena, siguió leyendo —aburrida al principio— pero sintiéndose cautivada de manera gradual. Podía oír la voz del Protector en las palabras escritas y se encontró de nuevo sentada a la pequeña mesa, escuchando su relato de la creación del mundo.

«Según nuestros antepasados,[2] los tres dioses tal como los conocemos ahora, Paladine, Takhisis y Gilean, moraban juntos en el plano inmortal. Los tres eran hermanos, ya que habían nacido de Caos, Padre de Todo y de Nada. Paladine, el hijo mayor, era concienzudo, responsable. Gilean, el mediano, era estudioso y contemplativo. Takhisis, la pequeña y la única hija, era, en cierto modo, la favorita. Era impaciente, ambiciosa y estaba aburrida.

2. Los estudiosos de Krynn advertirán que la leyenda de la creación relatada por el Protector difiere de las leyendas de la creación relatadas por otras razas. Esto es lógico si se tiene en cuenta que cada raza se considera a sí misma el centro del universo. Los enanos, por ejemplo, rehúsan admitir que fueron creados por el caos causado por la Gema Gris. Mantienen que son creación de Reorx. Muchos elfos creen que la suya es la verdadera raza y que las demás son meros borrones de tinta en el Gran Libro de Gilean. Los irdas, sin embargo, son la raza en posesión de la historia ininterrumpida de Krynn más larga, y por ende consideramos que su relato es el que se aproxima más a los verdaderos acontecimientos.

»Quería poder, quería imponerse a los demás. Lo intentó pero no consiguió dominar a sus hermanos. Paladine era demasiado enérgico, y Gilean estaba demasiado abstraído. Por esto nosotros, los irdas, creemos que fue a instigación de Takhisis que el mundo de Krynn y toda la vida en este plano se crearon.

»Takhisis sabe ser encantadora y muy lista cuando se lo propone, y fue a sus hermanos mayores con la idea de crear un mundo y espíritus que lo habitaran. Con Paladine hizo hincapié en cómo estos espíritus traerían el orden a un universo que, de otra manera, seguiría siendo caótico. Hacía tiempo que a Paladine lo venía incomodando el hecho de que sus existencias no tuvieran propósito alguno, ningún significado. A él y a su consorte, Mishakal, les complació la idea de este cambio y dieron su consentimiento.

»—Supongo que le habrás hablado a Padre sobre esto —dijo Paladine—, y que habrás obtenido su permiso.

»—Por supuesto, mi querido hermano —contestó Takhisis.

»Paladine debería haber sabido que su hermana mentía, pero estaba tan ansioso de poner orden en el universo que cerró los ojos a la verdad.

»Takhisis fue a ver a Gilean y le habló de las oportunidades para el estudio, una ocasión de ver cómo otros seres que no fueran ellos reaccionaban ante diferentes situaciones.

»A Gilean le resultó interesante esta idea. Al no tener consorte (no tenemos noticia de lo que ocurrió con ella), Gilean consultó con Zivilyn, un dios que venía de otro de los planos inmortales al que se lo llamaba simplemente Más Allá. Se dice que Zivilyn existe en todos los planos y en todos los tiempos.

»Zivilyn miró delante y miró detrás. Miró a su izquierda y a su derecha. Miró arriba y miró abajo, y finalmente declaró la idea como buena.

»En consecuencia, Gilean aceptó.

»—Por supuesto, habrás mencionado este asunto a Padre —dijo Gilean como si se le hubiera ocurrido de pronto, sin siquiera alzar la vista de su libro.

»—Desde luego, mi querido hermano —contestó Takhisis.

»Gilean sabía que Takhisis mentía, ya que Zivilyn le había advertido que lo haría. Pero la oportunidad de obtener conocimientos era una tentación demasiado grande, así que Gilean cerró los ojos a la verdad.

»Habiendo obtenido el consentimiento de sus hermanos, Takhisis puso en marcha su plan.

»En Más Allá vivía un dios llamado Reorx. No se sabe mucho sobre su pasado, aunque hay rumores de que alguna horrible tragedia lo había llevado a rehuir la compañía de otros inmortales. Vivía solo en su plano, en su forja, pasando el tiempo en crear cosas bellas y horrendas, maravillosas y terribles. La creación era su único placer. Ninguno de los objetos que creaba tenía utilidad y, una vez que estaban terminados, simplemente los arrojaba a un lado. Todavía los vemos, pues alguno cae de vez en cuando al suelo. Se conocen como estrellas fugaces.

»Takhisis fue a ver a Reorx y alabó sus creaciones.

»—Pero ¡qué pena —dijo— que tengas que tirarlas! Tengo un plan en mente. Crearás algo que no te aburrirá, sino que te ofrecerá nuevos retos cada día de tu vida inmortal. Crearás un mundo y lo poblarás con espíritus a los que enseñarás todas las artes que conoces.

»La idea cautivó a Reorx. Por fin su interminable creación tendría una utilidad, un beneficio. Aceptó de buena gana.

»—Habrás aclarado este asunto con Padre, ¿no? —preguntó a Takhisis.

»—No habría venido de no ser así —contestó ella.

»Reorx —sencillo y sin doblez— no tenía ni idea de que Takhisis estaba mintiendo.

»Los dioses se reunieron: Paladine, Mishakal y sus hijos; Gilean y su única hija natural, junto con sus hijos adoptivos; y Takhisis, su consorte, Sargonnas, y sus hijos. Reorx llegó, instaló su forja y, en medio de la oscura e interminable noche de Caos, colocó un trozo de metal fundido al rojo vivo y dio el primer golpe con su martillo.

»En ese momento, los dos hermanos fueron obligados a abrir los ojos.

»Takhisis no había consultado a Caos, Padre de Todo y de Nada. Consciente de que se opondría a su plan para poner orden en el universo, había mantenido su plan deliberadamente en secreto para él. Y no cabe duda de que sus hermanos lo sabían.

»Caos podría haber destruido a sus hijos y a su juguete allí mismo, en ese instante, pero, como haría cualquier padre, decidió que sería mejor darles una lección.

»—Crearéis el orden, en efecto —tronó—, pero me ocuparé de que el orden engendre discordia, tanto entre vosotros como entre aquellos que habiten vuestro mundo.

»No se podía hacer nada para cambiar lo que había pasado. Las chispas que hizo saltar el martillo de Reorx ya se habían convertido en estrellas. La luz de las estrellas había dado vida a los espíritus vivientes. El propio Reorx forjó un mundo en el que estos espíritus pudieran morar.

»Y fue entonces cuando la maldición de Caos se puso de manifiesto.

»Takhisis quería que los recién creados espíritus estuvieran bajo su control a fin de dominarlos y obligarlos a hacer su voluntad. Paladine quería tener a los espíritus bajo su control con intención de criarlos y conducirlos por los caminos de la rectitud. Gilean no veía ventaja en ninguna de las dos opciones, en un sentido académico. Quería que los espíritus permanecieran libres para que pudieran elegir el camino que quisieran tomar. De ese modo, el mundo sería mucho más interesante.

»Los hermanos pelearon. Sus hijos y dioses de otros planos fueron arrastrados a la batalla. Empezó la Guerra de Todos los Santos.

»El Padre de Todo y de Nada se rió, y escuchar su risa fue horrible.

»Finalmente, Paladine y Gilean se dieron cuenta de que la batalla podía destruir todo lo creado. Aliaron sus fuerzas contra las de su hermana y, aunque no alcanzaron una victoria completa, por fin la forzaron a llegar a un acuerdo. Ella accedió de mala gana a que los tres gobernaran el nuevo mundo juntos, manteniendo un equilibrio entre ellos. De este modo esperaban terminar con la maldición que su Padre, Caos, les había echado.

»Los tres dioses decidieron que cada uno de ellos regalaría a los espíritus unos dones que les permitirían vivir y prosperar en el mundo recién forjado.

»Paladine dio a los espíritus la necesidad de control. Así trabajarían para obtener control sobre su entorno y traer el orden al mundo.

»Takhisis dio a los espíritus ambición y deseo. Los espíritus no sólo controlarían el mundo, sino que constantemente buscarían mejorarlo... y mejorarse a sí mismos.

»Gilean les otorgó el don de la elección. Cada uno tendría libertad para tomar sus propias decisiones. Ningún dios poseería un poder absoluto.

»Todos estos dones eran buenos, ninguno malo... a menos que se llevaran a extremos. La necesidad de control, llevada al extremo, conduce al miedo por el cambio, la supresión de ideas nuevas, la intolerancia de cualquier cosa diferente.

»La ambición, llevada al extremo, conduce a la determinación de alcanzar el poder a toda costa, a la esclavitud. Los deseos pueden convertirse en obsesiones y llevar a la gula, la lujuria, la avaricia y la envidia.

»La libertad llevada hasta su extremo es anarquía.

»Los espíritus adquirieron forma física, brotando de la imaginación de los dioses. De la mente de Paladine surgieron los elfos, su raza ideal. Disfrutan controlando el mundo físico, dándole forma a su antojo. Viven largo tiempo y cambian poco.

»Takhisis imaginó una raza de criaturas de una belleza absoluta, todas tan ambiciosas y egoístas como ella misma. Éstos fueron los ogros y, al acrecentarse sus apetitos, su belleza se consumió. Pero son extraordinariamente fuertes y muy poderosos.

»Puede decirse que nosotros, los irdas, somos creación de Takhisis ya que fuimos los ogros originales. Vimos lo que le estaba ocurriendo a nuestro pueblo, y algunos de nosotros nos volvimos hacia Paladine, suplicándole ayuda. Nos dio capacidad para separarnos de la Reina Oscura, pero fue a un alto coste. No podíamos vivir en contacto con otras razas o sucumbiríamos a la tentación y caeríamos de nuevo. Seríamos unos seres aislados, solitarios, que al disfrutar del aislamiento perpetuaríamos nuestra propia soledad. Incluso unirnos para tener progenie nos resultaría difícil, de manera que nuestro pueblo nunca sería numeroso. Aceptamos todas estas condiciones a fin de escapar del destino de nuestros hermanos. Y, así, el mundo no sabe nada de nosotros... o lo que cree saber es falso.

»Gilean imaginó la raza de los humanos. Tienen la vida más corta de todas, son los que cambian con más rapidez y los que con más facilidad se pasan de uno a otro bando.

»El Padre, para su propia diversión y para incrementar la probabilidad de desorden, creó a los animales. Irritó mucho a sus hijos al otorgar ventajas a muchos de los animales; de todos ellos, los principales son los dragones, que poseen inteligencia, sabiduría, larga vida, magia, fuerza y armas formidables.

»Desde la llegada de los dragones a Krynn, las otras especies mortales han combatido contra ellos o se han esforzado para aliarse con ellos.

»Así tuvo lugar la creación del equilibrio en el mundo. Los elfos se consideraron a sí mismos como la encarnación del Bien, mientras que los ogros eran la representación del Mal. (Resulta interesante señalar que, desde el punto de vista de los ogros sobre el mundo, el planteamiento es completamente contrario. Son los ogros los que se ven a sí mismos como representantes del Bien, y los elfos y los que como ellos abogan por la exterminación de la raza de los ogros, son el Mal.) Los humanos, en el medio, podían moverse para unirse a uno u otro lado y así lo hicieron... constantemente.

»Por llevar los humanos en su sangre todos los dones de los dioses —necesidad de ejercer control, ambición, deseos y libertad de elección para utilizar estos dones de modo beneficioso o perjudicial—, son los que avanzan velozmente a través del tiempo, creando, cambiando, alterando, destruyendo. A esto se lo llama progreso.

»Fue también durante esta época cuando la magia apareció en el mundo. Tres de los hijos de los dioses habían crecido juntos y habían estado inusualmente unidos: Solinari, hijo de Paladine y Mishakal; Nuitari, hijo de Takhisis y Sargonnas; y Lunitari, hija de Gilean. Todos los dioses poseen el poder de la magia, pero en estos tres ese poder estaba realzado por su amor a la magia y su dedicación a este arte. Esto creó un vínculo entre ellos, que tan distintos eran en otros aspectos.

»Cuando tuvo lugar la Guerra de Todos los Santos, estos tres estuvieron bajo una gran presión por parte de sus respectivos padres para que se unieran a uno u otro bando. Los tres primos temían que la guerra destruiría lo que más amaban: la magia. Hicieron el juramento de permanecer fieles a ella, leales entre sí, y abandonaron el panteón de los dioses. Asumieron forma mortal y caminaron por la faz de Krynn.

»Cada primo encontró un seguidor entre los mortales, y a ese seguidor cada uno de ellos le otorgó el don de la magia. Este don podía pasarse a otros mortales, y estos mortales podrían, en momentos de necesidad, invocar la ayuda de los tres dioses. Después los tres primos abandonaron Krynn, aunque permanecieron cerca, girando a su alrededor en el firmamento, observando con ojos siempre abiertos a los mortales que utilizaban sus dones. Los mortales conocen a esos «ojos» como las tres lunas de Krynn: la plateada Solinari, la roja Lunitari y la invisible (salvo para sus seguidores) Nuitari.

»Nosotros, los irdas, poseemos unos poderes mágicos inmensos, pero no sabemos con exactitud de dónde emana ese poder. No estamos alineados con los hechiceros de Krynn y, de hecho, se nos considera "renegados". Nos veis como una amenaza, un peligro para vuestras órdenes. Nuestra magia es una de las muchas razones por las que evitamos el contacto con otras especies. La magia es crucial para nuestra supervivencia. Todos los irdas nacen con ella. Llevamos la magia en la sangre, por decirlo de alguna forma, y funciona de un modo tan innato como lo hacen los otros sentidos: la vista, el olfato, el oído, el tacto y el gusto. ¿Alguien nos pregunta que expliquemos cómo vemos? No encuentro razón alguna para que el mundo exija que expliquemos cómo realizamos lo que son, a sus ojos, milagros.

»Bien, continuemos con la historia de la creación.

»El nuevo mundo era joven y salvaje, como lo eran los espíritus de los mortales que lo habitaban. Los elfos trabajaban duro, sumisos, en su parte del mundo. Los ogros aprendían a adaptarse a la suya. Los humanos buscaban manipular y mejorar la suya. Reorx, el dios solitario, se ofreció a ayudarlos. Se dice que Reorx únicamente se siente feliz de verdad cuando se mezcla e interfiere en la vida de los mortales.

»Reorx enseñó a un grupo de humanos innumerables habilidades, en las que estaba incluida la técnica de forjar acero. Los elfos y los ogros codiciaban el metal, que ninguno de ellos sabía cómo fabricar. Fueron en busca de los humanos para comprar espadas, cuchillos, herramientas. Los humanos se sintieron inmensamente enorgullecidos de sus habilidades y empezaron a hacer alarde de ellas. Olvidaron, en su orgullo, honrar a Reorx, su maestro. Incluso lo rechazaron cuando el dios apareció entre ellos, y se rieron de él porque era mucho más bajo que ellos, ridiculizando su interés en el mismo arte con el que estaban obteniendo tanta riqueza.

»Enfurecido, Reorx maldijo a estos humanos. Les arrebató las habilidades que les había enseñado, dejándoles sólo el deseo de inventar, construir, fabricar. Decretó que estos humanos fueran bajos, ajados, y ridiculizados por las otras razas. Los transformó en gnomos.

»Durante este tiempo, conocido como la Era de la Luz o del Albor, el equilibrio del mundo —que había sido relativamente estable— empezó a perturbarse. Los humanos, que ya no se contentaban con lo que tenían, empezaron a codiciar las posesiones de sus vecinos. Los ogros, incitados por Takhisis, ansiaban el poder. Los elfos querían que los dejaran en paz y solos, y estaban dispuestos a luchar para preservar su aislamiento.

»Hiddukel fue uno de los dioses de Más Allá que Takhisis trajo a este plano para incrementar su dominio sobre los humanos. Hiddukel es un comerciante. Le encanta hacer tratos y trueques y es extremadamente bueno en ello. Vio en el desequilibrio de la balanza un medio de acrecentar su propio poder. La guerra sería beneficiosa para los negocios, promovería el aumento de producción de armas, armaduras, alimentos para los ejércitos, y así sucesivamente. Puesto que también era un traficante de las almas de los muertos, Hiddukel también veía un fabuloso beneficio en este campo.

»Con la esperanza de aumentar el tumulto, Hiddukel fue a ver a Chislev, diosa de las frondas y la naturaleza, y, valiéndose de toda su persuasión, la convenció de que el conflicto estaba próximo.

»—Sólo es cuestión de tiempo antes de que estalle —dijo tristemente—. ¿Y cómo afectará al entorno? Bosques talados para hacer torres de asedio. Arbolillos convertidos en arcos y flechas. Campos arrasados o quemados. Tenemos que poner fin a este enfrentamiento entre las razas, de una vez por todas. Por bien de la naturaleza, desde luego.

»—¿Y cuál es tu interés en todo esto? —demandó Chislev—. No puedo creer que te importe el bienestar de los conejitos.

»—Nadie da crédito a que yo tenga corazón —protestó Hiddukel.

»—Eso es porque resulta difícil verlo bajo la densa capa de tu untuosa palabrería —replicó Chislev.

»—Por si te interesa saberlo, la guerra sería extremadamente perturbadora para los mercados financieros. El precio del oro se hundiría; perdería prácticamente todo su valor. Los granjeros no pueden llevar sus productos a los mercados si los mercados están siendo invadidos. Y, además, me gustan mucho los conejitos.

»—En estofado, tal vez. —Chislev suspiró—. Aun así, tienes razón. He visto la agitación creciente entre las razas, y también a mí me ha preocupado. He hablado con Gilean, ¡pero ya lo conoces! Nunca levanta la vista de ese libro. Siempre está escribiendo, escribiendo, escribiendo.

»—Pues intenta hablar con Takhisis y verás —dijo Hiddukel con gesto desdeñoso—. O está por ahí con Sargonnas, observando cómo los minotauros se machacan la cabeza unos a otros, o está ocupada provocando plagas, hambruna, inundaciones o cualquier cosa que se te ocurra pensar. Ya no tiene tiempo para los de nuestra condición.

»—¿Qué sugieres que hagamos? Presumo que tienes un plan.

»—¿Acaso no lo tengo siempre, mi querida amiga amante de los árboles? Si la Neutralidad fuera la fuerza dominante en el mundo, entonces el equilibrio sería constante, jamás se perturbaría. ¿Estás de acuerdo?

»—Supongo que sí —contestó Chislev con cautela, sin confiar en Hiddukel pero incapaz de argumentar en contra de su planteamiento—. Pero no veo qué...

»—¡Ah! Ve a hablar con Reorx y pídele que cree una gema que guarde en su interior la esencia pura de la Neutralidad. Esta gema servirá de pilar a la posición neutral, que así se convertirá en la fuerza mayor de Krynn, superando a los dos extremos opuestos. Estarán dominados por el centro, incapaces de desviarse mucho de él.

»—¿Y qué hacemos con esa joya una vez que haya sido creada? ¿Dártela para que la guardes a buen recaudo? —Chislev era una diosa afable, pero tenía tendencia a mostrarse sarcástica, sobre todo con Hiddukel.

»—¡Cielos, no! —El dios parecía espantado—. ¡No querría tener semejante responsabilidad! Lo más razonable sería entregársela a uno de los vuestros para que la guarde, ¿no?

»Chislev miró a Hiddukel fijamente, pero el dios soportó su escrutinio con una expresión de total inocencia, mostrando una sincera preocupación por el destino del mundo. Se rumorea que la propia Takhisis ha salido perdiendo en muchos tratos con Hiddukel.

»El resultado de esta conversación fue que Chislev salió de su bosque y recorrió el mundo en forma de mortal. Lo que vio le causó gran desasosiego. Forjas de acero ardían al rojo vivo en medio de la noche; los elfos pulían sus recién adquiridas espadas; los humanos contaban sus ganancias; los ogros hacían prácticas como si cortaran cabezas. Afligida, Chislev decidió que había que hacer algo.

»Se planteó hablar del asunto con su consorte, Zivilyn, el dios que podía ver todos los planos, en todo momento, futuro y pasado. Pero Chislev sabía por experiencia que era difícil obtener un "sí" o un "no" sin rodeos como respuesta de Zivilyn, que siempre estaba decidiendo hacer una cosa, para después mirarla desde otro ángulo y cambiar de parecer una y otra vez hasta que por fin acababa sin hacer nada.

»Este asunto necesitaba acción, y Chislev estaba decidida a emprender alguna. Fue a ver a Reorx.

»Ninguno de los dioses visitaba nunca a Reorx, una de las razones por las que pasaba tanto tiempo de compadreo con los humanos. Se quedó sorprendido y se sintió complacido por la visita, máxime tratándose de alguien de belleza tan delicada y temperamento tan dulce como Chislev.

»Ella, por su parte, se quedó impresionada por la amabilidad y atención de Reorx, que iba de acá para allá por su desordenada morada preparando pasteles, tropezando con los muebles, tirando la tetera, ofreciéndole cualquier cosa del universo que deseara tomar.

»Chislev sintió una punzada de remordimiento pues comprendió la soledad del dios, y se reprochó el haber descuidado su trato. Prometiéndose que lo visitaría más a menudo en el futuro, Chislev se tomó el té y planteó su petición.

»Reorx accedió de muy buena gana. ¿Que quería una gema? Pues la tendría. ¡Un centenar de ellas! ¡Las mejores del universo!

»Chislev, sonrojada, contestó que sólo quería una gema, una gema corriente, una gema que guardara en su interior la esencia de la Neutralidad.

»Reorx se atusó la barba y frunció el entrecejo, pensativo.

»—¿Y qué sería eso exactamente?

»—Vaya, pues... —Chislev parecía algo perpleja—. La esencia de la Neutralidad sería... eh...

»—¿El Caos? —sugirió Reorx.

»Chislev consideró el asunto, echando miradas a su alrededor con cierto temor, no fuera a ser que el Padre de Todo y de Nada —la encarnación del Caos— estuviera escuchando por casualidad.

»—¿Crees que podríamos apoderarnos de una pequeña parte? No demasiado, sólo lo suficiente para afianzar la Neutralidad en este mundo.

»—Considéralo hecho, señora —dijo Reorx con magnífico aplomo—. ¿Dónde he de entregar esta gema?

»Chislev había cavilado largo y tendido acerca de esto.

»—Entrégasela a Lunitari. Se encuentra más cerca del mundo, y está continuamente involucrada con los mortales y sus acciones. Será la más indicada para guardarla.

»Reorx aceptó, le besó la mano, tropezó con un escabel, derramó su taza de té y, con el rostro rojo como la grana, se marchó al punto hacia su forja.

»Chislev, disipadas sus preocupaciones, regresó a su bosque de buena gana.

»No se sabe cómo consiguió Reorx apoderarse de un fragmento de Caos e introducirlo en la gema, pero, por lo que ocurrió después, evidentemente fue capaz de hacerlo. Creó lo que llamó la "Gema Gris" y, cuando estuvo terminada, se la llevó a Lunitari para que la guardara a buen recaudo. La diosa se sintió atraída por la gema de inmediato, y la puso en el centro de la luna roja. Rara vez la perdía de vista, pues la piedra tenía el extraño efecto de hacer que cualquiera que la mirara la codiciara.

»Esto incluía, desafortunadamente, al creador de la joya, Reorx. Después de habérsela entregado a Lunitari, el dios se quedó desconcertado al descubrir que había soñado con la piedra todas las noches. Lamentando haberse desprendido de ella, fue a ver a Lunitari y le pidió humildemente que se la devolviera.

»Lunitari rehusó. También ella soñaba todas las

noches con la joya y le gustaba despertar y verla brillando en la luna roja.

»Reorx se enfadó y soltó pestes, y finalmente dio con el modo de recuperar la Gema Gris para sí mismo. Adoptó forma de mortal y apareció entre la raza que había creado, los gnomos. Eligió a uno de ellos, cuyas invenciones habían sido de las menos destructivas para la vida, partes del cuerpo y bienes de valor, y le mostró —en un sueño— la Gema Gris.

»Ni que decir tiene que el gnomo deseó la joya más que cualquier otra cosa en Krynn, con la posible excepción de un destornillador de múltiples cabezas movido por vapor. Como esto último era inalcanzable (estaba atascado en comités), el gnomo decidió apoderarse de la Gema Gris. Qué fue lo que tuvo que hacer está reseñado en otras historias, pero en el intento de recuperación había involucrada una escala extensible, varios tornos y poleas, una red mágica, y un pequeño empujoncito por parte de Reorx.

»Baste decir que el gnomo capturó la Gema Gris, apresándola en la red mágica mientras Lunitari estaba al otro lado del mundo.

»—Es justo lo que necesito —dijo el gnomo, mirando la piedra con admiración—, para dar potencia a mi cuchilla rotatoria, combinación de cortador de encurtidos y recortador de barbas. —El gnomo estaba a punto de poner la gema en su invento cuando apareció Reorx bajo el disfraz de un colega gnomo y la exigió para sí mismo.

»Los dos pelearon y, durante la trifulca, la Gema Gris se escabulló de la red y escapó.

»Ésta fue la primera indicación de que la Gema Gris era algo más de lo que Reorx, Lunitari, el gnomo o cualquier otro habían imaginado.

»Reorx contempló, pasmado, cómo la joya se alejaba por el aire. Fue en su persecución (al igual que el gnomo y una multitud de parientes suyos), pero ninguno fue capaz de capturarla. La Gema Gris campó por sus respetos por todo Krynn, causando estragos a su paso. Alteró animales y plantas, afectó la ejecución de conjuros de los hechiceros, y se convirtió en un considerable fastidio.

»Para entonces, todos los dioses conocían la existencia de la Gema Gris. Paladine y Takhisis estaban furiosos con Reorx por haberla forjado sin consultarlos primero. Chislev, avergonzada, admitió su participación en el asunto, e implicó a Hiddukel, que se encogió de hombros y se echó a reír escandalosamente.

»Su complot había funcionado. En lugar de reforzar el equilibrio, la Gema Gris lo había desestabilizado aún más. Los elfos estaban planeando declarar la guerra a los humanos; los humanos se preparaban para combatir contra los elfos; y los ogros estaban ansiosos por pelear con todos los contendientes.

»Para no extenderme demasiado con esta historia, me referiré al humano llamado Gargath, que se las ingenió para capturar a la Gema Gris. La retuvo en su castillo con diversos artilugios mágicos. (O eso pensó él. Mi opinión es que la piedra le permitió que la capturara, ya que ningún tipo de magia humana que yo conozca podría retenerla por mucho tiempo.)

»Los gnomos, que habían ido tras la Gema Gris durante décadas, pusieron cerco al castillo de Gargath. Tuvieron éxito (accidentalmente) en abrir brecha en las murallas. Los gnomos irrumpieron como una tromba en el patio de armas y alzaron sus anhelantes manos hacia la joya. Un grupo de gnomos exigía que se partiera la piedra allí y en ese mismo momento, pues sentían una gran curiosidad por saber qué había dentro. El otro grupo de gnomos quería cogerla y llevarla de vuelta a su morada y guardarla por su valor.

»Una brillante luz gris iluminó el patio, cegando a todo el mundo. Cuando recobraron la vista, los dos grupos de gnomos se enzarzaron en una pelea. Pero lo más asombroso es que los gnomos ya no eran gnomos. El poder de la Gema Gris los había cambiado, convirtiendo en enanos a aquellos que codiciaban la piedra por su riqueza, y en kenders a los que la querían por simple curiosidad.

»Los gnomos que se habían quedado fuera de las murallas del castillo trabajando en su último invento —la ballesta giratoria de multitud de disparos, conocida como Ballesta Gatlinga en honor de su inventor, Tornillo Flojo Gatling— resultaron inmunes a los efectos de la luz mágica de la Gema Gris. Dedujeron que se debía a los candelabros quemadores de aceite, que estaban pensados para iluminar el campo de batalla de noche y que habían sido instalados en un globo hinchado con gas a tal propósito; el gas se producía por una nueva técnica demasiado compleja para describirla aquí, pero para la que se requería zumo de limón, tenazas metálicas y agua. Aquellos que sobrevivieron a la subsiguiente explosión, continuaron siendo gnomos.

»La Gema Gris desapareció por el horizonte. Desde entonces, Reorx y otros han hecho varios intentos de capturarla. La Gema Gris dejaba que las personas la cogieran, las utilizaba para sus propósitos, o quizá para divertirse, y después, cuando se cansaba del jueguecito, los liberaba y la Gema Gris "escapaba".

»Pero ahora los irdas la tenemos en nuestro poder. Somos los primeros que la hemos sometido a nuestra voluntad... o es lo que afirma el Dictaminador. Esta noche abriremos la gema y ordenaremos a la magia que lleva dentro que nos proteja a nosotros y a nuestra tierra de las incursiones de la raza humana para siempre jamás.»

Así terminaba la carta a Dalamar, que estaba redactada en la pulcra y precisa letra del Protector. Una nota al pie de página, escrita por la misma mano pero no con tanta precisión, como si los dedos que sostenían la pluma hubieran temblado, era para Usha.

«Mi amor y mis plegarias te acompañan, hija de mi corazón, ya que no de mi cuerpo.

»Ruega por nosotros.»

Usha reflexionó largamente sobre la postdata. Se había reído con algunas partes del relato. El Protector a menudo la había entretenido con «cuentos de gnomos», como él los llamaba. Algunas de las pocas veces que lo había visto sonreír era cuando describía la fabulosa maquinaria que inventaban los gnomos. Ahora sonrió ella, recordándolo, pero la sonrisa se borró lentamente.

¿Es que sólo su mente humana era capaz de ver el peligro?

No, comprendió que Prot lo veía también, lo sabía. Por eso le había entregado este pergamino. Los irdas estaban desesperados. La intrusión de los extranjeros —groseros, bárbaros, oliendo a sangre y acero— los había asustado mucho. Estaban actuando en defensa del modo de vida que habían conocido durante incontables generaciones.

Usha soltó la carta sobre su regazo. Los ojos se le llenaron de lágrimas, pero ya no eran de autocompasión. Eran lágrimas de añoranza y amor por el hombre que la había criado. Tales lágrimas manan de distinta fuente... o así lo creen los elfos. Tales lágrimas brotan del corazón, y, aunque causadas por el pesar, tienen el extraño efecto de aliviar el dolor.

Exhausta, adormecida por el balanceo del bote y el zumbido del viento entre los cabos, Usha lloró hasta quedarse dormida.

5

El altar y la Gema Gris. El enano llega tarde. Se parte la piedra

Los irdas no volvieron a reunirse. Cuando llegó el momento de partir la Gema Gris —un momento en el que ninguna de las lunas era visible en el firmamento, en particular Lunitari, que, conforme a la leyenda todavía codiciaba la gema—, el Dictaminador caminó solo hacia el altar en el que descansaba la piedra.

Los otros irdas permanecieron en sus viviendas separadas, cada uno de ellos trabajando en su propia magia, prestando ayuda al Dictaminador. Había fuerza en la unicidad, o así lo creían los irdas. La concentración se convertía en desorden, las energías se fragmentaban cuando el uno se volvía muchos.

El altar en que los irdas habían colocado la piedra estaba situado en el centro geográfico de la isla. Se encontraba a cierta distancia de lo que los irdas llamaban pueblo, aunque para cualquier otra raza sólo habría sido una colección de viviendas diseminadas. Los irdas no pavimentaban calles, no abrían mercados, no asistían a reuniones de gremios. No construían templos ni palacios, posadas ni tabernas; sólo casas, desperdigadas por la isla al azar, cada vivienda donde su propietario se sentía más a gusto.

El altar estaba hecho de madera pulida, tallada con símbolos intrincados y arcanos. Se alzaba en un claro rodeado por siete pinos gigantes que habían sido transportados mágicamente desde una localización secreta de Ansalon hasta la isla.

Tan añejos eran estos árboles que probablemente habían visto pasar a la Gema Gris la primera vez que escapó al control de Reorx. Los pinos parecían estar alerta, resueltos a impedir que la Gema Gris volviera a escaparse. Sus ramas estaban entrelazadas, entretejidas, presentando un frente sólido de corteza, agujas y ramas a través del cual hasta un dios tendría dificultad para pasar.

El Dictaminador se detuvo frente a la pineda, pidiendo la bendición de los siete espíritus que moraban en los siete árboles.

Los pinos permitieron al Dictaminador pasar al claro y cerraron filas en el momento en que el irda estuvo dentro. Las enormes ramas se alzaban sobre su cabeza; al mirar hacia arriba no alcanzó a ver ni una sola estrella, y menos aún una constelación. No se veía a Takhisis ni a Paladine. Y, si no podía verlos a ellos, tenía la esperanza de que ellos no pudieran verlo a él. El dosel de agujas de los pinos sagrados ocultarían al Dictaminador y a la Gema Gris de cualquiera que pudiera intentar interferir.

La pineda habría estado sumida en una oscuridad impenetrable a no ser por la luz de la propia Gema Gris, si bien ésta era débil, mortecina, apenas un tenue fulgor.

«Casi como si estuviera de mal humor», pensó el Dictaminador.

Pero daba luz suficiente para ver y, en realidad, el irda no necesitaba demasiada. De haberlo querido, podría haber recurrido a su magia para alumbrar el claro como si fuera de día, pero prefería no llamar la atención sobre lo que estaba haciendo. Algún ojo inmortal podía ver el fulgor mágico y preguntarse qué estaba pasando. En consecuencia, se sintió agradecido por la ayuda de la Gema Gris.

Concentrado, tranquilo, el Dictaminador avanzó hasta encontrarse de pie junto al altar. Disfrutaba de estar a solas, en el aislamiento que tanto valoraban los irdas. Sin embargo, sentía en su interior las mentes y los espíritus de los suyos. Inclinó la cabeza y se sustentó en esa energía. Luego, alargó las manos y, cogiendo la Gema Gris, la examinó con intensa atención.

Resultaba desagradable sostener la piedra. Era cortante y suave, cálida y fría, y daba la impresión de que se retorcía entre sus manos. Mientras la sostenía, la luz gris empezó a destellar rítmicamente, creciendo en intensidad hasta que llegó a hacerle daño en los ojos. El irda incrementó su control mental sobre la Gema Gris, y la luz disminuyó, tornándose tenue. El Dictaminador pasó los dedos por la joya, deslizándolos por las suaves facetas, siguiendo el trazo de cada aguda arista, buscando, tanteando. Por fin, encontró lo que buscaba, lo que había descubierto la primera vez que sostuvo la gema en sus manos, lo que le había dado la idea.

Un defecto. Más exactamente, una cavidad obstruida. Lo había notado antes de haberlo visto. Del mismo modo que en el ámbar pueden encontrarse insectos, al parecer algún tipo de materia ajena a la piedra había quedado atrapada en la Gema Gris durante su formación. Lo más probable es que hubiera ocurrido mientras los minerales precipitados de la gema se enfriaban, quedando atrapada en la compleja cristalización. La substancia ajena en sí misma no era importante. Lo que importaba es que era un punto débil. Aquí, en esta zona, podían formarse grietas.

El Dictaminador volvió a poner la joya en el altar. Los símbolos arcanos que estaban tallados en la madera tejieron un hechizo que retuvo cautiva a la Gema Gris.

El irda, al reforzar el conjuro, tuvo la extraña sensación de que la magia no era necesaria, de que la Gema Gris estaba descansando sobre el altar porque así lo quería, no porque estuviera retenida.

Esta sensación no era muy tranquilizadora. El Dictaminador necesitaba tener la joya bajo su control, no al contrario. Fortaleció su magia.

La gema estaba ahora rodeada por una red chispeante de sinergia irda. El Dictaminador cogió dos herramientas: un martillo y un punzón. Los dos estaban hechos de plata, fabricados a la luz de la luna blanca, Solinari. Las herramientas estaban tratadas con encantamientos, tanto por dentro como por fuera. El Dictaminador colocó la punta del punzón sobre el punto defectuoso de la joya, colocó cuidadosamente el punzón, lo agarró con firmeza, y levantó el pequeño martillo.

Los pensamientos de todos los irdas se aunaron, fluyeron hacia el Dictaminador, le proporcionaron fuerza y poder.

El martillo se descargó sobre el punzón con un seco golpe.

En la playa, a varias leguas del pueblo irda y del altar, un bote había llegado a tierra. Este bote no había navegado a través de los mares a la manera usual de las embarcaciones. Había aterrizado tras navegar por el cielo, siendo su procedencia una estrella roja, la única de ese color que había en el firmamento. Una enano, de espesa y rizosa barba negra, al igual que el cabello, estaba en el bote; ofrecía una imagen chocante si alguien hubiera estado observando, ya que ningún enano vivo de Ansalon o de ninguna otra parte en Krynn jamás había venido de las estrellas navegando en un bote. Sin embargo, los irdas no estaban mirando, ya que tenían los ojos cerrados, y sus mentes centradas en la Gema Gris.

El enano, rezongando y hablando consigo mismo, salió del bote y enseguida se hundió hasta el tobillo en la arena profunda. Maldiciendo, el enano avanzó trabajosamente, dirigiéndose al bosque.

—Así que éstos son los ladrones —masculló en voz baja—. Debí imaginarlo. Nadie más podría haber mantenido oculto mi tesoro durante tanto tiempo sin que yo lo descubriera. Pero haré que me lo devuelvan. Con Paladine o sin él, me lo devolverán ¡o, por mi barba, que no me llamo Reorx!

Un sonido tintineante, como de metal chocando contra metal, se escuchó en medio de la noche.

Reorx se detuvo y ladeó la cabeza.

—Qué raro. No sabía que los irdas practicaran el bello arte de la forja de metales. —Se acarició la barba—. Puede que los haya subestimado.

De nuevo se oyó el sonido tintineante. Sí, indudablemente era el ruido que hacía un martillo al golpear. Pero le faltaba la resonancia profunda de un martillo de hierro, y ni siquiera el enano podía convencerse a sí mismo de que los irdas habían desarrollado un repentino interés en hacer herraduras y clavos. Trabajos de platería, quizá. Sí, el sonido era parecido al que hacía la plata.

Entonces, serían teteras, o elegantes copas. Tal vez joyería. Los ojos del enano brillaron. Trabajar con gemas relucientes, engarzarlas en el metal...

Gemas.

Una gema. Un golpe de martillo...

El miedo estremeció a Reorx, un miedo tal como jamás había experimentado en este plano de existencia. Intentó traspasar las sombras. La vista del dios era muy penetrante, y podía ver, en una clara noche, una moneda de acero que se hubiera dejado caer descuidadamente en las calles de una ciudad en un país de un continente de una estrella lejana, pero fue incapaz de traspasar la oscuridad de la pineda. Algo obstaculizaba su vista.

Tembloroso, el enano avanzó a trompicones, el terror estrujándolo entre sus frías y sudorosas manos. Sólo tenía una vaga idea de lo que lo atemorizaba, un miedo realzado por cierta sospecha que se había estado insinuando en su mente desde hacía siglos. Jamás lo había admitido, jamás había ahondado en ella abiertamente, porque la posibilidad era demasiado terrible para planteársela. Ni que decir tiene que jamás se lo había dicho a sus colegas inmortales.

Reorx se planteó llamar a Paladine, a Takhisis y a Gilean pidiendo ayuda, pero eso significaría tener que explicarles qué era lo que temía haber hecho, y siempre existía la posibilidad de que pudiera parar a los irdas en su locura. Nadie se enteraría nunca.

Y siempre cabía la posibilidad de que estuviera equivocado, de estar preocupándose sin motivo.

El enano aceleró el paso. Ahora podía ver un parpadeo de luz gris.

—¡No puedes esconderte de mí mucho tiempo! —gritó, y salió disparado hacia adelante.

Al tener la mirada fija en la luz, Reorx no prestó demasiada atención al cercano entorno, y chocó contra arbustos, tropezó en raíces de árboles que asomaban por el suelo, resbaló en la hierba húmeda. Pisoteó y se topó y metió más ruido que un regimiento entero. El ruido sacó a los irdas de su concentración, creyendo que era un ejército —el regreso de los caballeros de armaduras negras— y ello incrementó su miedo y su desesperación. Instaron al Dictaminador para que se apresurara.

El enano llegó a la pineda. La luz gris fluía del centro; podía verla brillar mortecinamente a través de las ramas entrelazadas. Reorx buscó un sitio por el que entrar, pero los pinos se mantenían tan impenetrables como soldados situados en formación de combate, con los escudos levantados a fin de presentar una sólida barrera al enemigo. Ni siquiera permitirían entrar a un dios. Resollando y maldiciendo de frustración, Reorx corrió alrededor de la pineda, buscando un hueco por el que meterse.

El tintineo de plata aumentó de intensidad. La luz gris disminuía un poco con cada golpe, y después brillaba más fuerte.

Reorx estaba seguro de que sabía lo que estaba ocurriendo, y su terror aumentó con esta certeza. Intentó gritar al irda que se detuviera, pero los resonantes golpes del martillo ahogaron su voz. Por fin, renunció a seguir chillando, y dejó de correr.

Jadeante, el sudor goteando por el cabello y la barba, señaló a dos de los pinos más grandes y gritó con una voz que semejó el estallido del trueno:

—¡Juro por la luz roja de mi forja que secaré vuestras raíces, marchitaré vuestras ramas y haré que los gusanos se coman vuestras piñas si no me dejáis pasar!

Los pinos se estremecieron, sus ramas crujieron, las agujas se agitaron y cayeron alrededor del enfurecido enano. Apareció una abertura, apenas lo bastante grande para que se metiera por ella.

El robusto dios contuvo la respiración, estrujó su cuerpo entre los troncos, se esforzó y empujó y, finalmente, con un respingo, irrumpió en el otro lado. Y justo en ese momento, justo cuando salía trastabillando al claro, parpadeando ante la brillante luz, el Dictaminador dio al punzón un séptimo golpe fuerte.

Un crujido, que sonó como si el mundo se partiera, hendió la noche. La luz gris de la gema llameó brillantemente. Reorx, acostumbrado a mirar el fuego de su forja, la luz que relucía en el cielo como una estrella roja, no pudo soportarlo y tuvo que cerrar los ojos. El Dictaminador gritó y se agarró la cabeza. Gimiendo de dolor, cayó al suelo. El altar, en el que la gema había descansado, se partió en dos.

Y entonces la luz se apagó.

El enano se arriesgó a abrir los ojos.

El altar donde la Gema Gris descansaba estaba oscuro ahora. No con una oscuridad normal, sino con una negrura terrible que no presagiaba nada bueno.

Reorx la reconoció: había nacido de ella.

Intentó moverse hacia adelante, con alguna absurda idea, hija del pánico, de reparar el daño causado, pero sus botas le pesaban más que el mundo que una vez forjó. Trató de gritar una advertencia a los otros dioses, pero su lengua parecía hecha de hierro y no se movió en su boca. No había nada que él pudiera hacer, nada salvo mesarse la barba por la frustración y esperar lo que venía a continuación.

La oscuridad empezó a cobrar consistencia y forma. Asumió forma de un hombre mortal, no como homenaje —como hacen los dioses cuando toman formas humanas— sino con salvaje mofa. Era un hombre exageradamente desarrollado y cebado. De la oscuridad salió un gigante que creció y creció hasta superar la altura de los pinos.

Iba vestido con armadura hecha de metal fundido. Su cabello y barba eran fuego chisporroteante. Sus ojos, pozos de negrura, en cuyas profundidades ardía la ira.

Reorx cayó, tembloroso, de rodillas.

—¡Él! —musitó el enano con sobrecogimiento.

El gigante bramó triunfalmente. Extendió y alzó los

brazos, rompiendo las ramas de los pinos como si fueran de paja. Las puntas de los dedos rozaron las nubes, desgarrándolas en jirones. Las estrellas, las constelaciones, titilaron de terror.

—¡Libre! ¡Libre por fin de esa infame prisión! ¡Ah, mis queridos hijos! —El gigante abrió los brazos mientras miraba las estrellas, que temblaban ante su presencia—. ¡He venido a visitaros! ¿Dónde está esa bienvenida a vuestro padre? —Soltó una risotada.

Reorx estaba atenazado por un terror como jamás había conocido, pero no hasta el punto de perder la cabeza. Con intrepidez, corriendo un gran riesgo, el enano gateó hacia el altar roto mientras el gigante estaba distraído mirando las estrellas.

Entre los escombros estaba la Gema Gris, rota, partida en dos. Cerca, se encontraba el irda que la había quebrado. Reorx puso su mano en el irda buscando el pulso. El mortal aún vivía, pero estaba inconsciente.

Reorx no podía hacer nada para salvar al irda; el enano tendría suerte si conseguía salvarse a sí mismo. Había que hacer algo para evitar la catástrofe, aunque Reorx no tenía la menor idea de qué y cómo. Precipitadamente, recogió las dos mitades de la Gema Gris, empujó los fragmentos debajo de los escombros del altar, y los cubrió con trozos de madera. Luego se escabulló hacia atrás, retirándose del altar todo lo posible.

Al sentir movimiento, el gigante bajó la vista y descubrió al enano intentando esconderse bajo las raíces de los pinos.

—¿Tratando de escapar de mí, Reorx? ¡Tú, patético, despreciable diablejo, remedo de dios ingrato!

El gigante se inclinó cerca del acobardado enano. De su barba se soltaban carbonillas que flotaban entre los árboles. Hilillos de humo empezaron a alzarse de las agujas de pino secas que había en el suelo.

—Te creíste muy listo al encarcelarme, ¿verdad, gusano?

Reorx echó una nerviosa ojeada hacia arriba.

—Lo que..., lo que ocurrió en realidad, reverendo Padre de Todo...

—Padre de Todo y de *Nada* —lo corrigió el gigante, poniendo énfasis en lo último.

Reorx no dejaba de temblar, pero siguió farfullando:

—Fue..., fue un pequeño accidente. Estaba forjando la piedra, intentando capturar sólo una porción pequeñita del caos cuando, y todavía no estoy seguro de cómo pudo ocurrir, pero al parecer te capturé a ti.

—¿Y por qué no me liberaste entonces?

El calor de la cólera del Padre azotó al enano, que tosió en medio de un humo cada vez más denso.

—¡Lo habría hecho! —jadeó Reorx con desesperada sinceridad—. Créeme, Padre de Todo, te habría liberado en ese mismo instante si hubiera sabido lo que había hecho. Pero no lo sabía. ¡Lo juro! Yo...

—¡Necio! —La cólera del Padre prendió fuego a toda la hierba en derredor—. Tú y mis desagradecidos hijos conspirasteis para encarcelarme. ¿Acaso iba a capturarme un débil dios él solo? Se precisaba el poder de todos vosotros en combinación para retenerme cautivo. Pero, aunque me encerraste, no pudiste controlarme. Causé daño más que suficiente a vuestros preciosos juguetes. Y desde el principio busqué a una de vuestras marionetas a la que pudiera engañar para que me liberara. Por fin la encontré.

El gigante echó una ojeada al Dictaminador. Con gesto indiferente, puso su enorme pie sobre el cuerpo del hombre y lo pisó, aplastándolo y machacándolo contra el suelo. Los huesos chascaron, y un charco de sangre se extendió debajo de la bota del gigante.

Reorx volvió la cabeza, con el estómago revuelto. Tenía la clara e inquietante impresión de que era el siguiente.

El Padre sabía lo que el enano estaba pensando; bajó la vista hacia él y le dirigió una larga y severa mirada, disfrutando al verlo encogerse.

—Sí, también podría aplastarte, pero no ahora. Todavía no. —El Padre alzó de nuevo los ojos al cielo y sacudió el puño con gesto amenazador hacia las estrellas—. Os negasteis a rendirme homenaje. Os negasteis a que yo os guiara. Actuasteis a vuestro antojo para «crear» un mundo y lo llenasteis de muñecos y marionetas. Bien, hijos míos, puesto que os di la vida, también puedo quitárosla. Ahora estoy débil, ya que me he visto forzado a asumir una forma mortal, pero mi poder crece a cada instante. Cuando esté preparado, destruiré vuestro juguete, y después os arrojaré a vosotros y a vuestra creación al olvido del que fuisteis creados. Guardaos, hijos. El Padre de Todo y de Nada ha regresado.

El gigante puso de nuevo su atención en el enano.

—Tú serás mi mensajero. En caso de que no me hayan oído, ve en busca de mis hijos y adviérteles la suerte que les espera. ¡Disfrutaré viéndolos intentar escapar de mí, para variar! ¡Y muéstrales esto!

El Padre arrancó una hebra de fuego de su barba y la arrojó entre los pinos. Uno tras otro, se prendieron fuego, estallando en llamas. Los árboles vivos se retorcieron de dolor mientras sus ramas se consumían en el rugiente infierno.

Reorx se arrodilló en medio del humo y las cenizas, incapaz de parar el incendio, que se extendió rápidamente de los pinos a otros árboles del bosque, secos como una tea. Las llamas saltaron de árbol en árbol, chisporrotearon, siseantes, sobre el suelo, quemaron incluso el aire, dejándolo abrasado y vacío. Crearon su propio viento, que rugió y empujó el fuego hacia adelante.

En cuestión de segundos, el incendio alcanzó el pueblo irda.

Por encima del aullido del viento y del crepitar de las llamas, Reorx oyó los gritos de los que morían. El dios se cubrió el rostro con las manos y sollozó... por los irdas, por el mundo.

El Protector estaba sentado en su casa, inmóvil, estupefacto. Sabía, como lo sabían todos los otros irdas, que el Dictaminador estaba muerto. Oyeron el retumbar de un trueno que parecían palabras, pero las palabras eran demasiado enormes, demasiado monstruosas, para ser comprendidas. Y entonces el Protector se asomó a la ventana y vio el rojo fulgor de las llamas, oyó los gritos de los árboles moribundos.

El resplandor se hizo más brillante. Podía sentir el calor. Las cenizas empezaron a llover sobre la casa y, a no tardar, el techo ardía. Se asomó a la ventana, sin saber muy bien qué hacer, si es que había algo que pudiera hacerse.

Aparecieron varios irdas ancianos que intentaban detener el fuego con su magia. Invocaron lluvia, pero se evaporó con el calor. Invocaron hielo, pero se derritió y se disipó con un siseo. Invocaron viento, pero sopló en la dirección equivocada, de manera que lo que hizo fue avivar las llamas. El Protector contempló la escena mientras que un irda tras otro eran consumidos por el fuego.

Una vecina lejana salió corriendo de su casa incendiada. Gritaba algo acerca del océano. Si conseguían llegar al mar, estarían a salvo.

Las llamas, propagándose veloces por la hierba, tocaron el repulgo de la falda de la mujer, agarrándolo como un chiquillo juguetón y mortífero.

Las ropas de la mujer se prendieron en una llamarada, convirtiéndola en una antorcha viviente.

El techo de la casa del Protector ardía ya por los cuatro costados. En algún sitio de la parte trasera sonó el golpe de una viga al caer. El Protector tosió, medio asfixiado. Mientras pudo seguir viendo a través del humo, rebuscó por la casa hasta hallar el preciado objeto.

Sostuvo a la muñeca apretada contra su pecho y esperó —no mucho— el fin.

Mar adentro, muy lejos, el bote empezó a cabecear y a sacudirse con un viento ardiente que soplaba del norte. El movimiento irregular —un cambio del suave balanceo que la había adormecido— despertó a Usha de un profundo sueño. Al principio se sintió desorientada, sin recordar dónde estaba. La imagen de las velas y los mástiles, señalando hacia el cielo y las arracimadas estrellas, la tranquilizó.

Se sentó al oír un trueno y recorrió con la mirada el oscuro firmamento, buscando la tormenta. No tenía miedo de que el bote volcara; la magia irda lo mantendría a flote incluso en la más fuerte galerna.

El parpadeo del rayo llegó del norte, en la dirección en que estaba su hogar. Observó atenta y entonces vio un llamativo fulgor rojo que iluminó el cielo. El Dictaminador debía de estar realizando su magia.

Usha no logró conciliar el sueño de nuevo, y se sentó en la popa, acurrucada, observando el fulgor rojo que se hacía más y más intenso. Después vio que empezaba a amortiguarse hasta que se apagó.

Usha sonrió. La magia debía de haber sido muy poderosa, y debía de haber funcionado.

—Ahora estaréis a salvo, Protector —dijo suavemente.

Mientras hablaba, el toque dulce y claro de unas trompetas se propagó sobre el agua. Usha se dio media vuelta.

El sol empezaba a salir sobre el océano y parecía un ojo feroz y rojo que mirara con odio al mundo. Bañadas en la extraña luz, las cúpulas y torres de Palanthas brillaban rojas como la sangre.

Libro 2

1

Honras a los muertos. Un único prisionero. Un encuentro predestinado

Los cadáveres de los Caballeros de Solamnia habían sido colocados en una larga hilera sobre la arena de la playa de la bahía de Thoradin. No eran muchos, sólo dieciocho. Habían sido aniquilados, del primero al último. Sus escuderos yacían en otra hilera, detrás de ellos. También éstos estaban todos muertos. No quedaba nadie para atender a los difuntos salvo sus enemigos.

Un viento caliente sopló sobre la arena y la alta hierba, levantando y agitando las capas, desgarradas y salpicadas de sangre, en las que estaban envueltos los cuerpos sin vida.

Un oficial caballero supervisaba los detalles del entierro.

—Lucharon valerosamente —declaró, en justo reconocimiento a los caballeros muertos—. Superados en número, cogidos por sorpresa, podrían haberse dado media vuelta y haber huido sin que nadie se enterara. Sin embargo, se mantuvieron firmes, aun cuando sabían que serían derrotados. Lord Ariakan nos ha ordenado enterrarlos con todos los honores. Colocadlos bien a todos, poned sus armas al lado de cada uno. El terreno es demasiado pantanoso para enterrar los cuerpos. He sido informado de que se ha encontrado una cueva, no muy lejos de aquí. Meteremos los cadáveres dentro, clausuraremos la entrada y la marcaremos como el lugar de descanso de unos hombres valientes. ¿Habéis examinado los cuerpos? ¿Hay algún modo de que podamos determinar sus nombres, caballero guerrero Brightblade?

—Hubo un superviviente, señor —informó el caballero al tiempo que saludaba a su superior.

—¿De veras? No lo sabía.

—Un mago Túnica Blanca, señor. Fue capturado al final.

—Ah, desde luego. —El subcomandante no estaba sorprendido. Los magos luchaban en la retaguardia de los ejércitos, arrojando sus conjuros desde lugares seguros puesto que las restricciones de su arte les impedían llevar armadura y el uso de armas convencionales—. Es raro que los Caballeros de Solamnia utilizaran a un hechicero. Eso nunca habría ocurrido en los viejos tiempos. Claro que las cosas cambian. Este mago debe de saber los nombres de los muertos. Haz que lo traigan aquí para identificarlos, a fin de que podamos rendirles honores cuando los enterremos. ¿Dónde está ahora?

—Está retenido por los Caballeros Grises, señor.

—Ve por él, Brightblade.

—Sí, señor. A sus órdenes, señor.

El caballero se marchó a cumplir el encargo. Su tarea no era fácil. El campo de batalla en lo alto del espigón del mar era ahora el único sitio tranquilo de la costa meridional de la bahía de Thoradin. La vasta franja de arena negra estaba cubierta de hombres y equipos. Los botes varados jalonaban las playas, pegados costado contra costado, y más embarcaciones llegaban a la orilla a cada momento. Los cafres, al mando de los oscuros caballeros, estaban descargando montones de equipamiento y provisiones de todo tipo, desde enormes rollos de cuerda hasta barriles de agua, desde aljabas con flechas hasta enormes escudos, marcados con el lirio de la muerte, la insignia de los Caballeros de Takhisis. Según una leyenda elfa, el lirio de la muerte o lirio negro, con sus cuatro pétalos puntiagudos y su centro rojo, brotaba en la tumba de quienes morían violentamente. Era creencia común que nacía del corazón de la víctima y que, si se arrancaba, sangraba.

Se estaba desembarcando a los caballos; sus cuidadores se mantenían cerca de las aterradas bestias, tranquilizándolas y prometiéndoles que el largo viaje terminaría pronto. Dragones azules, montados por caballeros, patrullaban el cielo, aunque lord Ariakan no temía realmente que este desembarco sufriera más interrupciones. Los exploradores habían informado que los pocos que vivían en el cercano pueblo pesquero, al este de Kalaman, habían huido todos.

Avisarían de su llegada, no cabía duda; pero, para cuando estuviera reunida una fuerza de importancia y fuera enviada en su contra, ellos ya no estarían aquí. Establecida la cabeza de playa, planeaba marchar hacia el oeste rápidamente para tomar la ciudad portuaria de Kalaman. Una vez que esta ciudad hubiese caído, llamaría al resto de sus tropas acuarteladas en el alcázar de las Tormentas, la inexpugnable fortaleza de los caballeros en el norte, en el océano Turbulento. El alcázar había llegado a ser la principal plaza fuerte y cuartel general de los Caballeros de Takhisis, y se hallaba localizado a bastante distancia del noroeste del continente de Ansalon, en un islote rocoso. Inmenso e inaccesible, era imposible de descubrir ya que los propios elementos lo ocultaban. Densos y negros nubarrones tormentosos impedían verlo desde el aire, y la diosa Zeboim y las criaturas leales a ella no permitían que nadie se acercara por mar. Ariakan había proyectado lanzar el ataque principal río Vingaard arriba, hacia el corazón de las Llanuras de Solamnia, teniendo sus naves protegidas en el puerto de aguas profundas de Kalaman y con sus fuerzas concentradas en el continente.

Su objetivo era tomar el único sitio de Krynn que jamás había caído en manos del enemigo, el sitio en el que había pasado muchos años como prisionero; un prisionero distinguido, desde luego, pero prisionero, al fin y al cabo. Se proponía tomar el sitio que veía todas las noches en sus sueños. Y podía hacerlo, de eso no le cabía duda alguna. En aquel sitio le habían enseñado los secretos de su fortaleza; él ya conocía de antes sus puntos débiles. La meta de lord Ariakan era la Torre del Sumo Sacerdote. Y después, el mundo.

Brightblade se abrió camino entre la confusión, casi ensordecido con los gritos de los oficiales, las maldiciones y gruñidos de los cafres, doblados bajo pesados fardos, los relinchos asustados de los caballos y, de vez en cuando, en lo alto, la estridente llamada de un dragón azul a otro compañero.

El sol de primera hora de la mañana brillaba con fuerza; el calor era ya intenso, y el verano acababa de empezar. El caballero se había quitado la mayor parte de la armadura una vez acabada la batalla, pero todavía llevaba el peto y los brazales, con el lirio de la muerte señalándolo como un Caballero del Lirio. Era jinete de dragones y no había tomado parte en el combate, que se había disputado en tierra. Después de la batalla, su garra[3] había sido elegida para ocuparse de los muertos de ambos bandos y, así, aun siendo segundo al mando, había sido destinado en el puesto de corredor mensajero.

Pero a Brightblade no le molestaba esto, del mismo modo que a su comandante no le importaba que lo hubieran puesto a cargo de la ceremonia del entierro. Era parte de la disciplina de los Caballeros de Takhisis el servir a su Oscura Majestad en cualquier cometido y hacerlo para su mayor gloria.

A mitad de camino de la playa, Brightblade tuvo que parar y preguntar dónde habían instalado su cuartel general los Caballeros Grises, los Caballeros de la Espi-

3. El ejército de los Caballeros de Takhisis se distribuye en garras, las unidades de combate compuestas por nueve caballeros de varias clases que están al mando de un oficial del sexto nivel y otro del tercer nivel. Cinco garras forman un ala, al mando de un oficial del séptimo nivel y tres oficiales del sexto. Un cuerpo lo conforman siete alas, al mando de un oficial del octavo nivel y tres oficiales del noveno. Un escudo lo forman cinco compañías, es decir, mil quinientos setenta y cinco hombres más apoyo, dirigidos por un oficial del nivel décimo y tres del noveno. Una escuadra son cuatro batallones, con mil trescientos hombres más apoyo, al mando de un oficial del nivel doce y tres del once. Por último, un ejército está formado por siete regimientos, con cuarenta y cuatro mil hombres más apoyo, y un oficial del nivel catorce.

na. Lo alegró saber que habían buscado refugio en una arboleda.

—Debería haberlo imaginado —se dijo, con una leve sonrisa—. Todavía no he conocido a un hechicero que no aproveche todas las comodidades que pueda procurarse.

Brightblade dejó atrás la abarrotada, calurosa y ruidosa playa y entró en la relativa frescura que daba la sombra de los árboles. El ruido disminuyó, al igual que el calor. Se detuvo un momento para disfrutar del frescor y la quietud, y después siguió su camino, ansioso de cumplir la misión encomendada y marcharse de aquel sitio, por muy fresco y acogedor que fuera. Ahora empezaba a experimentar la acostumbrada sensación de intranquilidad y desasosiego que sienten todos aquellos que no están dotados con el don de la magia cuando se encuentran cerca de los que sí lo tienen.

Encontró a los Caballeros de la Espina a cierta distancia de la playa, en una pinada de altos árboles. En el suelo había varios baúles de madera grandes, tallados con intrincados símbolos arcanos. Unos aprendices repasaban el contenido de estos baúles e iban haciendo marcas en la lista de objetos reseñados en hojas de pergamino. El caballero dio un rodeo para no pasar cerca de los baúles. Los olores que salían de ellos eran repulsivos; se preguntó cómo podían aguantarlo los aprendices, pero supuso que acababan acostumbrándose con el tiempo. Los Caballeros de la Espina transportaban siempre sus equipos.

Hizo una mueca al sentir un hedor particularmente repugnante que emanaba de uno de los baúles. Una rápida ojeada le descubrió objetos putrefactos y hediondos que más valía no identificar. Apartó los ojos con asco y buscó su objetivo. A través de las sombras de los pinos, vio un parche blanco que brillaba bajo un rayo de sol, aunque parcialmente oscurecido con gris. Brightblade no era especialmente imaginativo, pero le recordó unas blancas y esponjosas nubes rebasadas por el gris de la tormenta. Lo interpretó como un buen augurio. Se aproximó con timidez a la cabecilla de la orden, una poderosa hechicera que ostentaba el alto rango de Señora de la Noche.

—Señora, se presenta el caballero guerrero Steel Brightblade —saludó—. He sido enviado por el subcomandante caballero Trevalin con la petición de que vuestro prisionero, el mago Túnica Blanca, sea llevado a su presencia. Lord Trevalin necesita que el prisionero identifique los cuerpos de los muertos para que puedan ser enterrados con honor. Así como —añadió en voz baja, para que no le oyeran otros— para verificar su número.

A Trevalin le gustaría saber si algún Caballero de Solamnia había escapado, uno que podía estar emboscado, quizá con la esperanza de cazar a un cabecilla.

La Señora de la Noche a la que se había dirigido no devolvió el saludo al caballero ni pareció complacida con su requerimiento. Lillith, una mujer mayor, quizá cerca de los cincuenta, había sido en otros tiempos una Túnica Negra, pero había cambiado su lealtad cuando se le presentó la oportunidad. Como Caballero de la Espina, ahora estaba considerada como una renegada por los otros hechiceros de Ansalon, incluidos aquellos que vestían túnicas negras. Esto podría parecer desconcertante a algunos, puesto que los hechiceros de una y otra organización servían a la Reina Oscura. Pero los Túnicas Negras servían primero a Lunitari, dios de la magia negra, y a su madre, Takhisis, en segundo lugar. Los Caballeros de la Espina servían a la Reina Oscura única y exclusivamente.

La Señora de la Noche miró fijamente a Steel Brightblade.

—¿Por qué Trevalin te envió a ti?

—Señora —contestó Brightblade, poniendo gran cuidado en no demostrar su irritación ante este interrogatorio que no venía a cuento—, era el único que estaba disponible en ese momento.

La Señora de la Noche frunció el ceño, con lo que se hizo más profunda la arruga que tenía entre las cejas.

—Vuelve con el subcomandante Trevalin y dile que envíe a otro.

—Disculpad, señora, pero mis órdenes vienen del subcomandante Trevalin —replicó Brightblade—. Si deseáis que las revoque, entonces debéis pedírselo a él directamente. Yo permaneceré aquí hasta que hayáis conferenciado con mi oficial al mando.

El ceño de la Señora de la Noche se hizo más profundo, pero estaba atrapada en las complejidades del protocolo. Para cambiar las órdenes de Steel tendría que enviar a uno de sus propios aprendices a través de toda la playa para hablar con Trevalin. Seguramente no se conseguiría nada con el paseo, ya que Trevalin andaba corto de hombres disponibles y no enviaría a otro caballero para hacer lo que éste podía hacer sin más problemas.

—Debe de ser voluntad de su Oscura Majestad —musitó la Señora de la Noche mientras observaba a Steel con sus ojos de color verde, de mirada penetrante—. Bien, pues, que así sea. Doy mi consentimiento. El mago que buscas está allí.

Steel no tenía idea de a qué venía toda esta conversación y tampoco sentía el menor deseo de preguntar.

—¿Para qué quiere Trevalin al mago? —preguntó la Señora de la Noche.

—Lo necesita —repitió Steel, exhortándose a tener paciencia— para identificar los cadáveres. El Túnica Blanca es el único superviviente.

Al oír esto, el prisionero levantó la cabeza. Su semblante se demudó hasta el punto de quedarse tan lívido como los cadáveres que estaban tendidos en la arena. El Túnica Blanca se incorporó de un salto, con el consiguiente sobresalto de aquellos a quienes les habían asignado su vigilancia.

—¡No, todos no! —gritó con voz quebrada—. ¡No puede ser!

Steel Brightblade hizo un saludo respetuoso aunque solemne, como le había sido enseñado: «Trata a las personas de todo rango, condición y educación con respeto, incluso si son enemigos. Sobre todo si son enemigos. Respeta siempre al enemigo; así jamás lo subestimarás».

—Creemos que así es, señor mago, aunque no podemos saberlo con seguridad. Planeamos enterrar a los muertos con honor, poner sus nombres en la tumba, y eres el único que puede identificarlos.

—Llévame hasta ellos —instó el joven mago.

Su rostro estaba rojo como si tuviera fiebre. Tenía la túnica salpicada de manchas de sangre, algunas de las cuales debían de ser de la suya propia. En un lado de la cabeza tenía un feo corte y estaba amoratado. Lo habían despojado de sus bolsas y saquillos, que estaban en el suelo, a un lado. Algún infortunado aprendiz los examinaría, arriesgándose a ser quemado —o algo peor— por los objetos arcanos que, debido a su propensión al Bien, sólo un Túnica Blanca podía usar.

Tales objetos no tendrían una utilidad inmediata para un Caballero Gris, pues, a despecho de la habilidad de los Caballeros de la Espina para extraer magia de las tres lunas, blanca, negra y roja, cada hechizo conoce la suya propia y a menudo reacciona violentamente ante la presencia de su antagonista. Un Caballero de la Espina probablemente podría utilizar un artefacto dedicado a Solinari, pero sólo después de largas horas de un estudio intenso y disciplinado. Los componentes de hechizos del Túnica Blanca y otros objetos capturados serían guardados a buen recaudo para ser estudiados, y, después, los que no pudieran ser usados con seguridad quizá se trocaran por artefactos arcanos de más valor —y menos peligro— para los Caballeros de la Espina.

Sin embargo, a Brightblade no le pasó por alto el hecho de que el Túnica Blanca conservaba consigo un bastón. Hecho de madera, el cayado estaba rematado por la garra dorada de un dragón que aferraba un cristal tallado con múltiples facetas. El caballero sabía lo suficiente acerca de lo arcano para que no le cupiera la menor duda de que este bastón era mágico y seguramente de gran valor. Se preguntó por qué se le había permitido al Túnica Blanca conservarlo en su poder.

—Supongo que el mago puede irse —dijo la Señora de

la Noche con descortesía y de mala gana—, pero sólo si lo acompaño yo.

—Por supuesto, señora.

Brightblade hizo cuanto estuvo en su mano para disimular su consternación. Este Túnica Blanca no podía pertenecer a un nivel muy alto, ya que era demasiado joven. Además, ningún Túnica Blanca de rango alto habría permitido que lo cogieran prisionero. Aun así, Lillith —cabeza de la orden de los Caballeros de la Espina— trataba a este joven con la precaución con que habría tratado, por ejemplo, a lord Dalamar, renombrado señor de la Torre de la Alta Hechicería de Palanthas.

El Túnica Blanca se movió débilmente, apoyando todo el peso en su bastón. Su rostro estaba macilento por el dolor y la angustia. Se encogía de dolor con cada paso, mordiéndose el labio para no gritar. Avanzaba casi a rastras, a paso de gully. Les llevaría el resto del día y parte de la noche llegar a donde estaban los cadáveres, caminando a este paso. Al subcomandante Trevalin no le haría mucha gracia el retraso.

Steel miró a la Señora de la Noche. El mago era su prisionero y por lo tanto era ella la que tenía que ofrecerle ayuda. La Señora de la Noche los observaba a ambos con una expresión de desagrado mezclado —cosa rara— con curiosidad, como si estuviera esperando ver qué haría Steel en esta situación. Actuaría del modo en que le habían enseñado a hacerlo: con honor. Si a la Señora de la Noche no le hacía gracia...

—Apóyate en mi brazo, señor mago —ofreció Steel Brightblade. Hablaba con frialdad, desapasionadamente, pero con respeto—. Te será más fácil caminar así.

El Túnica Blanca levantó la cabeza y miró con una expresión de sorpresa que enseguida se endureció y dio paso a otra de cauta desconfianza.

—¿Qué truco es éste?

—Ninguno, señor. Tienes dolores y obviamente te resulta dificultoso caminar. Me estoy ofreciendo a ayudarte, señor.

—Pero... —El semblante del Túnica Blanca se contrajo en un gesto perplejo—. Eres uno de... los de ella.

—Si lo que quieres decir es que soy un servidor de la Reina Oscura, Takhisis, entonces estás en lo cierto —contestó Steel Brightblade, circunspecto—. Le pertenezco en cuerpo y alma, pero eso no significa que no sea un hombre de honor a quien complace descubrirse ante la valentía y el coraje cuando los ve. Te pido, señor, que aceptes mi brazo. El camino es largo, y me he dado cuenta de que estás herido.

El joven mago miró con desconfianza a la Señora de la Noche, como si pensara que lo desaprobaría. Si era así, no dijo nada, y su rostro era una máscara inexpresiva. Vacilante, obviamente temeroso todavía de algún propósito perverso en la actitud de su enemigo, el Túnica Blanca aceptó la ayuda del caballero negro. Saltaba a la vista que esperaba que lo arrojara al suelo, lo pateara y lo golpeara. Cuando no ocurrió tal cosa, pareció sorprendido... y quizá decepcionado.

El joven mago caminó con más facilidad y más rapidez con la ayuda de Steel. Poco después, los dos salían de las frescas sombras de los árboles al ardiente sol. A la vista del grupo de desembarco, el semblante del Túnica Blanca reflejó asombro y consternación.

—Cuántas tropas... —exclamó suavemente para sí mismo.

—No es deshonroso que tu pequeño grupo cayera derrotado —observó Steel—. Os superábamos mucho en número.

—Aun así... —El Túnica Blanca habló con los dientes apretados para contener el dolor—. Si yo hubiese sido más poderoso... —Cerró los ojos y se tambaleó como si estuviera a punto de desmayarse.

El caballero sostuvo al debilitado mago. Echó una ojeada hacia atrás, por encima del hombro.

—¿Por qué los sanadores, los Caballeros de la Calavera, no lo han atendido, Señora de la Noche?

—Rechazó su asistencia —contestó con indiferencia la mujer—. En cualquier caso, al ser servidores de su Oscura Majestad, tal vez nuestros sanadores no habrían podido hacer nada por él.

Brightblade no tenía respuesta para este razonamiento. Apenas conocía los procedimientos de los clérigos oscuros, pero sí sabía cómo atender heridas de un campo de batalla, habiendo sufrido unas cuantas él mismo.

—Te daré una receta que tengo para hacer un emplasto —prometió al tiempo que ayudaba al mago a seguir caminando—. Mi madre... —Calló un instante y luego se corrigió—: La mujer que me crió me enseñó cómo hacerlo. Las hierbas son fáciles de encontrar. ¿Tienes la herida en un costado?

El joven mago asintió con un cabeceo mientras se apretaba con la mano la caja torácica. El paño blanco de la túnica del mago estaba empapado de sangre y se había pegado a la herida. Probablemente lo mejor sería dejar la tela sin tocar, ya que mantenía restañada la herida.

—Fue con una lanza —contestó el mago—. Un tiro oblicuo. Mi hermano...

Enmudeció y no dijo lo que quiera que iba a decir.

«Ah, así que eso es», razonó Steel. «Por eso es por lo que los Caballeros de Solamnia llevaban un mago con ellos. Un hermano que lucha con la espada y el otro con el cayado. Y por eso también está tan ansioso de ver a los que han muerto. Espera no encontrarlo entre ellos, pero en su corazón tiene que saber lo que va a encontrar. ¿Debería decirle algo para prevenirlo? No, quizá nos revele alguna información inadvertidamente que nos sirva de ayuda.»

Steel no estaba siendo cruel. Simplemente, no entendía la evidente ansiedad del joven mago por la suerte de su hermano. Sin duda, un Caballero de Solamnia esperaría la muerte en batalla, e incluso le daría la bienvenida. Un familiar de alguien muerto con honor debería sentirse orgulloso, no afligido por la pena.

Claro que el mago era joven, reflexionó Brightblade. Tal vez ésta fuera su primera batalla. Eso explicaría muchas cosas.

El caballero y su prisionero continuaron caminando por la abarrotada playa, recibiendo a su paso algunas miradas de curiosidad. Nadie les dijo nada, sin embargo. La Señora de la Noche iba detrás de ellos; sus ojos de color verde no se apartaron ni un instante de los dos. Steel habría jurado que sentía la feroz intensidad de aquella mirada quemándolo a través de la gruesa placa metálica de su peto.

El sol, de un color rojo intenso, había salido del todo para cuando llegaron al lugar de la batalla, donde los cuerpos de los muertos estaban colocados. El amanecer había sido espectacular, un feroz despliegue de fuertes rojos y alegres púrpuras, como si el astro estuviera haciendo alarde de su poder por encima de un mundo seco y agostado. Hoy sería un día abrasador. Ni siquiera la noche traería un poco de alivio. El calor irradiaría hacia arriba desde la arena, cubriendo como una manta sofocante a los que intentaran dormir sobre ella. Esta noche, el descanso llegaría sólo a aquellos que estuvieran demasiado exhaustos para notarlo.

Steel escoltó al Túnica Blanca hasta su superior, el subcomandante Sequor Trevalin.

—Señor, aquí está el prisionero, como ordenasteis.

El subcomandante echó una ojeada al prisionero y después su mirada fue hacia la Señora de la Noche. Trevalin también parecía sorprendido al reparar en la importante compañía que los escoltaba. La saludó con respeto, ya que su rango era superior.

—Os agradezco vuestra ayuda en este asunto, señora.

—No vi que tuviera otra opción —replicó ella con acritud—. Es voluntad de su Oscura Majestad.

El comentario pareció desconcertar a Trevalin considerablemente. Takhisis supervisaba todo cuanto hacían —o así lo creían los caballeros— pero sin duda su Oscura Majestad tenía asuntos más importantes en los que ocupar su mente inmortal que en una simple identificación de prisioneros. No obstante, los hechiceros eran gente rara, y la Señora de la Noche era más rara que la mayoría. ¿Quién sabe a lo que se estaría refiriendo ahora?

Desde luego, no sería Trevalin el que lo preguntara. Procedió rápidamente con el asunto que tenía entre manos.

—Señor mago, si nos das los nombres y títulos de estos caballeros, nos ocuparemos de que queden registrados para que la posteridad honre su valentía como se merecen.

El joven mago estaba exhausto por la caminata, el calor y el dolor que soportaba. Parecía estar mareado y contemplaba los cadáveres sin dar señales de reconocerlos, como si hubiera estado mirando los cuerpos de unos desconocidos. Su brazo, apoyado en el de Steel, tembló.

—Quizá, señor —sugirió Brightblade—, al mago no le vendría mal un poco de agua. O una copa de vino.

—Desde luego. —Trevalin le proporcionó, no vino, sino una copa de fuerte brandy que guardaba en un frasco sujeto al cinturón.

El joven mago bebió distraídamente, probablemente sin darse cuenta de lo que se llevaba a los labios, pero el primer sorbo hizo que sus pálidas mejillas recobraran un poco de color. Eso y el breve descanso parecían haber servido de ayuda. Incluso llegó a soltar el brazo de Steel y sostenerse solo.

El Túnica Blanca cerró los ojos; sus labios se movieron. Parecía estar ofreciendo una plegaria, ya que a Steel le pareció oírle susurrar la palabra «Paladine».

Recuperadas las fuerzas, probablemente más por la plegaria que por el brandy, el joven mago se acercó, cojeando, hacia el primero de los muertos. El Túnica Blanca se agachó y apartó la capa que cubría el rostro. Un tremor de alivio, así como de pesar, hizo que le temblara la voz al pronunciar el nombre y el título, a los que añadió la tierra natal del caballero:

—Sir Llewelyn ap Ellsar, Caballero de la Rosa, de Gunthar de Sancrist.

Avanzó junto a la hilera de muertos con más seguridad y fortaleza de lo que el joven caballero le hubiera atribuido al principio.

—Sir Horan Devishtor, Caballero de la Corona, de la ciudad portuaria de Palanthas. Sir Yori Beck, Caballero de la Corona, de Caergoth. Sir Percival Nelish... —Continuó nombrando a los muertos.

Un escriba, llamado por el subcomandante Trevalin, lo seguía y anotaba todos los detalles en una pizarra de apuntes.

Y entonces el joven mago llegó donde estaban los dos últimos cuerpos. Se paró y miró atrás, hacia la fila de cadáveres. Todos vieron que estaba contando. Inclinó la cabeza, se llevó la mano a los ojos, y no se movió. Steel se acercó a Trevalin.

—Me mencionó algo sobre un hermano, señor.

Trevalin asintió con actitud comprensiva y no dijo nada. El Túnica Blanca había revelado al oficial todo lo que necesitaba saber. No había más caballeros; ninguno había escapado.

El Túnica Blanca se arrodilló. Con mano temblorosa apartó la capa que cubría el rostro frío, inmóvil. Abrumado por la pena, se sentó acurrucado junto al cuerpo.

—Disculpad, señor —dijo el escriba—. No entendí lo que dijisteis. ¿El nombre de este caballero es...?

—Majere —musitó el Túnica Blanca con la voz quebrada—. Sturm Majere. Y éste... —se movió para levantar la capa que cubría la cara del otro caballero—, es Tanin Majere. —Inclinándose sobre ellos, limpió la sangre de los destrozados rostros y besó a ambos en las frentes, frías como el hielo.

»Mis hermanos.

2

Primos. Una deuda de honor. Sentencia de muerte. Libertad bajo palabra

Majere. —Steel se volvió de cara al joven mago—. Majere. Conozco ese nombre.

Embargado por la pena, el Túnica Blanca no respondió; probablemente ni siquiera lo había oído. Pero la Señora de la Noche, sí. Emitió un ahogado siseo al inhalar bruscamente. Los verdes ojos se entrecerraron y observaron a Steel entre las rendijas de los párpados.

El guerrero no reparó en la Señora de la Noche, y se adelantó para llegar junto al mago. El joven era alto, bien formado, aunque carecía de la musculatura de sus hermanos soldados. El cabello era de un tono castaño rojizo, y lo llevaba largo hasta los hombros. Sus manos eran las de un mago: flexibles, esbeltas, de dedos finos. Ahora que Steel lo miraba con detenimiento, podía ver la semejanza, no sólo con los cadáveres tendidos en la arena, sino con el hombre que una vez le había salvado la vida.

—Majere. Caramon Majere. Éstos deben de ser sus dos hijos mayores —dijo, señalando a los caballeros muertos—. Y tú eres el pequeño. ¿Eres hijo de Caramon Majere?

—Soy Palin —respondió el mago con voz quebrada. Con una mano apartó los húmedos mechones pelirrojos de la fría frente de su hermano. Con la otra aferraba fuertemente el bastón, como si sacara de él la energía que lo mantenía con vida—. Palin Majere.

—Hijo de Caramon Majere ¡y sobrino de *Raistlin* Majere! —siseó la Señora de la Noche con énfasis sibilante.

Al oír esto, el subcomandante Trevalin —que apenas había prestado atención mientras meditaba sobre el traslado de los cadáveres y qué hombres destacar para la tarea— alzó la cabeza y contempló con gran interés al joven Túnica Blanca.

—¿El sobrino de Raistlin Majere? —repitió.

—Una captura importante —dijo la Señora de la Noche—. De gran valor. Su tío fue el hechicero más poderoso que jamás pisó Ansalon. —Sin embargo, mientras hablaba de Palin, la mujer no apartó la vista de Steel un solo instante.

El caballero no lo advirtió. Miraba los cadáveres aunque en realidad no los veía; le estaba dando vueltas a algo en la cabeza, tomando alguna decisión difícil, a juzgar por la expresión sombría de su semblante.

Y entonces Palin se estremeció y levantó los ojos, que estaban enrojecidos y anegados en lágrimas.

—Y tú eres Steel. Steel Brightblade, hijo de Sturm... —Su voz se quebró de nuevo al pronunciar el nombre que era el mismo que el de su hermano.

—Una extraña coincidencia, conocernos de este modo... —dijo el caballero, casi para sí mismo.

—Nada de coincidencia —comentó en voz alta la Señora de la Noche. Los ojos verdes eran unas brillantes rendijas—. Intenté evitarlo, pero su Oscura Majestad prevaleció. ¿Y qué significado guarda esto? ¿Qué augura?

Steel echó una mirada exasperada a la mujer. El caballero sentía un gran respeto por los Señores de la Noche y su labor. A diferencia de los Caballeros de Solamnia, que despreciaban la unión de armas con magia, los Caballeros de Takhisis utilizaban hechicería en sus batallas. Los magos recibían rango y condición social al igual que los caballeros guerreros; los hechiceros ocupaban posiciones preeminentes y respetadas en todos los niveles de mando. Pero todavía había fricciones de vez en cuando entre los dos grupos, aunque lord Ariakan hacía cuanto estaba en su mano para acabar con estos roces. El práctico militar, que veía una línea recta desde el punto A al punto B y nada más, no podía pretender entender a los hechiceros, que no sólo veían A y B, sino todas las variantes de planos de existencia intermedios.

Y de todos los Caballeros de la Espina, esta mujer era la menos realista, buscándole tres pies al gato, como reza el dicho, queriendo encontrar constantemente algún significado al incidente más nimio, echando sus piedras vaticinadoras tres veces al día, examinando las vísceras de gallos. El subcomandante Trevalin y sus oficiales habían discutido en más de una ocasión sobre las dificultades que encontraban para trabajar con ella.

Era una coincidencia, nada más. Y no tan extraña, además. Unos Caballeros de Solamnia con un hermano mago que se encuentran con su primo, un Caballero de Takhisis. El mundo estaba en guerra, aunque no todos lo supieran. Estos tres habrían coincidido con él en algún momento, no cabía duda. Steel daba las gracias por algo: el hecho de no haber sido responsable de las muertes de los dos jóvenes Majere. Después de todo, habría estado cumpliendo con su deber, pero esto hacía las cosas más fáciles. Se volvió hacia su oficial superior.

—Subcomandante Trevalin, os pido un favor. Dadme permiso para llevar los cuerpos de estos dos caballeros a su tierra natal para que sean enterrados allí. Al mismo tiempo, entregaré al Túnica Blanca a los suyos y cobraré el rescate.

Trevalin contempló a Steel sin salir de su asombro; Palin lo miraba estupefacto. La Señora de la Noche rezongó por lo bajo, resopló y sacudió la cabeza.

—¿Cuál es su tierra natal? —preguntó Trevalin.

—Solace, en Abanasinia central, justo al norte de Qualinost. Su padre regenta una posada allí.

—Pero eso está muy dentro de territorio enemigo. Correrás un peligro inmenso. Si tuvieras alguna misión especial relacionada con la Visión, entonces, sí, lo aprobaría. Pero esto... —Trevalin agitó una mano—. Transportar cadáveres... No, eres un soldado demasiado bueno para correr el riesgo de perderte, Brightblade. No puedo acceder a tu petición. —El caballero de más edad miró con curiosidad al más joven—. Tú no actúas por capricho ni llevado por impulsos, Brightblade. ¿Qué razón tienes para hacer este extraño requerimiento?

—El padre, Caramon Majere, es mi tío, hermanastro de mi madre, Kitiara Uth Matar. Los caballeros muertos y el mago son mis primos. Además... —El semblante de Steel permaneció impasible, carente de expresión, y su tono era objetivo—. Caramon Majere luchó a mi lado en un combate cuando estuve a punto de ser capturado en la Torre del Sumo Sacerdote. Tengo una deuda de honor con él. De acuerdo con la máxima de lord Ariakan, una deuda de honor ha de saldarse a la primera oportunidad que se presente. Me gustaría aprovechar esta oportunidad para saldar la mía.

El subcomandante Trevalin no vaciló.

—¿Caramon Majere te salvó la vida? Sí, recuerdo haber oído la historia. ¿Y éstos son sus hijos? —El caballero consideró seriamente el asunto, comparándolo en su mente con la Visión: el gran plan de la Reina Oscura. En su investidura, cada caballero recibe la Visión, en la que se le muestra cómo su hilo está tejido en el inmenso tapiz. No se permitía nada que fuera en contra de la Visión, ni siquiera una deuda de honor.

Sin embargo, la batalla había terminado, y el objetivo estaba logrado. Los caballeros negros pasarían un tiempo estableciendo la cabeza de playa antes de desplazarse hacia el oeste. Trevalin no creía que se notara la ausencia de un único caballero, al menos no en un futuro inmediato. Y siempre era en interés de la causa obtener tanta información sobre el enemigo como fuera posible. Sin duda, Steel vería y oiría muchas cosas en su viaje por territorio enemigo que más adelante podrían ser útiles.

—Te doy permiso para partir, Brightblade. El viaje será peligroso, pero cuanto más grande es el peligro, mayor es la gloria. Llevarás los cadáveres de estos caballeros a su tierra natal para que sean enterrados allí. En cuanto al rescate del Túnica Blanca, la decisión sobre qué hacer con él depende de nuestra noble colega.

Trevalin miró a la Señora de la Noche, que estaba que

hervía de indignación por haber sido olvidada en el proceso de tomar una decisión. Aun así, no era oficial superior de Steel, y no tenía nada que decir sobre si se iba o se quedaba. Pero el Túnica Blanca era su prisionero, y tenía el derecho de decidir qué hacer con él.

Reflexionó sobre el asunto, aparentemente dividida entre su deseo de mantener al mago en su poder y su afán por el rescate que su entrega podría proporcionarles. O quizás algo más la incomodaba. Su mirada iba de Steel a Palin y viceversa, y sus verdes ojos ardían.

—El Túnica Blanca ha sido condenado a muerte —dijo con brusquedad.

—¿Qué? ¿Por qué motivo? —Trevalin estaba sorprendido y, al parecer, impaciente—. Se rindió. Es un prisionero de guerra. Tiene derecho a ser entregado a cambio de un rescate.

—Ya se le exigió un rescate —replicó la Señora de la Noche—, y se negó. Por tanto, ha perdido su derecho y puedo disponer de su vida.

—¿Es eso cierto, joven? —Trevalin miró a Palin severamente—. ¿Rehusaste el rescate?

—Me pidieron algo que no puedo dar —contestó Palin. Su mano se cerró con más fuerza en torno al bastón, y todos los presentes comprendieron de inmediato cuál era el precio del rescate que se le había exigido—. El bastón no es mío. Sólo me fue entregado como un préstamo, eso es todo.

—¿El bastón? —Trevalin se volvió hacia la Señora de la Noche—. ¿Sólo queríais el bastón? Si se negó a dároslo, ¡entonces no teníais más que haberle quitado la maldita cosa!

—Lo intenté. —Lillith mostró su mano derecha. Tenía la palma abrasada, llena de ampollas.

—¿Hiciste tú eso, Túnica Blanca? —preguntó Trevalin.

Palin sostuvo su mirada, los ojos serenos aunque enrojecidos por las lágrimas contenidas.

—¿Acaso importa, señor? El Bastón de Mago fue entregado a mi cargo como algo sagrado. No me pertenece, y sólo tengo un control limitado sobre él. El bastón no le pertenece a nadie, es su propio dueño. Sin embargo, no me desprenderé de él ni siquiera para salvar mi vida.

Los dos caballeros negros se quedaron impresionados con la respuesta del joven. No así la Señora de la Noche, que los miró ceñuda a todos mientras se frotaba la mano herida.

—Un interesante problema —comentó Trevalin—. No se puede coaccionar a un hombre a que pague con su vida por algo que no le pertenece. Puede acudir a sus familiares y amigos para pedirles que reúnan el dinero del rescate para él, pero no puede robárselo. El joven está moralmente obligado a negarse a entregar el bastón. Vos, señora, podéis por tanto disponer de su vida. Pero, a mi modo de ver, tal cosa no sería acorde con la Visión.

La Señora de la Noche lanzó a Trevalin una mirada cortante y abrió la boca para protestar. La invocación de la Visión tenía prioridad sobre todo lo demás, y tuvo que guardar silencio hasta que el militar terminó.

—La Visión nos exige hacer progresar a la causa de su Oscura Majestad en todas las cosas y todos los campos. Quitar la vida a este hombre no ganaría nada para la causa. Su alma volaría hasta Paladine, que sería el que saldría ganando, no nosotros. No obstante, si trocamos la vida de este joven por alguna otra cosa, algún poderoso artefacto mágico que los hechiceros de Wayreth tengan en su poder...

La expresión severa de la Señora de la Noche se suavizó. Observó a Palin con gesto especulativo y, cosa rara, hizo otro tanto con Steel.

—Quizá —se la oyó musitar para sí misma— sea ésta la razón. Muy bien —dijo en voz alta—. Me inclino ante vuestro buen juicio, subcomandante Trevalin. Hay algo que aceptaríamos como rescate de Palin Majere. —Hizo un pausa efectista.

—¿Y qué es ello, señora? —inquirió Trevalin, impaciente por seguir con sus cometidos.

—Queremos que los hechiceros abran el Portal al Abismo —dijo la Señora de la Noche.

—Pero... ¡eso es imposible! —gritó Palin.

—La decisión no es tuya, joven —replicó fríamente la Señora de la Noche—. Estás bajo la jurisdicción del Cónclave de Hechiceros. Ellos serán quienes decidan. Abrir el Portal no es como entregar el Bastón de Mago. Esa decisión le corresponde al Cónclave.

—Pedís algo a lo que no se accederá..., a lo que no se puede acceder. —Palin sacudió la cabeza—. Es imposible. Podéis disponer de mi vida ya y así no perderéis el tiempo. No podría morir en mejor compañía —añadió suavemente, con la mano apoyada en el hombro de uno de sus hermanos muertos.

—Se ha dictado sentencia, Túnica Blanca. Eres nuestro prisionero y debes someterte a nuestra voluntad. —Trevalin se mostraba firme—. Viajarás en compañía del caballero Brightblade a la Torre de Wayreth, donde informarás sobre tu rescate al Cónclave de Hechiceros. Si rehúsan, tu vida, que está en prenda, nos pertenecerá. Se te traerá de vuelta para que mueras.

Palin se encogió de hombros, en silencio, sin importarle que fuera de una u otra manera.

—Tú, Steel Brightblade, eres responsable del prisionero —continuó el oficial—. Si escapa, rompiendo su libertad bajo palabra, se exigirá tu vida a cambio. Serás sentenciado a morir en su lugar.

—Lo comprendo, subcomandante —dijo Steel—. Y acepto el castigo.

—Tienes quince días para llevar a cabo el viaje. La primera noche en que las lunas roja y plateada estén ambas en el cielo, deberás presentarte ante mí, tu comandante, tanto si has tenido éxito en la empresa como si has fracasado. Si tu prisionero escapa, deberás informarme de inmediato, sin demora alguna.

Steel saludó y después se marchó para ensillar su dragón azul. Trevalin volvió, más que satisfecho, a sus obligaciones y ordenó a un escudero que preparara a los dos cadáveres para el transporte. Los cuerpos de los otros caballeros se cargaron en una carreta para ser trasladados a la tumba. Palin permaneció cerca de sus hermanos, haciendo todo lo posible para limpiar la sangre de los cuerpos y cerrar los ojos velados y fijos.

Lillith no se apartó de Palin, observándolo intensa, atentamente. No es que temiera que intentara escapar, sino que buscaba algo, alguna clave. ¿Por qué, entre todos los magos jóvenes que había en el mundo, había tenido que ser éste el que habían enviado aquí, a librar esta batalla? ¿Por qué había sido el único superviviente? Y, lo más importante, ¿por qué se había propiciado que Palin Majere entrara en contacto con su primo, Steel Brightblade?

Evocó las imágenes de los dos, caminando juntos, hablando. No existía una semejanza familiar evidente. De hecho, a primera vista, los dos no podían ser más distintos. Steel Brightblade era alto, musculoso, bien formado. El cabello, largo, oscuro y rizoso, enmarcaba un rostro de rasgos fuertes y bien proporcionados; los ojos eran negros, grandes, de mirada intensa. Era, indiscutiblemente, un hombre atractivo. Pero, aunque muchas mujeres miraban a Steel con admiración una vez, no solían hacerlo de nuevo. Era bien parecido, desde luego, pero ahí terminaba toda la atracción. Para todos resultaba obvio que pertenecía, en cuerpo y alma, a una severa dueña: la guerra.

Sólo la guerra podía satisfacer su pasión, sus deseos. Su frío, orgulloso y altanero semblante sólo cobraba vida durante la carga, durante el combate. El estrépito metálico de las armas al chocar era la música que adoraba; el canto de desafío, el único canto de amor que entonaría jamás.

En contraste, su primo, Palin Majere, era de constitución ligera, la estructura ósea, fina, con el cabello castaño rojizo y la tez clara. Sus ojos, inteligentes y de mirada penetrante, le recordaron a su tío de inmediato. La Señora de la Noche había visto a Raistlin Majere una vez, y había reconocido a su sobrino nada más ponerle los ojos encima. Era por las manos, pensó. Poseían el toque delicado, diestro, de las de su tío.

Primos, con la misma sangre corriéndoles por las venas. Sí, el parecido estaba ahí, en el espíritu, ya que no en el físico. Steel conocía su fuerza. Palin todavía tenía que descubrir la suya. Pero estaba en él del mismo modo que lo había estado en su tío. ¿Qué hacer para que redundara en beneficio de su Oscura Majestad? Porque, desde luego, ¡tenía que haber una razón para que los dos se hubieran encontrado!

Nada de coincidencias. No, aquí había un gran plan en marcha, pero la Señora de la Noche aún era incapaz de desentrañarlo. La respuesta acabaría revelándose. De eso no le cabía la menor duda. Tenía que tener paciencia, simplemente. Y así, observó y esperó.

Palin —que creía tal vez estar a solas, o bien no le importaba la presencia de la hechicera— empezó a hablar con sus hermanos:

—Fue culpa mía, Tanin —dijo quedamente con una voz ronca por el llanto—. Tuve la culpa de que murieras. Sé que me perdonas. Siempre me perdonaste, hiciera lo que hiciera. Pero ¿cómo voy a perdonarme a mí mismo? Si mi magia hubiera sido más poderosa, si hubiera estudiado con más ahínco, si hubiera aprendido más conjuros... Si no me hubiese quedado paralizado por el miedo, olvidando todo lo que sabía, no te habría fallado al final. Si me hubiera parecido más a mi tío...

¡Parecido más a mi tío!

Lillith oyó la frase. Un escalofrío de sobrecogimiento y excitación le erizó el vello de los brazos. Ahora veía el plan. Las ideas de su Oscura Majestad quedaron completamente claras para ella, o al menos tan claras como podrían estarlo en una mente mortal. ¡Tenía que ser eso! Ésta tenía que ser la razón. Los dos hombres —el uno con sus dudas e inseguridad, y el otro con su orgullo altanero— acabarían siendo uno la ruina del otro.

La Señora de la Noche no confiaba en Steel Brightblade. Jamás se había fiado de él; no desde que descubrió su procedencia, su familia. Había argumentado largamente contra su admisión en las filas de elite de los Caballeros de Takhisis. Los augurios eran malos; las piedras de vaticinio profetizaban la perdición.

Una piedra blanca a la izquierda: ése era el padre, Sturm Brightblade, renombrado y reverenciado Caballero de Solamnia, respetado incluso por sus enemigos por su valeroso sacrificio. Una piedra negra a la derecha: ésa era la madre, Kitiara Uth Matar, cabecilla de uno de los ejércitos de los Dragones, renombrada por su destreza e intrepidez en la batalla. Los dos estaban muertos, pero —la Señora de la Noche podía percibirlo— ambos trataban de alcanzar al hijo que habían traído a este mundo por accidente, no a propósito. Todo había ocurrido durante el viaje que realizaron juntos al norte de Ansalon en busca de sus respectivos padres, ambos Caballeros de Solamnia, cinco años antes de la Guerra de la Lanza. No podían formar una pareja más dispar. Al principio Kit pensó que el joven Brightblade, con su firme dedicación y su fervor religioso, era divertido, pero pronto se aburrió de él. El caballero no quería entrar en las tabernas, tachándolas de lugares de perversión; todas las noches recitaba sus plegarias y durante el día reprochaba a Kitiara sus faltas con severidad. Kit habría tolerado todo esto, pero el caballero cometió un grave error: quiso darle órdenes, algo que la guerrera no podía permitir. Kit se propuso darle una lección, demostrarle cuál de los dos era el más fuerte. Pensó en retarlo a un duelo, pero vencerlo con las armas no sería lo bastante humillante, así que ideó otro modo de vengarse: seducirlo. Al principio le resultó un juego divertido. Dejó de discutir con él y le demostró admiración constantemente, alabándolo en todo lo que hacía. El caballero luchó con todas sus fuerzas para refrenar su pasión, pero era humano y su joven sangre, caliente. No tenía ninguna experiencia en este terreno, todo lo contrario que Kitiara, y una noche la guerrera lo sedujo. A la mañana siguiente, Sturm comprendió el alcance de lo que había hecho, y le pidió que se casara con él. Kitiara se rió en su cara y le contó todo su plan; no sólo no lo quería, sino que lo despreciaba. Consiguió lo que se proponía: verlo humillado, avergonzado, y finalmente lo abandonó.

Estaba enferma cuando descubrió que iba a tener un

hijo, y quiso interrumpir el embarazo, pero la druida que la atendía le advirtió que también ella perdería la vida si lo hacía. Durante esos meses, Kit vivió con una joven llamada Sara, que la acogió en su casa. Cuando nació el niño, creyendo estar a las puertas de la muerte, la guerrera le contó a Sara quién era el padre y las circunstancias de su concepción, pero le exigió que jurara que jamás se lo revelaría a él; le hizo prometer que lo llevaría con sus hermanastros, Caramon y Raistlin Majere. Sin embargo, Kit se restableció, y a las pocas semanas partió, dejando el niño a cargo de Sara. Ésta, al enterarse de la muerte de la guerrera, crió al pequeño como si fuera su hijo. Lo amaba, y sufrió cuando vio que el lado oscuro de su personalidad, heredado de su madre, se imponía sobre el lado luminoso que había heredado de su padre. Luchó para evitarlo, pidiendo ayuda a Caramon Majere y a Tanis el Semielfo, pero el Mal prevaleció, y el joven Brightblade ingresó en las filas de Ariakan.

Aunque en apariencia tranquilo y firme en su lealtad y devoción a la Reina de la Oscuridad, Steel Brightblade debía de ser un tumultuoso mar de conflictos en su interior. Al menos, es lo que sospechaba la Señora de la Noche, y tenía motivo para ello. Steel Brightblade llevaba la espada de un Caballero de Solamnia, la espada de su padre. Y también llevaba (aunque esto era un secreto muy bien guardado) una joya de manufactura elfa. Conocida como la Joya Estrella, sólo era una prenda que se intercambiaba entre enamorados. A Sturm Brightblade se la había dado Alhana Starbreeze, reina de los elfos silvanestis, durante la Guerra de la Lanza. Y Sturm Brightblade —o más bien el cadáver de Sturm Brightblade, si se daba crédito a lo que decía Steel— le había entregado la joya a su hijo.

Una piedra blanca a la izquierda, una piedra negra a la derecha, y en el centro una piedra marcada con una fortaleza. Y, por encima de ésta, una piedra marcada con fuego. Así interpretó Lillith los símbolos: el joven estaba dividido en dos y su conflicto interno desembocaría en desastre. ¿Qué otra cosa podía representar una fortaleza arrasada por las llamas?

La Señora de la Noche había argumentado largo y tendido, pero nadie la escuchó. Incluso la Señora de la Calavera, una poderosa sacerdotisa —una mujer muy, muy vieja de la que se decía era la favorita de la reina Takhisis— había recomendado que Steel fuera admitido como caballero.

—Sí, lleva la Joya Estrella —farfulló la vieja arpía a través de una boca desdentada—. Es la única grieta en su coraza de hierro. La utilizaremos para ver lo que hay en su corazón y, desde esa ventajosa perspectiva, ¡veremos lo que guardan los corazones de nuestros enemigos!

Necia vieja balbuceante.

Pero la Señora de la Noche lo comprendía ahora. Arrojó la idea sobre el negro lienzo que era su mente, del mismo modo que arrojaba sus piedras vaticinadoras. Cayó con limpieza sobre la mesa, sin rodar ni tambalearse, situada boca arriba. Meditabunda, eligiendo con cuidado sus palabras, se acercó al joven mago.

—Has mencionado a tu tío —dijo, de pie junto a Palin y mirándolo desde arriba, con los brazos cruzados sobre el pecho—. No lo llegaste a conocer, ¿verdad? No, claro que no. Eres demasiado joven.

Palin guardó silencio y aferró el Bastón de Mago con más fuerza. El joven había hecho por sus hermanos todo cuanto estaba en su mano. Ahora sólo quedaba la amarga tarea de llevarlos a casa, de dar la terrible noticia a sus padres. Se encontraba en un momento de debilidad, vulnerable. La tarea de la Señora de la Noche era casi demasiado fácil.

—Raistlin dejó este mundo antes de que nacieras.

Palin alzó la vista y, con sólo esa fugaz mirada, lo reveló todo, aunque siguió sin decir una palabra.

—Dejó este mundo y eligió permanecer en el Abismo, donde lo atormenta a diario nuestra temida señora.

—No —lo provocó a responder—. No, eso no es cierto. A mi tío le fue concedida la paz del descanso por su sacrificio. Paladine se lo reveló a mi padre.

Lillith se arrodilló para ponerse a la misma altura que el joven y se acercó a él. Era una mujer atractiva y, cuando lo quería, podía resultar encantadora, tan fascinante como una serpiente.

—Eso es lo que dice tu padre. ¿Qué otra cosa podía decir, si no?

Notó que el joven rebullía inquieto a su lado y sintió despertar la emoción en lo más profundo de su ser. Él no la miró, pero la mujer se dio cuenta de sus dudas. El chico había pensado sobre esto con anterioridad. Creía a su padre, pero una parte de él se resistía. Esta duda era la grieta en su armadura. A través de esa grieta, deslizó su cuchilla mental envenenada.

—¿Y si tu padre se equivoca? ¿Y si Raistlin Majere vive? —se acercó aún más al joven—. Te llama, ¿verdad?

Fue dar un palo de ciego, pero la Señora de la Noche supo de inmediato que había acertado en el blanco. Palin se encogió sobre sí mismo y agachó los ojos.

—Si Raistlin regresara a este mundo, te tomaría de aprendiz. Estudiarías con el mago más grande que ha caminado por este plano existencial. Tu tío ya te ha hecho un valiosísimo regalo. ¿Qué más no haría por su amado sobrino?

Palin la miró de reojo, sólo de soslayo, pero la hechicera vio en el fondo de sus ojos la chispa que encendía el fuego que acabaría consumiéndolo.

Satisfecha, la Señora de la Noche se incorporó y se alejó. Ahora podía dejar solo al prisionero. Estaba a buen recaudo, enredado en los lazos de la tentación. E, inadvertidamente, arrastraría a su primo con él. Ésa era la razón de que la Reina Oscura hubiera hecho reunirse a los dos.

Lillith metió la mano en una bolsita de terciopelo negro, agarró un puñado de piedras al azar y, musitando un encantamiento, tiró las piedras al suelo. La Señora de la Noche se estremeció.

Había acertado en su conjetura. Takhisis debía tener estas dos almas... y enseguida.

La perdición estaba próxima.

3

La ciudad de Palanthas. Una búsqueda fatigosa y poco fructífera

El calor del sol de mediodía se derramaba como aceite hirviente sobre las aguas de la bahía de Branchala. Ésta era la hora del día con más actividad en los muelles de Palanthas, cuando el bote de Usha se unió a la multitud de otras embarcaciones que atestaban el puerto. No estando acostumbrada a semejante calor, ruido y barullo, Usha se sentó en su barco bamboleante y echó una mirada consternada a su alrededor.

Enormes galeras mercantes tripuladas por minotauros se rozaban contra los grandes barcos pesqueros pilotados por los navegantes humanos de negra piel, oriundos de Ergoth del Norte. Barcazas de «mercado» más pequeñas se abrían paso con topetazos y golpes de proa entre las apiñadas embarcaciones, ganándose una lluvia de improperios y alguno que otro cubo de agua del pantoque o cabezas de peces cuando chocaban contra una embarcación de mayor tamaño. Para empeorar el desconcierto, un barco gnomo acababa de entrar en el puerto. Las otras naves levaban anclas, tratando de poner tanto mar por medio entre ellas y el barco gnomo como les fuera posible. Nadie con sentido común arriesgaría la vida o alguna parte del cuerpo quedándose en las inmediaciones de aquella monstruosidad que vomitaba vapor. El capitán de puerto, en su bote pintado de manera especial, navegaba acá y allá enjugándose la sudorosa y calva cabeza y chillando a voz en grito a los capitanes a través de una bocina.

Usha estuvo a punto de izar su vela, hacer virar su bote y regresar a casa. Las malsonantes maldiciones de los minotauros (había oído hablar de ellos, pero nunca había visto uno) la asustaban; el barco gnomo —las humeantes chimeneas cerniéndose sobre ella peligrosamente cerca— la espantaba. No sabía qué hacer ni dónde ir. Un hombre mayor, que se mecía plácidamente en un pequeño esquife de pesca al borde de la zona del tumulto, la vio y, al darse cuenta de su apuro, recogió el sedal y remó en su dirección.

—Así que foránea por estos lares, ¿verdad? —dijo el viejo. Al cabo de un momento Usha entendió que le preguntaba a ella si era forastera.

Admitió que lo era y le preguntó dónde podría atracar su bote.

—Aquí, no —dijo él al tiempo que chupaba una desgastada pipa. Se la quitó de la boca y señaló hacia las barcazas—. Demasiados granjeros.

En ese momento, un clíper minotauro se le puso al pairo y estuvo a punto de hundirla. El capitán, inclinándose por el costado, prometió hacer astillas su barco —y pedacitos a ella— si los dos no se quitaban de en medio.

Usha, llena de pánico, cogió los remos, pero el viejo la detuvo.

De pie en su propio bote —una hazaña prodigiosa, pensó Usha, considerando que la embarcación se bamboleaba violentamente— el viejo respondió al capitán en lo que debía de ser el propio lenguaje de los minotauros, ya que sonaba como si alguien estuviera partiendo huesos. Usha nunca supo lo que dijo exactamente el viejo, pero el capitán minotauro terminó por gruñir y ordenar a su tripulación que hiciera virar el barco.

—Bravucones —rezongó el viejo mientras volvía a sentarse—. Pero como marinos son condenadamente buenos. Si lo sabré yo, que navegué con ellos de manera regular. —Miró el bote de la muchacha con curiosidad—. Buena embarcación, sí señor. Construida por minotauros, si no me equivoco. ¿Dónde la conseguiste?

Usha eludió la pregunta. Antes de partir, el Protector le había aconsejado que no revelara nada sobre sí misma a nadie. Simuló no haber oído al viejo, cosa fácil de que ocurriera en medio del estruendo de remos entrechocando, maldiciones, y los gritos del capitán de puerto por la bocina. Le dio las gracias por su ayuda y volvió a preguntarle dónde podría atracar.

—En la zona del este. —El viejo señaló con el cañón de la pipa—. Es un muelle público. Por lo general se paga una tasa, pero... —ahora la miraba a ella, no al bote—, con esa cara y los ojos de ellos, seguramente te dejarán atracar gratis.

Usha se puso colorada de rabia y vergüenza, y contuvo una réplica cáustica. El viejo había sido amable y la había ayudado. Si quería burlarse de su escaso atractivo, se había ganado el derecho a hacerlo. En cuanto a lo demás que había dicho sobre una «tasa» y dejarla atracar «gratis», no tenía ni idea de lo que hablaba. Escudriñando a través de la maraña de mástiles localizó el muelle al que se refería, y le pareció un remanso de paz comparado con los muelles principales. Dándole de nuevo las gracias al viejo —con un tono bastante frío— Usha condujo su bote en aquella dirección.

El puerto público se encontraba mucho menos abarrotado dado que estaba restringido a botes pequeños, principalmente embarcaciones de recreo de los potentados. Usha arrió las velas, remó hasta encontrar un muelle, y echó el ancla. Recogió sus pertenencias, cargando una de las bolsas a la espalda y la otra sujeta a la cintura, y desembarcó. Amarró el bote al muelle y echó a andar, pero se detuvo para echarle una última ojeada.

La embarcación era el último vínculo con su tierra, con el Protector, con todos a los que amaba. Cuando se separara de ella, estaría alejándose de su vida pasada. Recordó el extraño fulgor rojizo en el cielo la noche anterior y de repente odió tener que marcharse. Pasó la mano por el cabo que la unía al bote que, a su vez, la unía con su país. Los ojos se le llenaron de lágrimas. Medio cegada, se volvió y chocó con algo oscuro y sólido que la agarró por una manga.

Una voz, que venía de alguna parte a la altura de su cintura, barbotó:

—¿Dónde crees que vas, muchachita? Está el asuntillo de la tasa de atraque.

Usha, avergonzada de que la hubieran sorprendido llorando, se limpió los ojos rápidamente. El que la acosaba era un enano de barba canosa y desaliñada, y con la cara arrugada y los ojos entrecerrados de los que han pasado la vida contemplando el sol reflejándose en el agua.

—¿Tasa? No sé a qué te refieres —contestó Usha, que intentaba no mirarlo fijamente. Tampoco había visto nunca un enano, aunque los conocía por las historias que le contaba el Protector.

—¡Una tasa para poder dejar tu bote donde lo has amarrado! No creerás que la gente de Palanthas dirige esta actividad por su buen corazón, ¿verdad, muchachita? ¡Hay una tasa! ¿Durante cuánto tiempo vas a dejar el bote? ¿Un día, una semana, un mes? La tasa varía.

—Yo... no lo sé —dijo Usha desvalidamente.

Para los irdas no existía el concepto de dinero. Al ser sus necesidades sencillas, cada irda producía lo que le hacía falta, ya sea de manera artesanal o mediante la magia. A un irda nunca se le ocurriría intercambiar algo con otro. Tal acción sería equivalente a una intromisión en el alma del otro.

Usha empezaba a recordar ciertas historias que el Protector le había contado acerca de los enanos.

—¿Quieres decir que si te doy algo me permitirás que deje el bote aquí a cambio?

El enano la miró fijamente, entrecerrando los ojos hasta dejar una estrecha rendija.

—¿Qué te pasa, muchachita? ¿La botavara te golpeó en la cabeza? —Cambió la voz y empezó a hablarle en un tono más agudo, como quien habla con un niño—. Sí, pequeña, tú das al buen enano algo, preferentemente monedas de frío y duro acero, y el buen enano te permitirá que dejes el bote donde está. Si no le das algo bonito al buen enano, preferentemente monedas de frío y duro acero, el buen enano tendrá que embargar tu condenado bote. ¿Lo coges?

El rostro de Usha se puso rojo como la grana. No tenía monedas; ni siquiera estaba segura de lo que significaba esa palabra. Pero una multitud de hombres sonrientes, algunos de ellos de mala catadura, empezaba a arremolinarse alrededor de los dos. Usha sólo quería marcharse de allí. Manoseando torpemente en el interior de las bolsas, sus dedos cogieron un objeto. Lo sacó y se lo echó al enano.

—No tengo monedas. ¿Te vale eso?

El enano lo cogió y lo examinó atentamente. Los ojos entrecerrados se abrieron más de lo que probablemente lo habían hecho en un centenar de años. Entonces, al reparar en el interés de los hombres que había alrededor, el enano les lanzó una mirada furibunda al tiempo que cerraba la mano sobre el objeto.

—Platino, por la barba de Reorx. Y con un rubí —se lo oyó musitar. Agitó la mano en dirección a los hombres—. ¡Largaos, fisgones mamelucos! ¡Ocupaos de vuestros asuntos o haré que los guardias caigan sobre vosotros!

Los hombres se echaron a reír, hicieron unos cuantos comentarios chuscos, y se alejaron. El enano cogió a Usha por la manga e hizo que se agachara hasta estar a su altura.

—¿Sabe qué es esto, señorita? —Ahora se mostraba mucho más educado.

—Un anillo —contestó Usha, pensando que tal vez él no sabía lo que era.

—Sí. —El enano se lamió los labios. Su mirada se dirigió anhelante hacia la bolsa—. Un anillo. Puede que... puede que haya más de donde ha salido éste, ¿no?

A Usha no le gustó su mirada y apretó la mano sobre la bolsa, acercándola más a su cuerpo.

—¿Es bastante con eso para dejar el bote a tu cuidado? —replicó.

—¡Oh, sí, señorita! Durante tanto tiempo como quiera. Lo cuidaré realmente bien. Fregaré y restregaré la cubierta, ¿eh? O rasparé los escaramujos del casco. O repasaré las velas.

—Lo que quieras. —Usha echó a andar, dirigiéndose a tierra y a los grandes edificios que jalonaban la costa.

—¿Cuándo volverá por él? —preguntó el enano, que corría con sus cortas piernas para mantener el paso con ella.

—No lo sé —contestó Usha, esperando parecer despreocupada, no desconcertada—. Pero que el bote esté aquí cuando regrese.

—Lo estará, señorita. No le ocurrirá nada. —Los dedos de una mano mugrienta se movían afanosos, como si estuviera haciendo cuentas—. Puede que haya algunos cargos extras...

Usha se encogió de hombros mientras seguía su camino.

—¡Platino! —oyó decir al enano con tono avaricioso—. ¡Y con un rubí!

La muchacha eludió a las autoridades portuarias simplemente porque no tenía idea de quiénes eran ni de que se suponía que tenía que explicarles quién era ella y por qué se encontraba en Palanthas. Pasó por delante de los guardias y a través de una sección reconstruida de la muralla de la ciudad con tal aplomo y seguridad que ninguno de los guardias, que lo cierto es que estaban muy atareados, se preocupó de pararla o preguntarle. Daba la impresión de que estuviera en su perfecto derecho de encontrarse allí.

Su porte seguro era, en realidad, producto de su inocencia. Su aplomo, una capa de hielo con la que ocultaba su terror y su desconcierto.

Pasó varias horas deambulando por las calurosas, polvorientas y abarrotadas calles de Palanthas. En cada esquina veía algo que la sorprendía, aterraba, aturdía o repugnaba. No tenía idea de hacia dónde se dirigía ni lo que hacía, salvo que, de algún modo, tenía que encontrar al tal lord Dalamar. Y, después, suponía que tendría que buscar un sitio para dormir.

El Protector había hecho algunas referencias vagas a

«alojamientos» y un «trabajo» y «ganar dinero». El Protector no pudo ser más específico, ya que sus contactos con humanos durante su larga vida habían sido muy limitados, y, aunque había oído hablar de tales conceptos como «trabajar para ganarse el pan de cada día», sólo tenía una vaga idea de lo que significaban.

Usha ni siquiera tenía la más remota idea.

Contemplaba todo boquiabierta, impresionada. Los ornamentados edificios —tan distintos de las pequeñas viviendas de los irdas de una sola planta— se alzaban sobre ella, más altos que los pinos más grandes. Estaba perdida en un bosque de mármol. ¡Y la cantidad de gente que había! Había visto más personas en un minuto en Palanthas que a lo largo de todos los años que había vivido con los irdas. Y toda la gente parecía tener una prisa tremenda, yendo y viniendo en medio de empujones y codazos y caminando casi a la carrera, con los semblantes congestionados y resoplando sin resuello.

Al principio, Usha se preguntó, atemorizada, si la ciudad estaría pasando por algún tipo de emergencia peligrosa. Quizá la guerra. Pero, al preguntar a una muchachita que llevaba agua de un pozo, Usha se enteró de que hoy era «día de mercado» y que la ciudad estaba inusualmente tranquila, probablemente debido al fuerte calor.

En las inmediaciones de la bahía había hecho calor; el sol reflejándose en el agua le quemaba la blanca piel a Usha, incluso estando en la sombra. Pero al menos en los muelles había sentido el fresco roce de la brisa oceánica. Tal alivio no llegaba a la ciudad propiamente dicha. Palanthas se ahogaba de calor, que irradiaba desde las calles adoquinadas, abrasando a los que caminaban por ellas casi con tanta efectividad como si hubieran estado sentados sobre una plancha al rojo vivo. Y sin embargo las calles estaban frescas en comparación con el interior de tiendas y casas. Los dueños de comercios, que no podían abandonar sus negocios, se abanicaban e intentaban no adormilarse y dar cabezadas. La gente pobre abandonaba sus sofocantes hogares, y vivía y dormía en parques o en los tejados con la esperanza de sentir el más leve atisbo de un soplo de aire. Los ricos permanecían dentro de sus viviendas de paredes de mármol, bebían vino templado (no había hielo, pues las nieves en las altas cumbres casi se habían derretido), y protestaban lánguidamente por el calor.

El hedor de demasiados cuerpos sudorosos, apiñándose demasiado juntos, así como de basuras y desechos cociéndose al sol, había dejado a Usha sin respiración y le provocó arcadas. Se preguntó cómo podía vivir nadie en medio de un olor tan repugnante, pero la muchachita le había dicho que ella no olía nada que no fuera el olor de Palanthas en verano.

Usha recorrió toda la ciudad, caminando sin parar. Pasó delante de un edifico enorme, que alguien le dijo que era «la Gran Biblioteca», y recordó oír al Protector hablar de ella en tono respetuoso como la fuente de conocimiento sobre todas las cosas del mundo.

Pensando que éste sería un buen sitio donde preguntar sobre el paradero de lord Dalamar, Usha paró a un joven vestido con una túnica marrón que caminaba por las inmediaciones de la Gran Biblioteca y le hizo la pregunta. El monje abrió mucho los ojos, se apartó de Usha unos cuantos pasos y señaló calle abajo.

Siguiendo sus indicaciones, la joven salió de un callejón a la sombra de una torre de aspecto ominoso que estaba rodeada por un oscuro robledal. Aunque un momento antes estaba sudando, ahora se estremeció sacudida por repentinos escalofríos. Una oscuridad fría y húmeda parecía fluir de los robles. Tiritando, se dio media vuelta y huyó y se sintió aliviada al encontrarse de nuevo bajo el ardiente sol. En cuanto a lord Dalamar, a Usha sólo se le ocurrió pensar que el monje se había equivocado. Era imposible que alguien viviera en un lugar tan espantoso.

Pasó ante un bello edificio que era, según la inscripción, un templo a Paladine. Pasó junto a parques y mansiones de potentados, magníficas pero de aspecto aséptico, de tal manera que Usha las tomó por museos. Pasó delante de tiendas llenas de objetos maravillosos, de todo tipo, desde joyas resplandecientes a espadas y armaduras como las que llevaban los jóvenes caballeros que habían estado en la isla.

Y siempre, multitud de gente.

Perdida y aturdida, sin saber por qué la habían mandado a esta desconcertante ciudad, Usha siguió deambulando por las calles. Estaba debilitada por el calor y sólo se percató, de manera gradual, de que la gente se quedaba mirándola por dondequiera que iba. De hecho, algunos llegaron a pararse y observarla con asombro, boquiabiertos. Otros —por lo general hombres que iban vestidos a la moda— se quitaban los sombreros adornados con plumas y le sonreían.

Naturalmente, Usha dedujo que se mofaban de su fealdad, y juzgó su actitud muy cruel. Con la ropa sucia, sintiéndose desdichada y compadeciéndose de sí misma, se preguntó cómo el Protector había podido enviarla a un sitio tan odioso. Poco a poco, sin embargo, acabó por comprender que las miradas y el quitarse los sombreros y las reverencias eran de admiración.

Llegando a la peregrina idea de que el viaje debía de haber cambiado su aspecto, Usha se paró para examinar su reflejo en el cristal del escaparate de una tienda. El cristal estaba ondulado y distorsionaba sus rasgos, pero también lo hacía el agua del pequeño estanque que acostumbraba utilizar como espejo en su tierra. No había cambiado. Su cabello seguía siendo rubio plateado, sus ojos aún tenían el mismo color extraño, sus rasgos eran regulares, pero faltos de la exquisita y cincelada belleza de los de los irdas. Era, como siempre lo había sido —a su forma de ver—, fea.

—Qué gente tan rara —se dijo, después de que un joven, que la estaba mirando embobado, se diera de bruces contra un árbol.

Finalmente, cuando casi había desgastado las suelas de sus botas de piel, Usha reparó en que el ardiente sol se estaba poniendo por fin, y las sombras de los edificios se iban alargando y haciéndose un poquito más frescas.

El número de personas en las calles disminuyó. En las puertas aparecían madres que gritaban a sus hijos que volvieran a casa. Mirando por las ventanas de algunas bonitas viviendas, Usha vio familias reunidas. Ella estaba rendida, sola, debilitada. No tenía dónde pasar la noche y —de pronto cayó en la cuenta de ello— tenía un hambre de lobo.

El Protector le había proporcionado provisiones para el viaje, pero se lo había comido todo antes de desembarcar en Palanthas. Por fortuna había ido a parar de manera accidental a un sector de la ciudad donde había mercado.

Los vendedores estaban cerrando los puestos antes de dar por terminada la jornada. Usha se había estado preguntando qué hacía la gente para comer en esta atareada ciudad. Ahora sabía la respuesta. Al parecer, aquí, en Palanthas, la gente no servía la comida en mesas, sino que la repartía por las calles. A Usha le pareció muy chocante, pero todo en esta ciudad lo era, al fin y al cabo.

Se acercó a un puesto en el que quedaban unas cuantas piezas de fruta. Estaban mustias y ajadas al haberse resecado con el calor durante todo el día, pero a ella le parecieron maravillosas. Cogió varias manzanas y le dio un mordisco a una; la devoró en un visto y no visto, y se guardó las demás en uno de sus bolsillos.

Dejó atrás el puesto de frutas y llegó al de un panadero, de donde cogió una porción de pan. Usha miraba en derredor, buscando un puesto en el que hubiera vino, cuando se desató un espantoso alboroto a su alrededor.

—¡Cogedla! ¡Que no escape! ¡A la ladrona!

4

Un ataque. Arrestada. Tasslehoff se sorprende

Usha miraba sin salir de su asombro a un hombre alto y delgado, con un delantal de cuero, que brincaba a su alrededor.

—¡Ladrona! —chillaba al tiempo que la señalaba—. ¡Me ha robado la fruta!

—¡Se largó llevándose mi pan! —añadió, jadeante, una mujer pringada de harina que había llegado corriendo detrás del hombre—. ¡Ahí está, asomando por esa bolsa! Devuélvemelo, bribona.

La panadera hizo un ademán para coger el pan y Usha le apartó la mano de un cachetazo. La mujer empezó a aullar.

—¡Asesina! ¡Ha intentado matarme!

Los holgazanes y maleantes que por lo general merodeaban por los mercados, echando tragos de vino malo y esperando a que se produjera algún jaleo, no tardaron en acercarse oliendo problemas. Una multitud abucheante se aglomeró alrededor de Usha. Un hombre harapiento y de aspecto grosero la agarró.

—¡Me ofrezco como voluntario para registrarla! —gritó—. ¡Me da en la nariz que se ha metido esas manzanas debajo de la blusa!

La muchedumbre rió y se acercó más.

Usha jamás había sufrido un trato semejante. Mimada, consentida, criada en una sociedad de personas que no levantaban la voz, y mucho menos los puños, sufrió un fuerte choque emocional que casi la hizo perder el conocimiento. No tenía armas, y no se le ocurrió, en su pánico inicial, utilizar los objetos mágicos que los irdas le habían regalado. En cualquier caso, tampoco habría sabido cómo usarlos, ya que apenas había prestado atención a las instrucciones recibidas. Las sucias manos del hombre le rasgaron la blusa y sus dedos le rozaron la piel. Sus compinches lo jaleaban, animándolo a seguir.

El pánico dio paso a la rabia, y la ferocidad de un animal acorralado estalló en su interior. Golpeó salvajemente, con una fuerza nacida del terror. Pegó, mordió y pateó sin saber y sin importarle a quién daba, queriendo hacerles daño a todos, deseando herir a todo ser viviente de esta odiosa ciudad. Fue entonces cuando unas fuertes manos le agarraron el brazo y se lo retorcieron dolorosamente mientras una voz, clara y firme, decía:

—¡Vale, tranquila, déjelo ya, jovencita!

El rojizo velo que le nublaba los ojos se disipó. Usha parpadeó, inhaló hondo, y miró a su alrededor, aturdida.

Un hombre musculoso y alto, vestido con túnica y polainas de un apagado tono carmesí, y que tenía aire de oficial, la sujetaba. Al llegar él, la multitud se había dispersado rápidamente mientras intercambiaba expresivos comentarios sobre ciertos guardias que siempre les estropeaban la diversión. El hombre que la había acosado yacía en el suelo, gimiendo y agarrándose sus partes pudendas.

—¿Quién empezó esto? —El guardia miró a su alrededor con ferocidad.

—Ella me robó pan de mi puesto, su señoría —chilló la panadera—, y después intentó matarnos a todos.

—Y ésas manzanas son mías —acusó el frutero—. Se largó con ellas, más fresca que una lechuga.

—En ningún momento tuve intención de robar a nadie —protestó Usha al tiempo que lloriqueaba un poco. Las lágrimas siempre le habían funcionado con el Protector cuando tenía problemas, y le fue fácil caer en la vieja costumbre—. Pensé que la fruta y el pan estaban puestos ahí para que los cogiera cualquiera. —Se enjugó los ojos—. No quería hacer daño a nadie. Estoy cansada, me he perdido y tengo hambre, y entonces ese hombre... me tocó en...

Las lágrimas brotaron de nuevo al recordar la horrible escena. El guardia la miró con impotencia e intentó consolarla.

—Vamos, vamos. No llore. Seguramente ha sido el calor lo que la ha atontado así. Págueles a estos dos el precio de lo que cogió y zanjaremos el asunto. ¿Verdad? —añadió el guardia al tiempo que lanzaba una mirada feroz a los dos vendedores, que se la devolvieron con igual intensidad pero aceptaron con la cabeza, de mala gana.

—No tengo dinero. —Usha tragó saliva con esfuerzo.

—¡Vagabunda! —espetó el hombre.

—Peor aún —intervino la mujer, encogiendo la nariz en un gesto desdeñoso—. ¿Qué puede esperarse de alguien así? ¡Fijaos en esas ropas estrafalarias! ¡Quiero que la pongan en el cepo y la azoten!

El guardia parecía disgustado, pero no tenía opción. El pan de la discordia estaba tirado en el suelo al haberse caído de la bolsa de Usha durante la trifulca, y la propia chica soltaba un fuerte olor a manzanas pasadas y despachurradas.

—Dejaremos que sea el magistrado quien arregle el asunto. Vamos, joven. Y vosotros dos tendréis que venir también si queréis ordenar una detención.

El guardia echó a andar conduciendo a Usha. Los dos vendedores los siguieron, la mujer muy estirada, en actitud de justa indignación, y el vendedor de fruta preguntándose con inquietud si esto no le iría a costar dinero.

Aturdida y agotada, Usha no se fijó hacia dónde la llevaban. Caminaba a trompicones al lado del guardia, con la cabeza inclinada, sin querer volver a ver a nadie de este horrible lugar. Advirtió por encima que dejaban las calles y entraban en un edificio grande construido totalmente de piedra, con un enorme y pesado portón de madera guardado por otros hombres que llevaban la misma vestimenta carmesí que los identificaba como soldados. Abrieron el portón. El guardia la condujo al interior.

La habitación de paredes de piedra en la que entraron estaba agradablemente oscura y fresca, después del resol y el calor de las calles. Usha miró a lo alto y en derredor. El guardia estaba discutiendo con los dos vendedores. Usha hizo caso omiso de ellos. Aunque estaba involucrada en el tema, era como si nada de esto tuviera que ver con ella. Todo era parte de la horrible ciudad, de la que se marcharía en cuanto hubiera entregado la carta.

Un hombre corpulento, que tenía aspecto de estar aburrido de todo el asunto, se encontraba sentado tras un escritorio y garabateaba algo en la página grasienta de un libro. A su espalda había una habitación enorme llena de gente, sentada o durmiendo en el frío suelo de piedra. Numerosas barras de hierro, encajadas en el suelo y en el techo, separaban a la gente que estaba dentro de la habitación grande de los que estaban fuera.

—Aquí tienes a otra, carcelero. Robo menor. Enciérrala con los demás hasta que el magistrado pueda ver su caso por la mañana —dijo el guardia.

El hombretón alzó la vista con desgana, pero al ver a Usha sus ojos se abrieron de par en par.

—¡Si el Gremio de Ladrones está reclutando más como ella yo también me apunto! —dijo en voz baja al guardia—. Veamos, señorita, tendrá que entregarme sus bolsas para dejarlas aquí.

—¿Qué? ¿Por qué? ¡No las toques! —Usha aferró sus pertenencias contra sí con todas sus fuerzas.

—Probablemente se le devolverán —le aseguró el guardia mientras se encogía de hombros—. Vamos, joven, no vaya a armarla ahora. Ya tiene suficientes problemas tal como están las cosas.

Usha continuó agarrando las bolsas un momento más. El hombretón frunció el ceño y dijo algo sobre quitárselas a la fuerza.

—¡No, no me toquéis! —exclamó Usha que, de mala gana, se despojó de las dos bolsas (la pequeña, con sus ropas, y la grande, con los regalos) y las puso sobre el escritorio, delante del carcelero.

»Debo advertiros —dijo con una voz ahogada por la rabia— que algunos de los objetos que hay en esa bolsa son mágicos, y más vale que los tratéis con respeto. Además, llevo una misiva que tengo que entregar a alguien llamado lord Dalamar. No sé quién es el tal Dalamar, pero estoy segura de que no le gustará que andéis manoseando sus cosas.

Usha había esperado impresionar a sus captores, y lo hizo, aunque no como era su intención. El carcelero, que se había lanzado sobre las bolsas ansioso, de repente apartó bruscamente la mano de ellas como si fueran alguna invención de los gnomos que probablemente pudiera estallar en cualquier momento.

—¡Retiro todos los cargos! —chilló el frutero, que se marchó a toda carrera.

—Una bruja —mascullό la panadera, aguantando el tipo—. Ya me lo figuraba. Quemadla en la hoguera.

—Ya no se hace eso —gruñó el carcelero, pero estaba pálido y tembloroso—. ¿Dijiste Dalamar?

—Sí, eso es. —Usha estaba más que sorprendida con todo este alboroto, pero, viendo que ese nombre significaba algo para estas personas, se aprovechó de ello—. Y más vale que me tratéis bien o estoy segura de que *lord Dalamar* se sentirá muy disgustado.

Los dos hombres conferenciaron en voz baja.

—¿Qué podemos hacer? —susurró el carcelero.

—Mandar llamar a la dama Jenna. Ella lo sabrá.

—¿La meto en las celdas?

—¿Es que quieres que ande suelta por aquí?

La conversación terminó y Usha fue escoltada —respetuosamente— a la gran habitación que había tras la reja de hierro. Casi de inmediato, se encontró rodeada por lo que al principio tomó por niños humanos. Se preguntaba qué crimen podían haber cometido estos chiquillos cuando oyó al carcelero gritarles e insultarlos:

—¡Apartaos, condenados kenders! ¡Alto! ¿Dónde están mis llaves? ¡Eh, tú, bribón, devuélvemelas! Encuentre un asiento, señorita. La persona que va a venir no tardará —le chilló el carcelero a Usha al tiempo que agarraba y quitaba cosas a los kenders—. ¿Qué haces tú con mi pipa? Y tú, entrégame esa bolsita de hierbas de mascar o, por Gilean, que te...

Rezongando y maldiciendo, el carcelero salió de la celda y se retiró, agradecido, a su escritorio.

¡Así que éstos eran los kenders! Usha tenía interés en conocer a las personas a las que el Protector había apodado los «alegres ladrones de Krynn». Conocerlos no era ningún problema, puesto que los siempre curiosos kenders estaban en cualquier momento más que dispuestos a conocer a cualquier forastero que entrara en lo que ellos consideraban «su» celda.

Hablando todos a un tiempo, haciéndole preguntas a una media de treinta cada cinco segundos, los kenders se arremolinaron a su alrededor, cotorreando, riendo al tuntún, toqueteando y dando palmaditas. El jaleo, el clamor, el calor, el miedo y el hambre... de repente fue más de lo que la muchacha pudo soportar. La habitación empezó a oscilar y después se ladeó. El aire se llenó de repente de chispeantes estrellas.

De lo siguiente que Usha fue consciente fue de que estaba tendida en el suelo, mirando el rostro preocupado de uno de los kenders. Éste parecía mayor que los demás; una trama de marcadas arrugas le rodeaba los ojos, en tanto que otras, las arrugas risueñas, le enmarcaban la boca. El cabello, largo y con hebras grises, lo llevaba recogido en un copete y le caía sobre el hombro. Su rostro era agradable, amistoso y curioso como el de un niño o como los de todos los otros kenders, pero parecía más maduro que los demás.

Cuando cualquiera de los kenders se acercaba demasiado, éste lo ahuyentaba. Incluso los elementos más duros de la población humana, que también estaban encerrados en la celda, parecían respetarlo pues también ellos mantenían las distancias.

—¿Qué ha pasado? —preguntó Usha mientras se esforzaba por sentarse.

—Te desmayaste —explicó el kender—. Y creo que deberías seguir tumbada un poco más. A mí nunca me ha pasado, que yo recuerde. No dejo de pensar que me gustaría experimentarlo alguna vez, pero nunca lo consigo. ¿Cómo te encuentras? El guardia dijo que probablemente perdiste el conocimiento porque no habías comido desde hacía tiempo y que ya volverías en ti. ¡Y así ha sido! ¿Tienes hambre? Dentro de una hora, más o menos, nos traerán algo de pan y sopa. La comida es buena aquí. Palanthas tiene una cárcel muy buena, una de las mejores de Ansalon. ¡Qué ojos tan peculiares tienes! Son de un tono dorado, ¿verdad? Desde luego, me resultas familiar. ¿No nos hemos conocido antes? ¿Has estado alguna vez en Solace?

—No —contestó con cansancio Usha. La charla del kender era reconfortante, pero sus interminables preguntas la aturdían—. Nunca oí hablar de Solace.

Se encontraba fatal. Le dolía la cabeza y el estómago vacío le daba pinchazos. El Protector le había advertido que fuera cauta con los kenders, pero éste era la primera persona que le había hablado con amabilidad. Miró a su alrededor y reparó en que tenía la cabeza recostada en lo que probablemente era —a juzgar por el fuerte color verde que era igual al de las calzas que llevaba— la chaqueta del kender.

Usha se sintió agradecida e intentó esbozar una sonrisa.

—¿Quién eres? —preguntó.

El kender pareció consternado primero, y luego desazonado.

—¿No me he presentado? Supongo que no. Iba a hacerlo cuando te desplomaste. —Le tendió una mano pequeña, de piel morena—. Me llamo Tasslehoff Burrfoot, aunque mis amigos me llaman Tas. ¿Cuál es tu nombre?

—Usha. —La muchacha aceptó su mano y la estrechó con solemnidad.

—¿Sólo Usha? La mayoría de los humanos que conozco tienen nombre y apellido.

—Sólo Usha.

—Bueno, es un nombre bonito. Tanto como para valer por dos juntos. —El kender la observó con detenimiento—. ¿Sabes, Usha? En verdad me recuerdas a alguien. Me pregunto quién puede ser.

Usha no tenía ni idea y tampoco le importaba. Cerró los ojos, sintiéndose protegida por su nuevo amigo, se relajó y se dejó arrullar por el sueño.

En el estrecho filo entre el sueño y la vigilia, oyó musitar al kender con tono de sobrecogido asombro:

—¡Lo tengo! Tiene los ojos dorados... ¡como Raistlin!

5

La hechicera. La sorpresa de la dama Jenna

El aroma de la sopa caliente despertó a Usha de su corto sueño. Se sentía mejor después de este breve descanso. Recostada contra el muro de piedra, se tomó el espeso caldo de gallina en una desportillada escudilla de loza mientras se preguntaba qué iba a pasar con ella después. Al menos había solucionado el problema de dónde iba a dormir.

Ya era de noche y la celda estaba oscura, alumbrada sólo por la luz de unas pocas antorchas chisporroteantes que había en la pared de la entrada de la prisión.

El kender, Tas, se tomó su ración de sopa y luego le ofreció a Usha su trozo de pan moreno.

—Toma, todavía tienes cara de hambre.

Usha se había terminado su pan en tres bocados. Vaciló.

—¿Seguro que no lo quieres tú? —preguntó.

—No, tranquila. —Tas sacudió la cabeza—. Si me da hambre, seguramente encontraré algo para comer en mis saquillos. —Señaló varias bolsas abultadas que llevaba repartidas por su esbelto cuerpo.

—¿Por qué dejaron que conservaras tus cosas? —Usha tenía el ceño fruncido—. A mí me las quitaron.

—Oh, siempre ocurre lo mismo. —Tas se encogió de hombros—. No sé muy bien por qué, pero nunca nos quitan nada a los kenders. Tal vez sea porque no disponen de sitio para guardar tanto. Tenemos costumbre de ir cogiendo cosas durante nuestros viajes. O puede que sea porque resultaría difícil aclarar a quién le pertenece qué por la mañana. No es que a nosotros nos importara eso mucho. Los kenders —señaló a los otros miembros de su raza, que ahora se dedicaban a tirarse migas de pan los unos a los otros— lo compartimos todo.

—Igual que los míos —dijo Usha sin darse cuenta.

—Los tuyos. ¿Y quiénes son los tuyos? ¿De dónde vienes? Desde luego, no eres de por aquí cerca, eso es seguro. —Tas asintió enfáticamente con la cabeza.

—¿Cómo lo sabes? —inquirió Usha, haciendo caso omiso de la pregunta de Tas.

—Bueno... —El kender la miró fijamente, haciendo una pausa para reflexionar—. Para empezar, vas vestida de manera diferente. Hablas de manera diferente. Son las mismas palabras, pero las pronuncias de un modo peculiar. Y por lo menos eres un centenar de veces más guapa que cualquier mujer que he visto en mi vida, con excepción de Laurana, que es esposa de Tanis, aunque probablemente tú no lo conoces, ¿verdad? No, eso pensaba yo. Ah, y Tika. Se casó con Caramon. ¿Lo conoces a él? Tenía un hermano gemelo llamado Raistlin.

Tas miró a la muchacha de forma rara mientras hacía este último comentario. Usha recordó haber oído el nombre de Raistlin antes de quedarse dormida, pero no lo que el kender había dicho sobre él. Tampoco es que importara mucho. Nunca había oído hablar de ninguno de ellos, y así se lo dijo al kender.

—En cuanto a que soy guapa, sé que tu intención es buena, pero no tienes por qué mentirme. Sé cómo soy. —Usha suspiró.

—¡No te estoy mintiendo! —protestó Tas—. Un kender *nunca* miente. Y, si no me crees, pregunta a esos hombres de allí, los que están en aquel rincón. Estaban hablando de ti. Bueno, puede que sea mejor que no les preguntes nada, después de todo. Son una pandilla de cuidado. ¡Son *ladrones*! —añadió en un susurro escandalizado.

Usha estaba algo desconcertada.

—¿Tú no eres un ladrón? —inquirió.

—¡Por las barbas del gran Paladine, no! —Los ojos del kender estaban muy abiertos en un gesto de indignación.

—Entonces, ¿por qué estás en prisión?

—Un error —contestó Tas alegremente—. Es lo que siempre nos pasa a los kenders, ¡y además a diario! ¿Puedes creerlo? Por supuesto, saben que es una equivocación —dijo, señalando con la barbilla al carcelero—. Nunca presentan cargos contra nosotros, y nos dejan marchar por la mañana. Se pasan el día cogiéndonos y trayéndonos a todos aquí por la noche. Así todos tenemos algo que hacer, ¿entiendes?

Usha no lo entendía. Además, estaba dándole vueltas a la cabeza para encontrar la forma de conseguir información del kender sin levantar sospechas.

—Tal vez puedas explicarme una cosa, Tas. De donde yo vengo, la gente vive de una manera muy parecida a vosotros. Lo compartimos todo. Pero aquí, todos parecen tan... bueno, tan codiciosos. Cogí unas manzanas a un hombre porque tenía hambre. Estaban pasadas y tendría que haberlas tirado, de todas formas. ¿Por qué se enfadó tanto? Y esa mujer... El pan habría estado duro por la mañana.

—Sé lo que quieres decir. Todo tiene que ver con *cosas* —explicó Tas—. A los humanos les entusiasman las *cosas*. Les gusta poseerlas, y cuando se cansan de ellas, no las regalan, sino que exigen otras cosas a cambio. Recuérdalo y así te irá bien. Por cierto, ¿de dónde eres, Usha?

Era una pregunta hecha a la ligera. El kender sentía curiosidad, seguramente, pero Usha recordó la advertencia del Protector de que no revelara que había estado viviendo con los irdas.

—Soy un poco de todas partes, en realidad —respondió, mirando al kender con disimulo para ver su reacción—. Voy de aquí para allá, sin quedarme nunca mucho tiempo en el mismo sitio.

—¿Sabes una cosa Usha? Serías una kender estupenda —le dijo Tas con admiración—. ¿Y dices que nunca has estado en Solace?

—Oh, puede que sí. Todos los sitios se parecen. ¿Quién recuerda sus nombres?

—¡Yo! Hago mapas. Pero la razón de que te haya preguntado sobre Solace es porque te pareces a...

Sonó el tintineo de llaves en la puerta de la celda y el carcelero entró. Esta vez llevaba un bastón con el que mantenía a raya a los kenders. Escudriñó la oscura celda con los ojos entornados.

—¿Dónde está la nueva prisionera? Alguien quiere hablar contigo.

—¿Conmigo? —Usha pensó que el hombre tenía que estar equivocado.

—Sí, contigo. Vamos, muévete. La dama Jenna no puede perder toda la noche aquí.

Usha miró a Tas con gesto interrogante.

—La dama Jenna es una Túnica Roja —le informó él—. Dirige una tienda de productos para magos que tiene en la ciudad. ¡Un sitio realmente maravilloso!

—¿Y qué querrá de mí?

—El carcelero siempre la llama para que inspeccione cualquier cosa que confisca que piensa que puede ser mágica. ¿Llevas algo que pueda ser mágico?

—Puede ser. —Usha se mordió los labios.

—¡Tú, ladrona de manzanas! —El carcelero empujaba con la punta del bastón a los kenders, que no paraban de reírse—. ¡Acércate de una vez!

—Vamos, Usha. —Tas se puso de pie y le tendió la mano—. No tengas miedo. La dama Jenna es muy agradable. Ella y yo somos viejos conocidos. Me han echado de su tienda infinidad de veces.

Usha se incorporó, aunque no aceptó la mano del kender. Con una expresión de despreocupada indiferencia, caminó sin ayuda hacia la reja de hierro.

El carcelero la dejó salir y agarró a Tasslehoff justo cuando el kender se escabullía a la sombra de Usha.

—Vamos a ver. ¿Adónde crees que vas, maese Burrfoot?

—A saludar a la dama Jenna, por supuesto. No querría ser descortés.

—Claro, claro. Bien, ahora sé bueno y cortés y apresúrate a entrar de nuevo en esa celda, ¿quieres?

El carcelero dio a Tas un empujón y cerró la puerta de golpe en las narices del kender. Tas se agarró a las barras y se esforzó por ver al otro lado.

—¡Hola, Jenna! —gritó a la par que agitaba sus pequeños brazos—. ¡Soy yo, Tasslehoff Burrfoot, uno de los Héroes de la Lanza!

La mujer, que iba encapuchada con una capa de terciopelo rojo, se encontraba junto al escritorio del carcelero. Volvió la cabeza hacia donde había gritado el kender, esbozó una fría sonrisa e hizo una leve inclinación de cabeza. Luego siguió con lo que estaba haciendo: examinar las posesiones de Usha, que ahora se alineaban ordenadamente sobre el escritorio.

—Aquí está, dama Jenna. Es la que preguntaba por el Amo de la Torre.

La mujer se retiró la capucha de la capa para ver mejor. Era humana, y su rostro era encantador, pero frío, como si estuviera tallado del mismo mármol blanco de algunos edificios. Los ojos oscuros contemplaron intensa y largamente a Usha.

La joven sintió que el estómago se le encogía y que las piernas le temblaban. La boca se le quedó seca al comprender de repente que esta mujer lo sabía todo. ¿Qué le ocurriría ahora? El Protector se lo había advertido. Los humanos consideraban a los irdas tan malos como los ogros... o aún peores. Y los humanos mataban ogros sin piedad.

—Acércate más, pequeña —dijo la mujer mientras le hacía un gesto con una bella y delicada mano—. Ponte a la luz.

La mujer no debía de ser mucho mayor que Usha, pero el aura de misterio, poder y magia que rodeaba a la hechicera Túnica Roja le daba un aire de importancia que nada tenía que ver con los años.

Usha se adelantó con descaro, decidida a no dejar que esta hechicera viera que estaba intimidada. Entró en el círculo de luz. Los ojos de Jenna se abrieron como platos; la mujer adelantó un paso y ahogó un respingo de sorpresa.

—¡Que Lunitari nos asista! —susurró. Con un gesto rápido volvió a cubrirse con la capucha y se volvió hacia el carcelero—. Dejarás a esta prisionera bajo mi custodia de inmediato. Ella y sus pertenencias se vienen conmigo.

La mujer recogió los regalos de los irdas, manejándolos con cuidado y con respeto, y los volvió a guardar en la bolsa de Usha. El carcelero los miraba con profunda desconfianza.

—Entonces, tenía yo razón, ¿verdad, dama Jenna? Son cosas mágicas.

—Estuviste muy acertado al llamarme. Me alegra ver, Torg, que has aprendido la lección de no tocar objetos extraños. Aquel conjuro que echaste de manera accidental sobre ti mismo no era nada fácil de anular.

—¡Nunca volveré a hacer algo así, lo prometo, dama Jenna! —El carcelero se estremeció—. Podéis llevárosla, y que se vaya con viento fresco, pero tenéis que firmar, ya que os hacéis responsable de ella. Como vuelva a robar en un puesto de fruta...

—No robará en más puestos de fruta —lo cortó, tajante, la hechicera mientras cogía las bolsas de Usha—. Vamos, pequeña. Por cierto, ¿cómo te llamas?

—Usha. Y quiero mis cosas —dijo en voz alta, más alta de lo que había sido su intención.

Jenna enarcó las suaves cejas. La muchacha se puso colorada y se mordió los labios.

—Son mías —dijo hoscamente—. No las robé.

—Lo sé —replicó Jenna—. Unos objetos tan arcanos y valiosos no permitirían que nadie los robara. Caería una maldición sobre el que fuera lo bastante necio para intentarlo.

Lanzó una mirada al carcelero, que se azoró, agachó la cabeza y escribió en el libro con afanoso interés. La hechicera le tendió las bolsas a Usha, que las cogió y siguió a Jenna hacia la salida de la cárcel.

—Gracias por sacarme de aquí, señora. Si hay algo que pueda hacer por usted, dígamelo. ¿Dónde está su tienda? Quizá pase por allí alguna vez...

—Sí, claro que pasarás por allí. —Jenna sonreía de nuevo—. Ahora mismo. No te preocupes, Usha. Tengo intención de llevarte exactamente a donde quieres ir.

—¿Y dónde es eso? —preguntó la joven, perpleja, cayéndosele el alma a los pies.

—A ver a Dalamar, desde luego. El Amo de la Torre estará muy interesado en conocerte, Usha.

—¡Puedes apostar a que sí! —intervino una voz aguda que sonó a sus espaldas—. Dile a Dalamar que Tasslehoff Burrfoot lo saluda. Por cierto, Jenna, ¿no crees que Usha se parece un montón a Raistlin?

La hechicera se paró. Durante lo que habría tardado alguien en contar hasta diez, permaneció totalmente inmóvil y en silencio. Luego, muy despacio, giró y volvió sobre sus pasos.

Usha se quedó en la entrada, preguntándose si debería intentar escapar. Tenía la impresión de que no llegaría muy lejos; sentía las piernas como si fueran de gelatina. Además ¿adónde iba a huir? Se recostó fatigosamente contra la puerta.

Jenna se acercó al carcelero.

—Deja salir al kender. Lo tomo también bajo mi custodia.

—¿Estáis segura, señora? —Torg tenía el entrecejo fruncido—. Es un maldito latoso...

—Estoy segura —lo interrumpió la hechicera con un tono de voz tan cortante y frío como una cuchilla de acero—. Suéltalo de una vez.

Torg sacó las llaves, se acercó presuroso a la puerta de la celda, y abrió el cerrojo.

Tasslehoff —el copete meciéndose y los saquillos brincando— salió marcando el paso, con gesto resuelto. Tendió la mano a Jenna, educadamente.

—¿Cómo estás? Creo que no hemos sido presentados de manera formal. Me llamo Tasslehoff...

—Sé quién eres. Creo que a Dalamar le gustaría mantener una pequeña charla contigo.

—¡Fantástico! Hace años que no lo veo. ¿Es verdad que es tu amante? Vale, no hace falta que me mires así. Me lo contó Caramon. Dijo que vosotros dos...

—Vamos, camina —ordenó Jenna con gesto torvo, empujando al kender hasta sacarlo de la cárcel a la calle—. Ve cinco pasos por delante de mí, y mantén las manos donde yo pueda verlas. Usha, quédate a mi lado.

—¿He de abrir la marcha? —preguntó Tas, excitado.

—Si prefieres interpretarlo así —replicó Jenna—. No, en esa dirección, no. Vamos *fuera* de la muralla de la ciudad, a mi casa.

—¡Pero pensé que íbamos a la Torre de la Alta Hechicería! —se lamentó Tas—. ¡Quería cruzar el Robledal de Shoikan! Lo vi una vez, desde lejos. Parecía realmente maligno, horrible y mortífero. Casi mató a Caramon, ¿sabes? ¿No podríamos ir por allí, por favor?

—No seas ridículo —replicó Jenna—. Nadie en su sano juicio querría cruzar el Robledal de Shoikan, sobre todo de noche. Aunque me parece que los kenders quedan excluidos de esa categoría de gente. Ni siquiera yo he cruzado el Robledal de Shoikan, y he sido aprendiza en la Torre. Os transportaré allí por una ruta más apacible, si no te importa. Por eso regresamos a mi tienda.

Tas se quedó cabizbajo un instante, pero enseguida se encogió de hombros.

—En fin —dijo, recobrando el buen humor—. Al menos entraremos en la torre.

»Será muy divertido —añadió, volviéndose a mirar a Usha mientras seguía caminando a buen paso. Para alguien de su edad, desde luego el kender tenía un montón de energía—. ¡La Torre de la Alta Hechicería es un sitio fascinante! Pero no he estado allí desde hace un montón de años. Ésta llena de todo tipo de hechizos, la mayoría malignos, y todos ellos muy, muy poderosos. Dalamar es un Túnica Negra, pero supongo que eso ya lo sabes, si has venido a verlo. Es un elfo oscuro, y ahora, el hechicero más poderoso de todo Ansalon...

Usha se paró en seco y miró al kender de hito en hito.

—¿Un Túnica Negra? ¿Un elfo oscuro? Pero... ¡no es posible! El Protector no me habría enviado a ver a uno de ellos. Seguramente... en fin, ¿no es posible que haya otro Dalamar?

Oyó una risa, semejante al repicar de campanillas de plata, resonar en la oscuridad.

—Sigue caminando —dijo Jenna, sofocando su alborozo—. Y puedes estar segura, pequeña, de que sólo hay un Dalamar.

6

La Torre de la Alta Hechicería. Un banquete. Dalamar recibe una desagradable sorpresa

A la luz del día La Torre de la Alta Hechicería de Palanthas era un lugar amedrentador, evitado por todos. Por la noche, el edificio era espantoso, lúgubre.

En un tiempo había habido cinco Torres de la Alta Hechicería distribuidas por todo el continente de Ansalon. Ahora sólo quedaban dos. Una de ellas se encontraba en el bosque de Wayreth y era imposible de localizar a menos que los magos quisieran que se llegara hasta ellos. En tal caso, el bosque mágico que rodeaba la torre encontraba al visitante y lo guiaba.

Llegar hasta la Torre de la Alta Hechicería de Palanthas resultaba casi igualmente imposible. Estaba guardada por el Robledal de Shoikan, un soto de árboles habitado por guardianes espectrales. El miedo que la arboleda generaba era tan fuerte que la mayoría de la gente no soportaba tenerlo al alcance de la vista. Sólo aquellos que eran leales a Takhisis o los protegidos por un amuleto o hechizo proporcionado por el señor de la torre podían entrar en la arboleda maldita. Y ni siquiera ellos lo hacían impunemente. Los que tenían que visitar la torre por negocios —o, en el caso de Jenna, por placer— por lo general tomaban una ruta menos peligrosa: caminaban por las sendas de la magia.

Jenna escoltó a los que tenía a su cargo a través de la vieja muralla, para entrar en lo que se conocía como la Ciudad Nueva. Proyectada y construida por los enanos en algún momento de la Era del Poder, Palanthas estaba dividida en dos sectores: la Ciudad Vieja y la Ciudad Nueva. La primera, rodeada por una muralla, estaba diseñada como una rueda, con ocho avenidas que partían desde un eje central, y donde estaba ubicado el palacio del primer mandatario. El crecimiento de la urbe había rebasado los restrictivos confines de la Ciudad Vieja hacía mucho tiempo, y sus habitantes habían construido la Ciudad Nueva.

Extendiéndose fuera de la muralla, la Ciudad Nueva era el centro del distrito comercial. Todas las casas gremiales más importantes se encontraban aquí, así como las viviendas de los comerciantes.

La tienda de artículos para magos de Jenna estaba localizada en la mejor zona de la Ciudad Nueva, para desagrado de los dueños de otros establecimientos cercanos, que miraban a su arcana clientela con profunda desconfianza. Se sabía que Jenna gozaba del favor de Dalamar, Amo de la Torre de la Alta Hechicería, y aunque el Señor de Palanthas era la autoridad oficial de la ciudad, ningún ciudadano se habría atrevido a hacer nada que enfadara al Amo de la Torre.

Así, los comerciantes se quejaban de Jenna, pero lo hacían en voz muy baja.

Al llegar a la tienda de artículos para magos, que estaba señalada por un cartel que llevaba las imágenes de las tres lunas —la plateada, la roja y la negra— Jenna tomó primero la precaución de atar las manos del kender con un cordón de seda. Sólo entonces quitó el conjuro que guardaba la puerta e hizo pasar a sus invitados.

—¿Es necesario eso? —preguntó Usha, indignada, al tiempo que señalaba las ataduras del kender—. No es un ladrón, ¿sabes?

Jenna miró a la joven de hito en hito, con las cejas enarcadas.

Usha, preguntándose qué era lo que le parecía tan extraordinario, se sonrojó y se mordió el labio.

—No me importa, de verdad —dijo Tas alegremente mientras observaba con admiración el cordón de seda que le ataba las muñecas—. Estoy acostumbrado.

—Es más por su propia seguridad y por la nuestra que porque me preocupe perder dinero —replicó Jenna. Pronunció una palabra que a Usha le sonó como si un hielo quebradizo chascara, y una lámpara que había en el cuarto se encendió de repente. Jenna lanzó una mirada penetrante a la joven—. No conoces mucho a los kenders, ¿verdad?

Usha repasó, frenética, lo que el Protector le había contado, deseando haber prestado más atención. Decidió tirarse un farol, aunque tenía la descorazonadora sensación de que estaba perdiendo el tiempo.

—Qué pregunta más rara. Por supuesto que sé cuanto hay que saber sobre los kenders. Todo el que vive en Ansalon lo sabe, ¿no?

—Por desgracia, sí. Y es por ello, precisamente, por lo que he preguntado. Venid por aquí. ¡Suelta eso! —ordenó a la joven con voz cortante. Usha se había parado para coger y examinar una bonita botella—. Si te cae una gota de eso en la piel, hará que tu carne se desprenda a trozos. Hazme un favor: ¡no toques nada más! Eres igual o peor que un kender. Vosotros dos, venid conmigo.

Usha dejó la botella en su sitio con cuidado y entrelazó las manos con fuerza a la espalda. Siguió presurosa a su anfitriona, intentando verlo todo a la vez, con el resultado de que fue muy poco lo que realmente vio. Su impresión principal de la tienda era el olor, que resultaba atractivo y, al mismo tiempo, repulsivo. Jarras con especias y hierbas de olor acre se alineaban junto a recipientes con cosas muertas y putrefactas. Libros de hechizos, algunos de ellos con olor a húmedo y moho en las pastas, estaban colocados ordenadamente en estanterías que cubrían toda una pared. Las piedras preciosas relucían desde el interior de estuches de cristal.

—En el sótano está mi laboratorio —dijo Jenna mientras abría una puerta—. ¡Tampoco debéis tocar nada allí!

La puerta marcada con extraños e ilegibles símbolos conducía a una escalera. Jenna escoltó a Tasslehoff, al que llevaba agarrado por el copete y le propinaba un doloroso tirón cada vez que el kender parecía tener intención de toquetear algo. Indicó con un gesto a Usha que bajara los escalones tras ellos.

El laboratorio era un sótano que estaba debajo de la tienda. Una luz se encendió al entrar ellos, pero era mortecina y de un espeluznante color azul, y alumbraba muy poco. Usha hubo de tener cuidado para bajar la escalera.

—Y ahora, los dos, quedaos justo ahí y ¡no os mováis! —ordenó Jenna cuando llegaron al sótano. Desapareció en las sombras y, al cabo de un tiempo, la oyeron hablar con alguien en voz tan baja que las palabras eran indescifrables.

Usha cogió a Tasslehoff por el cuello de la camisa verde justo cuando el kender echaba a andar.

—¡Dijo que no nos moviéramos! —lo regañó.

—Lo siento —respondió Tas en un susurro. Parecía realmente contrito—. No era mi intención. Son mis pies. Mi cabeza les dijo que no se movieran, pero, a veces, lo que mi cabeza piensa no acaba de llegar tan abajo. Las ideas parecen detenerse en algún punto a la altura de las rodillas. Pero ¿no te parece que todo esto es realmente emocionante? ¡Mira allí! —Estaba sin respiración por el asombro—. ¡Es un cráneo humano! No creo que le importe si lo...

—Pues yo creo que sí le importaría —dijo Usha, enfadada—. Estáte quieto de una vez. —Siguió agarrando a Tas, no porque en realidad temiera que el kender desobedeciera a Jenna, sino porque necesitaba desesperadamente estar agarrada a alguien.

»Me alegro de que te trajera a ti también —dijo de manera impulsiva—, aunque no sé muy bien por qué lo ha hecho. No parece que le haga gracia que estés tú.

—Oh, no tenía otra alternativa —contestó Tas, que se encogió de hombros—. No después de lo que dije sobre Raistlin.

—¿Qué quiere decir eso..., que me parezco a Raistlin? No lo entiendo. ¿Quién es Raistlin?

—¿Que quién es Raistlin? —repitió Tasslehoff, pasmado, olvidándose de hablar en voz baja—. ¿No has oído hablar de Raistlin Majere? ¡Creía que no había nadie en Ansalon que no hubiera oído hablar de él!

Al darse cuenta de que había cometido un error, Usha soltó una risita.

—¡Oh, ese Raistlin! Bueno, desde luego que he oído hablar de él. Lo que pasa es que no sabía a cuál Raistlin te referías. Ése es un nombre corriente en el lugar de donde vengo. En nuestro pueblo hay varios que se llaman Raistlin. Es un nombre elfo, ¿no?

—No lo creo —contestó, pensativo, Tas—. Raistlin no era un elfo, ¡y, desde luego, Caramon no lo es! Caramon es lo bastante grande como para que saques tres elfos de él si lo haces trozos. Además, eran gemelos, y entre los elfos no suelen nacer muchos gemelos, que yo recuerde. Hace bastante tiempo que no paso por Qualinesti. No me dejarían cruzar la frontera, aunque conozco al nuevo Orador de los Soles. Es Gil, el hijo de Tanis. Habrás oído hablar de Tanis el Semielfo, ¿no?

—¡Y quién no! —exclamó Usha, aunque no tenía la menor idea de quién era.

Por lo menos había descubierto que Raistlin era un hombre, cosa que no había tenido clara hasta ahora. Y que tenía algo que ver con alguien llamado Caramon. Felicitándose por haber salido airosa del atolladero, pensaba la siguiente pregunta que iba a hacer al kender cuando Jenna regresó.

—Sabe quién es Raistlin. No te dejes engañar, kender. Vamos, vosotros dos. He hablado con Dalamar y...

—¡Dalamar! ¿Está aquí? ¡Dalamar! —Tasslehoff saludó con las manos atadas y gritó—: ¡Hooola! Soy yo, Tas. ¿Me recuerdas? Te...

—No está aquí —lo interrumpió Jenna con tono frío y severo—. Está en la torre. Tenemos medios para comunicarnos entre nosotros. Bien, ¿veis ese círculo de sal en el suelo?

Usha no lo veía; ni siquiera veía el suelo en aquella penumbra, pero al instante la luz de la lámpara se intensificó de forma repentina. El círculo se hizo claramente visible.

—Entrad en él con cuidado —instruyó Jenna—. Aseguraos de que no movéis la sal.

—¡Ya sé! —gritó Tas, extremadamente excitado—. Vi a Par-Salian hacer esto con Caramon. Fue cuando, de manera accidental, me convertí en un ratón. Verás, Usha, estaba en la Torre de Wayreth y encontré un anillo, blanco, con dos piedras rojas, y me lo puse en el dedo, y...

—¡Por Gilean bendito! —juró Jenna—. ¡Cierra el pico de una vez o seré yo quien te convierta en ratón, y yo me transformaré en gato!

—¿De verdad puedes hacer eso? ¿Qué clase de gato? —siguió charla que te charla Tasslehoff—. En lugar de ratón, ¿por qué no me transformas en gato? Nunca he sido un gato y...

—Cogedme de las manos, los dos —siguió Jenna, haciendo caso omiso del kender—. Cerrad los ojos y así no os mareareis. Y, ocurra lo que ocurra, no os soltéis de mi mano.

Pronunció unas palabras que se retorcieron y se arrastraron por la mente de Usha. De repente pareció que el suelo se hundía, y la muchacha sintió un vacío en el estómago y la impresión de ser azotada por un ventarrón. Se aferró a la hechicera, aterrorizada.

Y entonces se encontró de repente pisando suelo sólido. El sonido y la sensación del viento cesaron. La oscuridad había desaparecido. Usha cerró los ojos con fuerza para resguardarlos de una luz intensa.

—Ahora podéis mirar —dijo la voz de Jenna—. Hemos llegado. Os encontráis sanos y salvos en la Torre de la Alta Hechicería de Palanthas.

Usha no estaba segura de querer abrir los ojos. Por la descripción del kender, esta Torre de la Alta Hechicería debía de ser un lugar maligno y terrible. Tasslehoff ya estaba parloteando alegremente con alguien que le respondía con un tono amable pero distraído, como si sus pensamientos estuvieran en otra parte.

—Abre los ojos, Usha —repitió Jenna severamente.

La joven obedeció y parpadeó, sorprendida de encontrarse, no en una especie de mazmorra llena de horrores, con cuerpos encadenados y maniatados, colgando de las paredes, sino en una habitación bellamente amueblada y decorada. Tapices de hermosos colores, que representaban animales fantásticos, cubrían las paredes de piedra. Alfombras tejidas con encantadores y complejos dibujos se repartían por el suelo. Usha nunca había visto tantos muebles en un solo sitio.

—Bienvenida, Usha. Bienvenida a mi torre —dijo una voz.

La joven se volvió hacia el que le había hablado y vio a quien sólo podía ser —por la descripción que el Protector había hecho de esta raza— un elfo. Alto y esbelto, de rasgos que casi rivalizaban en belleza con los de los irdas, el hombre iba vestido con una túnica suave de color negro, decorada con símbolos cabalísticos.

—Soy Dalamar —se presentó el elfo.

Su voz era dulce y clara, seductora como la música de una flauta. Avanzó hacia ella, y sus movimientos fueron gráciles, casi sinuosos. Tenía el cabello oscuro y suave, largo hasta los hombros. La muchacha se sintió encantada, cautivada por él, hasta que lo miró a los ojos. La atraparon, la retuvieron, empezaron a absorberla. Asustada, intentó apartar la mirada. Los ojos del elfo rehusaron liberarla.

—Esas bolsas parecen muy pesadas. Yo las cogeré —ofreció Dalamar.

Usha soltó sus cosas sin pensar.

—Estás temblando, querida —observó Dalamar, que añadió en tono tranquilizador—: No tengas miedo. No quiero hacerte daño y puede que te haga un gran bien. Por favor, siéntate. ¿Te apetece un poco de vino? ¿Algo de comer?

Señaló hacia una mesa, y con ese gesto dejó libre a Usha del hechizo de su mirada. La muchacha echó un vistazo a la mesa. Unos aromas tentadores salían de unos recipientes tapados. Cuencos de fruta fresca y escarchada relucían a la luz de los candelabros. Tasslehoff ya se había sentado y estaba levantando tapaderas y olisqueándolo todo con gesto apreciativo.

—Esto tiene una pinta estupenda. Estoy hambriento. ¿Tú no, Usha? No entiendo por qué, ya que hace sólo una hora que he comido. Claro que el caldo espeso de la cárcel no se tarda mucho en digerirlo. No es que critique el sopicaldo de la prisión de Palanthas —añadió Tas al tiempo que dirigía una mirada inquieta a Dalamar—. No les contarás que dije que no me gustó, ¿verdad? Por el contrario, me parece bastante sabroso. No quisiera herir los sentimientos del cocinero.

—No diré una palabra —prometió Dalamar con una sonrisa grave—. Sólo espero que mi humilde refrigerio te parezca tan bueno. Hay pollo asado, pan, fruta, confituras, almendras garrapiñadas... Eso es todo lo que puedo ofreceros a una hora tan avanzada de la noche, me temo.

Usha se sintió repentinamente hambrienta.

—¡Tiene un aspecto estupendo! —dijo y, antes de darse cuenta de lo que hacía, estaba sentada en una de las cómodas sillas y empezaba a servirse comida en un plato—. Jamás había tenido tanta hambre —le confesó a Tasslehoff.

—Ni yo —farfulló ininteligiblemente el kender, ya que se había metido en la boca una manzana asada entera. Con un esfuerzo tremendo, la masticó, la tragó y se dispuso a coger más del plato—. Tiene que ser por tantas emociones.

—Sí, debe de ser eso —dijo Usha, que mordió la crujiente piel tostada de la pechuga de pollo.

El sabor era tan exquisito que suspiró de placer; devoró la pechuga y empezó con otra. Fue entonces cuando se dio cuenta de que Tas y ella estaban solos en la habitación.

—¿Dónde crees que han ido Jenna y Dalamar? —preguntó, sin importarle demasiado. Tomó un sorbo de sidra caliente, aromatizada con especias; pensó que nunca había saboreado algo tan delicioso y se bebió dos vasos más.

—No sé. —Tas masticaba con entusiasmo un trozo de pan—. No los vi marcharse. Aunque, desde luego, eso no es nada fuera de lo normal. Aquí, la gente va y viene de esa manera a todas horas. Oye, mira, tus bolsas tampoco están.

—Así es. —Por alguna razón, a Usha aquello le pareció divertido.

Se echó a reír y Tasslehoff se sumó a su alborozo. Tanto reír les dio sed, y bebieron más sidra. La sed les abrió el apetito, y siguieron comiendo, y comiendo...

Finalmente harta, Usha se limpió las manos en una servilleta. Luego, recostándose en la silla, le dijo a Tas:

—Cuéntame más cosas de ese hombre llamado Raistlin.

En otra habitación, Jenna extendía sobre la mesa el contenido de una de las bolsas de Usha. Dalamar se inclinó sobre los objetos, cuidando de no tocarlos, pero examinándolos de uno en uno con ojo crítico.

—Esto es todo —dijo la hechicera.

—¿Qué hay en la otra bolsa?

—Ropas, todas hechas de seda, como las que lleva puestas. Nada más.

—Dijiste que mencionó algo sobre un mensaje para mí.

—Es lo que le dijo al carcelero. Hay tres posibilidades: que esté mintiendo, que lo haya memorizado, o que lo lleve encima.

Dalamar reflexionó sobre ello.

—Dudo que esté mintiendo. ¿Con qué propósito? Evidentemente, no tiene idea de quién soy.

—También dice que no conoce el nombre de Raistlin Majere —replicó Jenna con gesto estirado.

—Eso es posible, si se tiene todo en cuenta. —Dalamar siguió inspeccionando el contenido de la bolsa. Colocando la mano sobre los objetos, aunque sin tocarlos, recitó ciertas palabras. Todos ellos empezaron a emitir un suave fulgor, y unos pocos brillaron más que los otros. Bajó la mano y lanzó un suspiro de satisfacción—. Tenías razón. Todos son mágicos, y algunos, extremadamente poderosos. Y ninguno de ellos fue hecho por ningún mago de ninguna de las tres órdenes. ¿Estás de acuerdo conmigo, amor mío?

—Indudablemente. —Jenna puso la mano sobre su hombro y lo besó levemente en la mejilla.

Dalamar sonrió, pero no apartó su atención de los magníficos artefactos.

—Me pregunto qué hechizos hay encerrados dentro —comentó, anhelante.

Volvió a extender la mano, esta vez moviéndola hacia un pequeño trozo de ámbar que había sido tallado con gran destreza para darle la forma de un ciervo. Vacilante, con el gesto algo crispado —como si supiera lo que iba a pasar—, tocó el ámbar con la punta de un dedo.

Se produjo un chispazo azul y un sonido siseante. Dalamar dio un respingo de dolor y retiró la mano, presuroso.

Jenna apretó los labios y sacudió la cabeza.

—Te podría haber dicho que pasaba eso. Están destinados para que sean utilizados por una persona y sólo por ella.

—Sí, es lo que había supuesto. Aun así, merecía la pena probar.

Los dos intercambiaron una mirada al haber llegado a una misma conclusión.

—¿De creación irda? —preguntó Jenna.

—Sin la menor duda. Tenemos unos cuantos artefactos semejantes almacenados en la Torre de Wayreth. Reconozco la hechura y —sacudió la mano para aliviar el dolor— los efectos.

—No podemos utilizarlos, pero, obviamente, puesto que los irdas se los dieron a esta chica, ella sí que puede. Sin embargo, no percibo el menor indicio del arte en ella.

—Aun así debe de tener algún talento... si es quien creemos que es.

—¿Acaso albergas alguna duda? —Jenna parecía sorprendida—. ¿Te has fijado en sus ojos? ¡Son como oro líquido! Sólo un hombre de Krynn tenía los ojos así. Incluso el kender se dio cuenta y la reconoció.

—¿Tasslehoff? —Dalamar alzó la vista de la contemplación de los artefactos—. ¿De veras? Me preguntaba por qué te arriesgaste a traerlo a él también. ¿Qué es lo que dijo?

—Demasiado. Y en voz demasiado alta —repuso Jenna con gesto sombrío—. La gente empezaba a prestar atención.

—Así que el kender también. —Dalamar se acercó a la ventana y miró a través de ella la noche, que sólo se diferenciaba de la perpetua oscuridad que envolvía la torre por acentuarse más su negrura—. ¿Es posible que la leyenda sea cierta?

—¿Qué otra cosa, si no? Es evidente que la chica ha sido criada en algún lugar alejado de Ansalon. Lleva consigo objetos mágicos de gran valor que son obra de los irdas. El kender la reconoció y, por si eso fuera poco, tiene los ojos dorados. Debe de tener la edad que sería de suponer. Y además está el hecho de que ha sido guiada hasta aquí.

Dalamar frunció el ceño, no muy complacido con esta idea.

—Te vuelvo a recordar que Raistlin Majere está muerto. Lleva muerto más de veinticinco años.

—Sí, querido. No te alteres. —Jenna pasó la mano por el suave cabello del elfo oscuro y luego le besó suavemente una oreja—. Pero está el tema del Bastón de Mago. Encerrado tras la puerta del laboratorio de la torre y guardado por los espectros con la orden de no permitir pasar a nadie, ni siquiera a ti. Y, sin embargo, ¿quién tiene ahora el bastón? Palin Majere, el sobrino de Raistlin.

—El bastón lo mismo pudo ser un regalo de Magius que de Raistlin —comentó Dalamar, muy irritado, y apartándose de la mujer—. Lo más probable es que fuera de Magius, puesto que fue amigo del caballero Huma y se sabía que los hermanos de Palin planeaban ingresar en las órdenes de caballería. Es lo que expliqué al Cónclave...

—Sí, amor mío —dijo Jenna, que bajó la mirada—. No obstante, eres tú el que afirma no creer en las coincidencias. ¿Fue una coincidencia lo que ha traído aquí a esa joven o fue algo más?

—Quizá tengas razón —admitió Dalamar tras un momento de reflexión.

Se dirigió hacia un espejo grande de pared, con un marco muy ornamentado. Por un instante sólo vieron sus imágenes reflejadas; Dalamar alargó la mano y la pasó ligeramente sobre el cristal, como si apartara una cortina, y las imágenes reflejadas se desvanecieron y fueron reemplazadas por Usha y Tasslehoff comiendo la comida encantada, bebiendo la sidra encantada, riéndose por nada y por todo.

—Qué extraño —musitó el Túnica Negra, observándolos—. Creía que sólo era una leyenda y, sin embargo, aquí está.

—La hija de Raistlin —dijo Jenna en un quedo susurro—. ¡Hemos encontrado a la hija de Raistlin!

7

La posada El Último Hogar. Una conversación entre viejos amigos

Era de noche en Solace, y el calor del día persistía; emergía de la tierra, de los árboles y de las paredes de las casas. Pero al menos la noche había expulsado al fiero sol que brillaba en el cielo como el ojo funesto de algún dios enfurecido. Por la noche, el ojo se cerraba y la gente lanzaba suspiros de alivio y empezaba a aventurarse a salir.

Este verano era el más caluroso y seco que nadie recordaba en Solace. La tierra de las calles estaba tan dura que parecía barro cocido, y se habían formado grietas. Un polvo sofocante, que se levantaba en cuanto pasaba un carro rodando, estaba suspendido en el aire y cubría el valle como un paño mortuorio. Las hermosas hojas de los gigantescos vallenwoods estaban mustias y colgaban, lacias y aparentemente sin vida, de ramas secas y quebradizas.

La vida en Solace estaba patas arriba. Por lo general había gran actividad y bullicio durante el día, con la gente yendo al mercado, los granjeros trabajando en los campos, los niños jugando, las mujeres lavando ropa en los arroyos. Pero ahora, durante el día, todo estaba vacío, sin vida, mustio, como las hojas de los árboles.

Las cosechas se habían agostado en los campos con el aplastante calor, así que los granjeros ya no iban al mercado, y la mayoría de los puestos estaban cerrados. Hacía demasiado calor para jugar, por lo que los niños se quedaban en casa, inquietos, gimoteando, y aburridos. Los impetuosos arroyos se habían reducido a unos charcos cenagosos y serpenteantes. Las aguas del lago Crystalmir tenían una temperatura inusitadamente alta. Había peces muertos varados en las orillas. Pocas personas abandonaban la relativa frescura de sus hogares durante el día. Salían por la noche.

—Como los murciélagos —dijo lóbregamente Caramon Majere a su amigo, Tanis el Semielfo—. Todos nos hemos vuelto murciélagos, durmiendo durante el día y volando por ahí a la noche...

—Volando por todas partes, menos por aquí —comentó Tika, que estaba de pie detrás de la silla de Caramon, y se abanicaba con una bandeja—. Ni siquiera durante la guerra estuvo tan mal el negocio.

La posada El Último Hogar, encaramada a las ramas altas de un inmenso vallenwood, estaba profusamente iluminada y, por lo general, era como un faro de bienvenida a los viajeros nocturnos. Brillando a través de los cristales de colores, la cálida luz evocaba imágenes de cerveza fresca, vino caliente con especias, dulce aguamiel, cosquilleante sidra, y, por supuesto, las famosas patatas picantes de Otik. Pero la posada estaba vacía esta noche, como lo había estado muchas noches previas. Tika no se molestaba ya en encender la lumbre del fogón. Tanto mejor, pues en la cocina hacía demasiado calor para trabajar a gusto, de todos modos.

No había parroquianos reunidos en torno al mostrador para hablar sobre la Guerra de la Lanza o intercambiar chismorreos más recientes. Había rumores de guerra civil entre los elfos. Rumores de que los enanos de Thorbardin habían avisado a todos los suyos para que regresaran a casa o corrían el riesgo de quedar fuera cuando, por temor a un ataque elfo, cerraran a cal y canto la fortaleza de la montaña. Ningún buhonero recorría las rutas habituales. Ningún calderero venía a arreglar las ollas. Ningún juglar venía a cantar. Los únicos que viajaban en estos días eran los kenders, y por lo general pasaban la noche en las cárceles locales, no en posadas.

—La gente está nerviosa y alterada —dijo Caramon,

sintiéndose obligado a disculpar de algún modo a sus clientes ausentes—. Es por todos esos rumores sobre guerras. Y, a menos que este calor cese pronto, no habrá cosechas. No será fácil conseguir comida este invierno. Por eso no viene nadie...

—Lo sé, querido. Lo sé. —Tika dejó la bandeja en el mostrador, rodeó con los brazos los fornidos hombros de su marido y lo estrechó contra sí—. Sólo hablaba por hablar. No me hagas caso.

—Como si eso resultara fácil —repuso Caramon, acariciando el cabello de su esposa.

Los años que habían quedado atrás no habían sido fáciles para ninguno de los dos. Tika y Caramon habían trabajado de firme para mantener la posada y, aunque era un trabajo que adoraban, no era nada sencillo. Mientras la mayoría de sus parroquianos dormían, Tika estaba despierta, supervisando la preparación de los desayunos. A lo largo de todo el día había que asear habitaciones, preparar comidas, recibir clientes con una alegre sonrisa, lavar ropas. Cuando llegaba la noche y los clientes se iban a la cama, Tika barría el piso, fregaba las mesas y planeaba la tarea del día siguiente.

Caramon seguía siendo tan fuerte y tan corpulento como tres hombres juntos, aunque gran parte del volumen de su circunferencia había cambiado de sitio debido a la costumbre de probar todos los platos, lo que según él era su obligación. El cabello se le había puesto un poco canoso en las sienes, y tenía lo que él llamaba «líneas reflexivas» en la frente. Era un hombre cordial, afable, que tomaba la vida tal como venía. Estaba orgulloso de sus muchachos, adoraba a sus hijitas, y amaba profundamente a su esposa. Su único pesar, lo único que lamentaba, era haber perdido a su hermano gemelo a causa del mal y la ambición. Pero no dejaba que esa pequeña nube empañara su vida.

Aunque llevaba casada más de veinticinco años y había dado a luz a cinco hijos, Tika todavía hacía que algunas cabezas se volvieran cuando iba de un lado a otro de la taberna. Se había puesto más rellenita con el paso de los años, sus manos se habían agrietado y enrojecido de estar metidas constantemente en agua jabonosa. Pero su sonrisa continuaba resultando contagiosa, y alardeaba con orgullo de que no tenía ni una sola cana en sus lustrosos rizos pelirrojos.

Tanis no podía decir lo mismo. Su parte de ascendencia humana se estaba imponiendo de un modo muy rápido, a su parecer. La parte de ascendencia elfa no podía hacer mucho para frenar el deterioro. Seguía siendo fuerte, y todavía podía sostener sus propias batallas, aunque esperaba no tener que llegar a esos extremos.

Quizá fuera la pena, la preocupación, el tumulto de estos últimos meses lo que le había pintado mechones de plata en el cabello y la barba.

Tika y Caramon permanecieron un momento enlazados en un cariñoso abrazo, encontrando alivio y descanso el uno en el otro.

—Además —añadió Tika mientras miraba a Tanis—, a ti te viene bien que no estemos ocupados. ¿Cuándo se supone que vendrán?

—No hasta bastante después de oscurecer —contestó el semielfo al tiempo que miraba por la ventana—. Al menos, eso es lo que planeaba Porthios. Dependerá de cómo se sienta Alhana...

—¡Mira que hacerla trajinar por tierras salvajes, con este calor y en su condición! ¡Hombres! —resopló Tika. Se irguió y le dio a su marido un coscorrón en broma.

—¿Por qué me pegas a mí? —protestó Caramon mientras se frotaba la coronilla y se volvía a mirar a su esposa—. No tengo nada que ver con eso.

—Porque todos sois iguales, por eso —respondió ella con ambigüedad. Miró fijamente por la ventana la creciente oscuridad al tiempo que se retorcía el delantal.

«Es una mujer madura», cayó de repente en la cuenta Tanis. «Qué raro. No me había fijado hasta ahora. Quizá sea porque, cada vez que pienso en Tika Waylan, veo a aquella descarada muchacha pelirroja que atizaba sartenazos a los draconianos en la cabeza. Solía encontrar a aquella muchacha de nuevo mirando los ojos verdes de Tika, pero no esta noche. Esta noche veo las arrugas en torno a su boca, y sus hombros hundidos. Y en sus ojos... miedo.»

—Algo malo pasa con los chicos —dijo la mujer de repente—. Ha ocurrido algo. Lo sé.

—No ha pasado nada —replicó Caramon con una afectuosa exasperación—. Estás cansada. Es por el calor...

—No estoy cansada. ¡Y no es por el calor! —exclamó Tika bruscamente, en un arranque de mal genio—. Nunca me había sentido así. —Se llevó la mano al corazón—. Es como si me estuviera ahogando. Me duele tanto el corazón que apenas si puedo respirar. Eh... creo que iré a ocuparme del cuarto de Alhana.

—Ha estado yendo a esa habitación cada hora, desde que llegaste, Tanis. —Caramon suspiró. Siguió con la mirada a su esposa, que subía la escalera, con expresión preocupada—. Ha estado comportándose de un modo raro todo el día. Empezó anoche, con algún sueño terrible que no pudo recordar. Pero ha estado así desde que los chicos se unieron a las órdenes de caballería. Era la persona más enorgullecida de todos los asistentes a la ceremonia. ¿Lo recuerdas, Tanis? Estabas allí. —Tanis sonrió. Sí, lo recordaba. Caramon sacudió la cabeza.

»Pero esa noche estuvo llorando hasta quedarse dormida, cuando estuvimos solos. No le daba importancia a combatir a los draconianos cuando era joven, y se lo recordé. Me llamó zoquete y dijo que eso fue entonces y que esto era ahora, y que yo jamás entendería los sentimientos de una madre. ¡Mujeres!

—¿Dónde están el joven Sturm y mi ahijado Tanin? —preguntó el semielfo.

—Las últimas noticias que tuvimos es que andaban por el norte, cabalgando hacia Kalaman. Parece que el mando de los solámnicos por fin te toma en serio, Tanis. Respecto a los Caballeros de Takhisis, me refiero. —Caramon bajó la voz a pesar de que la sala estaba vacía, a excepción de ellos dos—. Palin nos escribió que se dirigían hacia el norte para patrullar a lo largo de la costa.

—¿Palin fue con ellos? ¿Un mago? —Tanis no salía de

su asombro. De momento, olvidó sus propias preocupaciones.

—Extraoficialmente. Los caballeros jamás autorizarían tener a un mago en sus filas; pero, puesto que era una misión rutinaria de patrulla, permitieron que Palin acompañara a sus hermanos. Al menos, es lo que dijo el comandante mayor. Es evidente que Palin creyó que no era ésa la única razón. O eso dio a entender.

—¿Qué le hizo pensar así?

—Bueno, la muerte de Justarius, para empezar.

—¿Qué? —Tanis estaba boquiabierto—. Justarius... ¿muerto?

—¿No lo sabías?

—¿Cómo iba a saberlo? —replicó Tanis—. He estado recorriendo a hurtadillas los bosques durante meses, haciendo cuanto estaba en mi mano para evitar una guerra civil entre elfos. Ésta será la primera noche que duermo en una verdadera cama desde que dejé Silvanesti. ¿Qué le pasó a Justarius? ¿Y quién es el jefe del Cónclave de Hechiceros ahora?

—¿No lo imaginas? Nuestro viejo amigo. —El gesto de Caramon era lúgubre.

—Dalamar. Por supuesto. Debí suponerlo. Pero Justarius...

—Ignoro los detalles. Palin no se explicó mucho. Pero los hechiceros de las tres lunas tomaron en serio tus advertencias sobre los caballeros negros, aunque nadie más de Ansalon lo hiciera. Justarius ordenó un ataque mágico contra los Túnicas Grises del alcázar de las Tormentas. Él y varios más entraron en la torre de allí. Lograron salir escapando con vida por poco, y Justarius ni siquiera eso.

—Necios —dijo Tanis amargamente—. Los hechiceros de Ariakan son inmensamente poderosos. Extraen su magia de las tres lunas, o eso es lo que me dijo Dalamar. Una fuerza reducida de magos de Wayreth entrando en la torre Gris estaba destinada al desastre. No imagino a Dalamar de acuerdo con un plan tan insensato.

—Pues ha salido muy beneficiado —comentó Caramon

con tono seco—. Te hace pensar de qué lado está en todo este asunto. También sirve a la Reina Oscura.

—Su lealtad es hacia la magia ante todo, sin embargo. Como le enseñó su *shalafi*.

Tanis sonrió al evocar viejos recuerdos, y lo complació ver que el posadero también sonreía. Raistlin, hermano gemelo de Caramon, había sido el *shalafi* de Dalamar, el término elfo que significaba «maestro». Y, aunque la relación había acabado en desastre —y por poco en la destrucción de Krynn—, Dalamar había aprendido mucho de su *shalafi*. Una deuda que jamás dudaba en reconocer.

—Sí, bueno, conoces al elfo oscuro mejor que yo —admitió Caramon—. En cualquier caso, tomó parte en el asalto, fue uno de los pocos que regresaron ilesos. Palin dijo que Dalamar estaba muy agitado y alterado y que se negó a hablar de lo ocurrido. Fue el elfo oscuro quien llevó de vuelta el cadáver de Justarius, aunque supongo que, puesto que Dalamar mantiene relaciones con Jenna, la hija de Justarius, no tenía otra alternativa. En cualquier caso, los hechiceros recibieron una buena zurra. Justarius no fue el único muerto, aunque sí el de mayor rango. Y ahora Dalamar es el jefe del Cónclave.

—¿Crees que fue él quien envió a Palin con los caballeros?

—Palin tuvo que obtener permiso para dejar sus estudios —gruñó Caramon—. Los hechiceros son mucho más estrictos ahora que en los viejos tiempos. Raistlin iba y venía a su antojo.

—Raistlin dictaba sus propias leyes —dijo Tanis, que soltó un bostezo. Deseó no haber mencionado lo de dormir en una cama. La idea de sábanas limpias, suaves colchas y blandas almohadas le resultó repentinamente irresistible—. Tengo que mantener una charla con Dalamar. Evidentemente, sabe algo acerca de esos caballeros negros.

—¿Te lo dirá? —Caramon parecía escéptico.

—Si piensa que lo beneficiará a él, sí —contestó Tanis—. Porthios se quedará aquí unas cuantas semanas por lo menos. Alhana necesitará tiempo para descansar y, aunque no quiera admitirlo, el propio Porthios está al borde del agotamiento. Con suerte, dispondré de tiempo para hacer una escapada y visitar a Dalamar.

»Lo que me recuerda que no sé cómo agradecerte, Caramon, que dejes que Porthios y Alhana se queden aquí. —El semielfo puso la mano sobre la enorme del corpulento humano—. Su presencia podría poneros en peligro si alguien los descubriera. Han sido exiliados oficialmente, expulsados. Son elfos oscuros, lo que significa que son un blanco permitido...

—¡Bah! —Caramon desestimó el comentario con un ademán, espantando a la vez, inadvertidamente, a una mosca pesada—. La gente de Solace no sabe nada sobre peleas entre elfos y, aunque lo supieran, tampoco les importaría lo más mínimo. Porthios y Alhana habrán sido expulsados, marcados como «elfos oscuros»; pero, a menos que los dos se hayan vuelto de repente de color púrpura, aquí nadie advertirá la diferencia. Para nosotros, un elfo es un elfo.

—Con todo, se rumorea que tanto los qualinestis como los silvanestis tienen asesinos tras los pasos de Porthios y Alhana. —Tanis suspiró—. Hubo un tiempo en que fueron regentes de las naciones elfas más poderosas de Ansalon. Con su matrimonio, forjaron una alianza entre los dos reinos que habría hecho de los elfos uno de los poderes políticos con más peso en el continente. ¡Por primera vez en muchos siglos, va a nacer un niño que es heredero de ambos reinos! ¡Y hay quienes han dictado ya la muerte de esa criatura! —Tanis apretó los puños.

»Lo más frustrante es que la mayoría de los elfos quiere la paz, no sólo con sus primos, sino con sus vecinos. Son los extremistas de ambos lados los que instan a que volvamos al aislamiento de los viejos tiempos, que cerremos las fronteras, que disparemos a todo humano o enano que se nos ponga a tiro. Los demás elfos les siguen el juego porque es más fácil hacer eso que decir lo que se piensa, provocar un enfrentamiento.

»No creo que sus asesinos se atrevan a atacar la posada, pero, en estos tiempos, nunca se sabe... —Tanis sacudió la cabeza.

—Resistimos a los dragones —dijo Caramon animosamente—. Resistiremos a los elfos, a la sequía y a todo lo que nos echen.

—Eso espero. —Tanis tenía ahora un humor sombrío—. Eso espero, amigo mío.

—Hablando de Qualinesti, ¿cómo le va a Gil?

Tanis guardó silencio unos instantes. El dolor por la marcha de Gil no había desaparecido, aunque habían pasado muchos meses desde que su hijo se había escapado de casa, engañado para convertirse en líder —o en un regente marioneta— de los elfos de Qualinesti.

Gilthas —llamado así en memoria del desdichado hermano de Laurana, Gilthanas— era el hijo que ambos habían deseado pero que creyeron que jamás tendrían. El embarazo de Laurana había sido difícil; Gilthas era un bebé débil y había estado a punto de morir varias veces. Tanis sabía que su esposa y él habían sido demasiado protectores con su hijo, negándole su permiso para que visitara la tierra natal de su padre en un intento de protegerlo de un mundo racialmente dividido al que le resultaba difícil aceptar a un mestizo.

Cuando Porthios, Orador de los Soles de Qualinesti, dejó su tierra para arriesgar la vida combatiendo por los silvanestis, los extremistas aprovecharon la oportunidad que les brindaba su ausencia para tacharlo de traidor y elegir un nuevo Orador. A Alhana la acusaron de bruja. Se decidieron por Gilthas, cuya madre, hermana de Porthios, habría sido la siguiente en la línea sucesoria, pero que había renunciado a su derecho al casarse con Tanis el Semielfo. Gilthas había deseado siempre conocer Qualinesti, la tierra natal de sus padres, y si ellos se lo impidieron fue porque temían que el joven sufriera las mismas humillaciones que tuvo que soportar su padre en su juventud, debido a su mestizaje. Gil tenía los rasgos y la constitución de un elfo, si bien en su carácter se imponía muchas veces el fuerte temperamento humano. Había llegado a sentirse avergonzado de su padre, al que los elfos puros consideraban un mestizo bastardo.

Creyendo que Gil, debido a su ascendencia humana, era un necio y un débil al que podrían manipular como a una marioneta, los extremistas persuadieron al joven de que huyera de casa y viajara a Qualinesti. Una vez allí, Gil resultó ser un hueso más duro de roer de lo que los senadores habían imaginado. Tuvieron que recurrir a amenazas de violencia contra Alhana Starbreeze, dirigente de Silvanesti y su prisionera, a fin de convencer a Gil de que se convirtiera en Orador.

Tanis había procurado, con ayuda de Dalamar, salvar a su hijo, pero el semielfo había fracasado en su propósito.

«O, mejor dicho», pensó Tanis con triste orgullo, «tuve éxito.» Gil había elegido quedarse, servir a su pueblo, hacer cuanto pudiera para frustrar los planes de los extremistas y traer la paz a las naciones elfas.

Alhana había sido desterrada, así como su marido, Porthios, convertidos ahora en elfos oscuros.

A Tanis lo habían llevado a la frontera del reino, al que jamás se le permitiría volver a entrar. Allí acudió su hijo a despedirse de él, y le explicó que había aceptado el nombramiento porque la vida de Alhana y el hijo que esperaba estaban amenazadas si no accedía. El semielfo aconsejó a su hijo que procurara ganarse la amistad de los elfos jóvenes que eran Jefes de Casas, quienes no estaban conformes con los acontecimientos recientes. Era el único modo de evitar que estallara una guerra fratricida entre silvanestis y qualinestis, pues era de esperar que Porthios quisiera recuperar su trono, como así fue. Había sido una despedida conmovedora, ya que quizá nunca volvieran a verse.

Pero el dolor de la ausencia de su hijo no había menguado con el tiempo y, por si fuera poco, ahora un Porthios furioso y vengativo estaba concentrando sus fuerzas para declarar la guerra a Qualinesti, una tragedia que Tanis intentaba evitar. Cuando notó que podía controlar la voz, contestó:

—Gil está bien, o ésas son las noticias que tengo. Tengo prohibido, bajo pena de muerte, verlo, ya lo sabes.

Caramon asintió con un cabeceo, su ancho rostro suavizado por la compasión.

—Laurana sigue intentando entrar en Qualinesti. Lleva meses negociando con ellos. En su última carta dice que cree que empiezan a ceder. Gil tiene algo que ver en ello. Es más fuerte de lo que pensaban. Pero —Tanis sacudió la cabeza— lo echo de menos, Caramon. No puedes imaginar...

Caramon, que echaba de menos a sus propios hijos, podía imaginarlo muy bien, pero sabía a lo que se refería Tanis. Había una diferencia. El muchacho de Tanis era virtualmente un prisionero de su propio pueblo, mientras que cualquier día de éstos, muy pronto, sus chicos regresarían a casa.

Los dos seguían hablando de cosas del pasado y del presente cuando fueron interrumpidos por una suave llamada a la puerta. Caramon se incorporó de un brinco, sobresaltado.

—¿Quién infiernos será? ¡A esta hora de la noche! No oí que nadie subiera la escalera...

—Te resultaría difícil —dijo Tanis mientras se ponía de pie—. Debe de ser la escolta de Porthios, y estos soldados son silenciosos incluso para ser elfos. La luz de la luna reflejándose en la hierba hace más ruido que ellos.

Llegó a la puerta y agarró el picaporte. Consciente de la advertencia que le había hecho a Caramon acerca de los asesinos, Tanis emitió un suave silbido.

Le contestaron con otro de tono más agudo. La llamada a la puerta se repitió.

Tanis abrió.

Un guerrero elfo se deslizó dentro. Echó una rápida ojeada alrededor de la sala y después asintió con gesto satisfecho. Concluida la inspección, dirigió la mirada hacia Tanis.

—¿Todo en orden?

—Todo en orden. Te presento a vuestro anfitrión, Caramon Majere. Caramon, te presento a Samar, de la Protectoría.

Samar contempló a Caramon con una fría mirada evaluativa. Reparando en el estómago dilatado y el rostro jovial, el elfo no pareció muy impresionado.

Los que conocían a Caramon por primera vez confundían su afable sonrisa y su cachaza como indicativos de simpleza. No era éste el caso, como sus amigos acababan descubriendo. El hombretón nunca llegaba a una respuesta hasta haber dado vueltas a la pregunta, estudiándola y examinándola desde todos los ángulos. Cuando acababa, a menudo sacaba conclusiones astutas en extremo.

Sin embargo, Caramon no era alguien a quien pudiera intimidar un elfo. El hombretón le devolvió la mirada, en una actitud firme, de seguridad en sí mismo. Después de todo, ésta era su posada.

El frío rostro de Samar se relajó con una media sonrisa.

—Caramon Majere, un Héroe de la Lanza. «Un hombretón, pero con un corazón más grande que su cuerpo», es lo que dice mi soberana. Te saludo en nombre de Su Majestad.

Caramon parpadeó, algo desconcertado. Hizo una leve inclinación de cabeza al elfo, con torpeza.

—Claro, Samar. Encantado de serle útil a Alhana, quiero decir... a Su... eh... Majestad. Vuelve y dile que todo está dispuesto y que no tiene por qué preocuparse. Pero ¿dónde está Porthios? Creí que...

Tanis le dio un pisotón.

—No menciones a Porthios ante Samar. Te lo explicaré después —susurró. En voz más alta, se apresuró a cambiar de tema—: Porthios vendrá enseguida, con otra escolta. Llegáis pronto, Samar. No os esperaba hasta...

—Su Majestad no se encuentra bien —lo interrumpió Samar—. De hecho, con vuestro permiso, caballeros, he de regresar con ella. ¿Está preparado su cuarto?

Tika bajaba presurosa la escalera en ese momento, el semblante crispado por la ansiedad.

—¡Caramon! ¿Qué ocurre? He oído voces, y... ¡Oh! —Acababa de ver a Samar—. ¿Cómo está usted?

—Mi esposa, Tika —la presentó Caramon enorgullecido. Después de veintitantos años de matrimonio, todavía la consideraba como la mujer más hermosa del mundo, y a sí mismo un hombre afortunado.

—Señora. —Samar hizo una cortés, aunque apresurada, reverencia—. Y ahora, si me disculpáis, mi soberana no se encuentra bien...

—¿Han empezado ya las contracciones del parto? —preguntó Tika mientras se enjugaba la cara con el delantal.

Samar se sonrojó. Entre los elfos, este tipo de cosas no se consideraban temas adecuados para una conversación entre hombres y mujeres.

—No sabría deciros, señora...

—¿Ha roto aguas? —siguió preguntando Tika.

—¡Señora! —El rostro de Samar se había puesto rojo como la grana. Era obvio que estaba escandalizado, e incluso Caramon se había sonrojado.

—Tika —Tanis carraspeó—, no creo que...

—¡Hombres! —resopló la posadera. Cogió la capa de una percha que había junto a la puerta—. ¿Y cómo planeabas subirla por la escalera? ¿Acaso puede volar? ¿O esperabas que la subiera caminando en su condición, con el bebé a punto de llegar?

El guerrero echó un vistazo a los numerosos peldaños que conducían a la posada desde el suelo. Obviamente, la idea no se le había pasado por la cabeza.

—Eh... no sabría deciros...

Tika lo apartó de un empujón y pasó ante él, camino de la puerta, dando instrucciones mientras se marchaba:

—Tanis, enciende la lumbre del fogón y pon la tetera a hervir. Caramon, ve corriendo y trae a Dezra. Es nuestra partera —le explicó a Samar, al que agarró por una manga mientras pasaba a su lado y lo arrastró tras de sí—. Le advertí que estuviera preparada para esta posibilidad. Vamos, Samovar o como quiera que te llames. Llévame junto a Alhana.

—¡Señora, no podéis! —Samar se liberó de un tirón—. Eso es imposible. Mis órdenes son...

Tika clavó sus verdes ojos en él, las mandíbulas encajadas en un gesto firme. Caramon y Tanis intercambiaron una mirada. Ambos conocían esa expresión.

—Eh, si me disculpas, querida. —Caramon pasó entre los dos y salió por la puerta, dirigiéndose a la escalera.

Tanis, esbozando una sonrisa que ocultaba su barba, se marchó rápidamente, retirándose a la cocina.

—Si no me llevas con ella, saldré ahí fuera, me plantaré en medio de la plaza del mercado, y empezaré a chillar a pleno pulmón.

Samar era un guerrero valiente. Había combatido contra todo, desde ogros hasta draconianos. Tika Waylan Majere lo desarmó, lo derrotó en una única escaramuza.

—¡No, señora! —suplicó—. ¡Por favor! Nadie debe saber que estamos aquí. Os llevaré con mi reina.

—Gracias, señor. —Tika era generosa en la victoria—. ¡Y ahora, muévete de una vez!

8

Vuelo de dragón. El consejo del dragón. Captor y cautivo

La hembra de dragón azul y los que montaban en ella partieron de Valkinord después de ponerse el sol, y volaron sobre Ansalon en la oscuridad, en silencio.

El cielo nocturno estaba despejado y aquí arriba, por encima de los jirones de nubes, hacía un fresco que no se notaba en ninguna otra parte de Ansalon. Steel se quitó el yelmo, que tenía la forma de una calavera, y sacudió el largo y negro cabello, dejando que el viento que levantaban las alas del dragón secara el sudor de su cabeza y su nuca. Se había despojado de la mayor parte de la pesada armadura que llevaba en batalla, dejando únicamente el peto debajo de una capa de viaje de color azul oscuro, brazales de cuero, y espinilleras por encima de las botas altas de cuero. Iba fuertemente armado, ya que se aventuraba en territorio enemigo. Un arco largo, una aljaba llena de flechas, y un venablo iban sujetos a la silla del dragón. Sobre su persona llevaba una espada, la de su padre, la antigua espada de un Caballero de Solamnia que en un tiempo perteneció a Sturm Brightblade.

La mano de Steel descansaba sobre la empuñadura, un gesto que había cogido por costumbre. Escudriñó atentamente hacia abajo a través de la oscuridad, procurando ver algo aparte de negrura; las luces de un pueblo, quizás, o la rojiza luz de luna reflejada en un lago. No vio nada.

—¿Dónde estamos, Llamarada? —inquirió bruscamente—. No he visto señales de vida desde que dejamos la costa.

—No imaginé que querrías verlas —replicó la hembra de dragón—. Cualquier ser vivo que encontremos aquí será hostil con nosotros.

Steel desestimó el comentario encogiéndose de hombros, como dando a entender que podían cuidar de sí mismos. Trevalin había hablado de «inmenso peligro», ya que viajaban sobre territorio enemigo, pero, en realidad, era mínimo. La mayor amenaza para ellos eran los otros dragones, los plateados y los dorados. Los pocos que se habían quedado en Ansalon cuando sus hermanos regresaron a las islas de los Dragones estaban, según los informes, concentrados en el norte, alrededor de Solamnia.

Pocos en esta parte de Ansalon se arriesgarían a entrar en combate con un caballero negro y un dragón azul. Llamarada, aunque pequeña para los de su raza, ya que medía sólo unos once metros de longitud, era joven, feroz y tenaz en la batalla. La mayoría de los dragones azules eran excelentes hechiceros; Llamarada era la excepción. Era demasiado impetuosa, carecía de la paciencia necesaria para lanzar conjuros. Prefería luchar con colmillos, garras y su devastador aliento de ardientes rayos, con los que podía hacer pedazos las paredes de un castillo y prender fuego a un bosque. Llamarada no tenía muy buena opinión de los magos y no le había hecho gracia la perspectiva de tener que transportar a uno de ellos. Había hecho falta un montón de súplicas y zalamerías por parte de Steel, así como el cuarto trasero de un ciervo, para por fin persuadirla de que permitiera que Palin montara en su espalda.

—Sin embargo, no lo hará, ¿sabes? —había comentado Llamarada con una sonrisa de satisfacción mientras devoraba el tentempié—. Me echará un ojeada y se asustará de tal modo que se ensuciará su bonita túnica blanca.

Steel había temido que ocurriera esto. El guerrero más valeroso del mundo podía perder la presencia de ánimo por lo que se conocía como «miedo al dragón», el terror y el sobrecogimiento que estos enormes reptiles inspiraban a sus enemigos. En efecto, Palin se puso lívido al ver a la hembra de dragón, con sus rutilantes escamas azules, sus llameantes ojos y las hileras de afilados dientes, que en ese momento chorreaban sangre del reciente refrigerio.

Al principio, Steel pensó que habría de renunciar a llevar consigo al joven o que tendrían que buscar otro medio de transporte más lento. Pero la imagen de los cuerpos de sus hermanos, envueltos y atados a la parte trasera de la silla de montar, había prestado coraje al mago. Palin había apretado los dientes, había caminado con resolución hacia el flanco del dragón, y, con ayuda de Steel, había montado.

El caballero había sentido temblar al joven mago, pero Palin se guardó de gritar o pronunciar una sola palabra. Se mantuvo erguido, con dignidad; una demostración de coraje cuyo mérito Steel no pudo menos de reconocer.

—Sé dónde estamos, en caso de que creas que me he perdido —añadió Llamarada suavemente—. Sara y yo recorríamos esta ruta... aquella noche, en que se encontró con Caramon Majere y te traicionó.

Steel sabía a qué noche se refería la hembra de dragón, y mantuvo un hosco mutismo.

Sara había volado hasta Solace una noche, buscando a Caramon para pedirle ayuda. Steel iba a llevar a cabo la Prueba de Takhisis a fin de ser nombrado Caballero del Lirio. Después de explicar a Caramon las circunstancias del nacimiento de Steel, le pidió que la ayudara a llevar al joven hasta la tumba de su padre, en la Torre del Sumo Sacerdote, confiando en que al verla y comprender lo que había representado Sturm, cambiara de parecer.

Caramon accedió, pero con la condición de que los acompañara Tanis, ya que no estaba muy convencido de que el padre de Steel fuera Sturm, y no el semielfo. Los tres, volando a lomos de Llamarada, habían entrado en el alcázar de las Tormentas, y sacaron a Steel dormido bajo los efectos de un narcótico. Por el aspecto del joven, tanto Tanis como Caramon comprendieron que no era hijo del semielfo. La primera reacción del joven al despertar fue violenta, pero una vez que Tanis y Caramon le explicaron sus motivos y se comprometieron a defenderlo con sus vidas, Steel accedió a viajar a la Torre del Sumo Sacerdote.

Entraron en ella sin dificultad pues, por voluntad de Paladine, tomaron a Steel por uno de sus caballeros, a pesar de su armadura negra. Dentro ya de la tumba, donde descansaba el cuerpo incorrupto de Sturm Brightblade, ocurrió algo extraño. Surgió una luz cegadora y, cuando se apagó, Steel tenía la espada de su padre y la Joya Estrella. También acabó entonces la ilusión que ocultaba el verdadero aspecto de Steel, y los caballeros de la torre se lanzaron contra él. Sólo gracias a la ayuda de Caramon y Tanis, el joven logró escapar con vida.

Ahora, sentado detrás de él —el caballero había cambiado la silla individual por otra en la que cabían dos personas—, Palin rebulló y masculló palabras incoherentes. Ni siquiera el miedo al dragón había podido competir con el agotamiento. El mago se había sumido en un sueño que no parecía proporcionarle mucho descanso, ya que dio un respingo, lanzó un grito agudo y penetrante, y empezó a agitarse.

—Haz que se calle —advirtió Llamarada—. Puede que no veas señales de vida en el suelo bajo nosotros, pero la hay. Estamos volando sobre las montañas Khalkist, y en ellas habitan Enanos de las Colinas. Sus exploradores están alerta y son astutos. En contraste con el cielo estrellado somos una silueta negra. Nos identificarían con facilidad y harían correr la voz.

—De poco les iba a servir ni a ellos ni a cualquier otro —comentó Steel, pero conocía lo bastante bien a su montura como para no provocar su enfado, así que se giró sobre la silla y puso una mano firme y persuasoria sobre el brazo del mago.

Palin calló al notar el contacto. Suspiró hondo y rebulló hasta encontrar una postura más cómoda. La silla de dos plazas había sido diseñada para transportar dos caballeros a la batalla, uno blandiendo las armas y el otro lanzando conjuros, ya fueran mágicos o clericales, útiles para contrarrestar los ataques mágicos del enemigo. La silla estaba fabricada con madera ligera que iba forrada con cuero y estaba equipada con bolsillos y arneses pensados para guardar y sujetar no sólo armas, sino componentes de hechizos y artilugios mágicos. Los jinetes iban separados por una especie de moldura hueca, forrada con cuero acolchado; dentro había un cajón, concebido para guardar rollos de pergaminos, provisiones u otros objetos. Palin tenía apoyada la cabeza en esta moldura, con la mejilla manchada de sangre recostada sobre un brazo. La otra mano, aun estando dormido, mantenía aferrado el Bastón de Mago, que, siguiendo sus instrucciones, había sido atado a la silla de montar, junto a él.

—Revive la batalla —observó Steel. Viendo que el mago se había calmado, el caballero retiró la mano y volvió el rostro al viento.

La hembra de dragón dejó claro lo que pensaba de este último comentario con un resoplido desdeñoso y una sacudida de su escamosa cabeza azul.

—Fue una derrota absoluta. No la enaltezcas llamando «batalla» a una simple reyerta.

—Los solámnicos combatieron valerosamente —replicó Steel—. Se mantuvieron en sus puestos. No huyeron ni se deshonraron rindiéndose.

Llamarada sacudió la erizada cresta, pero no hizo ningún comentario, y Steel fue lo bastante prudente para no insistir con el tema. La hembra de dragón había luchado en la Guerra de los Dragones, veintiséis años atrás. En aquellos tiempos, los soldados de la Reina Oscura jamás pasaban por alto la oportunidad de ridiculizar o menospreciar a sus enemigos. Cualquier Señor del Dragón que se hubiera atrevido a ensalzar a los Caballeros de Solamnia, como acababa de hacer Steel, habría sido despojado de su rango y, posiblemente, se le habría arrebatado la vida. Llamarada, al igual que la mayoría de los otros dragones leales a Takhisis, estaba teniendo dificultad en acostumbrarse al nuevo estilo de pensar. Un soldado debía respetar a su enemigo; en eso estaba de acuerdo con lord Ariakan. Pero alabarlos excedía un poco el límite, a su forma de entender.

Steel se inclinó hacia adelante para palmear el cuello del reptil, gesto con el que manifestaba que respetaba su punto de vista y que no haría más comentarios al respecto.

Llamarada, que estaba bastante encariñada con su amo —de hecho lo adoraba—, demostró su afecto cambiando de tema. Sin embargo, como se notó por el argumento que eligió, los dragones azules no eran aclamados por su tacto.

—Supongo que no habrás sabido nada de Sara, ¿verdad? —preguntó.

—No. —La voz de Steel era fría y dura, manteniendo a raya los sentimientos—. Y sabes que no debes mencionar su nombre.

—Estamos solos. ¿Quién iba a oírnos? Quizá nos enteremos de algo durante nuestra visita a Solace.

—No quiero saber nada de ella —replicó Steel, todavía con el mismo tono cortante.

—Supongo que tienes razón. Si por casualidad descubriéramos dónde se esconde, tendríamos que capturarla y llevarla de vuelta. Lord Ariakan puede alabar cuanto quiera a sus enemigos, pero no le gustan los traidores.

—¡No es una traidora! —replicó el caballero, su frialdad derritiéndose con el estallido de su genio vivo—. Podría habernos traicionado infinidad de veces, pero permaneció leal...

—A *ti* —dijo Llamarada.

—Me crió cuando mi propia madre me abandonó. Por supuesto que me quería. Lo contrario no habría sido natural.

—Y tú la querías a ella. Lo digo sin intención de menospreciar a nadie —añadió Llamarada al sentir que Steel se ponía rígido sobre la silla de montar—. También yo quería a Sara, hasta donde un dragón es capaz de querer a un mortal. Nos trataba como seres inteligentes. Nos consultaba, pedía nuestra opinión, escuchaba nuestros consejos. *Casi* siempre. La única vez que podría haberla ayudado, no acudió a pedirme ayuda. —Llamarada suspiró—. Qué lástima que nunca supiera entender nuestra causa. Podría haber recibido la Visión. Que conste que lo sugerí, pero, por supuesto, lord Ariakan no me hizo caso alguno.

—Por lo que sé, no estoy seguro de que mi propia madre hubiera llegado a entender nuestra causa —dijo Steel cáusticamente.

—¿La Señora del Dragón Kitiara? —Llamarada rió bajito, divertida por la idea—. Sí, era de las que marcaba su propio camino, y Takhisis arrolla a cualquiera que se ponga en el suyo. ¡Pero qué gran guerrera! Intrépida, audaz, diestra. Yo estaba entre los que combatieron con ella en la Torre del Sumo Sacerdote.

—No es precisamente una batalla que diga mucho en su favor —comentó el caballero con tono seco.

—Cierto, fue derrotada, pero se levantó de sus cenizas para acabar con lord Ariakas y obtener la Corona del Poder para sí misma.

—Lo que desembocó en nuestra derrota final. «El Mal se vuelve contra sí mismo.» Un credo de envidia y traición que significa destrucción. Nunca más. Somos aliados, hermanos en la Visión, y sacrificaremos cualquier cosa a fin de que se cumpla.

—Nunca has revelado *tu* parte de la Visión, Steel Brightblade —observó Llamarada.

—Me está prohibido hacerlo. Puesto que no acababa de comprenderla del todo, se la relaté a lord Ariakan. Tampoco él la comprendió y dijo que sería mejor que no lo contara ni lo discutiera con otros.

—¡Pero yo no soy «otros»! —se encrespó la hembra de dragón, indignada.

—Lo sé —contestó Steel, suavizando el tono y dando palmaditas en el cuello del reptil otra vez—. Pero mi señor me ha prohibido que hable de ello con nadie. Veo luces. Debemos de estar acercándonos.

—Las luces que ves son de la ciudad de Sanction. Sólo

tenemos que cruzar el Nuevo Mar y estaremos en Abanasinia, muy cerca de Solace. —Llamarada escudriñó el cielo y tanteó el viento, que parecía estar disminuyendo—. Falta poco para el amanecer. Os dejaré a ti y al mago en tierra, a las afueras del pueblo.

—¿Dónde te esconderás durante el día? No quiero que seas vista.

—Me refugiaré en Xak Tsaroth. La ciudad sigue abandonada, incluso después de todos estos años. La gente cree que está embrujada, que la frecuentan los fantasmas. Pero no son fantasmas, sino goblins. Me desayunaré unos cuantos antes de dormirme. ¿Regreso por ti a la caída de la noche o espero hasta que me llames?

—Espera mi llamada. Todavía no estoy seguro de cuáles serán mis planes.

Los dos hablaban despreocupadamente, sin mencionar el hecho de que estaban muy dentro de territorio enemigo, que sus vidas corrían peligro en todo momento, y que no podían contar con que nadie los ayudara. Ciertos caballeros de la Orden de Takhisis vivían en el continente de Ansalon, espiando, infiltrándose, reclutando a otros para la causa. Pero, aun en el caso de que Steel conociera a estos caballeros, no podría servirse de ellos, no podría hacer nada que hiciera peligrar el artificio tras el que se enmascaraban. Tenían una misión que cumplir, de acuerdo con la Visión, y él tenía la suya propia.

Salvo que no tenía muy claro cuál era esa misión.

Llamarada dejó atrás tierra firme y sobrevoló el Nuevo Mar. La luna roja no se había puesto todavía, pero la luz grisácea del alba amortiguaba el lustre de Lunitari. La luna se metió tras el horizonte del mar rápidamente, casi como si fuera un alivio para ella cerrar su ojo rojo al mundo.

Palin gimió en sueños y pronunció el nombre de uno de sus hermanos muertos:

—Sturm...

El nombre sonó espeluznante en los retazos de la Visión evocada. Sturm había sido el nombre del hermano del mago, pero se le había puesto tal nombre en memoria del padre de Steel.

—Sturm... —repitió Palin.

Steel se giró en la silla.

—¡Despierta! —ordenó bruscamente, con irritación—. Casi has llegado a casa.

Ni Steel ni Palin lo sabían, pero el dragón los dejó casi en el mismo sitio que en otro momento fue el punto de encuentro de dos amigos, muchos años antes.

Los tiempos no eran entonces muy distintos de los de ahora. Era otoño, en lugar de verano, pero puede que ésa fuera la única diferencia. Había sido una época de paz, como lo era la de ahora. Muchos decían entonces, como lo decían ahora, que esa paz perduraría para siempre.

Palin Majere se dejó caer en la misma piedra en la que Flint Fireforge había descansado antaño. Steel Brightblade dio unos pasos por el camino que en otro tiempo recorrió Tanis el Semielfo. Palin bajó la vista hacia el valle. Normalmente, los altos vallenwoods ocultaban casi toda señal del pueblo encaramado en sus ramas. Pero el espeso follaje verde tenía ahora un polvoriento tono marrón; muchas de las hojas habían muerto y estaban caídas. Las casas resultaban visibles, como desnudas, desiertas y vulnerables.

Aunque era temprano y los habitantes de Solace estaban despertando e iniciando la jornada, ningún humo de lumbre o forja se elevaba en el valle. Era peligroso encender fuego de cualquier tipo; la semana pasada un vallenwood, seco como yesca, había estallado en llamas y había destruido varias casas. Afortunadamente, no se habían perdido vidas; los que estaban en las viviendas habían conseguido saltar y ponerse a salvo. Pero, desde entonces, la gente había sido reacia a prender fuego para nada.

La posada El Último Hogar era el edificio más grande de Solace y el primero que vieron los dos. Palin miró fijamente su hogar, ansiando correr hacia él y, al mismo tiempo, alejarse de él a todo correr. Steel había descargado del lomo de la hembra de dragón los cadáveres de los hermanos de Palin, y ahora yacían, amortajados en lienzos de lino, sobre una burda narria improvisada por el guerrero con ramas de árbol; Steel estaba acabando de atar las últimas ramas. Cuando terminara, empezarían la caminata colina abajo.

—Listo —dijo Steel. Dio un tirón a la narria, que saltó por encima de una piedra y después se deslizó por el camino, levantando una nube de polvo a su paso.

Palin no la miró. La oyó arañar la tierra conforme avanzaba, pensó en la carga que llevaba y apretó los puños para soportar el dolor desgarrador.

—¿Estás en condiciones de caminar? —preguntó Steel, y, aunque la voz del caballero era severa y dura, tenía un tono respetuoso y no había en ella burla por el pesar de Palin.

El joven mago agradecía esto último, pero ello no era óbice para que se sintiera humillado de que le hiciera tal pregunta. Sturm y Tanin habrían querido que se mostrara fuerte, no débil, ante el enemigo.

—Estoy bien —mintió—. El sueño me ha venido bien, así como el emplasto que me pusiste en la herida. ¿Nos ponemos en marcha?

Se incorporó y, apoyándose en el Bastón de Mago, echó a andar colina abajo. Steel lo siguió, arrastrando la narria detrás de él. Palin echó una fugaz ojeada hacia atrás, vio dar un brinco a los cuerpos, oyó el traqueteo de armaduras conforme la narria avanzaba a saltos sobre el irregular camino de tierra. Tropezó y perdió el equilibrio. Steel lo agarró para evitar que cayera.

—Hay que mirar hacia adelante, no hacia atrás —manifestó el caballero—. Lo hecho, hecho está. No puedes cambiarlo.

—¡Hablas como si hubiera volcado un cuenco de leche! —replicó Palin iracundo—. ¡Éstos son mis hermanos! Saber que no volveré a hablar con ellos, que nunca los oiré reír otra vez ni... ni... —Tuvo que callar para tragarse las lágrimas—. Supongo que jamás has perdido a alguien a quien querías. A vosotros no os importa nada ni nadie... ¡salvo matar brutalmente!

Steel no hizo ningún comentario, pero su semblante se ensombreció con la alusión de perder a alguien querido. Siguió caminando, tirando de la pesada narria con facilidad. Sus ojos, velados bajo las oscuras cejas fruncidas, se movían sin cesar, no al azar, sino tomando nota del entorno. Observaba atentamente la fronda y la espesa maleza.

—¿Ocurre algo? —Palin echó un vistazo a su alrededor.

—Éste sería un sitio excelente para una emboscada —apuntó Steel.

—De hecho, lo fue. —El semblante macilento del mago se relajó levemente—. Justo ahí delante, un goblin llamado Fewmaster Toede dio el alto a Tanis el Semielfo, a Flint Fireforge y a Tasslehoff Burrfoot, y les preguntó sobre un bastón azul. Ese suceso cambió sus vidas.

Guardó silencio, pensando en los espantosos sucesos que habían cambiado la suya y habían acabado con las de sus hermanos. La voz de Steel no interrumpió los pensamientos de Palin, sino que siguió la misma línea:

—¿Crees en el destino, mago? —preguntó de repente, con la mirada prendida en el camino de tierra abrasada—. En ese momento, aquella emboscada, cambió la vida del semielfo, o eso es lo que afirmas. Ello implica que su vida habría sido diferente de no haber tenido lugar tal hecho. Pero ¿y si pasó porque así estaba dispuesto y no había modo de eludirlo? Quizás el destino le había tendido una emboscada, lo estaba esperando, tan seguro como lo estaba esperando el goblin. ¿Y si...? —La sombría mirada de Steel se volvió hacia Palin—. ¿Y si tus hermanos nacieron para morir en aquella playa?

La pregunta fue como un puñetazo en la boca del estómago. Por un instante, Palin fue incapaz de respirar. El propio mundo pareció tambalearse; todo cuanto le habían enseñado pareció escapársele entre los dedos como arena. ¿Había un destino inexorable agazapado detrás de algún arbusto en alguna parte, esperándolo? ¿Acaso sólo era un insecto atrapado en las redes del tiempo, debatiéndose y retorciéndose en un fútil intento de escapar?

—¡No lo creo! —Inhaló hondo y se sintió mejor. Su mente se aclaró—. Los dioses nos dan libertad para elegir. Mis hermanos eligieron hacerse caballeros. No tenían que hacerlo. De hecho, puesto que no eran solámnicos ni tenían antepasados que hubieran pertenecido a la caballería, no les resultó fácil conseguirlo...

—En tal caso, también eligieron morir, ¿no? —argumentó Steel, cuya mirada fue hacia los cadáveres—. Podrían haber huido, pero no lo hicieron.

—No, no lo hicieron —repitió Palin suavemente.

Asombrado por la cuestión planteada por el caballero, preguntándose qué había tras ella, Palin observó fijamente a Steel, y el joven mago vio, por un breve instante, retirarse la férrea máscara de dura y fría resolución, y bajo ella pudo contemplar el rostro humano. En él se reflejaba la duda, la búsqueda, el sufrimiento.

Estaba pidiendo algo, pero ¿qué? ¿Consuelo? ¿Comprensión? Palin olvidó su propia aflicción; se disponía a tender la mano y ofrecer el apoyo que pudiera, por poco que fuera, cuando en ese momento Steel se volvió y vio que Palin lo estaba observando. La máscara de hierro reapareció de inmediato.

—Entonces, eligieron bien. Murieron con honor.

También reaparecieron la amargura y la ira de Palin.

—Pues hicieron una mala elección. *Yo* hice una mala elección. ¿Qué hay de honorable en eso? —Señalo los cadáveres tendidos sobre la burda narria—. ¿Qué hay de honorable en tener que decir a mi madre...? ¿En tener que...?

Girando sobre sus talones, Palin se alejó del punto donde Tanis había oído hablar del bastón azul por primera vez, y siguió caminando sendero abajo.

A su espalda oyó la voz de Steel con un tono reflexivo, pensativo:

—De todas formas, sigue siendo un sitio estupendo para una emboscada.

Y a continuación sonó el ruido de la narria, brincando y arrastrándose sobre la tierra del camino.

9

Una advertencia. Los elfos toman las armas. Tika empuña la sartén

Un rayo de sol matutino penetró a través de los cristales de colores de una ventana de la posada y dio de lleno en los ojos de Tanis. El semielfo se despertó, cegado, y cayó en la cuenta de que se había quedado dormido en el banco de respaldo alto que había en uno de los huecos de las paredes de la posada. Se sentó derecho mientras se frotaba la cara y los ojos, bastante enfadado consigo mismo. Su intención había sido permanecer despierto toda la noche, de vigilancia. Y aquí estaba, roncando como un enano borracho.

Al otro lado de la sala, el rey exiliado, Porthios, estaba sentado a una mesa cubierta de mapas, con una botella de vino elfo y una copa al alcance de la mano. Estaba escribiendo algo; Tanis no sabía qué. Un informe, una carta a un aliado, haciendo apuntes sobre planes, poniendo al día su diario. Tanis recordó que, antes de quedarse dormido, había visto a Porthios en la misma postura. La botella de vino estaba un poco más vacía; ésa era la única diferencia.

Los dos eran cuñados, ya que Tanis estaba casado con Laurana, hermana de Porthios. Todos se habían criado y crecido juntos. Porthios era el mayor, el primogénito nacido para gobernar a su pueblo, y se tomaba su tarea en serio. No había aprobado el matrimonio de su hermana con un semihumano, como él consideraba, invariablemente, a Tanis.

Carecía del encanto de su progenitor, el anterior Orador de los Soles. Porthios era, por naturaleza, austero, serio, excesivamente franco. Detestaba el disimulo diplomático. Era un hombre orgulloso, pero su retraimiento y timidez hacían que el orgullo pareciera arrogancia a quienes no lo conocían. En lugar de esforzarse para dominar este fallo, Porthios lo utilizaba para aislarse de quienes lo rodeaban, incluso de los que lo amaban y admiraban. Y tenía muchas cosas dignas de admiración. Era un experto general y un valeroso guerrero. Había acudido en ayuda de los silvanestis arriesgando la vida para luchar contra el pavoroso sueño de Lorac que había arrasado su tierra y diezmado a sus gentes. Era la traición de los suyos lo que lo tenía amargado. En consecuencia, Tanis suponía que no podía culpar a su cuñado por querer vengarse.

El conflicto le había pasado factura. En tiempos alto y apuesto, con un porte regio, Porthios estaba ahora algo encorvado, como si el peso de la cólera y la tristeza lo hubieran hecho doblarse. Llevaba el cabello largo y descuidado, y tenía mechones de canas, algo que casi nunca ocurría con los elfos, ni siquiera con los de mayor edad. Iba vestido con armadura de cuero que estaba rígido y estropeado; sus finas ropas empezaban a tener aspecto desgastado, con el repulgo raído y descosidas por algunos sitios. Su semblante era una máscara fría, implacable, amarga. Sólo de vez en cuando la máscara desaparecía y dejaba a la vista al hombre que había debajo, el hombre que sufría por su pueblo, incluso mientras planeaba ir a la guerra contra él.

Tanis alzó la vista cuando Caramon, bostezando, entró en la sala y acomodó su corpachón en el banco enfrente de su amigo.

—Me quedé dormido —dijo Tanis al tiempo que se rascaba la barba.

—A mí me lo vas a decir. —El hombretón sonrió—. Tus ronquidos podrían haber derribado un vallenwood.

—Deberías haberme despertado. ¡Se supone que estaba de guardia!

—¿Para qué? —Caramon volvió a bostezar y se alborotó el pelo—. No estamos en una torre rodeados por cuarenta y siete legiones de goblins. Cabalgaste todo el día, y necesitabas descansar.

—No es ésa la cuestión —replicó Tanis—. Da una mala imagen.

Echó una ojeada a su cuñado; aunque el rey elfo no lo miraba, Tanis supo por la tirantez de las mandíbulas y la rigidez de su postura que estaba pensando para sus adentros: «¡Alfeñique! ¡Lastimoso semihumano!».

Caramon siguió la mirada de Tanis y se encogió de hombros.

—Tú y yo sabemos que pensaría lo mismo si hubieses permanecido despierto el resto de tu vida. Anda, vamos a lavarnos un poco.

El hombretón abrió la marcha hacia la escalera y bajaron al nivel del suelo. Ya hacía calor a pesar de ser temprano. Tanis tenía la impresión de que el propio aire fuera a prenderse en cualquier momento. Debajo de la posada había un barril, y se suponía que tenía que estar lleno de agua. Caramon se asomó al interior y suspiró. El barril estaba medio vacío.

—¿Qué ha pasado con el pozo? —preguntó Tanis.

—Se secó. Los pozos de casi todo el mundo se secaron a finales de primavera. La gente ha estado trayendo el agua del lago Crystalmir. Es una larga caminata. Este barril estaba lleno anoche. Hay quien hace guardia para vigilar su agua.

Caramon cogió un cucharón, se inclinó sobre el borde del barril y lo sacó; le ofreció el agua a Tanis.

El semielfo observaba las fangosas huellas de pisadas que había alrededor del barril. El barro aún estaba húmedo.

—Pero tú no haces guardia —dijo. Sonriendo, bebió el líquido salobre—. Te das una caminata diaria, ida y vuelta al lago Crystalmir, transportando agua para la posada, pero nunca utilizas más de la mitad de lo que traes porque tus vecinos te la roban.

—No la roban. —Caramon, que se había puesto colorado, se echó agua a la cara—. Les dijimos que podían coger la que necesitaran, pero a algunos de ellos les da vergüenza. Es casi como mendigar, y nadie ha tenido que mendigar nunca en Solace, Tanis. Ni siquiera en los tiempos más difíciles, después de la guerra. Y tampoco nadie ha tenido que robar nunca para sobrevivir.

El hombretón dio un suspiro, resopló y se secó el rostro con la manga de la camisa. Tanis se lavó la cara, cuidando de no gastar demasiado de la preciosa agua. Algunas de las pisadas alrededor del barril eran pequeñas, de niños.

Tanis colocó de nuevo el cazo en el gancho del vallenwood.

—¿Ha estado despierto Porthios toda la noche?

Caramon y él caminaron hacia el arranque de la escalera, pero no empezaron a subirla de inmediato. Una sala llena de elfos de semblantes severos y hoscos —la mitad de los cuales no hablaba con la otra mitad— no era el lugar más agradable del mundo.

—Ni siquiera ha pestañeado, que yo haya visto —manifestó Caramon mientras alzaba la vista hacia la ventana junto a la cual estaba sentado el rey elfo—. Claro que su esposa está dando a luz. Tampoco yo me dormí mientras Tika estaba... en la misma situación.

—Eso lo entiendo muy bien —replicó Tanis sombríamente—. Cualquier marido lo entendería. Pero Porthios da la impresión de estar preparándose para la batalla más que para la paternidad. Supongo que ni siquiera ha preguntado por Alhana.

—Con tantas palabras, no —dijo Caramon lentamente—. Pero Tika ha estado bajando muy a menudo para tranquilizarlo. En realidad no ha tenido que preguntar. He estado observándolo, y creo que te equivocas respecto a él. Creo que ama a Alhana de verdad, y que ahora mismo ella y el niño que está naciendo son lo más importante de este mundo para él.

—Ojalá estuviera tan seguro como tú sobre eso. Pero mi impresión es que ha comerciado con ambos para recuperar su reino. No es más... Pero ¿qué demonios pasa?

La pasarela colgante que se extendía sobre ellos —uno

de los muchos puentes de cuerdas que hacían las veces de calles al conectar entre sí los edificios construidos en los árboles— se balanceaba y crujía. Un soldado elfo venía por ella a todo correr. Por la lúgubre expresión de su semblante resultaba obvio que era portador de malas noticias. Tanis y Caramon intercambiaron una mirada preocupada y echaron a correr escaleras arriba. Para cuando llegaron a la posada, el elfo ya estaba informando a Porthios.

—¿Qué ocurre? ¿Qué ha pasado? —preguntó Caramon, que había llegado más tarde que el semielfo, resoplando y con el rostro congestionado por el desacostumbrado esfuerzo—. ¿Qué dicen?

La apremiante conversación se estaba desarrollando en el lenguaje elfo de Qualinesti.

Tanis, atento a lo que se decía, hizo callar al hombretón con un gesto. Era evidente que lo que oía lo había preocupado. Se volvió hacia Caramon y llevó al posadero detrás del mostrador.

—Sus exploradores han informado que han visto un soldado, un humano, con cabello negro y largo, equipado con la indumentaria y los pertrechos de las fuerzas de la oscuridad, caminando por la calzada principal, en dirección a Solace. Y otra cosa, Caramon. —Tanis agarró el brazo del hombretón—. Va acompañado por un mago con ropas blancas. Un mago joven.

—Palin —dedujo al instante el posadero—. ¿Y el otro? ¿Estás pensando lo mismo que yo?

—La descripción encaja con Steel Brightblade.

—Pero ¿por qué iba a venir Steel aquí? ¿Está solo?

—Sí, salvo por Palin, aparentemente.

—Entonces, en nombre de todos los dioses, ¿qué hacen juntos ellos dos? ¿Qué hacen juntos *aquí*?

Tanis guardó silencio sobre el resto del informe, sobre el hecho de que el oscuro paladín arrastraba tras de sí una narria que llevaba lo que parecían ser los cadáveres de dos caballeros. Tenía el horrible presentimiento de que sabía la respuesta a las preguntas de su amigo, pero también podría ser que estuviera equivocado. Esperaba y rogaba a Paladine que *estuviera* equivocado.

Porthios impartía instrucciones. Todo el contingente de elfos se había puesto de pie al tiempo que cogía arcos y flechas y desenvainaba espadas.

Caramon miró, alarmado, el alboroto.

—¿Qué hacen, Tanis? ¡El mago de ahí fuera puede ser Palin!

—Lo sé. Deja que me ocupe yo del asunto. —Tanis cruzó la sala hacia donde estaba Porthios—. Disculpa, hermano, pero la descripción del joven mago me induce a pensar que es el hijo de Caramon Majere, vuestro *anfitrión* —añadió con énfasis—. El joven es un Túnica Blanca. No estarás pensando atacarlo, ¿verdad?

—No vamos a atacarlos, hermano —replicó Porthios, casi escupiendo las palabras, impaciente por haber sido interrumpido—. Vamos a pedirles que se rindan, y después los interrogaremos. —Clavó en Caramon una mirada funesta y dijo en Común—: Puede que el hijo de tu amigo sea un Túnica Blanca, pero va en compañía de un soldado del Mal.

—¿Qué insinúas? —exclamó Caramon con el rostro congestionado por la ira.

—Porthios —intervino Tanis—, sabes perfectamente bien que el paladín oscuro no se rendirá. Luchará, y tus hombres lucharán, y...

—Haz algún daño a mi hijo y lo lamentarás —dijo Caramon fríamente, con los puños apretados. Adelantó un paso.

Soldados elfos, los que eran qualinestis, se interpusieron de inmediato entre el hombretón y su soberano. Las espadas repicaron en las vainas; el acero centelleó.

—¿Qué demonios creéis que estáis haciendo?

Tika, con el rostro pálido de ira y la voz tensa por el menosprecio, se abrió paso a empellones y se plantó delante de su marido; lanzó una mirada furibunda a él y a todos los demás. De detrás del mostrador sacó una sartén de hierro con la que en otros tiempos había machacado muchas cabezas draconianas.

Se aproximó al elfo que tenía más cerca y lo amenazó con la sartén.

—Estúpidos, ¿es que os habéis vuelto locos? —dijo en su siseante susurro—. Tú, señor. —La sartén señaló en dirección a Porthios—. ¡Tu esposa está dando a luz! ¡Y no le está resultando nada fácil, si quieres saberlo! Dichosas elfas, con sus estrechas caderas. ¡Y mientras tanto, todos vosotros, *hombres* —movió la sartén en un arco—, os ponéis a meter jaleo con vuestras espadas y os comportáis peor que si fueseis chiquillos! No lo consentiré. ¿Me habéis oído? No pienso consentirlo.

La sartén retumbó contra una de las mesas de manera contundente.

Los elfos, con expresiones mezcla de estupidez e inflexible determinación, no cedieron terreno. Caramon tampoco dio marcha atrás. Tika aferró con más fuerza el mango de la sartén.

Tanis se había desplazado sigilosamente para ponerse al lado de Porthios. Cuando habló, lo hizo en el lenguaje elfo y en voz baja, para que ni Tika ni Caramon pudieran entenderle.

—Tus exploradores mencionaron que el paladín oscuro arrastraba una narria con lo que parecían dos cuerpos. Es posible que esos cadáveres sean los hijos de Caramon y Tika. ¿Serías capaz de perturbar el descanso de los muertos?

Éste era el tipo de argumento que podía persuadir a Porthios para que cambiara de opinión. Debido a su promedio de vida extraordinariamente largo, los elfos veneraban la muerte y honraban a los muertos.

Porthios echó un vistazo a Caramon; parecía indeciso. Tanis siguió insistiendo, aprovechando esa ventaja:

—Puede que me equivoque, pero creo que conozco a este paladín oscuro. Déjame hablar con él y con el joven mago, a solas. Si está pasando lo que creo que pasa, entonces el paladín, aun siendo servidor de la Reina Oscura, está actuando de un modo noble y digno, poniendo su vida en peligro. Deja que descubra lo que pasa, antes de que se derrame sangre y se deshonre a los muertos.

—Mis guardias te acompañarán —decidió Porthios tras considerar el asunto.

—Eso no será necesario, hermano. Mira, lo peor que puede pasar es que me maten —añadió Tanis secamente.

Un lado del severo semblante del elfo se crispó, como con un tic. De hecho, Porthios acabó sonriendo.

—Lo creas o no, semielfo, eso me causaría pesar. Siempre me has caído bien, aunque no me creas. Incluso hubo un tiempo en que te ganaste mi admiración. Simplemente, no te considero la pareja adecuada para mi hermana.

La sonrisa se desvaneció y fue reemplazada por arrugas de tristeza, debilidad y abrumadora fatiga. Porthios alzó la vista hacia la parte del techo sobre el que estaba la habitación donde yacía Alhana, quizá luchando por su vida y por la vida de su hijo.

—Ve, semielfo —dijo Porthios suave, débilmente—. Ve y habla con ese digno vástago del Mal. Harás las cosas a tu manera. Siempre las has hecho. —Volvió a mirar hacia arriba y sus ojos brillaron—. Pero mis guardias te acompañarán.

Era una victoria hasta cierto punto, y Tanis era lo bastante inteligente para no intentar ganar más terrero. Había conseguido lo que había conseguido sólo porque Porthios estaba demasiado cansado y demasiado preocupado para discutir.

«Después de todo», pensó para sus adentros mientras se abrochaba la espada a la cintura, «quizás el severo e inflexible elfo sí que ama a su esposa.» También se preguntó qué pensaría Alhana, reina de los silvanestis, del hombre con quien se había casado por razones políticas. ¿Habría llegado a amarlo?

—Todo va bien —les dijo a Caramon y a Tika, volviendo a hablar en Común—. Porthios ha accedido a dejar que me encargue del asunto. Tika, será mejor que vuelvas junto a Alhana.

Sin comprender, pero aliviada de que el problema se hubiera solucionado, Tika resopló, rezongó por lo bajo, soltó la sartén y corrió escaleras arriba.

Tanis se dirigía a la puerta cuando se dio cuenta de

que Caramon estaba desatando cuidadosamente èl delantal que llevaba en torno a su amplia cintura. Evidentemente, se preparaba para acompañar a su amigo. Tanis cruzó rápidamente la sala y se acercó a Caramon; puso la mano en el brazo del hombretón.

—Deja que me encargue de esto, Caramon. Puede que se te necesite aquí.

—No, amigo. —El posadero sacudió la cabeza—. Ese chico de ahí fuera puede ser Palin. Si lo es, algo le ha ocurrido.

Tanis volvió a intentarlo, esta vez utilizando otra estrategia:

—Tienes que quedarte y no perder de vista a los elfos. Porthios está desesperado, acorralado. Podría iniciar un conflicto, y no queremos que haya un baño de sangre, ¿verdad? —Caramon vaciló y echó una ojeada el exiliado rey elfo.

»Si es Palin, me ocuparé de él como si fuera mi propio hijo. —La voz le tembló ligeramente al recordar a su querido Gil, al que no había visto y del que no sabía nada desde hacía meses.

Caramon se volvió hacia Tanis y lo observó con firme intensidad.

—Tú sabes algo que no me has dicho.

—Caramon, yo... —El semielfo había enrojecido.

El hombretón suspiró y después se encogió de hombros.

—Ve. Sé que cuidarás de mi muchacho... y de Steel, si es que es realmente él el que está ahí fuera. Quién sabe, quizás haya decidido cambiar de bando, después de todo. Yo estaré vigilado a «don Hosco Severo». —Señaló con el pulgar a Porthios.

—Gracias, amigo mío.

Tanis se marchó antes de que Caramon o Porthios tuvieran oportunidad de cambiar de idea.

10

Un sitio excelente para una emboscada

En el bosque a las afueras de Solace, Palin y Steel se detuvieron para descansar. Es decir, el joven mago se detuvo para descansar; el guerrero lo hizo para quedarse con él. La herida de Palin le estaba molestando; tenía dolores y estaba agotado. Se hallaba cerca de casa, cierto, pero su regreso al hogar no le traería consuelo, sino la horrible tarea de tener que decir a sus padres que dos de sus hijos habían muerto. Se sentó en el tocón de un árbol.

—Toma, bebe. —Steel le tendió un odre de agua.

El mago lo aceptó y bebió frugalmente, como había aprendido a hacer en ruta con los caballeros. Le devolvió el odre.

—Gracias. Supongo que perdí el mío durante la... en la playa.

Steel no lo oyó ni vio el odre que le tendía. Se encontraban en un pequeño claro que —a juzgar por los juguetes abandonados y los desperdicios esparcidos— los niños del lugar utilizaban como área de recreo. Steel miraba hacia arriba, a uno de los vallenwoods. Palin, siguiendo su mirada, vio un objeto oscuro y pesado entre las ramas. Al principio se sobresaltó, pero después los recuerdos volvieron a su memoria.

—No te alarmes. Sólo es un fuerte en un árbol —dijo—. Mis hermanos solían jugar a la guerra ahí arriba cuando éramos pequeños. Jugar a la guerra.... Entonces todo era un juego para nosotros. Ellos eran los guerreros, y yo era su mago. Cuando «morían» yo utilizaba mi «magia» para hacerlos volver a la...

—¿Dices que los niños juegan aquí? —lo interrumpió Steel, hablando en voz alta.

Su mano se cerró con fuerza sobre el hombro de Palin. El gesto del caballero no era de consuelo, comprendió Palin, sobresaltado. El apretón era de advertencia.

—Sigue hablando —instruyó Steel en un susurro. Su mano derecha seguía sobre el hombro de Palin, en tanto que la izquierda empuñaba una daga. El joven mago alcanzó a ver el destello de la hoja debajo de la oscura capa azul de caballero.

Palin se puso tenso, y su mano fue, en un gesto instintivo, hacia su bolsa de componentes de hechizos. Entonces recordó dónde estaba. Esto era *Solace*, ¡por todos los dioses!

Se puso de pie con cierta inestabilidad.

—Probablemente sólo sean los niños del pueblo.

Steel lanzó una ojeada breve, centelleante a Palin.

—No son niños. —Su mirada volvió a los árboles—. Son elfos. Haz lo que te diga y no me estorbes.

—¡Elfos! No lo dirás en...

Los dedos del caballero apretaron el hombro de Palin con tanta fuerza que le hicieron daño. El joven mago bajó la voz.

—No hay elfos en cincuenta leguas a la...

—Cierra el pico —advirtió Steel fríamente—. ¿Qué conjuros tienes preparados?

—Yo... eh... —Palin estaba perplejo—. Ninguno. Jamás imaginé... Oye, ésta es mi ciudad...

Un sonido silbante, seguido de otro seco, lo interrumpió. Un astil emplumado se cimbreaba en el tocón donde Palin había estado sentado. La flecha era de manufactura y diseño elfos.

Cinco guerreros elfos saltaron de los árboles y aterrizaron con suavidad en el suelo; levantaron los arcos, las flechas dispuestas y las cuerdas tensas, con tal rapidez que la vista no podía seguir los movimientos. Cuatro flechas apuntaban a Steel. La otra apuntaba a Palin.

El joven miraba boquiabierto a los elfos, asombrado y perplejo. El único pensamiento que le vino a la mente en medio de la confusión fue que, una vez más, había fallado. Aun en el caso de que hubiera memorizado sus conjuros, los pocos que sabía casi no tenían utilidad... o así lo pensaba él. Y en el momento en que hubiera empezado a pronunciar las palabras, probablemente habría muerto, con una flecha atravesándole el corazón.

Steel soltó a Palin. Metió la daga en el cinturón y desenvainó la espada, haciendo frente a sus enemigos.

—Eres una criatura del Mal, aunque ignoro en qué modo —le dijo uno de los elfos a Steel—. Podríamos haberte matado antes, en la calzada. Pero tu conversación con el Túnica Blanca nos interesaba. Eso, y el hecho de que llevas contigo los cadáveres de dos Caballeros de Solamnia. Entonces, tienen que ser ciertos los rumores que nos han llegado. Mi señor estará muy interesado en hablar contigo.

Steel se echó la capa por encima del hombro, dejando a la vista, orgullosamente, la insignia que lucía el peto de su armadura: la calavera y el lirio de muerte.

—Ved esto y ved vuestra perdición. Soy un Caballero de Takhisis. No me importan los rumores que os hayan llegado, y en cuanto a vuestro señor, puede irse al Abismo.

Los elfos tensaron las cuerdas de los arcos.

—Si vas a hacer algo, mago, te sugiero que lo hagas ahora —dijo Steel queda, severamente.

Palin se lamió los labios secos y pronunció la primera y única palabra mágica que le vino a la mente:

—¡*Shirak*!

La bola de cristal que remataba el Bastón de Mago se encendió con una luz radiante que cegó momentáneamente a los elfos, que parpadearon y volvieron la cabeza.

—¡Bien hecho! —dijo Steel al tiempo que saltaba hacia adelante, blandiendo la espada en un arco mortífero.

—¡No! ¡Espera! —Palin agarró el brazo a Steel, intentando echarlo hacia atrás.

La luz del bastón se amortiguó y los elfos volvieron

a ver, si no perfectamente, al menos lo suficiente. Un flecha se clavó en la manga de la túnica de Palin, y otra chocó y rebotó en el peto de Steel. Las dos próximas darían en el blanco.

—¡*Astanti*! —sonó la seca orden en el lenguaje que Palin reconoció como elfo qualinesti.

Los elfos bajaron los arcos mientras buscaban el origen de la orden.

—Deponed las armas, todos vosotros —siguió diciendo la voz, hablando ahora en Común—. Tú también, Steel Brightblade.

Sorprendido al oír pronunciar su nombre a su espalda, Steel retrocedió, pero sólo para vez qué nuevo peligro lo amenazaba; mantuvo la espada enarbolada.

Tanis el Semielfo, acompañado por seis guerreros elfos, entró en el claro. Estaba solo y no empuñaba arma alguna, aunque llevaba la espada colgada del cinturón. Su mirada se desvió fugazmente hacia los dos cuerpos cargados en la narria, luego pasó brevemente sobre Palin y Steel, y por fin se enfocó en los guerreros elfos que los habían emboscado.

—Me envía vuestro señor, Porthios —les dijo Tanis, que siguió hablando en Común a fin de que Palin y, sobre todo, Steel pudieran entender lo que estaba diciendo—. Preguntad a vuestros compañeros que vienen conmigo, si no me creéis.

Uno de los elfos que había llegado con Tanis asintió con un breve cabeceo.

—Conozco a estos dos hombres —continuó el semielfo mientras se desplazaba para situarse delante de Palin y de Steel, escudándolos con su propio cuerpo—. Creo que habéis malinterpretado sus intenciones.

—¿Y qué intenciones atribuyes tú a este esclavo de la oscuridad? —replicó uno de los elfos—. ¿Alguna que no sea nuestra destrucción?

—Eso es lo que tengo intención de averiguar —contestó Tanis. Puso la mano en el hombro de Steel, en un gesto de advertencia para que el caballero se controlara—. Confía en mí —le dijo en voz baja—. Confía en mí como lo hiciste en la Torre del Sumo Sacerdote. No te traicionaré. Creo que sé a lo que has venido.

Steel intentó soltarse de la mano del semielfo con una sacudida. La sangre le hervía; estaba ansioso por combatir.

—No puedes vencer —repitió Tanis suavemente—. Morirás inútilmente. ¿Querría eso tu reina?

El caballero vaciló, debatiéndose con el ansia de combate. El fuego se apagó en sus ojos, dejándolos oscuros y helados. De mala gana, envainó su espada con un golpe seco.

—Os toca a vosotros. —Tanis echó una mirada a su alrededor, a los elfos.

Despacio, a regañadientes, bajaron los arcos. No lo habrían hecho si sólo se lo hubiera pedido Tanis, pero el elfo enviado por Porthios imprimió fuerza a la orden con un gesto propio.

—Volved a vuestros puestos —ordenó Tanis—. Dejadnos solos un momento —añadió dirigiéndose a los soldados que lo acompañaban. Los elfos se retiraron al abrigo de los vallenwoods, pero siguieron alertas.

»Dime, hijo. Cuéntame qué ha pasado —preguntó a Palin cuando estuvieron a solas.

La voz amable, el rostro familiar, la idea de las noticias que llevaba, era más de lo que el joven podía soportar. Las lágrimas le nublaron la vista, ahogaron su voz.

—Ten valor —dijo Tanis, que añadió—: Las lágrimas no son algo de lo que uno deba avergonzarse, Palin. Pero hay un tiempo para el llanto, ¡y no es éste, puedes creerme! Necesito saber lo que hacéis aquí, los dos, y necesito saberlo *ahora*, antes de que todos acabemos como una de las prendas que guarda tu madre en el costurero.

Valor, Palin, sonó un susurro. *Estoy contigo.*

El joven mago sufrió un sobresalto, tembló. Había oído esa voz antes, la conocía tan bien como la de su propio padre. O, quizá, mejor. No le había hablado hacía mucho, mucho tiempo.

Pensó que era una señal, sin duda.

Contuvo las lágrimas y relató los sucesos del día anterior y que parecían ser algo muy, muy lejano.

—Nos enviaron a Kalaman para examinar sus fortificaciones y volver con el informe sobre cómo podría defenderse mejor en caso de sufrir algún ataque desde el norte. Éramos un contingente pequeño, puede que unas cincuenta personas en total, pero sólo había unos veinte caballeros. El resto eran escuderos, pajes, paisanos que conducían los carros del equipaje. Pasamos varios meses en Kalaman, supervisando los refuerzos de las fortificaciones. Luego cabalgamos hacia el este, con intención de ir a la Ciudadela Norte. De camino allí... —Hizo una pausa, inhaló temblorosamente, y luego continuó:

»Cabalgamos a lo largo de la costa y acampamos para pasar la noche. El mar estaba en calma, desierto. Al alba, vimos el primer barco.

—Pero tendríais dragones volando con vuestras fuerzas. ¿Cómo es que se les pasó por alto...?

—No teníamos dragones, Tanis —dijo Palin, cuyas pálidas mejillas adquirieron un débil tinte carmesí—. El comandante mayor no lo consideró necesario, no quiso abusar de ellos...

—¡Necios! —dijo Tanis con acritud—. Tendría que haber habido dragones. Tendría que haber habido quinientos caballeros, no veinte. Se lo dije. ¡Se lo advertí!

—En realidad no creyeron una sola palabra de lo que les dijiste. —Palin suspiró—. Sólo nos enviaron con el fin de «aplacarte». Lo siento, Tanis. Es lo que oímos comentar a nuestro comandante. Ninguno de los caballeros se tomó muy en serio lo que estábamos haciendo. Era como si... estuviéramos de vacaciones.

Tanis sacudió la cabeza y echó una mirada a los cadáveres amortajados.

—¿Por qué no regresasteis a la Ciudadela Norte para advertir a los demás?

—Al principio sólo había un barco —explicó el mago sin convicción—. Uno de los caballeros se echó a reír y dijo algo en el sentido de que los habíamos derrotado hacía veintiséis años y que también ahora los venceríamos.

—Necios —repitió Tanis, pero en voz muy baja.

—Nos situamos en posición de combate a lo largo de

la playa, esperándolos. Todos bromeaban y cantaban. Entonces... —La voz de Palin tembló—. Entonces apareció un segundo barco, y luego un tercero. Después de eso, perdimos la cuenta.

—Y os quedasteis a luchar. Superados en número por mucho, sin la menor esperanza de salir con bien del enfrentamiento.

—El enemigo podía vernos desde los barcos —replicó el joven mago, a la defensiva—. ¿Qué imagen habríamos dado si hubiésemos huido?

—¿La de personas sensatas? —dijo a su vez el semielfo.

Palin enrojeció hasta las orejas. Bajó la vista hacia los cadáveres, y parpadeó rápidamente para contener las lágrimas.

Tanis suspiró mientras se rascaba la barba.

—¿Murieron todos? —preguntó con suavidad.

Palin tragó saliva y asintió con la cabeza.

—Fui el único superviviente. —Habló en un tono tan bajo que Tanis tuvo que inclinarse hacia él para poder oírlo.

—¿Tus hermanos, Tanin..., Sturm...?

El joven señaló la narria.

—Que Paladine los guarde —dijo el semielfo. Rodeó los hombros de Palin con su brazo. El muchacho estaba temblando, pero aguantaba bien el tipo—. Deduzco que fuiste cogido prisionero. —Echó una mirada a Steel.

De nuevo, Palin asintió con la cabeza, incapaz de hablar.

—Hasta ahí lo comprendo —continuó Tanis—, pero lo que me desconcierta es por qué has venido *tú*, Steel Brightblade. —La voz del semielfo se endureció—. ¿Fuiste responsable de sus muertes?

—Daría igual si los hubiera matado yo, ¿no? —La actitud de Steel era desdeñosa—. Somos soldados, y estamos en guerra. Supongo que conocían los riesgos o, en caso contrario, no habrían sido caballeros.

—No daría igual, créeme. Erais primos. Por vuestras venas corría la misma sangre. Te lo pregunto otra vez: ¿los mataste tú?

—No fue él, Tanis —intervino Palin—. Fuimos atacados por forasteros, unos hombres de aspecto extraño, unos bárbaros que llevaban el cuerpo pintado de azul. Pero a los bárbaros los dirigían caballeros.

—Soy un caballero. Combato a lomos de un dragón —declaró Steel con orgullo—. Los solámnicos cayeron a manos de las fuerzas de tierra.

—Entiendo —dijo Tanis pensativamente, sin duda archivando en la memoria esta información vital para pasarla al comandante de los Caballeros de Solamnia en la Torre del Sumo Sacerdote. Su mirada volvió hacia Steel—. Todavía sigo sin entender por qué viniste. Si es por el dinero del rescate de Palin, de eso podría haberse encargado un mensajero...

—He venido a saldar una deuda. Los cuerpos de los muertos iban a ser enterrados en una tumba común. Con honores, por supuesto —añadió Steel, centelleantes los oscuros ojos—. Lucharon con bravura. No huyeron, como algunos podrían haberles aconsejado que hicieran. Pero la noticia de sus muertes no llegaría hasta sus familias hasta pasado cierto tiempo. O tal vez nunca. Cuando descubrí el nombre del joven mago y que sus dos hermanos habían muerto en la batalla, aproveché la oportunidad para saldar la deuda de honor que tengo con su padre, Caramon Majere. He traído de vuelta los cadáveres de sus dos hijos para que reciban sepultura en su tierra.

—¿Has traído a los muertos a riesgo de tu propia vida? —Tanis miraba al caballero con incredulidad.

—¿De qué sirve la vida sin honor? —repuso Steel, encogiéndose de hombros.

—*Est Sularis oth Mithas* —musitó el semielfo—. «Mi honor es mi vida.» Parece que estoy oyendo a tu padre. Eres como él.

El semblante de Steel se ensombreció y su mano se crispó sobre la empuñadura de la espada.

—Soy un Caballero de Takhisis —dijo fríamente—. Honro la memoria de mi padre, pero no es más que eso: un recuerdo. Sólo vivo para mi soberana.

La mirada de Tanis fue intencionadamente al cuello del caballero. La espada no era el único presente que el padre muerto había dado a su hijo. A través de unos medios mágicos que escapaban a la comprensión del semielfo, la Joya Estrella que Sturm Brightblade había llevado colgada al cuello había sido transferida a su hijo. La joya era un objeto del Bien, de manufactura elfa, una prenda de amor. Ninguna persona cuyo corazón estuviera enturbiado por la oscuridad habría podido siquiera tocarla y, mucho menos, llevarla puesta. Sin embargo, Tanis la había visto brillar sobre el pecho de Steel Brightblade. ¿La llevaría ahora, oculta bajo la horrenda armadura con sus símbolos de muerte y destrucción? ¿O habría abominado de ella, arrancándola de su cuello, y la habría sacrificado en el altar ensangrentado de la Reina Oscura?

Tanis no podía ver la joya. Steel le devolvió la mirada con frialdad, en absoluto cohibido. Si la llevaba encima, era lo bastante disciplinado para ocultar cualquier indicio de ella.

«Un hombre peligroso», pensó Tanis. «Si todos los paladines de Takhisis son como éste, estamos metidos en un buen lío.»

—¿Está Kalaman bajo ataque? —preguntó sin quitar la vista de Steel.

—Lo estará —contestó el caballero—. Y, a estas horas, también la Ciudadela Norte. No estoy revelando ningún secreto. Lord Ariakan quiere que los solámnicos sepan cómo fueron derrotados.

Tanis miró a Steel sumido en un sombrío silencio, y después se volvió hacia Palin, que parecía estar a punto de desplomarse.

—Discutiremos todo eso después. Primero tenemos que llevarte a casa. Te ayudaré a dar la noticia de la muerte de tus hermanos a tus padres. Recuerda, Palin, que tanto tu padre como tu madre fueron guerreros. Esto les causará un gran sufrimiento, cierto, pero...

—Hay algo más, Tanis —lo interrumpió el joven mago.

Era justo lo que el semielfo ya había imaginado.

—Se te retiene para obtener un rescate, ¿verdad?
—Sí. Y si no se paga, tomarán a cambio mi vida.
—¿Y a cuánto asciende ese rescate? Bah, no importa —se apresuró a añadir el semielfo con premura—. Por mucho que sea, conseguiremos reunir el dinero. Me alegrará poder contribuir. Y también lo...
—No es dinero lo que piden, Tanis —volvió a interrumpirlo Palin, con un cierto tono de impaciencia—. Después de todo, soy un mago.
—Un aprendiz —puntualizó el semielfo, simulando una despreocupación que estaba lejos de sentir. Tenía el terrible presentimiento de que sabía lo que venía a continuación y ansiaba posponerlo—. No te des esos aires, jovencito. —Miró a Steel—. Como he dicho, este joven sólo es un aprendiz que ha pasado la Prueba recientemente. Los hechiceros tal vez den a cambio de él unos cuantos objetos arcanos de poca importancia, pero nada de valor. Saldríais ganando más si pidierais dinero.
—Puede que Palin Majere sea sólo un aprendiz de mago, pero su tío, Raistlin Majere, no lo era —intervino Steel secamente—. Le hizo a su sobrino un valioso regalo. —El caballero señaló con un gesto el Bastón de Mago—. No me cabe la menor duda de que entregaría mucho más si supiera que la vida de su sobrino corre peligro.
—¿Pero es que todo el mundo se ha vuelto loco? —demandó Tanis—. ¡Raistlin Majere está muerto! Lleva muerto más de veinticinco años. Él no le dio el bastón a Palin. Se lo dio Dalamar el Oscuro...
Steel lo miraba fijamente con aquellos ojos negros, impasibles.
—¡Bah, estoy perdiendo el tiempo! ¿Cuál es el rescate? —preguntó Tanis.
—Quieren que se abra el Portal —contestó Palin en voz queda—. Los Caballeros Grises quieren encontrar el camino hacia el Abismo.
—Cuando el Portal esté abierto —dijo Steel—, nuestra soberana entrará en este plano. ¡Y nosotros le pondremos el mundo a sus pies!

11

El rescate. El cuarto de Raistlin. Palin concibe un plan

Steel se quedó de pie nada más cruzar la puerta de la posada El Último Hogar. Su porte era altanero, frío, orgulloso, impertérrito, sin demostrar emoción alguna cuando Tanis, con todo el tacto que fue capaz, dio a Tika y a Caramon la noticia de que sus dos hijos mayores habían muerto.

—¡Lo sabía! —fue la primera reacción de Tika. Se llevó las manos al corazón—. Paladine me valga, lo sabía. Lo sentía aquí. Oh, dioses, ¿por qué? ¿Por qué? —Apretó los puños y empezó a echarse atrás y adelante en la silla en la que estaba sentada.

Palin abrazó a su madre.

—Lo siento —dijo entrecortadamente—. Lo siento...

Caramon estaba estupefacto, aturdido.

—Mis muchachos —musitó—. Mis muchachos. —Con un desgarrador sollozo alargó los brazos y estrechó a Palin contra su pecho—. Al menos tú estás a salvo...

Tanis se mantuvo aparte, esperando que los primeros arrebatos de dolor pasaran; esperando para dar noticias aún peores a los desdichados padres. Palin no estaba a salvo, sino que corría un peligro mayor de lo que podrían imaginar jamás.

Al cabo de un tiempo, Palin se limpió las lágrimas y miró a Tanis.

—Díselo tú —musitó quedamente.

—¿Que nos diga qué? —inquirió Caramon, con la cabeza inclinada, tenso, tembloroso.

—Palin es prisionero de los caballeros negros —aclaró el semielfo—. Exigen un rescate.

—Bien, claro que lo pagaremos, sea lo que sea —respondió el hombretón—. Venderemos cuanto poseemos si es necesario...

—No es dinero lo que quieren, Caramon —siguió Tanis, que buscaba un modo más fácil de decírselo y no encontraba ninguno—. Quieren que los hechiceros abran el Portal al Abismo. Quieren utilizar a Palin para dejar vía libre a la Reina Oscura.

Caramon alzó el rostro descompuesto por el dolor, y su mirada pasó de Tanis a Palin, y de éste a Steel.

—Pero... ¡esto es una farsa! ¡Una burla! ¡Los hechiceros jamás abrirán el Portal! ¡Es una sentencia de muerte! ¡No te lo llevarás! ¡No te lo permitiré!

Antes de que ninguno de los presentes en la sala pudiera impedirlo, Caramon saltó de la silla y se arrojó sobre Steel. El peso del hombretón y el impulso hizo que los dos salieran lanzados y chocaran contra la pared.

—¡Caramon, deténte! —Tanis y Palin pugnaban por quitar al posadero de encima del caballero negro. Caramon estaba intentando rodear el cuello de Steel con sus manos—. ¡Esto no servirá de nada!

Steel no sacó ningún arma. Agarró los brazos del hombretón y se las ingenió para soltarse. Luego empujó al posadero, echándolo a los brazos de su hijo y su amigo. Se puso de pie, respirando fatigosamente, cauteloso y alerta.

—He sido indulgente por tu hondo pesar —dijo fríamente—. La próxima vez no haré concesiones.

—¡Caramon, querido esposo! —Tika se aferró a él, tranquilizándolo—. Nos ocuparemos de esto y todo se arreglará. Tanis está aquí. Él nos ayudará, no dejará que se lleven a Palin, ¿verdad que no, Tanis?

Sus ojos estaban asustados, suplicantes. Tanis deseó de todo corazón poder decirle lo que tan desesperadamente quería oír. Tal y como estaban las cosas, sólo pudo sacudir la cabeza.

Tika volvió a sentarse en la silla con pesadez; sus manos crispadas agarraban el delantal y estrujaban la tela. No había derramado una sola lágrima. Ahora no. Todavía no. La herida era demasiado profunda. Aún no la sentía, sólo un frío entumecimiento. Y así siguió sentada, mirando fijamente el suelo, esperando que el dolor se abriera paso en su mente.

—Padre —dijo Palin en tono bajo—, querría hablar contigo...

—¡Llévame a mí, maldito seas! —demandó el posadero, soltándose del amoroso abrazo de su mujer—. Mi vida a cambio de la de mi hijo. Puedes retenerme hasta que sepáis la respuesta de los magos.

—Hablas con los sentimientos de un padre —contestó Steel—, pero debes de saber que tal petición es imposible. Nuestros hechiceros conocen el valor del sobrino de Raistlin Majere. Consideran muy probable que el propio archimago se interese por el bienestar del joven.

—¿Mi hermano? —Caramon estaba perplejo—. ¡Pero si mi hermano está muerto! ¿Qué podría hacer él?

—¡Padre! —susurró Palin con apremio, tirándole de la manga—. ¡Por favor, necesito hablar contigo!

Caramon no le hizo caso. Steel esbozó una sonrisa sarcástica y se encogió de hombros.

—Esperemos que pueda hacer algo, señor. —La sonrisa del caballero se tensó—. O, en caso contrario, perderás un tercer hijo.

Tika soltó un grito ahogado, gimió, y apretó los puños contra la boca. Tanis estaba a su lado, pero Dezra, que bajaba por la escalera, lo apartó de un codazo, rodeó con los brazos a Tika y le susurró palabras tranquilizadoras:

—Vamos. Ven conmigo, querida. Ven arriba y descansa.

Tika recorrió la sala con la mirada y contempló a su familia y a sus amigos como si no los conociera. Luego cerró los ojos, apoyó la cabeza en el pecho de Dezra, y empezó a sollozar bajito.

Dezra, con los ojos brillantes por las lágrimas, alzó la vista hacia Tanis.

—Puedes decir a ese lord elfo que su dama está a punto de dar a luz. Su salud es buena y está animosa. Creo que todo irá bien con ella y con el bebé.

—Porthios está esperando fuera —repuso el semielfo. Dioses benditos, se había olvidado completamente de la otra crisis—. Se lo haré saber.

Steel, al oír el nombre del soberano elfo, se llevó la mano a la empuñadura de la espada. Sus labios se fruncieron.

—Debería estar aquí, junto a los demás —dijo Dezra, iracunda—. ¿Qué hace, zafándose así de los problemas?

—Es mejor que se haya marchado, Dezra. Me costó no poco trabajo convencerlo para que saliera. Tenemos una guerra a punto de estallarnos en las narices, aquí mismo.

—¡Guerra! —exclamó Dezra con amargura—. Una nueva vida viene a un mundo de tristeza y dolor. ¡Quizá sería mejor que esa criatura naciera muerta!

—¡No digas esa, Dezra! —gritó Tika de repente—. Cada niño recién nacido es la esperanza de un mundo mejor. Tengo que creer eso. ¡Que las vidas de mis hijos han servido de algo!

—Sí, querida. Así ha sido. Lo lamento, no sabía lo que me decía. Ven arriba —pidió Dezra, sollozando quedo—. Me..., me vendría bien que me echaras una mano con lady Alhana, si te sientes con ánimos.

—Una nueva vida —musitó Tika—. Una se va y otra viene. Sí, puedo ayudar. Quiero ayudar...

—Padre —dijo Palin, cuando su madre se hubo marchado de la sala—, tenemos que hablar. Ahora.

Sobresaltado por la inusual firmeza en la voz de su hijo, Caramon lo miró. Palin estaba mortalmente pálido, con profundas ojeras.

—Lo..., lo siento, hijo —farfulló mientras se pasaba los dedos por el pelo—. No..., no sé muy bien qué estoy haciendo. Pero deberías acostarte un poco. Ve y descansa...

—Lo haré, padre —dijo Palin pacientemente. Cogió al hombretón por un brazo—. Ven conmigo. Acompáñame y hablemos. ¿Podemos hablar a solas?

Steel, al que iba dirigida la pregunta, dio permiso con un breve cabeceo.

—Me has dado tu palabra de honor de que no intentarás escapar, mago.

—Y la mantendré —respondió el joven con dignidad—. Padre, por favor.

—Ve con él, Caramon —instó Tanis—. Tus otros dos hijos están con Paladine. Es Palin quien te necesita ahora.

—No entiendo esto, Tanis. —El semblante del posadero estaba contraído por el dolor y el desconcierto—. ¡Raistlin está muerto! ¿Qué más quieren de él? No lo entiendo.

Tanis abrigaba sus dudas sobre eso. ¿Estaba Raistlin muerto realmente? ¿O los hechiceros Túnicas Grises habían descubierto lo contrario? El semielfo sospechaba que Palin sabía más de lo que daba a entender.

—He de hablar con Dalamar —musitó mientras padre e hijo abandonaban la sala—. Es preciso que hable con el Comandante. Tenemos problemas... Graves problemas.

Pero, ahora mismo, con quien tenía que hablar era con Porthios.

Y decirle que su hijo nacería pronto.

Unos dejan el mundo y otros llegan a él.

¿Esperanza?

De momento, él no la veía.

Años atrás, Caramon había construido la mejor casa de Solace para Tika. Era lo bastante grande para que tuviera cabida una familia en crecimiento, y durante muchos años resonó con las risas y los juegos ruidosos y violentos de los tres niños Majere. Más adelante, vinieron al mundo dos hijas, con el propósito expreso de jorobar a sus hermanos mayores, o eso es lo que Palin decía a menudo.

Para entonces, Caramon y Tika eran dueños absolutos de la posada El Último Hogar. Los chicos se hicieron hombres y partieron en busca de aventuras. La casa estaba a cierta distancia de la posada. Las idas y venidas entre una y otra a cualquier hora del día o de la noche (Tika se despertaba a menudo con la firme convicción de que en la posada se había prendido fuego y mandaba a Caramon para que lo comprobara) resultaban agotadoras y les hacían perder mucho tiempo. Finalmente, aunque los dos adoraban la casa, Tika y Caramon decidieron que sería más cómodo instalarse en la posada y vender su vivienda.

Una de las habitaciones de la antigua casa la habían denominado como el «cuarto de Raistlin». En los primeros años de matrimonio, después de que su hermano gemelo hubiera tomado la Túnica Negra y se hubiera instalado en la Torre de la Alta Hechicería de Palanthas, Caramon había seguido manteniendo la habitación con la ferviente —aunque ilusoria— esperanza de que un día Raistlin se daría cuenta de su equivocación y volvería con ellos.

Tras la muerte de Raistlin, Caramon planeó hacer del cuarto «otra habitación más», pero sus esperanzas y sueños se habían centrado en él de tal manera que eran como fantasmas que rehusaran ser desalojados. El «cuarto de Raistlin» siguió siéndolo hasta el día en que se vendió la casa. Cuando los Majere se trasladaron a la posada, no se pensó en hacer otro «cuarto de Raistlin» hasta que un día Caramon se sobresaltó al oír a sus dos hijitas refiriéndose a una de la habitaciones —un pequeño cuarto de almacenamiento en la parte posterior— como el «cuarto de Raistlin».

Tika lo atribuyó al hecho de que las niñas estaban intentando hacer su casa nueva y desconocida lo más parecida posible a la que habían dejado. Caramon estuvo de acuerdo, pero los dos cayeron en la costumbre de llamarlo el cuarto de Raistlin. Dio la casualidad que un mago viajero que hacía noche en la posada los oyó hablar de la habitación en esos términos y pidió que por favor le permitieran ver el cuarto en el que el famoso hechicero sin duda había pasado muchas horas.

Caramon se esforzó por hacer comprender al mago su equivocación, ya que esta parte de la posada ni siquiera existía en vida de Raistlin. Pero el Túnica Roja era persistente y, puesto que también era un buen cliente habitual que pagaba con monedas, no con dientes de lagartija, Caramon permitió que su huésped visitara el cuarto de almacenaje. La habitación le pareció encantadora al mago, aunque un poco atestada con escobas y cajas de madera. Preguntó si podía dejar un anillo mágico como una «muestra de su aprecio». Caramon no podía negarse, y el hechicero dejó el anillo sobre un barril de cerveza vacío y se marchó.

Temeroso de tocar el objeto arcano (el posadero había visto magia suficiente para saber que podía acabar convertido en una lagartija), lo dejó donde estaba. Un mes después, dos Túnicas Blancas llegaron con el propósito específico de visitar el «santuario». Al parecer, el primer hechicero, después de dejar la posada, había tenido una estupenda racha de buena suerte. Siendo esto algo poco habitual para el Túnica Roja, de inmediato lo atribuyó a un gesto de buena voluntad de Raistlin. El hechicero había divulgado lo ocurrido, y estos dos habían venido para contribuir con sus pequeñas «ofrendas».

Sobre el barril de cerveza fueron depositados un rollo de pergamino y una pócima. Los hechiceros se quedaron dos noches, gastando dinero y charlando de Raistlin con Caramon, al que siempre le gustaba recordar el pasado. Al cabo de un mes, llegó una hechicera Túnica Negra. Vino y se marchó sin hablar con nadie, salvo para preguntar dónde estaba «el cuarto». No se quedó a pasar la noche, pero pidió el mejor vino de la casa y pagó con monedas de acero.

A no mucho tardar, había magos de todo Ansalon visitando la posada. Algunos dejaban objetos arcanos como ofrendas, otros dejaban sus componentes de hechizos para que sus cualidades se intensificaran y volvían después para recogerlos. Los que hacían esto, juraban que el poder mágico de los objetos había aumentado.

Tika se mofaba de la idea de que el cuarto tuviera «poderes» especiales, y atribuía el fenómeno a la rareza general de los magos. Caramon le daba la razón, hasta que un día —revolviendo entre algunos de los viejos papeles de Otik, el hombretón se encontró con un burdo plano de la antigua posada, antes de que fuera destruida por los dragones durante la Guerra de la Lanza. Al estudiarlo mientras revivía recuerdos agridulces, Caramon se quedó pasmado (y no poco desconcertado) cuando descubrió que el «cuarto de Raistlin» actual estaba situado directamente encima del lugar cercano a la chimenea donde su hermano tenía por costumbre sentarse.

Tras su descubrimiento, que a Tika le puso el pelo de punta —o eso dijo—, Caramon vació el cuarto de almacenaje, sacando las escobas y las cajas de madera, aunque dejó el barril, sobre el que ahora había innumerables objetos de aspecto misterioso.

Empezó a llevar un cuidadoso registro de todos los artículos arcanos. Nunca vendió ninguno de los entregados como «ofrendas», pero a menudo se los regalaba a magos que pasaban una mala racha o a jóvenes aprendices que estaban a punto de pasar la penosa Prueba, en ocasiones mortal, en la Torre de la Alta Hechicería de Wayreth. Tenía la sensación de que estos regalos estaban bajo una influencia benéfica porque, a despecho de sus muchas faltas, Raistlin siempre había sentido una especial inclinación por los débiles y los escarnecidos, y se volcaba en ayudarlos.

Fue a esta habitación, al cuarto de Raistlin, adonde Palin condujo a su padre.

El pequeño cuarto había cambiado considerablemente con el paso de los años. El barril de cerveza seguía allí, pero se habían agregado cofres de madera tallada para guardar en ellos los múltiples anillos mágicos, broches, armas y saquillos de conjuros. Unos estantes de madera, colocados contra la pared, contenían todos los rollos de pergaminos, esmeradamente atados con cintas blancas, rojas o negras. Los libros de conjuros cubrían otra pared; los objetos arcanos más horribles estaban escondidos en un rincón oscuro. Una ventana pequeña dejaba entrar la luz del sol y, lo que era más importante para los magos, la luz de las lunas roja y plateada, así como la luz invisible de la luna negra. Un búcaro de flores frescas descansaba sobre una mesa que había debajo de la ventana. Se había puesto una cómoda silla en el cuarto para uso de los que entraban a meditar o estudiar. No se permitía a los kenders acercarse siquiera a este cuarto.

Caramon entró, sin reparar realmente dónde estaba y sin que tampoco le importara, y tomó asiento en la única silla del cuarto. A despecho de su herida y su debilidad, Palin estaba ahora en mejores condiciones que su padre. Para el joven, el espantoso y debilitante pesar empezaba a remitir. Quizá se debiera a la influencia tranquilizadora que ejercía en él esta habitación que siempre había amado. O tal vez la responsable fuera la voz que sonaba en su mente, la voz que conocía tan bien aunque nunca la había oído en vida. En alguna parte, de algún modo, Raistlin vivía.

—Mi obligación es encontrarlo, aunque para ello tenga que entrar en el propio Abismo.

—¿Qué? —Caramon alzó la cabeza bruscamente y miró a su hijo con gesto ceñudo—. ¿Qué has dicho?

Palin no se había dado cuenta de que estaba hablando en voz alta. No tenía intención de llegar al asunto de manera tan brusca, pero, puesto que lo había dicho y era evidente que su padre sabía lo que estaba pensando, el joven decidió que era mejor seguir adelante.

—Quería que lo supieras, padre. He concebido un plan y pienso actuar en consecuencia. No..., no espero que lo apruebes. —Palin hizo una pausa, tragó saliva, y después prosiguió con firmeza—: Pero debes estar al corriente de lo que pienso hacer, por si acaso algo sale mal. No voy a la Torre de Wayreth...

—¡Buen chico! —exclamó Caramon con alivio—. Ya se nos ocurrirá algo. Me enfrentaré con la propia Takhisis para protegerte. No dejaré que esos perversos caballeros te lleven...

—¡Padre, por favor! —lo interrumpió Palin con tono cortante—. No iré a la Torre de Wayreth porque voy a la Torre de la Alta Hechicería de Palanthas. Pienso entrar en el Abismo. Voy a intentar encontrar a mi tío.

Caramon se quedó boquiabierto, mirando a su hijo estupefacto.

—Pero Raistlin no está en el Abismo, hijo. Paladine aceptó su sacrificio. A tu tío se le concedió la paz de un sueño eterno.

—Eso no lo sabes con seguridad, padre. La última vez que lo viste estaba en el Abismo.

—¡Pero lo vi, hijo! ¡Lo vi durmiendo, como cuando éramos pequeños!

—Era un sueño, padre, tú mismo lo dijiste. Sabes lo que cuentan los bardos: que Raistlin está retenido prisionero en el Abismo, atormentado por Takhisis diariamente, su cuerpo desgarrado y ensangrentado. Que cada día muere de forma horrible y dolorosa, sólo para hacerlo volver a la vida después y...

Caramon había superado la estupefacción. Por lo general al hombretón le costaba cierto tiempo examinar un problema, pero sólo podía haber una respuesta a esta cuestión. Se puso de pie.

—Sé lo que cantan los bardos —dijo sombríamente—. ¡Sé que los bardos relatan que Sturm Brightblade viajó a la luna roja! ¡No son más que disparates! ¡Raistlin está muerto! ¡Lleva muerto y en paz todos estos años! Te prohíbo que vayas. Te quedarás aquí, y negociaremos con lord Ariakan. Tanis nos ayudará a...

El Bastón de Mago que Palin sostenía estaba caliente al tacto. Esa calidez lo inundó como un vino caliente con especias, dándole coraje.

—Quieres creer que Raistlin está muerto, padre. Admitir lo contrario significaría que lo abandonaste.

El golpe fue dado; la flecha, disparada; la lanza, arrojada. La herida infligida fue espantosa.

Caramon se puso blanco como un cadáver; podrían haberlo tendido en la tumba junto a sus hijos y no se habría notado la diferencia. Su respiración se volvió entrecortada, jadeante; abría y cerraba la boca sin decir nada. El corpachón temblaba como una hoja sacudida al viento.

Palin se mordió el labio y se aferró con fuerza al bastón buscando apoyo en él. Estaba horrorizado por lo que había hecho, por lo que había dicho. No era su intención. Las palabras habían salido de su boca antes de que pudiera contenerlas. Y ahora que estaban dichas Palin no podía borrar el daño que habían causado del mismo modo que tampoco le había sido posible impedir que la vida abandonara los cuerpos de sus hermanos.

—No lo dices en serio —musitó Caramon en voz queda y temblorosa.

—No, padre, no era mi intención. Lo siento. Sé que habrías arriesgado todo para ir en pos de Raistlin. Sé que aquel sueño te proporcionó alivio y que lo crees de todo corazón. Pero, padre, podrías estar equivocado...

Podrías estar equivocado...

Las palabras resonaron en su cabeza, cobraron vida, forma y consistencia hasta que casi pudo imaginar que las veía llameando delante de él, delante de su padre.

Caramon tragó saliva, sacudió la cabeza, pareció balbucear buscando argumentos.

«Va a intentar convencerme de que abandone el plan. No puedo permitírselo», comprendió Palin. «No resultaría muy difícil disuadirme. Recuerdo lo que sentí en aquella torre. Y aquello no fue más que una ilusión, mi Prueba. Pero el miedo, el terror, eran reales.»

—Lo tengo planeado, padre. Steel Brightblade juró acompañarme. Me llevará a la torre y, una vez que esté allí, hablaré con Dalamar, lo convenceré de que me deje intentar pasar ante el guardián. Si no lo permite —la voz de Palin se endureció—, lo intentaré por mis propios medios. El espectro ya me dejó pasar una vez...

—¡Pero aquello era una ilusión! —Caramon estaba furioso ahora—. ¡Los hechiceros lo inventaron todo!

—¿También inventaron esto, padre? —Palin adelantó el Bastón de Mago—. ¿Es esto una ilusión o es el bastón de mi tío?

Caramon echó una mirada inquieta al cayado y no respondió.

—El bastón estaba guardado en el laboratorio de mi tío, donde también está el Portal al Abismo. Ni siquiera el propio Dalamar puede entrar en esa habitación. Y, sin embargo, el Bastón de Mago salió de allí y vino a mí. Voy a entrar en esa habitación, padre, y voy a encontrar a mi tío. Me enseñará todo cuanto sabe. ¡Jamás volverá a morir alguien porque soy demasiado débil para salvarlo!

—¿Piensas intentar abrir el Portal tú solo? ¿Y dónde está el clérigo puro que tiene que ayudarte? ¿Acaso lo has olvidado? El Portal sólo puede abrirlo un hechicero muy poderoso acompañado por un clérigo verdadero. Por eso es por lo que tu tío necesitaba a lady Crysania...

—No intento abrir el Portal, padre —contestó Palin en voz baja—. No se abrirá desde este lado.

—¡Raistlin! —gritó Caramon—. ¡Esperas que Raistlin lo abra por ti! ¡Esto es una locura! —Sacudió la cabeza—. Los caballeros negros han pedido un rescate imposible. ¡No les debes nada! No te preocupes —añadió con gesto sombrío—, que entre Tanis y yo nos encargaremos del caballero Brightblade que está ahí fuera.

—Di mi palabra de honor, padre, de que no escaparía —replicó el joven con aspereza—. ¿Es que quieres que falte a ella, tú, que siempre me has enseñado a cumplir la palabra de honor empeñada?

Caramon contempló fijamente a su hijo; las lágrimas brillaban en sus ojos.

—Te crees muy listo, ¿verdad, Palin? Me has acorralado, utilizando mis propias palabras contra mí. Tu tío solía hacerlo también. Se le daba muy bien eso. Y hacer su voluntad, cayera quien cayera. Ve, pues. Haz lo que quieres hacer. No puedo impedírtelo, como tampoco pude impedírselo a él.

Dicho esto, Caramon se dio media vuelta y, con gran dignidad, salió del cuarto dejando solo a su hijo.

Helado, tiritando, Palin se quedó de pie en medio del cuarto. Su padre tenía razón, por supuesto. A menudo había utilizado su agudeza mental y su labia para acorralar a su padre y a sus hermanos, más lentos a la hora de razonar, del mismo modo que un perro de presa acosa y muerde a un oso encadenado. Y siempre habían cedido. Fue después de usar esta artimaña para engatusarlos cuando sus hermanos le permitieron —muy a su pesar— que cabalgara con ellos a Kalaman. Había suplicado, argumentado, manipulado. Y habían cedido. Y ahora, por estar más preocupados de protegerlo a él que de concentrarse en la lucha, los dos estaban muertos.

La herida le latía dolorosamente. Miró la silla en la que había estado sentado su padre, y recordó.

Huir. Era lo lógico, lo prudente.

Huir del enemigo que se aproximaba habría sido lo sensato, y el reducido grupo de caballeros y su joven mago lo discutieron en los frenéticos instantes de que dispusieron para hablar.

Las naves de proa negra resaltaban en contraste con el agua del mar. Botes atiborrados de hombres bogaban hacia la costa. Las alas de innumerables dragones azules ocultaban la luz del sol. En la playa, por la que habían cabalgado para disfrutar del hermoso día, del bello paisaje marino, el pequeño grupo de Caballeros de Solamnia, cogido a descubierto, estaba en clara desventaja ya que el enemigo lo superaba inmensamente en número.

—Si huimos, nos separaremos, nos desperdigaremos —les dijo su comandante, hablando a gritos para hacerse oír sobre el ruido de las olas al romper en la orilla.

—¿Y adónde iremos que estemos a salvo de los dragones? —añadió Tanin—. ¡Nos perseguirán y nos darán caza uno por uno, y siempre se burlarán de la cobardía de los Caballeros de Solamnia!

—Nos quedaremos —dijo el joven mago con firmeza.

—No, Palin, tú no. —Tanin se volvió hacia él—. Viajas ligero de peso y tu caballo es veloz. Éste no es sitio para ti. Vuelve a Kalaman y adviérteles del peligro que corren.

—¿Qué? ¿Que me marche y deje solos a mis dos hermanos, combatiendo? —Palin estaba ofendido—. ¿Crees de verdad que voy a hacer algo así?

Tanin y Sturm habían intercambiado una mirada. Sturm sacudió la cabeza y eludió los ojos, volviendo la vista hacia el mar lleno de botes que estaban repletos de hombres. No disponían de mucho tiempo. Tanin acercó su caballo al de su hermano pequeño y agarró al mago por el brazo.

—Sturm y yo sabíamos a lo que nos arriesgábamos cuando hicimos el juramento como caballeros. Pero tú no, Palin...

—No pienso marcharme —repitió el joven con gesto sombrío—. Siempre, cada vez que surgen problemas, me estás mandando de vuelta a casa, Tanin. Bueno, pues esta vez, no.

El mayor, con el rostro congestionado por la ira, se inclinó sobre la silla de montar.

—¡Maldita sea, Palin! ¡Ésta no es una pelea contra unos matones de barrio! ¡Vamos a morir! ¿Cómo crees que se sentirán padre y madre cuando tengan que enterrar a sus tres hijos, sobre todo a ti, el pequeño?

Durante unos instantes el joven mago guardó silencio, cabizbajo. Se estaba imaginando la escena de salir corriendo con el rabo entre las piernas y después tener que explicar a sus padres, con la cara roja por la vergüenza: «No sé qué les pasó a mis hermanos...».

Alzó la cabeza.

—¿Huirías tú dejándome atrás, Tanin?

—No, pero... —quiso argumentar el mayor.

—¿Acaso mi honor es menor porque soy mago? También nosotros hacemos nuestros propios juramentos. Por la magia y por Solinari, me quedaré y combatiré a vuestro lado contra estas fuerzas del Mal, aun a costa de mi vida.

—Ahí te ha pillado, Tanin. —Sturm esbozó una sonrisa socarrona—. Ése es un argumento que no puedes discutir.

El mayor vaciló. Era responsable de Palin, o así lo pensaba. Y entonces, de repente, extendió la mano.

—Está bien, hermanos míos. —Su mirada abarcó a Sturm y a Palin—. En este día, lucharemos por Paladine y... —esbozó una leve sonrisa— y por Solinari.

Los tres hermanos se estrecharon las manos y después se separaron para reunirse con los otros caballeros, que se estaban desplegando por la playa.

Eso era todo lo que Palin recordaba con claridad. La batalla había sido breve, dura, implacable. Los bárbaros pintados de azul, gritando salvajemente, saltaron de los botes y corrieron hacia la orilla, las bocas abiertas de par en par, como anhelando beber la sangre de sus enemigos, y los ojos relucientes con la fiebre de la batalla. Cayeron sobre los caballeros como un maremoto, luchando con aterradora ferocidad, deleitándose en la matanza.

Los caballeros, más disciplinados y mejores guerreros, derribaron la primera fila de atacantes; una de las bolas de fuego de Palin explotó justo en medio de los bárbaros, desgarrando carne, dejando cadáveres abrasados y humeantes.

Pero hubo una segunda arremetida, y una tercera; los bárbaros pisoteaban los cuerpos caídos de sus compañeros a fin de llegar hasta los caballeros que habían acabado con ellos. Palin recordaba a sus hermanos cerrando filas delante de él, intentando protegerlo, o, al menos, le parecía recordarlo así. Más o menos en ese momento algo le golpeó la cabeza, tal vez una lanza arrojada y desviada parcialmente por alguno de sus hermanos.

Ésa fue la última vez que los vio con vida.

Cuando volvió en sí, la batalla había terminado. Dos caballeros negros hacían guardia a su lado. Ansiaba preguntar sobre los demás, pero se abstuvo de hacerlo, temeroso de descubrir la verdad.

Y entonces Steel apareció y Palin se enteró de lo ocurrido.

El joven mago suspiró y fue hacia la puerta del cuarto de Raistlin, salió al pasillo y se asomó por la escalera que conducía a la sala, que estaba casi desierta. Steel se encontraba solo, sentado en una postura rígida, muy derecho en una silla, negándose a bajar la guardia, negándose a dormir, aunque sólo los dioses sabían lo mucho que debía necesitar un buen sueño.

Palin contempló la taberna y echó de menos ver a sus hermanos, oír sus risas, sus bromas, que en otros tiempos lo habían sacado de sus casillas. Habría dado todas las riquezas de Ansalon a cambio de aguantar otra reprimenda de «hermano mayor» de Tanin, u oír las alegres carcajadas de Sturm. Echaba de menos a sus hermanas pequeñas, que con sus trastadas lo volvían loco. Pero, a causa de la llegada de los elfos y la posibilidad de que surgieran problemas, Caramon y Tika habían enviado a las niñas con Goldmoon y Riverwind, los cabecillas tribales de Que-shu. Sin embargo, se alegraba profundamente de que las pequeñas, Laura y Dezra, no estuvieran aquí para ver enterrar a sus dos hermanos mayores. En ese momento, su alegre infancia habría llegado a su fin. Bastante malo sería que encontraran las tumbas a su regreso.

Tanis el Semielfo subió la escalera y se detuvo en el rellano superior.

—Según me ha dicho tu padre, tienes intención de partir.

Palin asintió con un cabeceo.

—¿Dónde está? —preguntó.

—Con tu madre. Es mejor que no vayas a verlo ahora, Palin —aconsejó Tanis suavemente—. Deja que digiera esto a su manera, dale tiempo.

—Yo no quería... —empezó el joven, que tragó saliva con esfuerzo y volvió a empezar—. No quería tener que hacerlo de este modo, Tanis. Mi padre no lo entiende. Nadie lo entiende. Es su voz. Oigo su voz...

El semielfo miró preocupado al muchacho.

—¿Te quedarás para las honras fúnebres?

—Por supuesto. Pero después nos marcharemos.

—Antes de que vayas a ningún sitio, tienes que descansar, comer y beber. Tú y Steel, los dos —dijo Tanis—, si es que puedo convencerlo de que nadie va a envenenar su comida ni a apuñalarlo mientras duerme. ¡Cómo se parece a su padre! —añadió mientras acompañaba a Palin hasta la sala de la taberna—. ¿Cuántas veces habré visto a Sturm Brightblade sentado en esa misma postura, muerto de cansancio, pero demasiado orgulloso para admitirlo?

Steel se puso de pie cuando vio acercarse a los dos. No era seguro si se había levantado por respeto a Tanis o por puro cansancio o por ambas cosas. Su semblante tenía una expresión severa e implacable, sin dejar el menor resquicio por el que entrever lo que pensaba o lo que sentía.

—Es hora de que nos pongamos en marcha —dijo, mirando a Palin.

—Siéntate —dijo el mago—. No pienso marcharme hasta que mis hermanos hayan recibido sepultura. Hay comida y bebida. La carne está fría, pero también lo está la cerveza. Prepararé un cuarto para ti. Podrás dormir aquí esta noche.

—No necesito... —empezó Steel con expresión sombría.

—Oh, ya lo creo que sí —replicó Palin—. Necesitarás estar bien descansado en el sitio al que vamos. De todos modos, viajar a Palanthas por la noche será más seguro.

—¡Palanthas! —Steel frunció el entrecejo—. ¿Para qué tenemos que ir a Palanthas, una plaza fuerte de los Caballeros de Solamnia? A menos que se trate de alguna clase de trampa...

—Nada de trampas —dijo Palin mientras se dejaba caer en una silla, con actitud de agotamiento—. Vamos a Palanthas porque es allí donde está el Portal, en la Torre de la Alta Hechicería.

—Queremos que los hechiceros acepten abrir el Portal. Esto va en contra de mis órdenes —adujo Steel.

—Yo abriré el Portal... con ayuda de mi tío —añadió, al advertir la expresión incrédula que se plasmaba en el rostro del guerrero.

Steel no respondió. Observó fijamente a Palin, al parecer reflexionando sobre el asunto.

—El viaje será peligroso —continuó el mago—. No sólo tengo intención de abrir el Portal, sino que pretendo cruzarlo, entrar en el Abismo. Voy a buscar a mi tío. Tú puedes acompañarme o no, lo que prefieras, pero me parece —agregó como sin darle importancia— que te gustaría tener la oportunidad de hablar con tu reina en persona.

Un fuego repentino y abrasador pareció iluminar los negros ojos de Steel. Palin había dicho algo que había conseguido atravesar la fría armadura y llegar hasta la carne. Su contestación fue tan lacónica como era habitual en él.

—De acuerdo. Iremos a Palanthas.

Palin suspiró. Había ganado dos arduas batallas. Sabiéndose victorioso, ahora pudo entregarse al sueño. Estaba demasiado cansado incluso para ir a su habitación, así que recostó la cabeza en la mesa, y, cuando se hundía bajo el acariciante y tranquilizador oleaje del sueño, oyó una voz, apenas un susurro:

Bien hecho, jovencito. ¡Bien hecho!

Espero tu llegada.

12

La pretensión de Usha. Dalamar no está convencido. Un descubrimiento inesperado

Te aseguro que ha sido la comida más maravillosa que jamás he tomado —afirmó Tasslehoff Burrfoot—. Estoy realmente atiborrado.

El kender estaba recostado en la silla inclinada hacia atrás, con los pies sobre la mesa, al tiempo que examinaba las cucharas de plata. Eran unas cucharas en verdad extraordinarias, labradas con intrincados dibujos que Tas supuso eran elfos.

—Quizá son las iniciales de Dalamar —se dijo, soñoliento.

La verdad es que había comido demasiado, pero ¡todo estaba tan rico! Sus dedos acariciaron la cuchara amorosamente. Tenía intención de volver a ponerla sobre la mesa, pero, distraídamente, su mano la llevó al bolsillo de la camisa y la metió en él. Tas bostezó. ¡Qué comida tan deliciosa, de verdad!

Usha pensaba lo mismo, evidentemente. Estaba despatarrada en la silla, con las piernas extendidas, las manos sobre el estómago, la cabeza inclinada hacia un lado, y los ojos entrecerrados.

Se sentía abrigada y a salvo, y maravillosamente satisfecha.

—¡Creo que nunca había probado nada igual! —masculló, en medio de un bostezo.

—Ni yo —dijo Tas, que parpadeó, esforzándose por seguir despierto. Con el copete, tenía un aspecto que recordaba a un búho moñudo.

Cuando Dalamar y Jenna entraron en la estancia, tanto Tas como Usha les sonrieron, sumidos en el brumoso letargo del hartazgo.

Los hechiceros intercambiaron una mirada conspiradora. El elfo oscuro hizo un rápido examen de la habitación, catalogando su contenido con rapidez.

—Sólo falta una cuchara —comentó—, y hemos dejado al kender solo en esta habitación durante más de una hora. Creo que debe de ser una especie de récord. —Alargó la mano y sacó el cubierto de plata del bolsillo de Tas.

—La encontré en el suelo —dijo Tasslehoff, sin saber realmente lo que decía ni lo que hacía, y se lanzó a recitar toda una letanía de disculpas kenders—: Se coló en mi bolsillo por casualidad. ¿Estás seguro de que es tuya? Creí que ya no la querías. Te marchaste y la dejaste aquí. Iba a lavarla antes de devolvértela.

—Gracias —dijo Dalamar, que puso de nuevo la cuchara en la mesa.

—De nada. —Tas sonrió y cerró los ojos.

El elfo oscuro se volvió hacia Usha que, sonriendo tontamente, lo saludó agitando la mano.

—Excelente comida.

—Gracias. Creo que traías una misiva para mí.

—Oh, sí. Aquí está. En alguna parte. —Usha metió la mano en uno de los bolsillos del pantalón de seda. Sacó un rollo de pergamino y lo agitó alegremente en el aire.

—¿Qué pusiste en la sidra, cariño? —susurró Jenna a Dalamar. Cogió el pergamino y lo examinó con cuidado—. ¿Es esto, pequeña? ¿Estás segura?

—No soy tu pequeña —replicó Usha, enfadada—. No eres mi madre y tampoco eres mucho mayor que yo, así que deja de darte tantos aires, señora.

—¿Y de quién eres hija? —preguntó Dalamar con aparente indiferencia mientras aceptaba la misiva que le tendía Jenna.

No la abrió enseguida, sino que se quedó mirando a Usha fijamente, buscando alguna semejanza entre la joven y su *shalafi*, un hombre al que había admirado y querido, temido y odiado.

Usha lo miró a través de los párpados entrecerrados.

—¿De quién crees que soy hija?

—No lo sé —contestó Dalamar, que tomó asiento en una silla cerca de Usha—. Háblame de tus padres.

—Vivíamos en las Praderas de Arena —empezó la joven.

—No es cierto. —La voz del elfo oscuro era cortante y Usha tuvo la impresión de que le cruzaba la cara como un latigazo—. No me mientas, muchacha.

Usha dio un respingo, se sentó más derecha en la silla y lo miró con desconfianza.

—No estoy mintiendo...

—Ya lo creo que sí. Estos objetos mágicos —Dalamar echó la bolsa sobre el regazo de Usha— son de manufactura irda. Los reconozco. —Alzó la carta—. Sin duda, esto me cuenta la verdad...

—No, no lo hace —replicó Usha. Empezaba a dolerle mucho la cabeza, tenía la lengua seca y la sentía como hinchada y entorpecida. Ya no le gustaba este sitio, ni el mago vestido de negro. Había llevado a cabo el encargo, y era hora de que se marchara—. Sólo es la historia acerca de una piedra. No sé por qué pensó Prot que eso era importante. —Recogió sus bolsas y se incorporó, tambaleándose un poco—. Y ahora, puesto que he entregado la carta, me marcho. Gracias por la cena...

Se interrumpió. La mano de Jenna estaba sobre su hombro.

—No hay camino de salida —dijo Dalamar mientras se daba golpecitos en los labios con el pergamino enrollado—, a menos que *yo* te lo proporcione. Por favor, siéntate, Usha. Serás mi invitada durante un tiempo. Y el kender, también. Bien, eso está mejor —dijo cuando la joven se sentó de nuevo. Luego siguió con un tono agradable, peligroso—: Ahora, háblame de tus padres.

—No sé nada —dijo Usha, alarmada, desconfiada—. De verdad. Era una huérfana, y los irdas me acogieron y me criaron desde que era un bebé.

Jenna se sentó en el brazo del sillón de Dalamar.

—Tuvieron que decirte algo.

—No lo hicieron. —La actitud de Usha era evasiva—. Pero me las ingenié para descubrir algo por mi cuenta. ¿Habéis oído hablar del *Valum*?

—El *Valin* —corrigió Tasslehoff. La curiosidad y el sueño se lo disputaban en una encarnizada batalla. Bostezando, se pellizcó para mantenerse despierto—. La palabra es *Valin*...

—Ya lo sé —replicó la joven bruscamente mientras lanzaba al kender una rápida y funesta mirada. Se volvió hacia Dalamar, exhibiendo una amplia sonrisa—. El *Valin*, por supuesto. Debe de ser por la sidra, que me hace pronunciar mal las palabras.

El elfo oscuro no hizo ningún comentario y apretó la mano a Jenna para hacerla callar cuando la mujer iba a decir algo.

—En fin —continuó Usha—, una noche, cuando se suponía que debería estar durmiendo, oí a alguien entrar en nuestra casa. Los irdas casi nunca tienen compañía, así que bajé sigilosa de mi cama para ver quién era. El visitante era un hombre a quien los irdas denominan el Dictaminador. Él y Prot estaban hablando, ¡y lo hacían acerca de mí! Naturalmente, me quedé a escuchar.

»Dijeron montones de cosas que no comprendí, algo sobre el *Valin* y de cómo mi madre, que había sido una irda, dejó a su pueblo y viajó por el mundo. Y que conoció a un joven hechicero en una taberna que había junto a un bosque encantado. Unos matones la acosaron en esa taberna, y el mago y su hermano mayor...

—Su hermano gemelo —intervino Tasslehoff, pero sus palabras se perdieron en un prodigioso bostezo.

—... salieron en su defensa, y el mago vio la cara a mi madre y pensó que era la mujer más hermosa que había visto en su vida. Y ella lo miró a él y el *Valin* tuvo lugar entre los dos y...

—Explica qué es el *Valin* —pidió Dalamar en voz queda.

—Dijiste que sabías lo que era. —Usha tenía fruncido el ceño.

—No —contestó suavemente el elfo oscuro—. Fuiste tú quien dijo que lo sabía.

—¡Yo sé lo que es! —gritó Tas, que se sentó derecho y agitó las manos en el aire—. ¡Dejadme que lo diga!

—Gracias, Burrfoot, pero preferiría oír la versión irda de la historia —dijo Dalamar fríamente.

—Bien, pues... el *Valin* es... algo que ocurre... entre un hombre y una mujer —empezó Usha, ruborizada hasta las orejas—. Eh... hace que... que se junten. Supongo que eso es lo que sucede. —Se encogió de hombros—. El Protector nunca me habló mucho sobre eso, salvo para decir que no podría ocurrirme a mí.

—¿Y por qué no? —preguntó el elfo oscuro.

—Porque soy humana en parte —contestó Usha.

—¿De veras? ¿Y quién es tu padre?

—El joven mago de la historia —dijo la muchacha sin pensarlo—. Se llama Raistlin. Raistlin Majere.

—Os lo dije —comentó Tasslehoff.

Dalamar frunció los labios y se dio golpecitos con el borde del pergamino. Miró a Usha durante tanto tiempo, en silencio, que la joven se puso nerviosa e intentó apartarse de la mirada de aquellos ojos insondables. Al cabo, el elfo oscuro se levantó bruscamente y se acercó a la mesa. Usha lanzó un suspiro de alivio, sintiéndose como si la hubieran sacado de nuevo de la celda de la cárcel.

—Éste es un excelente vino —dijo Dalamar, alargando la mano hacia la botella de cristal—. Deberías probar un poco. Jenna, ¿me ayudas a servir a nuestros invitados?

—¿A qué viene esto? —le preguntó en voz baja la mujer cuando estuvo a su lado—. ¿Qué ocurre?

Dalamar vertió el vino dorado en copas de cristal.

—No le creo —respondió en un susurro—. Está mintiendo.

—¿Qué has dicho? —preguntó a voces Tasslehoff al tiempo que metía la cabeza entre los dos—. No oí eso último.

Irritada, Jenna metió la mano en un saquillo colgado del cinturón, sacó un puñado de arena, y se lo echó al kender a la cara.

—*Drowshi* —ordenó.

—¡Aaaachís! —Tasslehoff no había acabado de soltar el estornudo cuando suspiró con satisfacción, se desplomó sobre la mesa y se quedó profundamente dormido.

—Esa historia que ha contado, no la creo —repitió Dalamar—. La ha sacado del kender. Fue un error dejarlos solos a los dos.

—Pero los ojos dorados...

—Es posible que todos los irdas los tengan así —replicó el elfo oscuro—. ¿Cómo vamos a saberlo? Nunca he visto a uno. ¿Y tú?

—No seas tan brusco, querido —dijo Jenna, con gesto animoso—. Por supuesto que nunca he visto a un irda. Nadie en Ansalon lo ha visto. ¿Qué dice la carta?

Dalamar, de mal humor, quitó la cinta de seda que ataba el pergamino, lo desenrolló y echó una ojeada por encima. Resopló con desdén.

—Parece ser la historia de la creación del mundo. No, querida, no es probable que encontremos la respuesta aquí.

Arrojó la misiva sobre la mesa, donde estaba recostado Tasslehoff, roncando suavemente. Tenía granos de arena pegados a su canoso copete.

Dalamar limpió la arena que había caído sobre el mantel de encaje.

—Pero puede que haya un modo de saber la verdad.

—Comprobar si la chica posee el don —sugirió Jenna, que supuso lo que estaba pensando. Cogió la carta y empezó a leerla con más detenimiento—. Ocúpate tú de ello mientras leo esto hasta el final. Tiene que decir algo importante, o los irdas no te lo habrían enviado.

Dalamar se volvió hacia Usha, que ahora estaba hecha un ovillo en la silla, con la cabeza apoyada en el brazo y casi dormida.

El hechicero la sacudió por el hombro.

—¿Eh? ¿Qué quieres? Déjame en paz. —Usha se retorció, intentando cubrirse la cara con los cojines.

Dalamar apretó los dedos con fuerza sobre el hombro de la chica.

—¡Ay! —Usha se sentó y lo miró ferozmente—. Me haces daño.

Lentamente, el elfo oscuro la soltó.

—Si de verdad eres hija de Raistlin Majere...

—Lo soy —dijo ella con altiva dignidad.

—Entonces debes de haber heredado alguna de sus habilidades en el arte.

—¿Qué arte? —Usha lo miró con desconfianza.

—El arte arcano. La magia. Raistlin fue uno de los hechiceros más poderosos que ha habido en Ansalon. El talento mágico es un don que se hereda, generalmente. El sobrino de Raistlin, Palin Majere, ha heredado gran parte de la maestría de su tío. La hija de Raistlin debería poseer ese poder, sin lugar a dudas.

—Oh, y así es —contestó Usha, que se acurrucó entre los cojines.

—Entonces no te importará hacer una demostración de ese talento tuyo para Jenna y para mí.

—Lo haría, pero me está prohibido. Los irdas me advirtieron sobre ello, ¿sabes? Tengo demasiado poder. —Miró a su alrededor—. Odiaría destruir esta habitación tan bonita.

—Correré ese riesgo —dijo Dalamar secamente.

—Oh, no. Sería incapaz, de veras. —Usha lo miraba con los ojos muy abiertos, en una expresión de inocencia—. Prot me advirtió que nunca...

—¡Por Lunitari! —Jenna inhaló bruscamente—. Que la diosa de la luna roja nos asista. Si esto es verdad...

—Si es verdad ¿qué? —inquirió Dalamar, que se volvió hacia la maga.

—Debiste seguir leyendo, querido. —Jenna le tendía la carta—. Está casi al final. Los irdas tienen la Gema Gris.

Dalamar leyó rápidamente y después alzó la vista del papel.

—Dice que van a... —musitó—. ¿Qué sabes de esto, muchacha? —demandó, volviéndose hacia Usha.

Completamente despierta ya, la joven lo miraba perpleja.

—¿De qué? —preguntó.

Dalamar parecía una serpiente dormitando bajo un sol ardiente y brillante. Su voz suave, con su siseante deje elfo, resultaba sedante y embaucadora. Embrujaba a sus presas con sus modales corteses y su delicada belleza y, cuando las tenía totalmente cautivadas, las devoraba.

—¡No te hagas la tonta! —Pareció que se desenroscaba y se deslizaba hacia ella—. ¿Qué sabes de la Gema Gris? En este momento, señora, ahórrame tus embustes.

Usha tragó saliva y se humedeció los labios.

—No mentía —consiguió articular con un hilo de voz—. Y no sé nada sobre la Gema Gris. Sólo la vi una vez...

—¿Qué aspecto tiene?

—Era una gema... gris... —empezó.

Las perfiladas y negras cejas del hechicero se fruncieron en un gesto de desagrado, y los ojos almendrados relucieron.

Usha volvió a tragar saliva con esfuerzo y continuó rápidamente:

—Tenía muchas facetas, más de las que pude contar. Y emitía una especie de brillo grisáceo que mareaba. No me gustó su aspecto. Me producía una extraña sensación, como si quisiera echar a correr y hacer locuras que no tenían ningún sentido. El Protector dijo que era el efecto que causaba en los humanos...

—¿Y los irdas tenían intención de romper la piedra? —La voz de Dalamar era tensa.

—Sí —dijo Usha, encogiéndose entre los cojines del sillón para apartarse de la terrible intensidad de su mirada—. Por eso me enviaron lejos. El Dictaminador dijo que como era humana..., que como era en parte humana —se corrigió—, podría interferir con la magia...

—¿Y si han roto la Gema Gris? —preguntó Jenna—. ¿Cuáles serán las consecuencias?

—No lo sé, y dudo que haya alguien que lo sepa. Puede que ni siquiera los propios dioses. —Dalamar clavó la ardiente mirada en Usha—. ¿Sabes lo que ocurrió? ¿Viste algo antes de partir?

—Nada. A no ser... un resplandor rojizo en el cielo. Como un fuego. Yo... supongo que era la magia...

Dalamar no añadió nada más ni prestó atención a la joven, que tuvo la precaución de mantener la boca cerrada y seguir medio enterrada entre cojines con la esperanza de no llamar más la atención sobre ella. El elfo oscuro paseó de un lado a otro de la estancia varias veces. Jenna lo observaba, preocupada y nerviosa. Tasslehoff ya no dormía apaciblemente, sino que rebullía en sueños. Por fin, Dalamar tomó una decisión.

—Convocaré al Cónclave para mañana. Debemos partir hacia Wayreth de inmediato.

—¿Qué estás pensando?

—Que esto no me gusta nada —contestó el hechicero con gesto sombrío—. El tiempo tan raro que hace, el terrible calor, la inusitada sequía y otros sucesos chocantes. Puede que ésta sea la respuesta.

—¿Qué harás con la chica y con el kender? ¿Llevarlos con nosotros?

—No. Ya nos ha dicho todo lo que sabe. Si se corre la voz entre el Cónclave de que la hija de Raistlin anda suelta por Ansalon, se desataría un tumulto. No conseguiríamos llegar a nada positivo. Es mejor dejarla aquí, a buen recaudo y sin que hable con nadie. Al kender, también. Es amigo de Caramon Majere y podría irle con el cuento.

Los dos hechiceros se dirigieron hacia la puerta.

—¡Esperad! —gritó Usha, poniéndose de pie de un brinco—. ¡No podéis dejarme aquí! ¡No me quedaré! ¡Empezaré a gritar y alguien me oirá!

Jenna se volvió y echó un puñado de arena sobe Usha. La joven parpadeó, se frotó los ojos, y sacudió la cabeza con gesto aturdido.

—Os digo que no me quedaré...

—Resiste al efecto mágico —observó Jenna—. Qué interesante. Me pregunto si lo conseguirá por sí misma o si la protege algún tipo de ensalmo o talismán...

—Sea cual sea el caso, ahora no tenemos tiempo para eso.

Dalamar chasqueó los dedos. Usha se tambaleó y se desplomó entre los cojines. Se le cerraron los ojos.

Se abrió una puerta a la escalera espiral que giraba en torno a la pared del hueco central de la Torre de la Alta Hechicería. Los estrechos peldaños de piedra conducían, hacia arriba, al laboratorio, donde nadie, ni siquiera el Amo de la Torre, podía entrar, y hacia abajo, a las habitaciones donde vivían y estudiaban los aprendices; y aún más abajo, a la Cámara de la Visión. Dalamar cerró la puerta y echó la llave, que era de plata.

—Eso no detendrá al kender —comentó Jenna—. Y el hechizo de sueño se habrá pasado antes de que hayamos vuelto.

—Cierto, puede que la cerradura no lo detenga, pero esto, sí.

El hechicero pronunció palabras en un lenguaje frío y complejo. A su orden, dos ojos transparentes, incorpóreos, se materializaron en la oscuridad del hueco interior de la torre, una oscuridad que jamás había conocido la luz. El espectro se acercó al mago.

—Me has llamado, maestro. ¿Qué ordenas?

—Vigila esta habitación y no dejes entrar ni salir a nadie. Si los dos que están dentro lo intentan, no les hagas daño. Simplemente impide que escapen.

—Eso dificulta mi tarea —dijo el espectro—, pero obedeceré tu orden, maestro.

Dalamar empezó a pronunciar las palabras del conjuro que los llevaría por los caminos de la magia hasta la distante Torre de la Alta Hechicería de Wayreth. Jenna no se acercó de inmediato a él, sino que se quedó inmóvil mirando la puerta, al espectro apostado en una guardia continua. El elfo oscuro interrumpió el hechizo.

—Vamos —instó, enfadado—. No tenemos tiempo que perder.

—¿Y si decía la verdad? —preguntó Jenna con voz queda—. Podría ser lo bastante poderosa para escapar incluso del espectro.

—Ni siquiera tuvo recursos para evitar que la atraparan por robar comida —replicó Dalamar, irritado—. O es excepcionalmente astuta o es una pobre necia mentirosa.

—¿Y por qué iba a mentir? ¿Qué puede ganar con pretender que es una hechicera? Tiene que saber que descubriríamos la verdad.

—Pero no la hemos descubierto, ¿verdad? Los irdas son listos, y su magia, poderosa. ¿Quién sabe lo que planean? Puede que la hayan enviado para espiar, y sabían que la única forma de entrar aquí era afirmando ser lo que no es. Lo descubriré cuando tenga tiempo para hablar con ella largo y tendido. Opino que miente, que tiene tan poco poder mágico como el kender. Aun así, si no te fías de mi criterio...

—Claro que sí, amor mío —dijo Jenna, que se apresuró a ir junto al hechicero. Echó la cabeza hacia atrás para que la besara—. Es de otras partes de ti de las que desconfío.

Dalamar la besó, condescendiente, aunque saltaba a la vista que tenía la cabeza en otras cosas más urgentes.

—Siempre te soy fiel, querida. A mi modo.

—Sí. —La mujer soltó un suspiro—. A tu modo. Lo sé.

Con las manos enlazadas, pronunciaron juntos el conjuro y desaparecieron en la oscuridad.

Encerrados en la habitación de la torre, Usha y Tasslehoff dormían bajo los efectos de los encantamientos. Usha tuvo sueños en los que había fuego, sueños que la asustaron, pero de los que no pudo despertar.

Tasslehoff tuvo sueños de kenders, lo que significa que aunque estaba dormido sus manos no descansaban. Sus dedos se cerraron sobre el mango de la cuchara de plata y, sin despertarse, se metió el cubierto en el bolsillo.

—Supongo que la dejaste caer al suelo —murmuró.

13
El asedio de Kalaman

Era de madrugada en Kalaman, una bulliciosa ciudad portuaria en la costa septentrional, al este de Palanthas. Kalaman no era tan grande como Palanthas ni tan refinada, pero —como a los kalamitas les gustaba presumir— tenía más sentido común. Indudablemente, esto se debía a la pujante y cada vez más numerosa clase media que se había hecho más rica y poderosa desde la Guerra de la Lanza. Palanthas era una ciudad de grandes señores y nobles damas, de caballeros y de magos. Kalaman era una ciudad de comerciantes y artesanos, con un gobierno gremial que actuaba bajo la supervisión de un gobernador elegido por los miembros de los gremios.

Cualquier hombre o mujer, elfo, humano, enano o gnomo que poseyera un negocio, pertenecía a un gremio. Había el Gremio de Plateros, el de Espaderos, el de Posaderos, el de Cerveceros, el de Costureras, el de Sastres, el de Zapateros, el de Joyeros, y un centenar más, incluido el único gremio de todo Ansalon dirigido por kenders: el Gremio de Halladores. Cualquiera que hubiera perdido alguna cosa en Kalaman iba de inmediato al Gremio de Halladores.

La ciudad tenía su propia milicia, compuesta por una mezcla de mercenarios contratados y ciudadanos que estaban al mando de soldados veteranos. Los mercenarios no eran los habituales aventureros camorristas, bien dispuestos a ayudar a cualquiera a combatir goblins por el precio de un pellejo de vino, e igualmente bien dispuestos a ayudar a los goblins a combatir a cualquiera por la misma paga. A todos los mercenarios contratados para luchar por Kalaman se les daba una casa en la misma ciudad como parte de su sueldo. Tenían su propio gremio, así como derecho a voto. En consecuencia, los mercenarios que aceptaban el trato muy pronto se habían convertido en ciudadanos que tenían intereses en la ciudad y que estarían más que dispuestos a combatir por ella.

La milicia de Kalaman era leal, estaba adecuadamente entrenada y sus componentes eran tan aguerridos como podía esperarse de ellos. Pero no tenían ninguna posibilidad contra lo que se les venía encima.

El sol matutino asomó por detrás de la muralla oriental. Los gallos le dieron la bienvenida; la mayoría de los ciudadanos todavía estaban durmiendo. Los centinelas del puerto, a punto de acabar su turno y esperando el relevo, bostezaban y pensaban en sus camas con anhelo.

—Barco a la vista —dijo uno—. ¿Se espera alguna llegada a esta hora?

El otro consultó el registro diario.

—Podría ser el *Dama Juana* procedente de Flotsam. Mandó aviso de que venía a recoger esa carga de grano, pero, si es así, llega temprano. No lo esperábamos hasta mediodía, por lo menos.

—Habrá tenido viento a favor —dijo el primero. Se volvió y vio venir al reemplazo por el paseo entablado. Cuando giró de cara al mar de nuevo, parpadeó y se quedó mirando fijamente. Una segunda vela asomaba de pronto en el horizonte.

—Qué raro. Ahí viene otro barco. Y otro más. —La preocupación alteró el tono de su voz—. ¡Por Hiddukel, es una flota! ¡Pásame el catalejo!

El otro centinela se lo dio y buscó uno para él.

—Cuatro, cinco y seis —contó el primer centinela, asombrado—. Barcos negros, con proas en forma de cabeza de dragón. Nunca había visto algo semejante. ¿Qué bandera hacen ondear?

—De momento, ninguna. —El hombre estaba intranquilo—. Esto no me gusta. Creo que deberíamos dar la alarma.

—Espera hasta que estemos seguros. Siete, ocho.

Las naves, con sus grandes velas, se deslizaban rápidas por el mar en calma, que el sol saliente teñía de rojo. El viento soplaba a favor de los barcos hoy; llevaban desplegadas todas las velas y avanzaban a buen ritmo.

—¡Mira! El barco insignia ha desplegado la bandera. Es una calavera y un lirio de la muerte. Haz sonar la alarma. Enviaré a Hayes a informar al gobernador.

El tañido de la campana del puerto repicó sobre el agua, levantó ecos en los edificios de primera línea de la costa, despertó a los que vivían cerca del puerto. La alarma se repitió en otras campanas de la ciudad que había en las casas gremiales y en los templos dedicados a los distintos dioses de Krynn. El gobernador, que se había levantado al oír la alarma, llegó corriendo al puerto mientras se metía los faldones de la camisa en los pantalones.

Para cuando llegó al puesto de vigía, pudo ver a los dragones.

Volaban sobre los barcos, que ahora eran dieciséis, en una formación regular de tres filas, y batiendo las alas al compás. Todavía estaban lo bastante lejos para parecer negros en contraste con el cielo iluminado por el sol, pero de vez en cuando se veía el destello de escamas azules. La imagen de los dragones volando en lo alto y los barcos abajo, navegando por el mar, ofrecía un espectáculo en cierto modo hermoso, de una belleza mortífera. Unas cuantas embarcaciones pequeñas, viendo lo que se les venía encima, huían ya del puerto a toda vela, buscando la seguridad de mar abierto.

—Convocad a la milicia —ordenó el gobernador. Era un semielfo, platero de profesión, que llevaba tres años en el cargo.

—Quizá no se dirijan aquí —aventuró uno de los centinelas, esperanzado—. Tal vez estén de camino a Palanthas.

—Vienen aquí —dijo el gobernador sombríamente, bajando el catalejo por el que había estado mirando. Había tomado parte en la Guerra de la Lanza y sabía interpretar las señales. También sabía a lo que estaban a punto de enfrentarse las gentes de Kalaman. No era un hombre muy devoto, pero ahora musitó una plegaria a todos los dioses que pudieran estar escuchándolo.

El gobernador actuó con rapidez. Tenían una posibilidad, aunque pequeña: las defensas del puerto. Tras la Guerra de la Lanza, habían sido montadas y reforzadas. Las dos grandes catapultas y las cuatro balistas estaban manejadas por expertas dotaciones, y todas se hallaban orientadas hacia la bocana del puerto. Estas armas eran el orgullo de la milicia, y se les daba un buen mantenimiento.

Naves antorcha, cuyas cubiertas de madera, así como los mástiles, se habían empapado de aceite, estaban preparadas para zarpar hacia la bocana del puerto. Unos tripulantes osados les prenderían fuego y permanecerían en las ardientes embarcaciones el mayor tiempo posible, llevándolas hacia una llameante destrucción contra la flota enemiga.

Las campanas de la ciudad seguían repicando a un ritmo enloquecido, frenético. Los hombres corrían hacia sus puestos. Las mujeres sacaban agua de los pozos y llenaban cubos, abrevaderos y cualquier cosa que pudiera contener líquido, para utilizarla en la extinción de incendios. Los niños fueron enviados a los sótanos y se les dijo que fueran valientes.

El gobernador vio que las naves con cabeza de dragón aminoraban la velocidad; las vio arriar velas y echar el ancla. Se sintió invadido por la esperanza, que de inmediato frustró un mensajero que traía a la rastra a una asustada y joven granjera.

—¡Un ejército, señor! —jadeó la joven—. ¡Un ejército de gigantes azules que vienen hacia aquí! Pasaron por nuestra granja y prendieron fuego a los edificios. Mi padre ha..., ha muerto. —La emoción la embargaba, ahogándole la voz, pero consiguió contener el llanto—. Cabalgué tan deprisa como pude. Vienen detrás de mí, a pie.

—¿Hombres azules? ¿Gigantes? —El gobernador sospechaba que la pena había hecho enloquecer a la chica—. Cálmate, muchacha, y cuéntame lo ocurrido paso a paso. Que alguien le traiga una copa de vino.

—Os digo, señor, que esos hombres eran tan altos como nuestra casa —insistió la joven mientras sacudía la cabeza—. Van en cueros, y llevan el cuerpo embadurnado con pintura azul. Ellos...

Un soldado llegó a caballo, desmontó rápidamente y corrió hacia el apiñado grupo.

—Gobernador, el general dice que le comunique que se ha divisado un ejército que avanza por la calzada principal. Transportan máquinas de asedio, señor. ¡Van tiradas por un tipo de bestias enormes que nos resultan desconocidas!

El gobernador interrumpió sus plegarias.

La primera oleada del miedo al dragón se descargó sobre la dotación de la muralla. Las sombras de alas de dragones azules se deslizaron sobre la ciudad.

Era mediodía. Lord Ariakan se encontraba a bordo de la nave insignia, rodeado por sus oficiales, observando el asedio a Kalaman a través de un catalejo. Se enviaban señales con banderas de manera continua, transmitiendo las órdenes de Ariakan al resto de la flota y a los oficiales en tierra firme.

Ariakan sudaba bajo la pesada armadura. El sol caía a plomo sobre el barco y se reflejaba en el agua. El calor no le importaba. Sabía que las gentes de Kalaman estaban sudando mucho más que él, porque sudaban de miedo.

Los dragones sobrevolaban la ciudad en círculo, sin atacar, dejando que el terror que generaban hiciera que los hombres abandonaran las murallas empujados por el pánico. De vez en cuando, un dragón azul lanzaba un rayo y derribaba la torre de una casa gremial o prendía fuego a un almacén, pero los reptiles tenían órdenes de no atacar.

Las legiones de cafres llegaron al pie de las murallas

de la ciudad y la rodearon de seis en fondo, sus cuerpos azotando las murallas como un salvaje océano viviente. Instalaron las máquinas de asedio con impunidad, pues en las murallas quedaban pocos que intentaran hacerles frente. Los cafres golpearon sus espadas contra los escudos, gritaron amenazas en su tosco lenguaje, y dispararon flechas a cualquiera que fue lo bastante valiente o lo bastante necio para dejarse ver. Pero eso fue todo. Ellos, también, aplazaron el ataque.

La flota permanecía en mar abierto, a excepción de dos fragatas que habían sido enviadas para ocuparse de las defensas del puerto. Cuando estaban cerca de la bocana, la primera batería de balistas abrió fuego contra la fragata que iba a la cabeza y la alcanzó en el centro, pero por encima de la línea de flotación. Su tripulación se puso a reparar los daños, y siguió avanzando a buen ritmo. Las catapultas dispararon, y fallaron los dos tiros. Las fragatas enfilaron veloces a la bocana del puerto y se enfrentaron a los barcos antorcha que en ese momento empezaban a arder. Dos dragones azules sobrevolaron en círculo la muralla del puerto, a poca altura, y derribaron las armas emplazadas, que cayeron al agua; los que las manejaban saltaron a las espumeantes aguas.

La única batería de balistas situada en el extremo opuesto abrió fuego contra los dragones mientras pasaban volando. No acertaron a ningún dragón, pero uno de los jinetes salió lanzado por el costado de su montura y cayó a las aguas del estuario.

Las fragatas amarraron los barcos antorcha con largos cabos de arrastre y empezaron a sacarlos de la bocana del puerto para dejarlos que ardieran en mar abierto. Los valerosos equipos de las balistas, temerosos de la ira de los dragones, huyeron a la ciudad propiamente dicha.

A media tarde, Ariakan pensó que la ciudad había sudado más que suficiente. Hizo llamar a su heraldo, le dio unas órdenes, y lo envió, portando una bandera de tregua, a Kalaman.

El enviado cabalgó hasta las puertas de la ciudad, con

la bandera blanca ondeando sobre su cabeza. Iba escoltado por tres caballeros que no llevaban ni armadura ni armas, para demostrar que no intentaban ninguna acción violenta. La ciudad rehusó abrir las puertas para dejar entrar al enviado, pero el gobernador aceptó parlamentar desde lo alto de la muralla. Estaba a plena vista y al alcance de un disparo de arco, un acto de valor por el que los caballeros negros que acompañaban al heraldo saludaron al semielfo con respeto.

—¿Qué queréis, secuaces del Mal que atacáis sin motivo a una ciudad pacífica? —demandó el gobernador.

—Venimos a exigir la rendición de Kalaman al poderoso Ariakan, lord Caballero de Takhisis, que pronto gobernará todo Ansalon.

—Otros servidores de Takhisis se han jactado de lo mismo en el pasado, y ahora la están sirviendo en el Abismo, que es a donde enviaría a tu señor. —El gobernador hablaba con audaz aplomo para levantar el ánimo de aquellos de sus hombres que habían tenido bastante coraje para resistir el miedo al dragón. Pero no se sentía intrépido, ni mucho menos. Estaba abrumado por la desesperación. Kalaman no tenía la menor esperanza de resistir ante un enemigo tan numeroso que venía por tierra, mar y aire—. Oigamos vuestras condiciones —añadió con gesto severo.

El heraldo empezó a enunciarlas:

—Los habitantes de Kalaman depondrán las armas, abrirán las puertas de la ciudad y permitirán la entrada de lord Ariakan y sus tropas. Jurarán lealtad a lord Ariakan como sus vasallos. Los hombres en edad de combatir habrán de presentarse en la plaza de la ciudad, donde se les ofrecerá la oportunidad de unirse a las filas de las fuerzas de lord Ariakan. Aquellos que no quieran unirse, serán hechos prisioneros.

»Si aceptáis las condiciones de lord Ariakan, no se causará el menor daño a vuestra ciudad. Dejará en paz a vuestras mujeres y a vuestros hijos. Si no aceptáis sus condiciones y os empeñáis en impedir la entrada en la ciudad a lord Ariakan, jura que arrasará los edificios, vuestras casas arderán hasta los cimientos, los hombres serán hechos esclavos, las mujeres entregadas a los bárbaros para su recreo, y los niños asesinados ante los ojos de sus madres.

»Lord Ariakan os da de plazo hasta la puesta de sol para que consideréis sus condiciones.

—¿Cómo sabremos que el tal lord Ariakan mantendrá su palabra?

—Lord Ariakan es un Caballero de Takhisis —replicó el heraldo con orgullo—. Su palabra es sagrada. Os hace esta promesa: rendíos y tendréis paz. Luchad y os sobrevendrá la destrucción.

El heraldo se alejó al galope, seguido por la guardia de honor de los caballeros. El gobernador descendió de la muralla y fue a consultar con los jefes de gremio. Los dragones azules sobrevolaban en círculo la ciudad, reduciendo a cenizas el valor que pudiera quedar en Kalaman.

—Si existe la menor posibilidad de que el tal Ariakan mantenga su palabra —les dijo el gobernador a los hombres de los gremios—, debemos aprovecharla. De otro modo, sentenciaremos a nuestro pueblo a la muerte o a un destino aún peor.

Los jefes de gremio accedieron a regañadientes.

Lord Ariakan tuvo su respuesta mucho antes de que el sol se pusiera.

Las puertas de la ciudad se abrieron, y las tropas entraron en ella. La gente esperaba, temerosa de recibir malos tratos, ser víctima de la brutalidad o acabar asesinada.

Los hombres físicamente capacitados fueron rodeados y llevados a la plaza de la ciudad, donde uno de los oficiales de lord Ariakan les dirigió una arenga acerca de la gloria y los honores que aguardaban a quienes se unieran a las filas de Takhisis. No se apuntó ni un solo hombre. Entonces fueron encadenados y maniatados con grilletes y se los llevaron, algunos para servir en los barcos negros, y otros a trabajar talando árboles con los que se construirían balsas que transportarían a las fuerzas de Ariakan por el río.

Al resto de los ciudadanos de Kalaman se les dijo que regresaran a sus casas.

La flota de Ariakan recaló en puerto, y él entró en la ciudad con poca fanfarria y se puso de inmediato a trabajar. Sus caballeros patrullaron las calles.

Al día siguiente, los ciudadanos de Kalaman despertaron con miedo, pero vieron que los dragones se habían marchado, que el ejército de bárbaros pintarrajeados de azul había desaparecido, y que la ciudad seguía intacta. El mercado abrió, siguiendo órdenes de lord Ariakan. A los tenderos se les dijo que abrieran los comercios y empezaran a trabajar como siempre.

Aturdidos, incrédulos, los vecinos comenzaron a ocuparse de sus asuntos poco a poco. La única diferencia visible entre el nuevo día y el anterior era la presencia de los caballeros de armadura negra patrullando por las murallas y por las calles de la ciudad. Aquí y allí, una esposa lloraba por el marido hecho prisionero; un niño sollozaba por el padre ausente; una madre lamentaba al hijo perdido; pero eso era todo.

Kalaman había caído sin apenas un quejido.

Ariakan, sentado tras su escritorio en la mansión del gobernador, desenrolló un mapa y su mirada se detuvo en Palanthas.

Al resto de los ciudadanos de Kalamur se les dijo que esperaran en sus casas.

[illegible]

14

La rueda gira. La rueda se detiene. La rueda vuelve a girar

Aquella tarde, antes del ocaso, Caramon y Tika enterraron a sus dos hijos.

En Solace era costumbre plantar un vallenwood joven por cada nueva tumba. De este modo, se creía, el alma del muerto entraba en el árbol y en consecuencia nunca moría realmente. Ésta era una razón por la que los vallenwoods eran sagrados para la gente de Solace, una razón por la que jamás se cortaba un árbol vivo.

Tanin y Sturm Majere serían enterrados en una pequeña parcela familiar que se veía desde la posada El Último Hogar. En ella descansaba Otik, anterior propietario de la posada y amigo de toda la vida de Tika y de Caramon. En ella, algún día, también descansarían ellos dos, cuando dejaran atrás este mundo con sus preocupaciones y tristezas. Jamás se les había pasado por la cabeza que dos de sus hijos los precederían.

Caramon empezó a cavar la tumba solo, pero enseguida se corrió la voz por Solace y no pasó mucho tiempo antes de que un vecino viniera a ayudarlo, luego otro, y otro, hasta que todos los hombres de la ciudad se encontraron allí para echar una mano. Trabajaron bajo el calor, por turnos, parándose para descansar a la sombra que, a causa del incesante y ardiente viento, no ofrecía mucho alivio. Los hombres cavaban la tumba en silencio, ya que habían expresado sus condolencias al llegar. En general, hicieron caso omiso de Porthios y de sus elfos, que estaban de guardia alrededor de la posada, donde su reina yacía, dando a luz. Los elfos, en general, hicieron caso omiso de los vecinos.

También acudieron las mujeres de Solace y llevaron de regalo comida y ropas de bebé, ya que se había corrido la voz del inminente nacimiento. Tika guardó las ropitas para dárselas a Alhana en secreto antes de que la realeza elfa exiliada partiera para seguir con sus intentos de recuperar sus tronos, y lograr paz y estabilidad para las naciones elfas. Tika era consciente de que Porthios jamás aceptaría los «desechos» de ropas en desuso de los humanos, pero, como le dijo a Dezra:

—Los padres sólo poseen lo que llevan puesto. ¿Con qué van a vestir al pobre bebé? ¿Con hojas?

Tika trabajó sin parar todo el día, negándose a hacer un alto para tumbarse o descansar un rato. Había mucho que hacer, con un bebé a punto de nacer, clientes que llegaban a la posada y parroquianos locales a los que dar de comer.

—Dejaré a un lado las lágrimas por hoy —le dijo a Dezra—. Los dioses saben que seguirán estando aquí mañana. En cuanto al dolor en mi corazón... estará ahí siempre.

Palin durmió durante todo el día. Su sueño era tan profundo que, cuando su padre cogió en brazos su cuerpo desmadejado de la mesa y lo llevó a su cuarto, el joven mago ni siquiera rebulló. Steel también durmió en una habitación de la parte trasera de la posada, con la espada a mano y el peto de la armadura montando guardia contra la puerta. El caballero había resistido todos los intentos de convencerlo para que descansara, hasta que Tanis el Semielfo había hecho notar secamente que su negativa a confiar en ellos era un insulto a su honor.

—Cuando te acompañamos a la Torre del Sumo Sacerdote para rendir homenaje a tu padre, los dos prometimos protegerte con nuestras vidas, proteger al hijo de Sturm Brightblade. Es ofensivo por tu parte negarte a aceptar esa promesa.

Con gesto altanero, Steel se fue a la cama y se quedó dormido casi de inmediato.

Tanis pasó el día con Porthios, no porque disfrutara mucho con la compañía de su cuñado, sino porque la proximidad de tantos humanos estaba poniendo nervioso al señor elfo.

Fue un día de tensión y de tristeza. Uno de los hombres que estaba cavando la tumba sucumbió al calor, se desplomó y tuvo que ser llevado a la posada, donde estaban sentadas las mujeres, sudando y abanicándose mientras hablaban de la mala cosecha y preguntándose cómo iban a pasar el invierno. Los niños, que no entendían lo que estaba pasando, pero conscientes de que éste no era un día para jugar y meter ruido, permanecían cerca de sus madres.

Los elfos exiliados estaban en las ramas de los vallenwoods, montando guardia y soñando despiertos con sus patrias.

Y entonces, a la puesta de sol, empezó el funeral.

Palin, Tika y Caramon estaban de pie junto al clérigo de Mishakal, a la cabecera de la tumba. Tanis se encontraba cerca de ellos, pensando con cariño en su propio hijo, que, aunque vivo, estaba perdido para él.

Bajaron reverentemente los cuerpos de los dos hermanos, envueltos en sus mortajas de lino, a la sepultura en la que descansarían en paz juntos. El clérigo entonó una plegaria, y los vecinos pasaron en fila junto a la tumba abierta; algunos echaban en ella algún pequeño recuerdo y otros comentaban con afecto alguna hazaña de los hermanos, que se habían ganado el cariño de todos.

Cuando la pequeña ceremonia hubo concluido, los hombres empezaron a tapar la tumba, y entonces, para asombro de todos, llegó Porthios acompañado por un contingente de guerreros elfos. Con cortedad, dirigió unas palabras amables a Caramon y Tika, y a continuación, plantado junto a la sepultura, el señor elfo entonó un canto de duelo por los muertos. Aunque nadie entendía las palabras, la melodía triste, aunque esperanzada, arrancó lágrimas que mitigaban el acervo dolor de la pérdida, dejando sólo una dulce pena. Tika empezó a llorar entonces, acunada en los brazos de su esposo.

Porthios terminó la canción y se apartó. Los hombres cogieron palas y empezaron a tapar la tumba con tierra. Llegado este momento era costumbre echar flores a los cuerpos, pero hacía mucho que todas las flores se habían agostado por el calor. El montón de tierra que cubría a los dos caballeros fue apisonado con amoroso cuidado. El clérigo de Mishakal estaba a punto de elevar una última plegaria y dar la bendición, cuando la multitud que rodeaba la tumba se apartó a los lados de repente, ya que los presentes retrocedían con alarma.

Steel Brightblade se acercaba caminando entre ellos.

Ofendidos por la intrusión en estos momentos de pesar, los vecinos lo instaron a que se marchara. Porthios tenía un gesto ceñudo; los elfos, con las manos sobre las armas, cerraron filas en torno a su señor.

Steel no les prestó atención, y llegó hasta la cabecera de la tumba.

—Señor —dijo el clérigo de Mishakal con severidad—, tu presencia aquí no es bien recibida. Es un insulto a los muertos.

Steel no hizo comentario alguno. Se mantenía callado, serio y reservado, haciendo caso omiso del clérigo, los insultos y las amenazas. Llevaba en las manos un paquete que había ido atado en la narria en la que había transportado los cadáveres.

Caramon, perplejo, miró a su hijo. Palin se limitó a sacudir la cabeza; no tenía idea de lo que pasaba. En un incómodo silencio, todos observaron y esperaron para ver qué iba a hacer el caballero negro.

Steel se inclinó sobre una rodilla, desenvolvió el paquete, y lo extendió sobre la agostada hierba parda. Los últimos rayos del sol agonizante brillaron sobre la espada rota de Tanin, y al lado estaba el mango de la lanza rota de su hermano. Steel cogió las armas y las colocó, cuidadosamente, sobre la tumba. Luego, arrodillado y con la cabeza inclinada, empezó a entonar palabras en un lenguaje raro y desconocido.

El clérigo de Mishakal se acercó presuroso a Tanis y le tiró de la manga.

—¡Deténlo! —instó—. ¡Está lanzando algún tipo de conjuro maligno sobre los muertos!

—No, en absoluto —dijo Tanis en voz queda, los ojos llenos de lágrimas y el corazón, de recuerdos—. El lenguaje que habla es solámnico. Está recitando el salmo funerario de los Caballeros de Solamnia.

Devuelve a este hombre al seno de Huma,
más allá del cielo imparcial;
concédele el descanso del guerrero,
y guarda el último destello de sus ojos,
libre de la asfixiante nube de la guerra,
sobre las antorchas de las estrellas.
Permite que la última bocanada de su aliento,
se refugie en el tibio aire,
por encima de los sueños de las aves de rapiña, donde
sólo el halcón recuerda la muerte.
Pronto se alzará la sombra de Huma,
más allá del cielo imparcial.

Todos guardaron silencio hasta que hubo terminado. Entonces Steel se incorporó, sacó su espada e hizo el saludo de los caballeros. Se llevó la empuñadura de la espada a los labios y extendió el arma hacia afuera en un amplio arco. Tras hacer una reverencia formal a la estupefacta familia, el paladín oscuro giró sobre sus talones y avanzó, lenta y altivamente, entre la multitud, que se apartó a su paso con asombrado temor.

En su camino, Steel hizo un alto delante de Porthios. Una sonrisa burlona jugueteó en los labios del caballero negro.

—No pierdas el sueño por una guerra civil entre las naciones elfas, señor. Muy pronto, Qualinesti y Silvanesti estarán unidas... bajó el tacón de la bota de lord Ariakan.

Porthios desenvainó la espada. Tanis, que había previsto algún problema, se movió rápidamente para detenerlo.

—Piensa dónde estás hermano. Piensa en Alhana —le

rogó, hablando en elfo—. Sólo son baladronadas propias de la fogosa juventud. Ya has pasado por lo mismo antes. No hagas caso.

Probablemente Porthios no habría hecho mucho caso a sus palabras, pero en ese momento un débil plañido —el llanto de un recién nacido— tremoló en el aire. Lanzándole una última mirada funesta, Porthios apartó a Steel con el hombro y se dirigió presuroso hacia la posada. Su escolta de elfos también se marchó, no sin antes dirigir miradas asesinas al caballero negro.

Steel las soportó sin alterar aquella sonrisa burlona, y luego, volviéndose a medias, echó una ojeada sobre el hombro.

—Palin Majere, sigues siendo mi prisionero. Despídete de los tuyos, porque es hora de que partamos.

—¡Palin! —gritó Tika al tiempo que extendía las temblorosas manos hacia su hijo.

—No me pasará nada, madre —la tranquilizó el joven mago, que lanzó una mirada a su padre. Los dos habían acordado no decir nada a su madre acerca de lo que intentaba hacer—. Los magos pagarán el rescate y pronto estaré de vuelta en casa. —Se inclinó y la besó en la mejilla.

—Cuídate —le dijo Tika suavemente, la voz entrecortada, y entonces sobresaltó a Palin al añadir—: Raistlin no era del todo malo. Había algo de bueno en él. Nunca le tuve mucho aprecio, pero supongo que era porque no lo entendía. Quizás... —Se interrumpió, respiró hondo, y después dijo con tono tajante—: Quizás hagas bien al actuar así.

El joven la contempló sin salir de su asombro. Volvió a mirar a su padre, que se encogió de hombros.

—No he dicho nada, hijo.

Tika esbozó una triste sonrisa, y puso la mano sobre la de su hijo.

—Siempre sabía si estabas planeando alguna diablura, ¿recuerdas? Tú y tus hermanos... —Tragó saliva con esfuerzo. Las lágrimas brotaron de sus ojos—. ¡Que Paladine te acompañe, hijo mío!

—Ten cuidado, hijo —pidió Caramon—. Si puedo hacer algo...

—Gracias, padre. Gracias por todo. Adiós, madre.

Palin se dio media vuelta y se alejó deprisa, medio cegado por las lágrimas, pero había recobrado el dominio de sí mismo cuando llegó junto a Steel.

—¿Tienes todo lo que te hace falta? —preguntó el caballero.

Palin enrojeció. Sólo llevaba un saquillo de componentes de hechizos; estando en una categoría tan baja, no necesitaba más. Las ropas que tenía las llevaba puestas: la blanca túnica manchada con sangre y el polvo del camino. No tenía libros de hechizos, ni cajas de pergaminos. Pero en su mano llevaba el Bastón de Mago.

—Estoy dispuesto —dijo.

Steel asintió con la cabeza e hizo un cortés y frío saludo a Caramon y a Tika. Palin no volvió la vista atrás y echó a andar por la calzada. Los dos jóvenes desaparecieron en las sombras cada vez más largas.

Aquella noche, Caramon y Tika plantaron dos retoños de vallenwood en la tumba de sus hijos.

En la posada El Último Hogar, Alhana Starbreeze, exhausta por el largo parto, dormía. Porthios se había quedado a su lado. Cuando por fin se quedó dormida y todos los demás salieron de la habitación, él se inclinó y la besó con ternura.

Seguro de que su esposa y su hijo recién nacido se encontraban bien, Porthios regresó a la sala de la taberna y se sentó con sus guerreros. Planeaba unificar los reinos elfos aunque para ello tuviera que matar a todos los elfos de Ansalon.

Tanis salió de viaje hacia la Torre del Sumo Sacerdote para decirles a los caballeros, una vez más, lo que venía diciéndoles desde hacía cinco años: que las fuerzas de la Reina Oscura se habían puesto de nuevo en marcha.

Acostado en la cuna, envuelto en ropas de bebé humanas demasiado grandes para él, el recién nacido elfo parpadeó y miró a su alrededor con asombro a este extraño y nuevo mundo en el que se encontraba.

15

Steel jura vengarse. Palin oye la voz familiar. El viaje a Palanthas

Palin y Steel se reunieron con la hembra de dragón azul a cinco leguas al norte de Solace. Llamarada había pasado la noche en las ruinas de la ciudad de Xak Tsaroth. Como se rumoreaba que la frecuentaban espectros, la ciudad permanecía deshabitada, a excepción de enanos gullys y bandas errabundas de goblins y draconianos. Llamarada todavía se limpiaba los dientes de trocitos de carne de goblin cuando se reunieron con ella. Nunca, le dijo a su amo con desprecio, se comería un enano gully.

Bien alimentada y de nuevo en compañía de Steel, Llamarada estaba de buen humor. Mientras el caballero negro estudiaba en un mapa su ruta hacia el norte, Llamarada se divirtió tratando de intimidar a Palin, que ya estaba afectado por el miedo al dragón. Desplegó sus enormes alas y las batió suavemente para refrescarse a sí misma y a su amo. Cuando Steel protestó porque la brisa agitaba el mapa y le resultaba difícil leer, Llamarada se permitió tener un acceso de furia, hincó las garras en el suelo, lo desgajó e hizo que saltaran grandes pedazos de tierra y hierba parda; agitó la cola de lado a lado maliciosamente y sacudió la cresta. Y, mientras hacía todo esto, observaba a Palin con sus rojizos ojos de reptil, a través de los párpados entrecerrados, para ver su reacción.

El joven aguantó bien el tipo, plantado cerca del dragón con actitud decidida, aunque el esfuerzo que le costaba hacerlo resultaba patente en su mandíbula apretada y los nudillos blancos de la mano con la que sostenía el Bastón de Mago.

—Si has acabado ya con tus alardes —le dijo Steel a la hembra de dragón—, me gustaría indicarte nuestra ruta.

Llamarada bramó, enseñando los dientes y simulando estar ofendida. Steel le dio palmaditas en el cuello, desenrolló el mapa sobre un peñasco y señaló lo que consideraba era el mejor camino. Palin se enjugó el sudor de la frente, apretó el bastón con fuerza, y se acercó aún más al dragón para participar en la conversación.

—Esto también me afecta a mí —dijo, en respuesta a la mirada funesta que le lanzó Steel—. Sobrevolar Solamnia va a resultar mucho más peligroso que viajar sobre Abanasinia.

Desde el tiempo de la Guerra de la Lanza, los Caballeros de Solamnia habían recobrado el favor del pueblo llano. Ahora se consideraba de buen tono que una familia de importancia y buena cuna —por no mencionar unas buenas arcas— tuviera al menos un hijo en la caballería. En consecuencia, las filas de los caballeros habían aumentado considerablemente, y sus cofres estaban llenos. Habían reconstruido muchos de los ruinosos alcázares repartidos por Solamnia, destacando tropas para guarnecerlos. Sus aliados, los dragones plateados, montaban vigilancia en el cielo.

En otros tiempos injuriados, ahora los Caballeros de Solamnia estaban considerados como protectores de los débiles, defensores de los inocentes. Oficiales más sensatos habían ascendido a rangos importantes y las leyes instauradas por Vinas Solamnus miles de años antes —leyes que se habían seguido en la era moderna de forma religiosa, estricta y, según algunos, obtusa— se estaban revisando y modificando, actualizándolas.

Los Caballeros de Solamnia, en lugar de ser apedreados cuando entraban cabalgando en un pueblo —como había sido el caso en los viejos tiempos—, eran tratados como huéspedes distinguidos, y se buscaba su ayuda y su consejo con verdadero afán y se recompensaban con generosas aportaciones.

Tanto la hembra de dragón como su amo eran muy conscientes de la creciente influencia de los caballeros. Lord Ariakan había sido su prisionero durante varios años después de la guerra, y no había estado ocioso el tiempo que pasó entre ellos. No sólo había aprendido sus modos y costumbres, que admiraba y había adoptado haciendo los cambios precisos, sino que también había aprendido sus tácticas, sus estrategias, la localización de sus plazas fuertes. Había descubierto dónde radicaba su fuerza y, lo más importante, cuáles eran sus puntos débiles.

Cuando Tanis supo por primera vez de la existencia de los Caballeros de Takhisis, y de ello hacía casi cinco años, había ido de inmediato a los Caballeros de Solamnia para prevenirlos del peligro que corrían.

—Lord Ariakan sabe todo acerca de vosotros, desde el color de vuestra ropa interior hasta las habituales formaciones para la batalla —advirtió el semielfo—. Sabe cuáles fortalezas están fortificadas y cuáles están vacías. Sus caballeros son hombres y mujeres muy capacitados e inteligentes, reclutados y entrenados por él mismo, y se les otorga la Visión por su Oscura Majestad. No traicionarán a sus superiores por su propio beneficio, como vimos que ocurría en la última guerra. Estas personas son leales a la Reina Oscura y los unos con los otros. Sacrificarán cualquier cosa por su causa. Tenéis que establecer cambios ya, señores, o creo que el tal lord Ariakan y sus caballeros negros harán esos cambios en vuestro lugar.

Los caballeros habían escuchado a Tanis cortésmente, se habían mostrado de acuerdo con él educadamente mientras estuvo entre ellos, y habían hablado con mofa y desprecio de él cuando se marchó.

Todo el mundo sabía que los que se aliaban con la Reina de la Oscuridad eran egoístas, codiciosos, crueles y que carecían por completo del sentido del honor. La historia lo había demostrado una y otra vez. Los caballeros no podían concebir que se hubieran producido unos cambios tan drásticos entre las fuerzas de la oscuridad en tan sólo un período de veintiséis años.

Y, así, las fuerzas de la luz hicieron pocos cambios propios.

—Cruzaremos el estrecho de Schallsea aquí, evitando Caergoth, ya que los caballeros tienen establecida una fortaleza allí. —Steel estaba señalando en el mapa—. Nos mantendremos al este, viajando sobre el mar, con Coastlund a nuestra derecha. Así evitaremos el alcázar de Thelgaard. Al norte de esa plaza, continuaremos a lo largo de la costa, poniendo las montañas Vingaard entre nosotros y la Torre del Sumo Sacerdote. Entraremos a Palanthas por el norte.

Al oír esto último, Palin se aventuró a sugerir.

—No podrás entrar en la ciudad a menos que vayas disfrazado. Había pensado en esto —añadió con cierto orgullo—, y he traído algunas ropas de mi padre...

—No estoy dispuesto a recorrer las calles de Palanthas vestido como un posadero —dijo Steel severamente—. Llevo esta armadura por la gloria de mi soberana. No pienso ocultar quién soy.

—Entonces, tanto da si nos dirigimos directamente a la Torre del Sumo Sacerdote o nos encerramos en una celda —replicó Palin—. Porque ahí es donde acabaremos.

—No sería tu caso, Túnica Blanca —observó Steel, con un esbozo de sonrisa.

—Oh, ya lo creo que sí. Me arrestarían en el mismo momento que descubrieran que voy contigo. Los caballeros no sienten mucho aprecio por los hechiceros.

—Y sin embargo combates en sus filas.

—A causa de mis hermanos —aclaró Palin en voz baja, y no dijo nada más.

—No te preocupes, Majere. —La sonrisa de Steel asomaba ahora a sus ojos—. Entraremos en Palanthas sin problemas.

—En el supuesto de que consigamos entrar en la ciudad, todavía nos queda atravesar el Robledal de Shoikan —argumentó el mago.

—¿La arboleda maldita? La he visto... a distancia. ¿No te lo contó tu padre? Crecí en Palanthas. Viví allí con Sara, la mujer que me crió y me quiso como a un hijo, hasta que cumplí los doce años, cuando lord Ariakan vino a reclutarme en la caballería. Como podrás suponer, el Robledal de Shoikan es una tentación para todos los chiquillos traviesos de la ciudad. He olvidado cuántas veces nos retábamos unos a otros a acercarnos a la arboleda. Por supuesto, en el momento en que teníamos a la vista incluso las ramas más altas de los enormes árboles, dábamos media vuelta y huíamos. Todavía hoy recuerdo las sensaciones, el temor...

Se detuvo, frunció el entrecejo, y después apartó los recuerdos con una brusca sacudida, como cuando un perro se sacude el agua.

—Se dice que esa arboleda —continuó con voz más enérgica—, resulta mortal para cualquier persona que intente entrar en ella, sin importar a qué dioses es leal. Pero sin duda *tú* dispondrás de un acceso seguro, señor mago.

—No me llames así —replicó Palin, irritado—. No es correcto. Estoy en el nivel más bajo de mi arte. En términos militares, soy un soldado de infantería.

No pudo evitar decirlo con un tono de amargura.

—Todos empezamos por abajo, Majere —dijo Steel seriamente—. No hay por qué avergonzarse de eso. Trabajé diez años para alcanzar mi rango y estoy muy lejos del nivel superior.

—Hablas como mi hermano Tanin. Todo ese metal que lleváis encima los caballeros debe de atorar vuestros cerebros. Es lo que solía decirle. Y en cuanto a lo del acceso seguro a través del Robledal de Shoikan, no lo tengo. Podría pedirlo, supongo. Dalamar tiene buena opinión de mí...

Al oír ese nombre, la expresión de Steel cambió. Sus ojos se oscurecieron y la sonrisa que había en ellos desapareció, consumida por un repentino e intenso fuego.

Palin no se dio cuenta. Estaba abstraído, tentado de ponerse en contacto con Dalamar y rogarle que le proporcionara los medios para pasar por el robledal a salvo.

—No —decidió por último—. No puedo pedírselo a

Dalamar. Tendría que explicarle por qué quiero entrar en la torre. Y si lo supiera por anticipado, impediría que... —El joven mago se fijó entonces en la expresión de Steel y miró en derredor rápidamente, creyendo que estaban a punto de ser atacados. Al no ver nada fuera de lo normal, preguntó—: ¿Qué te sucede?

—Dalamar el Oscuro, ¿es a ése al que te refieres?

—Sí, el Amo de la Torre. Él... —De pronto Palin recordó la historia y gimió para sus adentros.

—Es el hombre que mató a mi madre. —La mano de Steel fue hacia su espada—. Estoy deseando conocer al tal Dalamar.

El elfo oscuro había matado a su anterior amante en defensa propia, ya que Kitiara lo había atacado primero. Pero tal argumento no haría mella en el hijo de la guerrera.

—Supongo que no sirve de nada que te recuerde que Dalamar es el hechicero más poderoso de Ansalon —dijo Palin malhumorado—. Que podría volverte del revés con un simple gesto de la mano.

—¿Y eso qué importa? —replicó el caballero, colérico—. ¿Crees que sólo voy a atacar a los que sean más débiles que yo? Juré que vengaría la muerte de mi madre.

«Por Paladine bendito, ¿por qué no se me ocurrió esto antes?», se preguntó el joven mago con desesperación. «Steel acabará muerto. Dalamar creerá que *yo* intentaba que lo asesinara. Cabría la posibilidad de que acabara también conmigo...»

Confía en mí, jovencito, sonó la voz. *Deja a Dalamar de mi cuenta.*

Palin se estremeció, emocionado, exultante. Ahora sabía que la voz era real, no imaginada. Le hablaba a él, lo guiaba, lo dirigía, ¡lo *quería*!

Sus temores desaparecieron y se relajó.

—Todavía no hemos entrado en la torre. Primero tenemos que llegar a Palanthas a salvo y cruzar el Robledal de Shoikan. Nos ocuparemos de Dalamar y lo que quiera que encontremos en la torre cuando estemos allí, *si* lo conseguimos.

—Lo conseguiremos —predijo Steel con gesto hosco—. Me has dado un nuevo incentivo.

Los dos montaron en el dragón y, bañados en la luz de Lunitari, roja como la sangre, volaron rumbo norte, hacia Palanthas.

Viajaron durante toda la noche, sin encontrarse con nadie, pero con la llegada del alba la hembra de dragón empezó a ponerse nerviosa.

—Huelo plateados —informó.

Tras consultarlo brevemente con Steel, Llamarada aterrizó en las estribaciones de las montañas Vingaard.

—De todos modos, no nos interesa entrar en Palanthas de día —le dijo el caballero a Palin—. Es mejor que descansemos hoy y continuemos cuando esté oscuro.

A Palin lo impacientaba este retraso. Tenía la absoluta convicción de que su tío estaba vivo, y que sólo necesitaba que lo liberaran de la pavorosa prisión que era el Abismo. El joven mago se encontraba bien y descansado. Gracias al emplasto de Steel, la herida apenas lo molestaba. Estaba ansioso por seguir adelante, pero no era mucho lo que podía hacer contra la decisión de una hembra de dragón azul y de su amo.

—¿Uno de nosotros no debería montar guardia? —preguntó, al ver que Steel desataba dos petates de la silla de montar.

—Los dos necesitamos descansar. Llamarada velará nuestro sueño.

Tras una corta búsqueda, encontraron una oquedad poco profunda en la cara de un risco que les ofrecía resguardo aunque no mucha cobertura si por casualidad alguien pasaba por allí. Palin extendió su manta y comió algo del gran montón de comida que Tika había encontrado tiempo para prepararles. Steel comió, se tumbó y, con la disciplina del soldado que sabe que tiene que aprovechar para descansar cuando y donde le es posible, se quedó dormido en un santiamén. Palin se tumbó sobre el frío suelo, dispuesto a pasar el día en vela esperando con ansiedad la noche.

Se despertó casi al anochecer.

Steel ya se encontraba levantado, ensillando al dragón. Llamarada estaba descansada y, por por lo visto, bien alimentada. En las cercanías había esparcidos los esqueletos de varios ciervos.

Palin se puso de pie, moviéndose despacio, entumecido y agarrotado por haber dormido en el suelo. Por lo general, su descanso era intranquilo, alterado por sueños extraños recordados a medias. Esta vez, no. No recordaba haber dormido tan profundamente en toda su vida.

—Te estás convirtiendo en todo un viejo veterano —gruñó Steel mientras levantaba sin esfuerzo la pesada silla y la ponía sobre el lomo de la hembra de dragón—. Incluso roncas como uno de ellos.

Palin masculló alguna disculpa. Sabía por qué había dormido bien y se sentía avergonzado en cierto modo. Parecía una traición a su familia, a su hogar, a su educación. Por primera vez en su vida desde que había sentido la vocación, desde que había sido lo bastante mayor para arrojar imaginario polvo mágico a la cara de sus compañeros de juegos, estaba en paz consigo mismo.

—No te disculpes, Majere. Es lo mejor que podías hacer. Necesitaremos de todas nuestras fuerzas para lo que hemos de hacer frente esta noche.

El Robledal de Shoikan. Un lugar terrible, un sitio mortal. Caramon había intentado entrar una vez y casi perdió la vida en el empeño. Y ahora Palin apenas podía contener su impaciencia. El robledal no guardaba horrores para él. Y tampoco el señor del lugar. Raistlin había prometido ocuparse de Dalamar, y los pensamientos de Palin se centraron en lo que vendría después de la arboleda.

El Portal. Su tío.

Llamarada se remontó hacia el cielo cada vez más oscuro, volando en perezosos círculos, aprovechando las corrientes térmicas para que la elevaran.

Al cabo de pocas horas, las luces de la ciudad de Palanthas se hicieron visibles en el horizonte. Las sobrevolaron, con la Ciudad Nueva a su derecha. La muralla de la Ciudad Vieja rodeaba la urbe como la llanta de una rueda de carro; las antorchas ardían brillantes a sus puertas. La famosa biblioteca estaba a oscuras, salvo por la luz encendida tras una ventana. Quizás Astinus, al que muchos tenían por el mismísimo dios Gilean, trasnochaba para registrar en sus libros la historia conforme iba teniendo lugar.

Tal vez, en este mismo momento, estaba escribiendo acerca de ellos. Puede que muy pronto anotara en una página sus muertes. Aquel pensamiento surgió espontáneamente, mientras Palin contemplaba desde lo alto el helado parche de oscuridad que era el Robledal de Shoikan. Apartó, con premura, los ojos y dirigió la mirada hacia la Torre de la Alta Hechicería. Brillaban luces en algunas ventanas, casi todas en el nivel inferior, donde los aprendices de mago estarían en vela, aprendiendo de memoria los hechizos. Palin sabía cuál era la habitación de Dalamar y buscó luz en ella.

Estaba a oscuras.

Enfrente de la torre se alzaba el Templo de Paladine, cuyas blancas paredes emitían un pálido fulgor, como si hubieran atrapado los rayos de Solinari y los utilizaran para alumbrar la noche. Al recordar su misión y la condición de su acompañante, Palin tampoco fue capaz de seguir mirando el templo.

La hembra de dragón sobrevoló el palacio del Señor de Palanthas. Resplandecía por las muchas luces encendidas; su Señoría debía de tener invitados y celebraba una fiesta.

¿Cómo podía la gente divertirse en el momento actual?, pensó Palin, irracionalmente iracundo. Sus hermanos estaban muertos; otros hombres buenos habían dado sus vidas. ¿Para qué? ¿Para esto? ¿Para que el Señor de Palanthas y sus acaudalados amigos pudieran beber hasta emborracharse con vino elfo pasado de contrabando?

El joven mago se preguntó qué ocurriría si saltara del dragón, irrumpiera ante aquellos amantes de la diversión con sus ropas ensangrentadas, y les gritara: «¡Abrid los ojos! ¡Miradme! ¡Ved lo que os aguarda!».

Probablemente, nada. El mayordomo lo echaría a la calle de una patada.

La hembra de dragón azul viró a la izquierda, bordeando el palacio, y dejó atrás sus luces deslumbrantes. Sobrevoló la muralla de la Ciudad Vieja, pasó la Ciudad Nueva, y salió a la bahía. El mar estaba llamativamente oscuro en contraste con la ciudad. Sólo unos cuantos puntitos de luz señalaban los puestos de guardia de la vigilancia nocturna.

Los centinelas debían de haberse quedado dormidos, pues nadie vio al dragón bajar en picado del cielo y aterrizar en la costa.

16

La Torre del Sumo Sacerdote. Un mensajero que no es bienvenido

Construida por Vinas Solamnus en la Era del Poder, la Torre del Sumo Sacerdote guardaba el único paso a través de las montañas Vingaard, la principal ruta terrestre desde el resto de Ansalon a la gran ciudad de Palanthas. La torre era inmensa, imponente, una poderosa fortaleza. Sin embargo, debido al insólito diseño de la torre, al enano Flint Fireforge, un Héroe de la Lanza, se le oyó decir en cierta ocasión que el constructor de la torre o era un borrachín o estaba loco.

La torre había sido construida por humanos, así que la actitud crítica del buen enano debe tomarse, tal como dicen los gnomos, con un grano de salitre. Y es cierto que cuando Flint hizo aquel comentario no sabía la naturaleza del inusual sistema de defensa de la torre, y que el enano vio en funcionamiento al cabo de unos días.

Poco después de que Flint criticara la construcción, el ejército de los Dragones de la Señora del Dragón, Kitiara, atacó la torre. El Caballero de Solamnia, Sturm Brightblade, murió en aquel asalto, pero, gracias a su sacrificio, los otros caballeros resistieron y con la ayuda de un kender, una doncella elfa y un Orbe de los Dragones, se salvó la torre.

La Torre del Sumo Sacerdote tenía un aspecto formidable; con una altura de unos trescientos metros, rodeada por todas partes, salvo en el extremo meridional, por montañas de picos nevados, se decía que jamás caería en poder del enemigo mientras estuviera defendida por hombres de probada fe. Una muralla exterior con forma de octógono formaba la base de la torre. Cada vértice del octógono estaba rematado por un torreón. A lo largo de la parte superior de las murallas, entre torreón y torreón, se extendían almenas. Una muralla octogonal interior formaba la base de ocho torreones más pequeños y rodeaba la gran torre central.

Lo que había incomodado a Flint Fireforge era el hecho de que la muralla exterior contaba, nada menos, que con seis enormes verjas de acero, tres de las cuales se abrían a las Alas de Hiddukel, en la zona sur, y todas ellas conducían al corazón de la torre. Cualquier enano que valga su peso en piedra os dirá que una buena y sólida fortificación debe tener una única entrada que pueda ser cerrada a cal y canto, defendida y guardada contra el ataque del enemigo.

Los caballeros podrían haber respondido a Flint calificando las tácticas enanas de poco imaginativas, carentes de ingenio. La Torre del Sumo Sacerdote era, en realidad, una obra maestra de diseño astuto. Las seis puertas se abrían a patios cerrados, unos lugares de muerte donde los caballeros, encaramados en lo alto de las murallas, podían despachar a sus enemigos con fuego concentrado. Aquellos que conseguían llegar a las escaleras que conducían a la torre central, se encontraban detenidos por trampas ocultas.

Los que conocen la historia de la Guerra de la Lanza recordarán que los tres portones que se abren a las Alas de Hiddukel y a la llanura solámnica eran en realidad trampas para dragones. El mágico Orbe de los Dragones situado en el centro de la sala donde convergían los corredores atraía con su llamada a los reptiles, engatusándolos para que volaran hacia el interior de la torre, en lugar de atacar desde el exterior. Entonces los mataban los caballeros, que los atacaban desde la seguridad de unos nichos laterales. De ahí el otro nombre de la torre, olvidado por casi todos: Muerte de Dragón. Así es como cayeron muchos dragones perversos en la Guerra de la Lanza.

Habían pasado mucho años desde que Sturm Brightblade había subido solo a las almenas, sabiendo que lo aguardaba la muerte. Se decía que durante la Guerra de la Lanza se habían perdido para siempre los Orbes de los Dragones, o eso era lo que esperaba fervientemente la mayoría de la gente. Los dragones del Mal, que ya sabían el secreto de las defensas de la torre, no se dejarían engatusar para entrar en su trampa mortal y, puesto que estos reptiles tienen una vida muy larga, lo más probable es que el recuerdo de aquellos corredores, empapados con sangre de dragón, impediría que cometieran el mismo error dos veces.

La torre había sido reconstruida tras la guerra, restaurada y modernizada. Con la pérdida de los Orbes de los Dragones, la defensa de la torre central contra los reptiles ya no era efectiva, y las tres verjas de la trampa se habían vuelto más un inconveniente que una ventaja. Los Caballeros de Solamnia habían caído en la cuenta de la razón que tenía el comentario del enano sobre las cancelas de acero. «Es como invitar al enemigo a tomar el té en el salón», había rezongado Flint. Habían tomado medidas para clausurar los tres accesos con «tapones» de granito blanco, esculpidos de manera que semejaban los portones originales.

A continuación de la guerra, la Torre del Sumo Sacerdote pasó a ser el centro de una bulliciosa actividad. Los comerciantes abarrotaban las calzadas en una y otra dirección. Los ciudadanos iban a pedir consejo, asesoramiento, justicia, o ayuda para defender sus ciudades contra merodeadores. Los correos con misiones importantes llegaban a galope tendido hasta sus puertas. Los kenders eran detenidos por el día, se les registraba las bolsas, y se los dejaba en libertad a la mañana siguiente con órdenes estrictas de «seguir camino adelante», a lo que los kenders obedecían alegremente, sólo para ser reemplazados por un nuevo grupo de los suyos.

Durante el verano, los mercaderes instalaban puestos a lo largo de la calzada que venía desde las llanuras hasta el portón principal de la torre. Vendían de todo, desde cintas y pañuelos de seda (para que las damas los ofrecieran como agasajo a los caballeros de su elección), hasta comida, cerveza, vino elfo y (por debajo de cuerda) aguardiente enano.

Se celebraban regularmente torneos, justas, competiciones de tiro al arco, batallas simuladas, ejercicios militares y exhibiciones de destreza a lomos de caballos o dragones, para entrenar a los caballeros jóvenes, mantener en forma a los veteranos y deleitar al público.

Habían sido buenos tiempos para los caballeros... hasta ese verano.

A medida que el calor del sol abrasaba las calzadas de tierra, los viajes a través de Krynn decayeron y murieron como las cosechas en los campos. El hombre que por toda cosecha sólo tiene polvo y tierra no puede pagar al latonero ambulante para que arregle su arado. El latonero no puede pagar sus cuentas en la posada. El posadero no tiene dinero para comprar la comida que necesita para atender a sus clientes.

Todavía llegaban correos, en mayor número que antes, portando noticias funestas sobre hambruna y fuego. Unos cuantos viajeros empedernidos aparecían de vez en cuando, medio muertos por el sol abrasador. Los mercaderes cerraron sus puestos y se trasladaron de nuevo a Palanthas. Ya no se celebraban torneos. Demasiados caballeros, embutidos en sus pesadas armaduras, se habían desplomado por el espantoso bochorno. Sólo los kenders, afectados por la enfermedad propia de su raza conocida como «ansia viajera», seguían frecuentando la torre de forma habitual; llegaban quemados por el sol y polvorientos, comentando jovialmente el extraordinario cambio del tiempo.

Un grupo de kenders estaba siendo puesto de patitas en la calle cuando Tanis el Semielfo llegó a primeras horas del día. El caballero a cargo de los kenders los soltó y les ordenó que se alejaran del portón y siguieran su camino. Tras hacer un rápido recuento, el guardia desapareció precipitadamente y a poco regresó con otros dos kenders que se habían separado del grupo y estaban inspeccionando el gran comedor. El caballero los despojó de varios cubiertos, seis bandejas de peltre adornadas con el sello de los caballeros, dos servilletas de lino y una pimentera.

Por lo común, los kenders se habrían rezagado por los alrededores de la torre, esperando que se presentara la oportunidad para entrar de nuevo. Hoy, sin embargo, los hombrecillos se distrajeron con la llegada de Tanis a lomos de un grifo.

Tan pronto como el animal aterrizó frente a la entrada principal, en la calzada que conducía a la torre, los kenders se arremolinaron en torno a él como un enjambre, contemplando con amistoso interés al grifo. La feroz bestia, a la que no le gustaban los kenders, los miraba fieramente con sus penetrantes ojos negros. Cuando se acercaban demasiado, el grifo agitaba las plumas con irritación y chasqueaba el pico amenazadoramente para gran deleite de los hombrecillos.

Viendo que uno o más kenders podían acabar como desayuno del grifo, Tanis, tras expresar varias veces su gratitud, despachó a la bestia de vuelta con Porthios. El grifo se marchó al punto y de muy buena gana. Los kenders lanzaron una exclamación decepcionada y enseguida se pegaron a Tanis.

Manteniendo bien sujetas la espada con una mano y la bolsa del dinero con la otra, el semielfo se abrió paso entre el mar de kenders, intentando llegar a la torre y sin hacer demasiados progresos. Afortunadamente, el sonido de cascos al galope en la distancia hizo que los kenders abandonaran a Tanis y pusieran su atención en esta nueva llegada. Tanis se dirigió presuroso hacia la entrada.

El caballero que estaba de servicio saludó al semielfo, que era un frecuente visitante en la torre.

—Bienvenido, mi señor. Me ocuparé de que seáis escoltado hasta el salón de invitados para que descanséis de vuestro largo...

—No hay tiempo para eso —lo interrumpió bruscamente Tanis—. Tengo que ver a sir Thomas de inmediato.

El viejo amigo del semielfo y anterior cabecilla de los caballeros, lord Gunthar Uth Wistan, se había retirado el año anterior. Thomas de Thelgaard, lord Caballero de la Rosa, era ahora el comandante de la Torre del Sumo Sacerdote. Un hombre de cuarenta y pocos años, sir Thomas tenía reputación de ser un comandante duro y eficaz. Su linaje en la caballería era muy largo. El abuelo de Thomas, otro Caballero de Solamnia, había sido desposeído de sus propiedades por un secta de falsos clérigos durante los años oscuros posteriores al Cataclismo. El padre de Thomas se había tragado su orgullo y se había comprometido por medio de un contrato con los clérigos para trabajar como esclavo en la tierra que había pertenecido a su familia. Por consiguiente, la primera montura de sir Thomas había sido un caballo de labranza; sus primeras batallas fueron contra gusanos y gorgojos. Había visto cómo su padre trabajaba hasta reventar, lo había visto morir siendo esclavo, y juró que él se convertiría en caballero.

Thomas tuvo su oportunidad durante la Guerra de la Lanza. Su aldea estaba en el paso de los ejércitos de los Dragones. Temiendo un ataque inminente, los falsos clérigos huyeron, llevándose consigo todas las cosas de valor y dejando a la gente a merced de los draconianos. Por entonces un joven de veinte años, Thomas reunió a sus amigos y vecinos y los instó a buscar refugio dentro del castillo. Defendió sus propiedades con tal destreza y osadía que el castillo resistió los ataques de los ejércitos de los Dragones hasta el final de la guerra.

Tanis no conocía a Thomas muy bien, pero, a juzgar por lo que había visto, lo consideraba un hombre inteligente y con sentido común.

—Debo ver a sir Thomas de inmediato —repitió—. Traigo noticias urgentes.

—Desde luego, mi señor —contestó el caballero, que envió a un mensajero en busca del comandante.

Tanis no tuvo que esperar mucho. Sir Thomas, poco partidario de las ceremonias, se presentó en persona, saludó cordialmente al semielfo, y luego, advirtiendo su impaciencia, lo invitó a mantener una conversación privada mientras paseaban por las almenas.

—Traes noticias —dijo Thomas cuando estuvieron a solas—, y, a juzgar por tu expresión, no son buenas.

—Entonces ¿es que no has recibido mi informe?

—¿Sobre qué? No he recibido nada nuevo desde hace una semana.

—Lord Ariakan ha lanzado su ataque. La Ciudadela Norte y Valkinord han caído, las dos. Puede que Kalaman se encuentre bajo asedio en estos momentos. A mi modo de entender, los caballeros negros están lanzando un ataque por dos frentes, con un ejército avanzando a través de las montañas Khalkist y el otro planeando avanzar río arriba desde Kalaman. —El comandante miraba pasmado a Tanis.

»Mi señor, los caballeros que fueron enviados para fortificar Kalaman fueron aniquilados hasta el último. —Tanis hablaba con voz queda—. Lucharon valerosamente, pero los superaba un inmenso número de enemigos. Tengo aquí una lista con el nombre de los muertos. —Sacó uno pliego doblado y se lo tendió a lord Thomas—. Hay que decir en favor de Ariakan que los muertos han sido tratados con todo respeto.

—Sí, era de esperar en él —comentó Thomas mientras ojeaba la lista con semblante ceñudo y la mandíbula tensa—. Los conocía, a todos ellos —dijo por fin. Enrolló el pliego y lo metió bajo el cinturón—. Me ocuparé de que sus familias sean informadas. Tú conocías a dos de ellos, me parece. Los muchachos Majere.

—Sí, los conocía. Ayudé a enterrarlos —contestó Tanis con expresión sombría—. Su hermano menor, Palin, fue hecho prisionero y está retenido para obtener un rescate. Fue su captor, un Caballero de Takhisis, quien nos trajo estas nuevas. También conoces a ese caballero, mi señor. Se llama Brightblade, Steel Brightblade.

—El hijo de Sturm Brightblade. Sí, recuerdo el incidente. Intentaste salvar al joven del Mal, pero acabó profanando la tumba de su padre y robando su espada.

Eso no era exactamente lo que había ocurrido, pero

Tanis —que en su momento fue arrestado y acusado con los cargos de su participación en el «incidente»— sabía a qué atenerse y no quiso discutir. Había presentado los hechos ante el Consejo de Caballeros y, finalmente, había conseguido limpiar su nombre y el de su amigo Caramon. Pero había sido incapaz de convencer a los caballeros de que fue el propio Sturm quien había legado la espada a su hijo. Tampoco estaba muy seguro de lo que había pasado realmente al recordarlo ahora. Tenía la sensación de que tanto Sturm como él habían fracasado. A su modo de ver, Steel Brightblade estaba totalmente entregado al lado oscuro.

—Kalaman bajo asedio... —Thomas sacudió la cabeza, desconcertado—. Me cuesta creerlo, Tanis. No lo tomes a mal, pero lo cierto es que Ariakan sólo cuenta con un puñado de caballeros.

—Mi señor, según Palin, el ejército de Ariakan es mucho mayor que un «puñado». Es inmenso. Ha reclutado bárbaros de unas tierras del este, unos humanos que son tan altos como minotauros y que combaten con igual ferocidad. Los dirigen caballeros montados en dragones y tienen, entre sus filas, hechiceros renegados. Dalamar, jefe del Cónclave de Hechiceros, puede dar fe del poder de esos magos.

—Desde luego que podrá, siendo uno de ellos.

—No, mi señor. Estás equivocado. Esto es algo que casi nadie sabe, pero recientemente los hechiceros de las tres órdenes lanzaron un ataque contra los Caballeros Grises, como se los conoce. Los hechiceros de las tres órdenes fueron completamente derrotados. Uno de ellos, Justarius, murió. No sé con certeza de qué lado está Dalamar, pero no creo que sea de parte de Ariakan. Dalamar no puede perdonar a su reina por volverle la espalda a fin de conceder un poder mayor a sus propios magos.

Thomas frunció el entrecejo. Como todos los caballeros, no confiaba en los magos, fueran de la orden que fueran, y quería tener el menor trato posible con ellos. Desestimó la conversación sobre la magia con un gesto considerándola un tema sin importancia que no venía al caso.

—Kalaman puede resistir un asedio largo tiempo. El suficiente para que enviemos refuerzos.

—No estoy tan seguro de que... —empezó Tanis.

—¡Mi señor! —Un joven paje llegaba corriendo, jadeante, escaleras arriba—. ¡Mi señor ha llegado un correo! Él...

—¿Y tus modales, muchacho? —lo reconvino—. Me acompaña un señor a quien debes respeto, así como a mí mismo. —Thomas agregó en voz baja para que sólo lo oyera Tanis—: La disciplina debe mantenerse en todo momento.

El paje, colorado hasta las orejas, se inclinó ante Tanis y Thomas, pero antes de acabar la reverencia estaba hablando de nuevo.

—El correo, mi señor. Está en el patio. Tuvimos que ayudarlo a bajar del caballo, tan dura ha sido la cabalgada... —El paje se interrumpió, falto de aliento.

—Más malas noticias, me temo —comentó Thomas secamente—. Nadie viene corriendo nunca para traernos buenas nuevas.

Los dos hombres descendieron de las almenas y fueron al portón principal. El correo estaba tumbado en el suelo, con una capa debajo de la cabeza. Al verlo, sir Thomas frunció el entrecejo ya que el hombre vestía el uniforme de la guardia de la ciudad de Kalaman, y sus ropas estaban manchadas de sangre seca.

—Estaba tan entumecido que tuvimos que bajarlo nosotros del caballo, mi señor —informó el caballero que estaba de servicio en la puerta—. Dice que no ha comido nada, y que ha cabalgado día y noche para llegar cuanto antes.

—¡Mi señor! —El hombre, al ver a sir Thomas, intentó incorporarse.

—No, no, muchacho, no te muevas. ¿Qué noticias traes? —Thomas se había arrodillado junto al hombre.

—¡Kalaman, mi señor! —jadeó el guardia de la ciudad—. ¡Kalaman... ha caído!

Thomas alzó la vista hacia Tanis.

—Al parecer, tenías razón —dijo en voz queda.

—Vinieron por mar, mi señor —explicó el soldado con voz débil—. Por mar, por aire y por tierra. Nos..., nos cogieron por sorpresa. Atacaron... por la noche. Dragones y... enormes bestias a las que los caballeros denominaban mamuts... La ciudad... se rindió...

El hombre intentó seguir, pero se desplomó hacia atrás. Un Caballero de la Espada y seguidor de Kiri-Jolith, a quien le había sido concedido el don de curar, se puso a atender al correo herido. Tras un examen rápido, el caballero alzó la vista hacia sir Thomas.

—No está malherido, mi señor, pero ha perdido sangre y está exhausto. Necesita descansar.

—Muy bien. Buscadle un lecho cómodo, y avisadme cuando esté en condiciones de poder hablar. Necesito que me dé detalles. El resto de vosotros, mantened esto en secreto. Que nadie diga ni una palabra.

Trasladaron al correo sobre unas angarillas y llevaron a su agotada montura a los establos.

—De todos modos, sé cuanto tengo que saber —hizo notar sir Thomas a Tanis. Los dos se encontraban solos en el vestíbulo; el caballero de servicio en la puerta había vuelto a su puesto—. Kalaman ha caído, y ésta es una noticia terrible. Si llega a Palanthas, tendremos entre manos un disturbio.

Tanis estaba haciendo unos rápidos cálculos.

—Como he dicho, Ariakan dispone de un ejército inmenso y por tanto puede dividirlo sin que ello represente un gran problema.

—Me doy cuenta de su plan —dijo, pensativo, Thomas—. Ataca la costa este con la mitad de sus fuerzas, haciéndolas marchar hacia el oeste a través de las montañas. Con la otra mitad de su ejército, ataca el noreste, y hace que esas tropas bajen hacia el sur para encontrarse con las fuerzas que avanzan al otro lado de las Khalkist. Por el camino, reclutará a los ogros, goblins y draconianos que han estado escondidos en las montañas. Tendrá que dejar tropas para mantener el dominio de Kalaman y proteger sus líneas de abastecimiento pero, con las fuerzas adicionales, para cuando llegue aquí las habrá reemplazado con creces. —Sir Thomas sonrió tristemente.

»Lo conozco, ¿comprendes? Ariakan y yo solíamos discutir un plan muy similar a éste, en los viejos tiempos. Fuimos amigos mientras estuvo prisionero aquí. Fue siempre un buen soldado —añadió Thomas pensativamente, y sacudió la cabeza—. Pero lo hicimos aún mejor.

—Entonces ¿cuál será su siguiente paso? —preguntó Tanis.

Sir Thomas miró por el portón principal, hacia el este.

—Viene hacia aquí. Y no hay maldita la cosa que podamos hacer para impedírselo.

17

Eludiendo las patrullas. Una pescadera algo extraña. Cati la Tuerta y Ojo Amarillo

No sé si las había o no en tus tiempos, pero, ahora, lo que llaman «patrullas de contrabandistas» recorren los muelles por la noche —le susurró Palin a su compañero—. Además están las autoridades portuarias. Han reconstruido la muralla de la Ciudad Vieja y los guardias patrullan por allí ahora. No han olvidado la invasión de la ciudad que la Señora del Dragón Kitiara acometió.

Palin sólo veía débilmente a Steel y a la hembra de dragón. El caballero trabajaba a la tenue luz de la luna y las estrellas, que se reflejaba en el agua, para descargar las provisiones. Habían aterrizado en la península que se formaba en la costa occidental de la bahía de Branchala. De vez en cuando, Palin atisbaba un destello de luz de luna reflejado en la armadura, o podía ver la alta y musculosa figura silueteada contra el nocturno cielo estrellado.

Steel descargó el bulto que contenía las armas que nunca se llevaban puestas al ir montado a lomos de un dragón, a menos que el caballero volara para entrar en batalla. Se abrochó el cinturón de la espada larga, metió en él otra espada corta y deslizó una daga por la boca de una de las botas. Dejó las flechas, el arco y la lanza en el dragón.

—Si mi madre y tu tío hubieran trabajado juntos en lugar de ir en contra de los propósitos del otro, tal vez fuera yo quien estaría celebrando esa fiesta en la casa del Señor —hizo notar Steel.

A Palin no le pasó inadvertida la sutil alusión de que Raistlin había estado aliado entonces a los poderes de la oscuridad... como quizá lo estuviera ahora. El recuerdo de la Prueba en la Torre de la Alta Hechicería, cuando se encontró con su tío —al menos, él creyó que era su tío— bulló al filo de su memoria. La imagen de Raistlin había sido una pura ilusión conjurada por Dalamar y los otros hechiceros a fin de probar a Palin y ver si el joven sucumbiría a las mismas tentaciones que en el pasado habían acosado a su tío.

Los hechiceros creían que Caramon nunca permitiría a Palin someterse a la Prueba, una terrible experiencia que todos los magos deben pasar antes de que se les permita seguir avanzando en su arte arcano. Nadie sale intacto ni ileso de la Prueba, ya sea física o psíquicamente. Caramon no se arriesgaría a perder a su amado hijo como ya había perdido a su amado hermano. Los hechiceros temían que el cariño excesivamente protector del posadero ocasionaría la franca rebeldía de Palin, y quizá lo hiciera volverse hacia el Mal, como le había ocurrido a su tío. Los hechiceros le quitaron a Caramon el asunto de las manos, engañándolo a él y a Palin.

En su Prueba, el joven creyó que había entrado al Abismo, que allí había encontrado a su tío, que era torturado por la Reina Oscura. Lo había liberado y lo había conducido de vuelta al laboratorio, para descubrir entonces que Raistlin planeaba dejar el Portal abierto a fin de permitir la entrada de Takhisis a este mundo. A cambio, ella le daría a Raistlin la potestad de dirigirlo.

El archimago le había ofrecido a Palin hacerlo su heredero con la condición de que el joven se alineara con el Mal, que tomara la Túnica Negra. Palin había rehusado y se había preparado para sacrificarse a fin de impedir que su tío tuviera éxito. Fue entonces cuando descubrió que todo —su tío, el Portal, el Abismo— había sido parte de la Prueba. Nada había sido real.

¿O sí?

Todavía podía oír las palabras de Raistlin:

«He domeñado mi ambición. No volveré a dirigir mi empeño hacia esa meta absurda de convertirme en un dios.... Será mi regalo a la Reina Oscura, como muestra de mi lealtad: la entrada expedita al mundo. Y el mundo será su regalo para mí. Ella reinará, y yo..., yo obedeceré.»

Es lo que su tío había dicho. Pero ¿era realmente su tío? Dalamar afirmaba que la imagen de Raistlin sólo había sido una ilusión. El Raistlin con el que Palin había estado era una creación de Dalamar.

Pero el Bastón de Mago, que ahora sostenía en su mano, desde luego no era ninguna ilusión.

—Será mejor que nos demos prisa —dijo Palin bruscamente—. Casi es medianoche.

Steel estaba dando unas palmaditas a la hembra de dragón en el cuello al tiempo que intercambiaban unas quedas palabras. El joven mago alcanzó a oír la frase: «en el alcázar de Dargaard», y dedujo que sería allí donde Llamarada se escondería. Lord Soth, el espantoso caballero espectral, gobernaba todavía aquel lugar. Soth había sido en el pasado un Caballero de Solamnia, pero el amor prohibido hacia una doncella elfa lo había conducido a romper sus votos de caballero y a cometer un asesinato. La maldición de los dioses cayó sobre él. Sería un muerto en vida para siempre, sumido en un amargo tormento, odiando a los vivos, envidiándolos. Era leal a la Reina Oscura y a su causa. Ningún mortal se atrevía a aventurarse en un radio de cien leguas de su castillo maldito. Y, según la leyenda, el alma de la madre de Steel estaba obligada a permanecer en el alcázar de Dargaard junto al caballero. La hembra de dragón azul estaría a salvo allí, rodeada de una compañía tan siniestra.

Había numerosos chamizos esparcidos por la playa. O estaban deshabitados o hacía mucho que sus ocupantes se habían ido a acostar. Palin los estuvo observando con intranquilidad, temeroso de que alguien se despertara.

—Deprisa —repitió con nerviosismo—. Me pareció oír algo.

—No te preocupes, Majere. —Steel sacó una daga con

una calavera tallada en la empuñadura—. Si alguien nos ve, le cerraré los ojos de manera permanente.

—¡Nada de muertes, por todos los dioses! —protestó el joven mago—. Tengo preparado un hechizo de sueño, y lo utilizaré si nos descubren.

—Un hechizo de sueño. —El caballero resopló, despectivo—. ¿Crees que también funcionará con los guardianes espectrales del Robledal de Shoikan?

—Seguramente será tan efectivo con ellos como tu daga —replicó enfadado, ya que no le gustó el recordatorio sobre la arboleda. La imagen fugaz del Robledal de Shoikan desde el aire lo había hecho estremecerse.

Steel no dijo nada más. En los ojos del caballero había un brillo que podía ser risueño. Guardó de nuevo la daga en la bota.

Llamarada utilizó sus poderosas patas traseras para impulsarse sobre el arenoso terreno. Saltó en el aire y, extendiendo las alas, aprovechó la débil brisa marina que soplaba del océano para remontarse en el cielo.

Palin la vio partir con cierto pesar. Ahora Steel y él estaban solos, dependiendo de sí mismos, y ello no parecía suficiente.

—¿Vienes, Majere? —preguntó Steel—. Eras tú el que tenía mucha prisa.

Encontraron un pequeño bote de pesca que había sido arrastrado hacia la playa. Steel cargó sus bultos en la embarcación y la empujó hasta el agua. La mantuvo cerca de la orilla el tiempo suficiente para que Palin —entorpecido por la túnica— subiera a ella, y después la siguió empujando hasta que las olas le llegaron a las rodillas; sólo entonces subió también él.

Cogió los remos, los metió en el agua, y silenciosa, sigilosamente, bogó hacia el puerto.

—Hay una linterna en el fondo del bote. Enciéndela —le ordenó a Palin—. No nos interesa levantar sospechas.

Las otras naves del puerto, más grandes, tenían colgadas linternas encendidas para evitar que otras embarcaciones chocaran contra ellas. Palin hizo lo que le decía, utilizando la mecha y el pedernal que encontró en la proa. Mientras trabajaba, al joven le chocó que hubiera una linterna en un bote tan pequeño, pero sobre todo que Steel supiera que estaba allí. De hecho, ¿cómo sabía que estaría el bote? Quizá los pescadores utilizaban la luz para pescar de noche o para hacer contrabando, un negocio mucho más lucrativo en estos tiempos que la pesca.

El joven mago sostuvo en alto la linterna mientras Steel impulsaba el bote con los remos; Palin tuvo mucho cuidado en evitar que la luz cayera sobre la armadura del caballero negro.

Hacía una noche calurosa y quieta. Dejaron de sentir la brisa del mar en el mismo momento en que entraron en el abrigo del puerto. Palin estaba bañado en sudor, y Steel debía de estar aún más incómodo, ya que no se había quitado la capa para cubrir el peto y los demás atavíos. Al pasar muy cerca de un barco minotauro grande, de tres mástiles, Palin volvió la vista atrás y reparó en que el rostro del caballero brillaba por la transpiración; tenía el negro cabello húmedo, ensortijado junto a las sienes.

Pero no se quejó, sino que siguió remando sin aparente esfuerzo, con una fuerza y una destreza que Palin envidió. Sólo de mirarlo, le dolían los brazos.

Una voz ronca les gritó desde el barco minotauro. Al alzar la vista, Palin atisbó una cabeza astada recortada contra las estrellas.

—¡Forte ahí, marineros de agua dulce! ¡Apartaos! ¡Como hagáis un agujero a mi barco lo taparé con vuestros miserables cuerpos!

—Borracho —comentó Steel—. No estamos tan cerca.

Pero Palin advirtió que el caballero se inclinaba sobre los remos y hacía que el bote se deslizara rápidamente sobre las negras aguas. El joven mago movió la linterna en un gesto de disculpa y por toda respuesta recibió una palabra malsonante de despedida.

—¡Apaga la luz! —ordenó Steel cuando se encontraron cerca de los muelles.

Palin lo hizo, apagando la llama de un soplido.

Steel levantó los remos y dejó que el bote siguiera avanzando con su propio impulso, ayudado por la marea ascendente. De vez en cuando, metía un remo en el agua para corregir el rumbo. Al llegar a los muelles se agarró a uno de los pilares y aguantó hasta que el bote viró en redondo y se deslizó casi bajo el muelle.

—¡Baja! —ordenó.

Palin buscó la escala del muelle y la encontró. Iba a tener que ponerse de pie en un pequeño bote bamboleante, agarrar la escala, y auparse a ella. Bajó la vista a la lóbrega negrura del agua que borboteaba y chapoteaba contra los pilares.

—¿Y qué hago con el bastón? —inquirió, volviéndose hacia Steel—. No puedo sujetarlo mientras subo.

—¡Yo te lo sostendré! —dijo el caballero, que agarraba el pilar con las dos manos, luchando contra la corriente que intentaba arrastrar el bote hacia la orilla.

—No. —Palin aferró el cayado con fuerza.

—¡Entonces pídele que te siga ahí arriba por sí mismo! ¡Date prisa, Majere! ¡No podré aguantar mucho más!

El joven mago vaciló, no por miedo, sino preocupado por dejar atrás su valioso bastón. Steel hizo un sonido siseante y lanzó a Palin una mirada iracunda.

—¡Vamos, maldito seas!

Palin no tenía opción. Tenía que confiar, como Steel había dado a entender, en que el cayado cuidaría de sí mismo. Lo soltó suavemente sobre el asiento del bote y se puso de pie, esforzándose por mantener el equilibrio. Steel consiguió, a base de pura fuerza, arrimar más el bote al muelle. Palin se lanzó hacia la escala, la cogió, y se agarró a ella aterrorizado cuando el bote se deslizó bajo él.

Sus pies buscaron un apoyo frenéticamente y encontraron el último escalón. Con un suspiro de alivio, empezó a trepar, tropezando con la túnica, pero logró llegar a salvo arriba. De inmediato se dio media vuelta y se inclinó para recobrar el bastón.

Vio, aterrado, que no estaba en el bote.

—¿Qué has hecho con mi bastón? —gritó, olvidando,

en su miedo y su rabia, que se suponía que debían guardar silencio.

—¡Cierra el pico! —instó Steel con los dientes apretados—. ¡No he hecho nada con él! ¡Estaba aquí y, de repente, desapareció!

Palin, atenazado por el pánico y con el corazón en un puño, estaba a punto de arrojarse de cabeza a las sucias y tenebrosas aguas cuando, al apoyar la mano en el muelle, sintió que sus dedos se cerraban sobre una suave y cálida madera.

El Bastón de Mago estaba a su lado.

El joven mago exhaló un grito sofocado, sintiéndose casi mareado por la profunda sensación de alivio.

—Ya está —susurró, avergonzado, a Steel—. Lo he encontrado.

—¡Alabada sea su Oscura Majestad! —masculló el caballero.

Se puso de pie en el bote, se agarró a la escala y, a despecho del peso de la armadura y las armas, se aupó con ágil facilidad. El bote se alejó a la deriva.

Steel subió al muelle pero casi inmediatamente se agazapó detrás de un barril grande, arrastrando a Palin consigo.

—¿Qué sucede? —susurró el joven mago.

—Pasa un patrulla —contestó Steel, también en un susurro—. Podrían vernos siluetеados contra las luces de las embarcaciones.

Palin no distinguía a la patrulla, pero, ahora que el caballero había llamado su atención, podía oír el ruido de varios pares de botas. Los dos permanecieron agachados, escondidos tras el barril, hasta que el sonido se perdió en la distancia.

Steel se incorporó y echó a andar rápida pero silenciosamente por el muelle. A Palin lo maravilló que el caballero fuera capaz de moverse de un modo tan sigiloso. Todos los guerreros que el joven mago conocía habrían metido un montón de ruido, la espada rebotando contra el muslo, la armadura crujiendo o chirriando. Steel era tan silencioso como la propia oscuridad.

Palin se imaginó legiones de caballeros así, marchando sigilosamente a través de Ansalon, conquistando, esclavizando, matando.

«Y aquí estoy yo», comprendió, espantado de repente consigo mismo, «aliado con uno de ellos, mi implacable enemigo, uno de los que fueron responsables de la muerte de mis hermanos. ¡Y lo estoy llevando al lugar donde los caballeros de la Reina Oscura probablemente podrán incrementar su poder! ¿Qué estoy haciendo? ¿Es que me he vuelto loco? ¡Debería llamar a la guardia ahora mismo! ¡Denunciarlo! Entregárselo.»

¡No!, sonó la voz. *Lo necesitamos, tú y yo. Precisarás de su espada para abrirte paso a través del robledal. Lo necesitarás dentro de la torre. Una vez que te haya llevado a salvo hasta allí, entonces podrás librarte de él.*

«Esto no está bien», se dijo Palin. Pero la voz de su conciencia era menos fuerte que la de su tío, así que pudo hacer caso omiso de ella. «Además», reflexionó el joven con cinismo, «le di mi palabra a Steel. Y después de hacer tanto hincapié en ello con mi padre, mal podría echar marcha atrás ahora.»

Habiendo acomodado el asunto con su conciencia, o al menos justificando su postura, apretó con fuerza el bastón y echó a andar.

Steel se dirigía hacia la muralla de la Ciudad Vieja; caminaba a largas zancadas, y Palin, entorpecido por la túnica mojada que se sacudía contra sus tobillos, tuvo que apresurar el paso para no quedarse atrás. Los puestos de guardia se veían con claridad al estar bien iluminados. El quieto aire nocturno traía las voces de los que montaban guardia. Palin tenía preparada una docena de mentiras fáciles que les permitiera cruzar la muralla y entrar en la ciudad. Por desgracia, ninguna sonaba en absoluto convincente. Examinó la muralla con ansiedad, pensando que podrían buscar algún punto oscuro y sin protección y trepar por él.

Los pinchos de hierro, clavados en lo alto de la muralla con una separación de un palmo entre ellos, descartaban esa posibilidad.

Palin se preguntaba si había suficiente parecido familiar entre su primo y él para convencer al guardia de la entrada de que eran hermanos, cuando reparó en que ya no se dirigían hacia el portón principal. Steel había girado a la derecha, hacia un grupo de edificios destartalados que se apiñaban al pie de la muralla.

En esta zona estaba extremadamente oscuro; la muralla arrojaba una sombra que interceptaba la luz de la luna, y un barco grande, amarrado en las cercanías, hacía otro tanto con las luces de las embarcaciones del puerto. Era el sitio ideal para escondite de contrabandistas, pensó Palin con inquietud, y dio un brinco de sobresalto, con el corazón en la boca, cuando la mano de Steel le tocó el brazo. El caballero condujo a Palin hacia las sombras aún más oscuras de un callejón.

A despecho de estar tan oscuro que el joven mago no podía verse la punta de la nariz —una antigua expresión kender—, fue precisamente su nariz la que le indicó dónde estaba.

—¡Pescaderos! —exclamó quedamente—. ¿Por qué...?

La mano de Steel sobre su brazo ejerció más presión, advirtiéndole que guardara silencio.

Una patrulla pasaba cerca, avanzando lentamente por este sector y asomándose a los callejones. Steel se aplastó contra la pared de un edificio, y Palin hizo lo mismo. Los guardias iban haciendo una detenida investigación, compartiendo, evidentemente, la opinión de Palin sobre que éste era un escondite ideal. De hecho, uno de los guardias empezó a adentrarse en el callejón. Palin notó la mano de Steel apartándose de su brazo, y supuso que ahora estaba aferrando la empuñadura de la daga.

Sin saber muy bien si ayudarlo o impedírselo, el joven mago aguardó en tensión que los descubrieran.

Un sonido furtivo, a cierta distancia, atrajo la atención de los guardias. El capitán llamó a su hombre, y la patrulla reanudó presurosa la marcha muelle abajo.

—¡Hemos pillado a uno!

—¿Dónde?

—¡Lo veo! ¡Ahí está! —gritó uno de los guardias.

Se oyó el ruido de botas corriendo por el muelle; las porras golpearon con fuerza. Un grito penetrante resonó sobre el agua. Palin rebulló con inquietud; aquel grito no le sonaba como el de un depravado contrabandista.

—No te muevas —le gruñó Steel—. No es asunto nuestro.

Uno de los guardias chilló.

—¡Maldita sea! ¡Me ha mordido!

Se escucharon más golpes de las porras. El grito dio paso a un lloriqueo.

—¡No daño mí! ¡No daño mí! ¡Mí no hace nada malo! ¡Mí caza ratas! ¡Ratas gordas! ¡Ratas ricas!

—Un enano gully —dijo uno de los guardias con un tono de asco.

—¡Me mordió, señor! —repitió el guardia, cuya voz sonaba ahora realmente preocupada—. Me siento mal.

—¿Lo arrestamos, señor? —preguntó otro.

—Echad un vistazo a lo que lleva en ese saco —ordenó el capitán.

Al parecer había cierta renuencia a cumplir la orden, ya que el capitán tuvo que repetirla varias veces. Por fin, uno de los hombres debió de hacerlo. Se lo oyó vomitar.

—Sí que son ratas, señor —confirmó otro—. Muertas o a punto de morir.

—¡Mí da todas ratas! —exclamó la voz llorosa—. ¡Tú coges, general, «vuesa mercés»! Hace buena cena. No daño pobre Larvo. No daño.

—Soltad a ese desdichado —ordenó el capitán—. Si lo apresamos, tendrán que desinfectar otra vez la celda. No es un contrabandista, de eso no cabe duda. Vamos, teniente. No te vas a morir por un mordisco de gully.

—Eso no se sabe, señor —se quejó el hombre—. Oí decir que un tipo sí murió por eso. Fue espantoso, señor. Echaba espuma por la boca y tenía las mandíbulas encajadas, y...

—Te llevaremos al Templo de Paladine —dijo el capitán—. Dos de vosotros, acompañadlo. Sargento Grubb, ven conmigo.

La patrulla salió por el portón principal. Cuando los guardias estuvieron a una distancia desde la que no podían oírlos, Steel salió del callejón; se movió tan de improviso que Palin tuvo que correr para no quedarse atrás.

—¿Adónde vas? —inquirió.

El caballero no contestó. Siguió caminando recto, hacia un sonido de sorbetones. Tanteando en la oscuridad, Steel agarró una desaliñada figura forcejante que olía ligeramente peor que el callejón en el que se escondía.

—¡Ayuda! ¡Ayuda! ¡«Sesino»! ¡«Lardón»! ¡No golpea mí! ¡No golpea mí! —suplicó el gully—. ¿Tú «queres» ratas? Yo dar ti...

—A callar —dijo Steel mientras sacudía al gully hasta que éste no pudo seguir lloriqueando porque los dientes le castañeteaban—. Deja de chillar. No voy a hacerte daño. Necesito cierta información. ¿Cuál es la pescadería de Cati *la Tuerta*?

El gully se quedó fláccido entre las manos del caballero.

—Mí sabe. ¿Qué vale? —preguntó astutamente.

—¿Qué te parece tu miserable vida? —sugirió Steel mientras volvía a sacudir a la criatura.

—No le sacarás nada así —intervino Palin, que rebuscaba en sus bolsillos—. ¿Por qué vamos a la tienda de una pescadera? —preguntó en voz baja—. A menos que de repente te hayan entrado unas ganas tremendas de comer mero...

—Tengo mis razones, Majere. Y tú estás perdiendo el tiempo —dijo Steel con impaciencia.

—Toma. —El joven mago sacó una moneda y se la ofreció al gully—. Cógela.

El enano gully se la cogió de un rápido manotazo y la examinó a pesar de la oscuridad.

—¿Cobre? —Olisqueó la moneda—. Mí quiere acero.

Palin le entregó otra moneda apresuradamente. Había oído la inhalación exasperada del caballero.

—A ver, ¿dónde está la pescadería de Cati... cómo se llamaba?

—Cati *la Tuerta* —repuso Steel, que al hablar pareció que rechinaba los dientes.

—Dos tiendas abajo —contestó el enano gully—. No más de dos.

—Eso puede significar cualquier cosa, desde dos a veinte. —Palin suspiró—. ¿Qué aspecto tiene esa tienda?

—Pez grande en cartel. Sólo un ojo.

El gully se sacó, prácticamente, uno de sus propios ojos en su intento de examinar bien de cerca la segunda moneda. Al parecer estaba satisfecho, ya que metió el dinero en una raída bolsita y salió corriendo, probablemente temeroso de que Palin lo pensara mejor y le quitara el dinero.

Steel echó a andar a lo largo del muelle.

—Necesito luz. No veo maldita la cosa. Es una pena que no nos trajéramos la linterna.

—¿Y qué pasa con los guardias? —preguntó Palin

—No podrían vernos, ya que nos cubre ese barco grande. Tampoco es que importe...

—*Shirak*.

El cristal que aferraba la garra de dragón en lo alto del Bastón de Mago empezó a emitir una suave luz. Steel dirigió a Palin una mirada aprobadora.

—Bien hecho, Majere.

—Gracias, pero no tengo que ver nada con ello —comentó Palin en cuya voz se advertía de nuevo un tono de amargura—. El cayado lo hace por sí mismo. Ni siquiera estoy seguro de cómo funciona el conjuro. —Sostuvo el bastón en alto y alumbró los letreros de las tiendas a medida que pasaban ante ellas.

—¿Por qué te menosprecias de ese modo? —dijo el caballero—. Un hombre debería conocer su propia valía.

—Yo lo sé. Valgo exactamente nada. Pero eso cambiará pronto.

—Cuando encuentres a tu tío. Pero él llevaba la Túnica Negra, ¿no? Y tú la llevas blanca. ¿Es que vas a cambiar, Majere?

Buena pregunta. Palin también se la había estado haciendo.

—No —contestó al cabo de un momento—. Tomé la decisión durante mi Prueba. Estoy satisfecho con *quién* soy, aunque quizá no con lo *que* soy. Si soy ambicioso, si quiero superarme, no es algo malo. Mi tío lo entenderá.

—¿Y le enseñará su negro arte a un Túnica Blanca? —Steel resopló con desdén—. ¡El día que pase eso yo me haré clérigo de Paladine! —Miró de soslayo al mago—. Cambiarás, Majere. Toma en cuenta mis palabras.

—Confía por tu bien en que no lo haga —replicó Palin fríamente—. Si es así, desde luego no me sentiré obligado a mantener mi palabra y seguir siendo tu prisionero. Puedes encontrarte con mi daga clavada en la espalda.

Steel sonrió, y faltó poco para que soltara una carcajada.

—Buena contestación. Lo tendré presente.

—Ahí está el cartel —señaló Palin, haciendo caso omiso del sarcasmo—. Un pez con un solo ojo.

—¡Ah, excelente! —Steel fue hacia la puerta. Echó un vistazo a su alrededor para asegurarse de que no había nadie a la vista, y llamó a la puerta de un modo peculiar.

Palin, desconcertado, aguardó en silencio.

Al parecer, quienquiera que vivía allí tenía el sueño muy ligero, si es que estaba dormido siquiera. Tras una brevísima espera, el ventanillo instalado en la puerta se entreabrió una rendija. Una mujer, que llevaba un parche negro, se asomó.

—Está cerrado, señores.

—Sin embargo la marea está subiendo —contestó Steel en tono coloquial—. Aquellos que quieran aprovecharla deberían tener sus botes en el agua.

El ventanillo se cerró de golpe, pero la puerta se abrió casi de inmediato.

—Entrad, señores —dijo la mujer—. Adelante.

Los dos pasaron a la pescadería. Estaba limpia, con el suelo bien fregado. Las tablas que normalmente se usaban para mostrar el pescado recién capturado estaban vacías, y no se llenarían hasta que los botes entraran con las capturas matutinas. Unas botellas marrones que contenían aceite de pescado se alineaban en una estantería. El olor a pescado fresco era muy fuerte, pero no desagradable. La mujer cerró la puerta tras ellos, observó intensamente el bastón de Palin y su suave fulgor.

—Es magia —explicó el joven—, pero no te hará daño.

La mujer se echó a reír.

—Oh, eso lo sé muy bien, maestro. Conozco el Bastón de Mago.

Palin, sin saber muy bien si le gustaba esa contestación, apretó el cayado con más fuerza mientras observaba a la mujer con detenimiento. Era de mediana edad, atractiva, a pesar del parche del ojo. Estaba completamente vestida, lo que a Palin debería haber chocado a estas horas de la noche; pero, como el hecho de encontrarse aquí era ya de por sí tan raro e irracional, el que una pescadera que llevaba un parche en un ojo estuviera despierta y vestida en mitad de la noche sólo era una parte más de la pesadilla.

—Soy Steel Brightblade, mi señora —se presentó el caballero mientras se inclinaba sobre la enrojecida y áspera mano de la mujer como si lo hiciera sobre la suave y blanca de una noble—, Caballero del Lirio.

—Se me advirtió de tu llegada, señor caballero —contestó la mujer—. Y éste debe de ser Palin Majere.

Se volvió hacia el joven mago, su ojo visible reluciendo a la luz del cayado. Sus ropas eran tan sencillas y simples como las de cualquier campesina, pero su porte era regio, y su voz era culta, educada. Sin embargo, aquí estaba, ¡en una pescadería!

—Sí, soy Palin... Majere, mi... mi señora —respondió, atónito—. ¿Cómo lo sabes?

—Por la hembra de dragón, naturalmente. Me llamo Catalina, y soy Guerrera del Lirio, un miembro de la caballería de su Oscura Majestad.

—¿Un Caballero de..., una Dama de Takhisis? —Palin estaba boquiabierto por la sorpresa.

—Y de alto rango. El título de Guerrero del Lirio es del nivel doce en la escala del uno al dieciocho —añadió Steel con énfasis—. Lady Catalina combatió en la Guerra de la Lanza.

—Al mando de lord Ariakas —explicó Catalina—. Así fue como perdí el ojo, en un combate con un elfo.

—Lo..., lo siento, señora —balbució Palin.

—No tienes por qué. El elfo perdió algo más que un ojo. Conocí a tu tío, por cierto. Raistlin Majere. Acababa de tomar la Túnica Negra cuando nos conocimos. Me pareció... encantador. Enfermizo, pero encantador. —Lady Catalina se giró rápidamente hacia Steel.

»¿Queréis entrar en Palanthas sin llamar la atención?

—Sí, mi señora, si eso es posible.

—Nada más sencillo. Ésa es, por supuesto, una de las razones por las que estoy aquí y utilizo este disfraz. —Miró directamente a Palin mientras decía esto, como si adivinara sus pensamientos.

El joven sintió arderle la cara, pero al mismo tiempo un helor le recorrió el cuerpo. ¡A través de esta tienda los servidores de la Reina Oscura se infiltraban en Palanthas! Espías, encargados de reclutar muchachos para la caballería, tal vez asesinos, homicidas que acudían a la pescadera. Ella los ayudaba a entrar en la ciudad inadvertidos.

«¿Por qué me dejan que vea esto? A menos que estén seguros de que no diré una palabra. ¿Y cómo iba a hacerlo? Después de todo, estoy prisionero.»

Casi decidido a huir, Palin echó una ojeada a la puerta. Probablemente podría lograrlo antes de que Steel lo alcanzara, al menos para llegar a la calle. Sus gritos atraerían a los guardias.

Palin se imaginó pidiendo socorro a gritos —algo muy parecido al enano gully— y su rostro se encendió todavía más.

Lady Catalina le sonrió y, de nuevo, el joven tuvo la impresión de que sabía todo lo que estaba pensando.

—Entonces, venid por aquí, si estáis decididos a entrar. ¿Encontraste la tienda sin dificultad, caballero Brightblade? —preguntó mientras los conducía hacia una mesa de madera que había puesta contra la pared del fondo.

—Un enano gully nos dijo dónde estaba, mi señora.

—Ah, ése debía de ser Alf. Sí, lo aposté ahí de centinela, para que estuviera atento a vuestra llegada.

—Menudo centinela —comentó Palin—. Nos dijo que sabía dónde estaba la tienda.

—Y se las arregló para sacarte algo de dinero, ¿verdad, Túnica Blanca? Astutas criaturas, esos gullys. La gente no les da la importancia que merecen. Aquí es. —Catalina colocó las manos sobre la mesa—. Tenemos que moverla hacia un lado.

—Permíteme, señora —se ofreció Steel, que desplazó la pesada mesa sin esfuerzo.

Catalina se dirigió hacia lo que parecía ser una sólida pared de piedra. Puso una mano sobre ella y empujó. Una sección del muro giró sobre un eje, dejando a la vista un pasadizo secreto.

—Id túnel adelante, y saldréis a un callejón. Está en los dominios del Gremio de Ladrones, pero les pagamos bien por su silencio... y su protección. *Ojo Amarillo* os acompañará para asegurarse de que no haya problemas.

Catalina silbó de un modo peculiar.

Palin supuso que *Ojo Amarillo* era un secuaz de la dama, y se preguntó dónde había estado escondido el hombre. Su idea saltó hecha añicos y él se llevó un susto de muerte cuando sonó un ronco graznido y un súbito aleteo de plumas negras. El mago alzó los brazos en un gesto instintivo para protegerse de un ataque, pero el ave se posó suavemente en su hombro. Entonces vio que era un cuervo.

Ladeando la cabeza, *Ojo Amarillo* miró fijamente a Palin. Los ojos del ave relucían como dos trozos de ámbar a la luz de la lámpara.

—Le gustas —dijo lady Catalina—. Buen augurio.

—¿Para mí o para vosotros? —preguntó Palin sin pensarlo.

—No seas irrespetuoso, Majere —lo reconvino Steel, iracundo.

—No lo regañes, Brightblade —intervino lady Catalina—. El joven dice lo que piensa... Una característica que debe de haber heredado de su tío. Si Paladine y Takhisis estuvieran delante de ti, Palin Majere, ¿a cuál de los dos pedirías ayuda? ¿Cuál de ellos, crees tú, sería el que estaría más dispuesto a ayudarte a lograr tu propósito?

Con un sentimiento de culpabilidad, Palin cayó de repente en la cuenta de que no había solicitado a Paladine su divina ayuda.

—Se hace tarde. —El joven mago se volvió hacia Steel—. Deberíamos ponernos en marcha.

La sonrisa de lady Catalina se ensanchó. El cuervo lanzó otro penetrante graznido, que sonó casi como una risa. Desplazándose sobre el hombro de Palin, el ave picoteó, juguetona, la oreja del joven.

El pico del cuervo era puntiagudo, y los picotazos, dolorosos. Sus garras se hincaban en el hombro del joven.

Steel dio las gracias a la mujer y se despidió de ella con cortesía y deferencia.

Lady Catalina le devolvió el cumplido y les deseó éxito en su empresa.

Acompañados por el cuervo, que iba encaramado triunfalmente al hombro de Palin, Steel y el mago entraron en el estrecho túnel. El bastón les iluminaba el camino. A medida que la oscuridad del pasadizo se hacía más intensa, ocurría otro tanto con la luz del cayado, un fenómeno que Palin ya había advertido en otras ocasiones. El túnel los estaba llevando bajo la muralla de la Ciudad Vieja, comprendió el joven, que se preguntó cómo se las habían arreglado los caballeros para excavarlo sin levantar sospechas.

—Con magia, supongo —se dijo, al recordar a los hechiceros Túnicas Grises. Era más que probable que hubiera algunos de estos hechiceros en la propia Palanthas, viviendo justo en las narices de Dalamar.

«Espera a que te hable de esto», pensó el joven, disfrutando con la perspectiva. Con una información tan valiosa podría obtener a cambio la ayuda del hechicero.

El túnel no era muy largo; justo la anchura de la muralla de la Ciudad Vieja. Llegaron a la puerta que daba al callejón. Steel hizo un alto antes de abrirla.

—Será mejor que apagues esa luz —dijo.

—*Dulak* —susurró Palin, y el cristal se quedó oscuro.

En la más absoluta negrura, el mago no podía ver nada, ni siquiera el cuervo encaramado a su hombro. Oía el susurro de las plumas del ave, y a Steel tantear buscando el pomo de la puerta.

Ésta se abrió una rendija, y una luz plateada se derramó dentro del túnel. Lunitari se estaba poniendo, pero Solinari iniciaba su curso ascendente, por lo que Palin se sintió profundamente agradecido. Podía utilizar la luna para respaldo de sus hechizos, para reforzar su poder mágico. Iba a necesitar toda la ayuda que pudiera conseguir para cruzar el mortal Robledal de Shoikan. Estuvo a punto de elevar una plegaria a Paladine, pero entonces recordó la pregunta planteada por lady Catalina.

No dijo ninguna oración. Decidió confiar en sí mismo.

—No te alejes de mí —advirtió Steel en voz baja.

Palin recordó que estaban cerca del Gremio de Ladrones. La mano del joven mago se deslizó en el saquillo colgado del cinturón y cogió unos cuantos pétalos de rosa. Las palabras del conjuro de sueño vinieron a sus labios. Steel llevaba la mano sobre la empuñadura de la espada.

Salieron al callejón con gran sigilo.

Inesperadamente —ninguno de los dos había visto ni oído nada—, una figura alta y oscura surgió justo delante de ellos, cerrándoles el paso.

Antes de que Steel tuviera tiempo de desenvainar la espada o que Palin pudiera pronunciar las palabras del hechizo, *Ojo Amarillo* emitió un graznido alto que sonó severo.

La figura desapareció, como si nunca hubiera estado allí.

—Impresionante —dijo Palin, que exhaló un suspiro de alivio.

—Escurridizo como una sabandija —comentó Steel despectivamente aunque mantuvo la mano sobre la espada y empezó a explorar el callejón.

El mago estaba a punto de preguntar qué hacían con *Ojo Amarillo* cuando el cuervo agitó las alas, emitió otro graznido penetrante y después picó a Palin en el cuello, con fuerza.

El joven gritó de dolor y se llevó la mano a la herida.

—¿Qué demonios...? —Steel se giró tan deprisa que casi perdió el equilibrio.

—¡El maldito pajarraco me ha picado! —dijo Palin, dolorido y furioso.

—¿Eso es todo? —exclamó, iracundo, Steel—. Creí que una legión de ladrones había saltado sobre ti, por lo menos.

—¡Este asqueroso bicho me ha hecho sangre! —Palin retiró la mano y miró la mancha oscura que tenía en los dedos.

El cuervo soltó otro graznido, que en esta ocasión sonó como una risita burlona, y, levantando el vuelo, regresó por encima de la muralla.

—No te morirás por el picotazo de un cuervo —dijo Steel. Caminó hasta el final del callejón y se asomó a la calle.

Estaba silenciosa, desierta. Unas cuantas luces brillaban retadora, insolentemente, en el edificio con aspecto de almacén que albergaba el Gremio de Ladrones, pero ninguno de sus miembros recorría las calles. O, si lo hacían, ni Steel ni Palin los vieron.

Steel echó una ojeada a un lado y a otro de la calle, con cautela, y después alzó la vista hacia los tejados.

—Allí está la torre.

Señalaba una alta estructura, la más alta de Palanthas. La luz de Solinari no tocaba el edificio, que permanecía sumido en sombras de su propia creación. Aun así, los dos jóvenes podían verlo con claridad. Quizá la luna negra derramaba su maligno resplandor sobre los minaretes rojos, que parecían teñidos de sangre. Palin asintió, incapaz de hablar. De repente lo asustaba la enormidad de su tarea.

«Soy un necio», se dijo. «Debería dar media vuelta y regresar a casa ahora mismo.»

No lo haría, y lo sabía. Había llegado demasiado lejos, había arriesgado demasiado...

Llegar demasiado lejos...

Palin miró a su alrededor, desconcertado.

—¿Dónde estamos? —preguntó.

—Dentro de las murallas de la ciudad de Palanthas —repuso Steel esbozando una sonrisa astuta.

—¿Cómo..., cómo hemos llegado aquí?

—¿No lo recuerdas?

—No..., no tengo ni idea... —Palin parpadeó y se llevó la mano a la cabeza. Se sentía mareado, desorientado.

—Eso es lo que pasa por tomar aguardiente enano —comentó el caballero en tono coloquial—. Pronto te sentirás mejor.

—¿Aguardiente enano? Pero si yo no bebo... ¡Y tú jamás habrías parado en una taberna cuando corremos tanto peligro! —El mago se había puesto furioso de repente—. ¡Dime qué está pasando aquí! ¡Tienes que decírmelo!

—No —replicó Steel con calma—. No lo haré.

Palin sintió una punzada de dolor y algo cálido que le resbalaba por el cuello. Se tocó y vio que estaba herido, que sangraba.

Tampoco recordaba cómo se lo había hecho.

Steel echó a andar calle adelante, encaminándose hacia la torre.

Palin, totalmente perplejo, lo siguió.

Desde alguna parte, en lo alto, llegó el espeluznante, burlón graznido de un cuervo.

18

Templo de vida. Arboleda de muerte

La noche estival era calurosa, oscura. Los ciudadanos de Palanthas dormían a ratos, si es que dormían algo. Las luces titilaban en muchas casas, y podía verse a la gente asomada a las ventanas, mirando el cielo en una vana esperanza de algún indicio de lluvia, o paseando de un lado a otro por los dormitorios, intentando calmar a los llorosos e inquietos niños. Steel y Palin se mantuvieron a resguardo de las sombras, evitando llamar la atención o que les hicieran preguntas, sobre todo la de por qué iba un hombre por la calle cubierto con una capa haciendo tanto calor.

Estaban cerca de su destino. Steel veía la torre asomando en lo alto, pero parecía incapaz de encontrar la calle que llevaba hasta ella, por lo que se sentía frustrado. Palin no podía ayudarlo. Había estado en la torre antes, pero había llegado a ella viajando por los caminos de la magia. Al llegar a una intersección, los dos se pararon un momento para debatir hacia qué lado girar. Palin dejó la decisión en manos de Steel, pero, al parecer, el caballero tomó la calle equivocada, pues acabaron ante un amplio espacio sembrado de césped que se extendía, como una alfombra de bienvenida, desde la calle hasta un edificio construido con mármol blanco. El aroma a flores sugería la presencia de jardines que sólo se atisbaban borrosamente a la luz plateada de Solinari y el resplandor blanco que emitía el propio edificio.

La angustia estrujó el corazón de Steel; era una angustia olvidada hacía mucho, pero que había despertado al removerse los recuerdos.

—Sé dónde estamos —dijo.

—En el Templo de Paladine. ¡El último sitio donde querría estar! —Palin parecía alarmado—. Hemos venido por una calle más al este de lo debido. Tendríamos que haber torcido a la derecha antes, no a la izquierda. —Miró de soslayo al caballero—. Me sorprende que conozcas el templo.

—Cuando era un niño, Sara me trajo aquí después del ataque a Palanthas. Perdimos nuestra casa en el incendio que estalló por toda la ciudad. Sara vino aquí para dar las gracias por haber salvado nuestras vidas. Fue aquí donde me enteré de la muerte de mi madre... y quién era el responsable.

Palin no contestó. Se frotó la parte del cuello donde el demonio familiar de lady Catalina, *Ojo Amarillo*, le había picado. El dolor pasaría pronto; la magia del picotazo duraría toda la vida, evitando que el joven recordara que había conocido a una dama de las fuerzas de Takhisis encubierta bajo la apariencia de una pescadera. Palin empezó a desandar sus pasos, y Steel empezó a seguirlo, pero no lo hizo. Se paró un momento, remoloneando delante del templo, e incluso llegó a dar uno o dos pasos por la hierba recortada.

Había bultos oscuros desperdigados por el césped, y por un instante Steel creyó que había habido un combate y que eran los cadáveres que habían quedado tras la lucha. Entonces se dio cuenta de que estos cuerpos estaban vivos, y que la única batalla que habían sostenido era contra el terrible calor. La gente dormitaba tranquilamente en la pradera.

Steel conocía bien este sitio, mucho más de lo que había dado a entender. Quizás el haber llegado hasta aquí no había sido un hecho accidental. Quizás había sido atraído hacia el lugar, como había ocurrido a menudo con anterioridad.

La juventud del caballero había sido turbulenta. Nunca había disfrutado de la vida fácil y despreocupada de la infancia descrita por los poetas. El conflicto entre la luz y la oscuridad, entre emociones y deseos contradictorios, no era nuevo para él. Había sostenido esta lucha desde el comienzo de su vida. La oscuridad, representada por la imagen de su madre con su armadura azul de dragón, había impulsado a Steel, aun siendo un niño, a dirigir, a controlar a cualquier precio, sin importar las consecuencias para él o para otros.

Y cuando le resultaba imposible, cuando los otros niños se rebelaban contra su autoridad y rehusaban obedecerlo, la oscuridad lo instaba a golpear, a hacerles daño. La luz, representada en sus sueños por la imagen de un caballero desconocido vestido con armadura plateada, hacía que Steel tuviera remordimientos después. Luchaba con la turbulencia de su alma, sentía como si tiraran de él en direcciones opuestas dos fuerzas poderosas que no comprendía. A veces temía que lo partirían en dos si no elegía una u otra. En estas ocasiones, había huido a su refugio: había venido al Templo de Paladine.

Steel no sabía por qué lo hacía. Era joven, tan inmortal como los propios dioses, pensaba, y por lo tanto no necesitaba gran cosa de ellos. No había entrado en el templo propiamente dicho. Sus paredes de mármol le resultaban sofocantes, restrictivas. No muy lejos de donde se encontraba ahora había un álamo. Debajo del árbol había un banco de mármol, uno viejo, una reliquia de alguna familia noble de tiempos remotos. Frío y duro, el banco de piedra no era un asiento cómodo y por lo general era evitado por la mayoría de los fieles.

A Steel le encantaba. Había un friso esculpido en el respaldo del banco. De ejecución algo burda, ya que probablemente lo había hecho algún aprendiz mientras aprendía el oficio, el friso representaba el funeral de un Caballero de Solamnia y era una obra conmemorativa. El caballero yacía sobre su sepulcro de piedra, con los brazos cruzados sobre el pecho, con el escudo recostado a un lado del sepulcro, algo impropio, pero así es la licencia artística. A ambos lados del cuerpo del caballero había doce caballeros de escolta, todos ellos idénticos y todos en actitud muy solemne y severa.

Steel recordaba haberse sentado en la hierba, con la barbilla sobre los brazos que tenía apoyados en el banco. Allí, durante un breve tiempo, el tumulto de su alma cesaba, la ardiente cólera de su cerebro se calmaba, sus puños apretados se relajaban. Contemplaba fijamente el friso, dotándolo de vida con su imaginación infantil. A veces, el funeral era el suyo; había muerto realizando hazañas heroicas, por supuesto. Le gustaba imaginarse que había muerto salvando las vidas de los otros niños —los que se decían sus amigos— y que ahora, cuando ya era demasiado tarde, venían a ofrecerle su agradecimiento y su aprecio. Otras veces se imaginaba como un asistente al funeral de otro caballero. Se veía a sí mismo no como uno de los dolientes, sino como el que había matado al caballero. Había sido en un torneo honorable. El caballero había muerto heroicamente, y Steel había acudido a su funeral para rendirle homenaje.

Casi exactamente lo mismo que había pasado recientemente con los hermanos Majere.

«No seas necio, Brightblade», se reconvino con severidad, avergonzado de este momentáneo lapso de caer en la superstición. «Con todo, es extraño», se dijo mientras escudriñaba en la oscuridad, intentando, sin éxito, atisbar un brillo de luz de luna sobre el frío mármol blanco del banco. «Había olvidado por completo ese viejo banco...» Sonrió para sí, en medio de la oscuridad. Fue una sonrisa tierna, triste.

Ahora sabía lo que había que saber sobre los dioses. Había dedicado su vida a uno de ellos, una diosa oscura, la que regía la negrura de su alma. Lo castigaría si se le ocurría buscar el descanso en aquel banco. Y no sólo eso, sino que indudablemente Paladine descargaría su ira sobre cualquier servidor de su Oscura Majestad que osara aventurarse en el sagrado recinto. Simplemente pisar la hierba, como había hecho, se consideraría un sacrilegio.

Palin lo observaba intensamente, y estaba a punto de

decir algo, cuando un rugido bajo y profundo los silenció a ambos.

Era un rugido salvaje y desafiante, y venía de atrás.

—No te muevas —advirtió el mago en voz baja. Estaba frente a Steel y podía ver lo que había a la espalda del caballero—. Es un tigre. Está a unos diez pasos detrás de ti. Se...

—No os alarméis, caballeros —dijo una voz fría y calmada en la oscuridad—. Éste es *Tandar*, mi guía. No os hará daño. Es muy tarde para andar por la calle. ¿Es que os habéis perdido? ¿Os acucia algún problema? ¿Puedo hacer algo para ayudaros?

Steel se movió, girando lentamente sobre sus talones, cauteloso, con la mano sobre la empuñadura de la espada. Palin se acercó al caballero, presuroso.

El felino salió a un claro de luz de luna plateada. Era un tigre blanco, una especie muy poco común en Ansalon. Las rayas eran negras y grises; sus ojos, verdes con puntitos dorados, y con una expresión peligrosamente inteligente. Era una bestia enorme, maciza, las zarpas del tamaño de la cabeza de un hombre. Un collar dorado brillaba en su cuello, y del collar colgaba un medallón con la imagen de un dragón de platino: el símbolo de Paladine.

Por supuesto, no era el tigre el que había hablado, aunque por su mirada inteligente bien podría haberlo hecho. La que se había dirigido a ellos era una mujer, que salió de las sombras y se paró al lado del tigre, con la mano posada sobre su cabeza. Había descrito al animal como «su guía». Cuando salió a la luz de Solinari, Steel comprendió por qué andaba por la noche en compañía de la gran bestia.

Esta mujer siempre caminaba en tinieblas, pues jamás vería la luz del sol. Estaba ciega.

Entonces la reconoció. Era Crysania, la Hija Venerable de Paladine, suma sacerdotisa del Templo de Paladine, la cabecilla de los seguidores del dios en Ansalon.

Habían pasado más de veinte años desde que Crysania, inducida por una ambición tan oscura como la del propio archimago, había acompañado a Raistlin Majere al Abismo. Estuvo a punto de morir allí. Sólo cuando se encontró tendida en aquel horrendo lugar, sola y perdida la vista, había sido capaz de ver la verdad. Volvió al mundo, ciega a la belleza de éste, pero no a sus miserias y sufrimientos. La iglesia se había consolidado bajo su sabio liderazgo, creciendo en poder, y sus clérigos eran amados.

Tenía la piel tan blanca como el resplandor de Solinari; llevaba el negro cabello recogido en una redecilla de plata. Las señales de sus sufrimientos y luchas estaban plasmadas en su semblante, si bien la serenidad y la fe lo embellecían. Era hermosa, con la misma hermosura del templo: fría, firme, venerable.

Steel miró a Palin para que dijera algo, pero el mago parecía tener la lengua trabada. El paladín oscuro podría haber sugerido que se escabulleran si no hubiese sido por la presencia del tigre, que no les quitaba los ojos de encima.

—Un mago y un caballero —dijo lady Crysania mientras se acercaba a ellos—. Entonces supongo que no sois unos viajeros que se han extraviado, sino que tenéis alguna misión que cumplir. ¿Habéis venido a pedir la protección de Paladine?

El tigre rugió de nuevo, con suavidad. Obviamente, era hora de decir algo. Steel dio un codazo a Palin en las costillas.

—Eh... no exactamente, Hija Venerable —repuso el mago con un hilo de voz. Se había quedado pálido y la cara le brillaba por un sudor que no podía achacarse completamente al calor de la noche.

Se suponía que los magos Túnicas Blancas tenían que venerar a Paladine y seguir sus preceptos. Rescatar a un notorio archimago Túnica Negra del Abismo probablemente no estaba contemplado en la lista de obras que el dios esperaba que sus seguidores llevaran a cabo.

—Palin Majere —dijo lady Crysania—. Te doy la bienvenida.

—¿Cómo..., cómo lo supiste? —balbució el joven.

Crysania se echó a reír, y su risa sonó como el repicar de campanillas de plata.

—¿Que cómo lo supe? Percibo el olor a pétalos de rosa y el acre de tus componentes de hechizos, y así descubrí que eres mago. Cuando hablaste, reconocí tu voz. Tienes el tono de tu padre, pero hablas como... Me recuerdas a tu tío. —Esto último lo dijo en voz baja.

El semblante del joven, antes pálido, se puso ahora de un rojo encendido, como si Lunitari brillara sobre él. No tenía respuesta a eso, pero tampoco la Hija Venerable parecía estar esperándola. Sonriendo afablemente volvió los oscuros y ciegos ojos hacia Steel.

—Identifiqué al caballero por el repicar de la espada contra el muslo. Sin duda Palin Majere va en compañía de uno de sus hermanos guerreros. ¿Con quién tengo el placer de hablar, con Tanin o con Sturm?

Steel habría podido responder de muchas formas. La más fácil, fingir ser uno de los hermanos Majere. Un tono ronco y áspero habría disimulado la voz, justificándolo con un resfriado. Un breve intercambio de frases corteses y podrían seguir su camino. Mientras que si decía la verdad...

Miró al tigre. La bestia lo observaba intensamente. Había una inteligencia en aquellos ojos que no era de esperar encontrar en una bestia irracional, por muy despierta que fuera. Si el tigre lo atacaba, su peso arrastraría a Steel al suelo. Podría apuñalarlo, pero no antes de que sus colmillos le desgarraran la garganta.

Ciertas palabras osadas acudieron a su mente:

«No entraré en Palanthas vestido como un posadero...»

Ni ocultándose tras el nombre de otra persona.

—Te equivocas, Hija Venerable —dijo con fría cortesía—. Me llamo Steel Brightblade, y soy un Caballero del Lirio. Tengo el honor de servir a su Oscura Majestad, Takhisis.

Palin puso los ojos en blanco y sacudió la cabeza.

—¡Buena la has hecho! —susurró.

El tigre emitió un suave y gutural gruñido. Lady Crysania tranquilizó a su guía acariciándolo. Tenía el entrecejo fruncido, y su expresión era preocupada.

—¿Y lo proclamas abiertamente, en la ciudad de Palanthas? —preguntó, no como una amenaza, sino con sorpresa.

—Lo proclamo ante ti, Hija Venerable —replicó Steel—. Cualquier persona que no fuera ciega podría ver quién soy. Es deshonroso aprovecharse de alguien elegido por los dioses para que camine en tinieblas. Y sería una desvergüenza aun mayor engañar a una mujer tan noble y valerosa como tú, señora.

Los ojos ciegos de Crysania se abrieron desmesuradamente.

—Lo que Tanis el Semielfo nos dijo hace años sobre vosotros, los Caballeros de Takhisis, era cierto —musitó—. ¡Que Paladine nos valga! —Su expresión se hizo reflexiva, y al cabo de un momento volvió los ojos ciegos hacia Palin otra vez—. ¿Qué haces aquí, joven mago? ¿Por qué viajas en compañía de este caballero que, aunque honorable, está sin embargo consagrado al Mal?

—Soy su prisionero, Hija Venerable —contestó Palin—. Mis dos hermanos han muerto. Los Caballeros de Takhisis han desembarcado en la costa septentrional, cerca de Kalaman. Tanis el Semielfo está de camino a la Torre del Sumo Sacerdote para dar la noticia a los caballeros.

—Un prisionero. Entonces han exigido un rescate.

—Sí, Hija Venerable. Por eso estamos aquí. —Palin guardó silencio, esperando, evidentemente, que la sacerdotisa no le preguntara nada más.

—Vais a la Torre de la Alta Hechicería.

—Sí, Hija Venerable.

De repente, el tigre se agitó, como si acabara de salir del mar y se sacudiera el agua. La gran cabeza se movió con inquietud bajo la mano de Crysania.

—Si buscarais el pago del rescate, joven mago, habríais ido a la Torre de la Alta Hechicería de Wayreth. El Cónclave de Hechiceros es el que decide este tipo de asuntos. —La voz de Crysania se había endurecido.

—Discúlpame, Hija Venerable —dijo Palin con tranquila firmeza—, pero no tengo libertad para hablar de ello. He dado mi palabra de honor a este caballero.

—Y no podemos permitir que se nos considere menos honorables que nuestros enemigos —comentó Crysania con un esbozo de sonrisa—. ¿No es eso lo que quieres dar a entender? Lord Dalamar no sabe que veníais, ¿verdad?

—No, señora —respondió el mago en voz baja.

—Planeáis entrar a través del Robledal de Shoikan. No sobreviviréis. Tu palabra de honor no te servirá de mucho en ese espantoso lugar. Lo sé —añadió, sacudida por un escalofrío—. Lo he cruzado.

Guardó silencio, y de nuevo se sumió en hondas reflexiones.

Steel quería marcharse, pero no sabía cómo salir de la situación. Lady Crysania alzó la cabeza, hacia los dos hombres, sus ojos ciegos mirando a algún punto entre ellos.

—Quizás os estéis preguntando por qué no llamo a la guardia de la ciudad para que se ocupen de vosotros. Este encuentro no ha sucedido por casualidad. No suelo recorrer los alrededores del templo después de medianoche, pero hoy no podía dormir. Supuse que era por el calor y salí buscando un soplo de aire fresco. Pero ahora comprendo que fue voluntad de Paladine que me encontrara con vosotros. Sea lo que sea lo que os proponéis hacer, siento que su voluntad os guía.

Palin rebulló con nerviosismo y miró de soslayo a Steel. El oscuro paladín se encogió de hombros y sonrió. Era de sobra conocido que Takhisis actuaba a veces de forma misteriosa.

—Nunca conseguiréis cruzar vivos el Robledal de Shoikan. Toma. —Crysania se llevó la mano al cuello y sacó un medallón. El oro brilló a la luz plateada de la luna. Soltó el broche de la cadena y tendió el medallón—. Coge esto, Palin Majere. No te protegerá de los espectros que guardan ese horrible lugar, pero aliviará el miedo de tu corazón y te dará fuerza para caminar en la oscuridad.

Palin parecía perturbado, con una expresión tan culpable como la del ladrón al que pillan con la mano en el cepillo para los pobres.

—No puedo aceptarlo, Hija Venerable. No..., no estaría bien. No tienes idea de... —Enmudeció.

Lady Crysania buscó con la suya la mano del mago. La encontró y le puso el medallón en la palma.

—Que Paladine te acompañe —dijo.

—Gracias, señora. —Palin apretó el medallón, sin saber qué otra cosa hacer o decir.

—Tenemos que irnos —instó Steel, decidiendo hacerse cargo de la situación. Saludó a Crysania con una ceremoniosa inclinación de cabeza—. Te ofrecería escolta para regresar a salvo a tus aposentos, señora, pero veo que ya estás bien protegida.

Crysania sonrió, aunque inmediatamente después lanzó un suspiro.

—Creo que lo harías, señor caballero. Me duele ver que tanta nobleza de corazón y espíritu estén consagrados a la oscuridad. ¿Y cómo entrarás tú al Robledal de Shoikan, caballero? Tu reina no tiene dominio allí. Su hijo, Nuitari, es el terrible monarca de ese perverso sitio.

—Tengo mi espada, señora —se limitó a contestar Steel.

La Hija Venerable adelantó un paso, con los ciegos ojos prendidos en él, y de repente Steel tuvo la sobrecogedora sensación de que podía verlo. La mujer extendió su mano hacia él y la posó sobre su pecho, en la armadura con el lirio de la muerte y la calavera. El tacto de la sacerdotisa fue ardiente como una llamarada que desgarrara su alma, y también como agua fresca que le proporcionara alivio. Por primera vez en su vida, Steel se sintió indefenso, sin saber qué hacer.

—Veo que tú también tienes un guardián —le dijo Crysania—. ¡Dos guías! Uno, oscuro, y otro de luz. El guía que está a tu izquierda, al lado del corazón, es una mujer. Viste armadura azul y lleva el yelmo de un Señor del Dragón en una mano y una lanza en la otra. La punta de la lanza está manchada de sangre. Es la que está más cerca de tu corazón. El guía a tu derecha es un hombre, un Caballero de Solamnia. No lleva ningún arma. La vaina a su costado está vacía. Un agujero sangriento, hecho por una lanza, le atraviesa el pecho. Este hombre está más cerca de tu alma. Ambos desean guiarte. ¿A cuál escogerás seguir?

Acabó de hablar y retiró la mano. Steel se tambaleó como si la mujer lo hubiera estado sosteniendo en pie. Buscó una réplica orgullosa, pero no se le ocurrió ninguna. Sólo era capaz de contemplarla sin salir de su asombro. Lo que acababa de describir era su Visión, la que le había otorgado su reina, Takhisis.

El tigre se acercó y apretó su cuerpo rayado contra Crysania, protectoramente. La Hija Venerable les dio las buenas noches.

—Mi bendición va con vosotros —les dijo suavemente.

Con la mano sobre la cabeza del felino, la sacerdotisa de Paladine volvió sobre sus pasos y muy pronto se perdió en las sombras.

Palin miraba pasmado, boquiabierto, a Steel. El caballero negro no estaba de humor para charlas. En parte furioso y en parte asustado, y completamente turbado, Steel giró sobre sus talones y echó a andar rápidamente calle adelante, de vuelta por donde habían venido. Oyó las pisadas del mago, el aleteo del repulgo de la túnica, en su precipitación para alcanzarlo.

El caballero apretó aún más el paso, como si quisiera alejarse de los demonios que tiraban de su alma, disputándosela.

—¡No necesito ningún guía! —susurró, enfurecido—. Crecí solo. No os necesito a ninguno de los dos, ¡ni padre ni madre!

No frenó las rápidas zancadas hasta que salió de un callejón y allí, ante él, vio los árboles del vetusto y aterrador Robledal de Shoikan.

En un tiempo había habido cinco Torres de la Alta Hechicería en Ansalon. Fortalezas de los hechiceros, las torres estaban consideradas como una amenaza por quienes temían el poder de los magos. A fin de protegerse de cualquier ataque, los hechiceros proporcionaron a cada una de ellas un bosque que las guardara. El de la Torre de Daltigoth provocaba un letargo debilitador a cualquiera que se aventurara en él; la persona se quedaba sumida en un profundo sopor carente de sueños. El de la Torre de Istar, demolida durante el Cataclismo, hacía que los que entraban en él olvidaran por completo a qué habían venido. El de la Torre de las Ruinas, en Kendermore, encendía tan ardientes pasiones en el corazón de quienes penetraban en su terreno que perdían el interés por todo lo demás. El bosque que rodeaba la Torre de Wayreth eludía a los intrusos. Por mucho empeño que pusieran, no lograban encontrarlo. Pero, de todos ellos, el Robledal de Shoikan era el más espantoso. Los otros estaban patrocinados por los seguidores de Solinari y Lunitari. Los seguidores de Nuitari, los Túnicas Negras, patrocinaban el Robledal de Shoikan.

Sus gigantescos robles permanecían inmóviles. Ningún viento, ni siquiera los violentos vendavales de ciclones y huracanes, conseguía que se moviera ni una sola hoja. Sus inmensas ramas se entrelazaban, formando un dosel tan denso que la luz del sol no podía atravesarlo. El Robledal de Shoikan estaba envuelto en una noche perpetua, y sus sombras eran tan gélidas como la muerte.

El propio dios Nuitari había lanzado el encantamiento de terror que provocaba la arboleda. Todos los que se aproximaban a ella —incluso aquellos invitados por el señor de la torre— experimentaban un terror paralizante que atacaba al corazón de cualquier ser humano. La mayoría ni siquiera era capaz de estar a la vista de los árboles. Aquellos dotados de un extraordinario valor que lograban llegar hasta el propio robledal, generalmente lo hacían arrastrándose sobre manos y rodillas. Aun eran menos los que habían ido más lejos. Uno fue Caramon Majere; otra, la Hija Venerable Crysania; otra fue Kitiara. Las dos últimas llevaban consigo medallones mágicos para contrarrestar el miedo, para ayudarlas a cruzar la arboleda. En cuanto a Caramon, faltó poco para que perdiera la razón.

Y, ahora, Steel Brightblade se encontraba de pie a la sombra del Robledal de Shoikan. El encantamiento lo afectó, despertando su miedo; un miedo terrible, impotente, debilitador e irracional. Era el miedo a la muerte, una certeza para quienes pusieran el pie dentro de sus límites; el miedo al suplicio y a la tortura que precederían al final; e incluso un miedo mayor al prometido tormento eterno que vendría después.

No podía combatir ese miedo, pues estaba inspirado por un dios. Lo estrujaba, lo consumía, le retorcía las entrañas, le comprimía el estómago, le dejaba la boca seca, agarrotaba sus músculos, le hacía sudar las palmas de las manos. Casi lo hizo caer de rodillas.

Oyó las voces de los espectros, tan secas y quebradizas como huesos:

Tu sangre, tu calor, tu vida. ¡Nuestros! ¡Nuestros! Acércate más. Tráenos tu dulce sangre, tu carne cálida. Tenemos mucho frío, un frío insoportable. Ven, acércate más.

La oscuridad de la arboleda, una oscuridad eterna que jamás alumbraba ninguna luz salvo, quizá, la invisible luz de la luna negra, envolvió a Steel. El caballero rezó a Takhisis, aunque sabía que su plegaria no recibiría respuesta. La potestad de su Oscura Majestad acababa al borde de esta arboleda. Aquí era su hijo, Nuitari, señor de la magia negra, quien ejercía un dominio supremo. Y todos sabían que rara vez atendía a su madre.

Morir en combate; ésa era la suerte que Steel había creído siempre que lo aguardaba. Yacer sobre un sepulcro de mármol, con las armas del enemigo a sus pies, alabado por sus compañeros, que llorarían su muerte. Ésta era la muerte soñada por Steel.

Pero no de este modo, hecho pedazos por las afiladas uñas de los espectros, llevado a rastras bajo tierra, debatiéndose y jadeando, hundiéndose, asfixiándose. Y luego, después de que la muerte llegara como un acto piadoso, su alma quedaría atrapada, esclavizada, obligada a servir al dios de los muertos vivientes, Chemosh.

Una voz, otra voz nueva, interrumpió los gélidos siseos de los esclavos de Chemosh. Una mujer, vestida con armadura azul, salió de las sombras entre los altos árboles. Era encantadora, con el cabello cortado para llevar con comodidad un yelmo. Los oscuros rizos le enmarcaban el rostro. Sus negros ojos eran seductores. Sonrió —una sonrisa sesgada— y se echó a reír. Se reía de él.

—¡Mírate! ¡Sudando y temblando como un niño en la Noche del Ojo! ¿Es que parí a un cobarde por hijo? ¡Por mi reina que si es eso lo que hice, yo misma te entregaré de alimento a Chemosh!

La Dama Oscura se acercó a él con andares contoneantes. Una espada colgaba en su cadera, la capa azul ondeaba constantemente a su alrededor, aunque el irrespirable aire de la noche estaba quieto.

Steel la conocía. Nunca la había visto en vida, pero la conocía. Había venido a él en otra ocasión: durante la Visión.

—Madre... —susurró.

—¡No me llames madre! —dijo con sarcasmo—. Tú no eres hijo mío. Mi hijo no es un cobarde. Yo crucé el temible robledal, y ahí estás tú, ¡pensando en dar media vuelta y huir con el rabo entre las piernas!

—¡No es verdad! —replicó Steel, más encolerizado por el hecho de que, en efecto, había considerado la posibilidad de retirarse—. Yo...

Pero la imagen se desvaneció, desapareciendo de nuevo en la oscuridad.

Con los dientes apretados y la mano sobre la empuñadura de la espada, el caballero echó a andar, dirigiéndose directamente hacia el Robledal de Shoikan. Se había olvidado de Palin; ni siquiera recordaba que existía. Lo aguardaba una batalla, un combate entre el robledal y él. No oyó las precipitadas pisadas que lo seguían. Saltó, sobresaltado, cuando una mano le tocó el brazo. Giró veloz sobre sus talones al tiempo que desenvainaba la espada.

Palin, respirando entrecortadamente, retrocedió un paso al ver su expresión enajenada.

—Steel, soy yo...

La luz del Bastón de Mago lució brillante sobre el rostro del joven mago. Steel lanzó un hondo suspiro de alivio, por el que se sintió avergonzado de inmediato.

—¿Dónde estabas, Majere?

—¡Intentando alcanzarte, Brightblade! Corrías tan deprisa que... Vamos a tener que colaborar los dos para cruzar la maldita arboleda... si es que lo logramos.

Ambos podían oír ahora las voces de los muertos vivientes:

Sangre cálida, sangre dulce, venid a nosotros..., venid...

Palin tenía lívidos hasta los labios. Los nudillos de la mano con la que sostenía el bastón estaban blancos, y la palma resbaladiza por el sudor.

—¡Bendito sea Paladine! —Palin agarró a Steel por el brazo—. ¡Mira! ¡Por los dioses! ¡Viene directamente hacia nosotros!

Steel se volvió, con la espada enarbolada. Y entonces la bajó.

—Pero ¿qué haces? —El joven mago manoseó torpemente el saquillo de los componentes de hechizos—. Tenemos que luchar...

—Mi padre no nos hará daño —dijo suavemente Steel.

Dos guías, había dicho lady Crysania.

Un caballero vestido con una armadura que brillaba como la plata bajo la luz de la luna salió de las sombras del robledal. La armadura estaba decorada con la Rosa, la Corona y el Martín Pescador. Era una armadura antigua, pasada de moda, que databa prácticamente de la época del Cataclismo. El caballero no llevaba espada; se la había entregado a su hijo.

El caballero se paró frente Steel.

—¿Has jurado por tu honor entrar en este lugar maldito? —preguntó Sturm Brightblade.

—Así es, padre —contestó Steel con voz firme. También era firme ahora la mano con la que sostenía la espada.

Los ojos de Sturm, preocupados, tristes, amorosos, orgullosos, parecieron tomar la medida del hombre vivo. Asintió con la cabeza una vez, solemnemente.

—*Est Sularis oth Mithas* —dijo.

Steel inhaló hondo y exhaló muy despacio.

—Entiendo, padre.

Sturm sonrió. Alzó la mano y señaló al cuello de su hijo. Luego, dando media vuelta, se alejó. No desapareció en las sombras, sino que dio la impresión de que las sombras se apartaban a su paso. Se desvaneció en un claro de luz de luna.

—¿Sabes lo que quiso decir? —preguntó Palin en un susurro.

Steel se metió la mano debajo de la armadura y cogió la joya que llevaba colgada al cuello. La sacó. Era una joya de manufactura y diseño elfos, una prenda que intercambiaban los enamorados elfos. Había sido un regalo de Alhana a Sturm; una prenda de amor eterno. Había sido el regalo de Sturm a su hijo. La luz de la joya irradió brillante y fría, un resplandor limpio, penetrante, como un rayo de hielo. O como la afilada punta de una lanza.

—«Mi honor es mi vida.» No avergonzaré a mi madre. No le fallaré a mi padre. Entraremos en el robledal —dijo Steel Brightblade.

19

Tas se aburre. Conversación con un espectro. Poderosa magia kender

Tasslehoff Burrfoot soltó un suspiro. Se dejó caer en la silla pesadamente, miró a su alrededor, y volvió a suspirar.

—Me aburro —manifestó.

Al sonido de estas temidas palabras, cualquiera que haya vivido en Ansalon mucho tiempo intentaría por todos los medios huir como si en ello le fuera la vida. Id a cualquier guerrero veterano y preguntadle: «Disculpa, buen hombre, pero ¿con quién preferirías quedarte encerrado en una habitación: con un ejército de ogros, un regimiento de trolls, una brigada de draconianos, un dragón rojo... o un kender aburrido?».

El guerrero escogerá a los ogros, a los trolls, a los draconianos, incluso al dragón rojo, en todos los casos. Os dirá, como os lo dirá cualquiera al que preguntéis, que no hay en Krynn nada más peligroso que un kender aburrido.

Por desgracia, Usha, que nunca había vivido entre kenders, no sabía esto.

Los dos habían pasado la primera noche de su llegada, el día siguiente y también la segunda noche durmiendo bajo los efectos del hechizo lanzado por Dalamar y Jenna. Tas se despertó primero y, como era un kender muy considerado, puso todo su empeño en no despertar a Usha; incluso, y gracias a un heroico esfuerzo de voluntad, llegó a contener el impulso de hurgar en sus bolsas, una de las cuales estaba utilizando como almohada.

Exploró el cuarto, que estaba repleto de objetos interesantes que Raistlin había reunido consiguiéndolos por todo Krynn. Dalamar había aumentado la colección, y Tas admiró las delicadas figuras de madera que representaban animales y que habían sido talladas por los Elfos Salvajes; las conchas y esponjas sacadas del Mar Sangriento de Istar; las cajas de porcelana decoradas con caprichosas pinturas de pavos reales de Ergoth del Norte; los enormes arcones de madera de cedro primorosamente tallados por los enanos de Thorbardin; y muchos otros objetos de interés.

Todos y cada uno de ellos (a excepción de los arcones de cedro) podrían haber terminado en las bolsas de Tas, y de hecho más de uno de estos artículos acabó colándose «por accidente» en algún bolsillo, aunque con igual rapidez salieron de él. Obviamente, el cuarto estaba a prueba de kenders, protegido con algún hechizo.

—¡Mecachis! —exclamó Tas cuando la concha carmesí de un espinoso erizo de mar saltó de su bolsillo para volver a ponerse en la estantería—. ¿Has visto eso?

—¿Que si he visto qué? —preguntó Usha, adormilada.

—Vaya, pues, que cada vez que una de esas cosas se cae dentro de mi bolsa o de un bolsillo, vuelve a saltar hacia afuera. ¿No es fabuloso? ¡Ven y observa!

Usha miró, pero no pareció muy impresionada.

—¿Dónde están lord Dalamar y esa mujer... Jenna? ¿Dónde han ido?

—La gente está desapareciendo siempre en este sitio —dijo Tas encogiéndose de hombros—. Pero volverán.

Puso de nuevo toda su atención en las cerraduras de los arcones de cedro.

—No quiero que regresen —manifestó Usha con irritación—. Odio este sitio. No me gusta el tal Dalamar. Quiero marcharme. Y voy a marcharme. Vamos, ahora es nuestra oportunidad, mientras están ausentes.

Recogió sus bolsas y se dirigió a la puerta; agarró la manilla y tiró.

La puerta no se movió.

Usha sacudió la manilla, tiró de ella, e incluso propinó patadas a la puerta.

Siguió sin abrirse.

—Creo que está cerrada con llave —comentó Tas amablemente.

—¿Por qué? —Usha parecía perpleja—. ¿Estás seguro?

Tas asintió. Este tipo de situaciones no era nada nuevo ni fuera de lo corriente para el kender.

—Parece que la gente se pasa la vida encerrándome en algún sitio o atrancando puertas para que no entre en otros. Acabas por acostumbrarte.

Las cerraduras de los arcones de cedro también resultaron ser inmunes a la curiosidad del kender y sus intentos de forzarlas. El agujero donde se suponía que debía entrar la llave no paraba de desplazarse de un lado para otro con una falta absoluta de deportividad. Aunque resultó muy divertido durante los diez primeros minutos, Tas no tardó en aburrirse de perseguir el agujero de las cerraduras una y otra vez, y volvió a hacer la manifestación que habría provocado que la mayoría de la gente hubiera salido huyendo y gritando hacia la puerta:

—Me aburro.

Usha, paseando de un lado a otro como un león enjaulado, no contestó. Al pasar ante la ventana se detuvo y se asomó al exterior, esperanzada. Había una larga, larga caída hasta los puntiagudos remates de la alta verja que quedaba debajo. Retrocedió con premura.

—En fin —añadió Tas mientras se daba unas palmadas en las rodillas—, yo diría que hemos hecho todo lo que puede hacerse en este sitio. Salgamos de aquí.

Rebuscó en uno de sus saquillos y sacó el juego de ganzúas que es patrimonio de cualquier kender.

—Estoy seguro de que Dalamar no nos dejó encerrados a propósito. Probablemente echó la llave sin darse cuenta. —Examinó la cerradura y agregó severamente—: Mientras que el ojo de la cerradura *se esté quieto*, puedo enmendar su despiste.

Sacando varias herramientas de aspecto interesante, Tas,

que ya no estaba aburrido, se agachó junto a la puerta y se puso manos a la obra. Usha se acercó para mirar.

—¿Dónde iremos una vez que hayamos salido de este cuarto? —preguntó—. ¿Sabes el camino de salida?

—Sí —dijo Tas, animado—. Es a través del Robledal de Shoikan, una arboleda encantada realmente espantosa, llena de espectros que te quieren devorar la carne y apoderarse de tu alma para que sufra tormentos toda la eternidad. Lo sé. Lo vi una vez, pero no llegué a entrar. Sólo Caramon logró meterse. Hay gente con suerte.

Guardó silencio un momento, con los ojos algo húmedos, recordando los buenos tiempos. Luego, silbando una marcha enana, se limpió la nariz en la manga y, alegremente, reanudó el trabajo que tenía entre manos.

La ganzúa rechinó dentro de la cerradura.

La cerradura no cedió.

Tas frunció el entrecejo, guardó la ganzúa en su lugar, seleccionó otra, y volvió a intentarlo.

—Entonces, tanto da que salgamos o no de este cuarto. Si no podemos cruzar ese robledal, seguiremos atrapados aquí —comentó Usha, desalentada.

Tas hizo una pausa para meditar sobre ello.

—Sé que el robledal impide que entre la gente, pero no he oído decir que le impida salir. Quizá no tengamos ningún problema.

—¿Tú crees? —Usha lo miraba con renovada esperanza.

—Merece la pena intentarlo. —Tas hurgó en la cerradura enérgicamente—. Lo peor que puede suceder es que unas manos esqueléticas salgan del suelo e intenten agarrarnos por los tobillos y arrastrarnos bajo tierra, donde moriríamos en una terrible agonía.

Usha tragó saliva con esfuerzo, sin encontrarle la gracia a todo esto, aparentemente.

—Quizá..., quizá sea mejor que nos quedemos aquí a esperar el regreso de Dalamar. —Se volvió hacia la silla y se sentó.

—¡Lo tengo! —gritó Tas, triunfalmente.

La cerradura hizo un sonoro chasquido, y Tas abrió la puerta.

Dos ojos fríos, incorpóreos, lo contemplaban desde la oscuridad.

—Ah, hola —saludó el kender al espectro, algo desconcertado por la repentina aparición.

—¡Cierra la puerta! —instó Usha—. ¡Deprisa! ¡Antes de que esa..., esa cosa entre!

—Pero si sólo es un espectro —dijo Tas, que tendió la mano cortésmente—. ¿Cómo estás? Me llamo Tasslehoff Burrfoot. Oh, supongo que te resulta algo difícil estrechar la mano, ya que veo que no tienes. Lo siento. Espero que eso no te haga sentir mal. Sé que yo lo pasaría fatal si no tuviera manos. Pero estoy encantado de conocerte. ¿Cómo te llamas?

El espectro no respondió. Los ojos flotaron más cerca, y un frío que helaba los huesos penetró en la habitación.

Usha se levantó de la silla de un salto y corrió a esconderse detrás.

—¡Cierra la puerta, Tas! ¡Por favor, por favor! ¡Cierra la puerta!

—No pasa nada, Usha —dijo el kender, aunque retrocedió un par de pasos involuntariamente—. Pasa —invitó al espectro con amabilidad—. Íbamos a marcharnos...

Los ojos fijos, que no parpadeaban, se movieron de lado a lado, inexorablemente, en un gesto negativo.

—Que *no* nos marchamos —dedujo Tas, no sin cierta irritación. Había pasado en este cuarto más tiempo del que le apetecía. Quizás el espectro se sentía solo y deseaba entablar una agradable conversación.

»Tú eres uno de los muertos vivientes, ¿verdad? ¿Por casualidad conoces a lord Soth? Es un caballero muerto y gran amigo mío.

Los ojos del espectro relucieron con una expresión inconfundiblemente hostil. Tas recordó de pronto que lord Soth había engatusado a Kitiara para que acabara con Dalamar, cosa que estuvo a punto de conseguir, y probablemente no gozaba de las simpatías de quienes guardaban la torre.

—Eh... Ummmm... Bueno, realmente no es tan buen

amigo mío —admitió Tas, que retrocedió otro par de pasos. Los ojos flotaron más cerca, y la temperatura dentro del cuarto alcanzó un nivel desagradable—. Más bien es un conocido. Nunca viene a visitarme ni a comer conmigo ni nada por el estilo. Bueno, pues ha sido un placer charlar contigo, de veras. Y ahora, si haces el favor de apartarte a un lado, saldremos y no te molestaremos más...

—¡Tas! —gritó Usha.

El kender tropezó con el borde del mantel que arrastraba en el suelo y cayó.

El espectro se cernió sobre él un instante, y luego, de repente, desapareció. La puerta se cerró de golpe. El frío disminuyó.

Usha, temblando de pies a cabeza, seguía agazapada detrás de la silla.

—¿Qué era esa cosa? —preguntó.

—Qué tipo más mal educado —comentó el kender al tiempo que se levantaba del suelo y se sacudía la ropa—. Admito que la mayoría de los muertos vivientes que he conocido no son muy buenos interlocutores, a excepción de los espectros con los que nos topamos en el Bosque Oscuro, y que muy amablemente nos contaron la historia de su vida, acerca de por qué sufrían una maldición y todo lo demás. Sólo que se valieron de Raistlin para hablar por su boca. No es que ellos no tuvieran boca, que la tenían, aunque no labios. Fue realmente fantástico. Este espectro no tiene ni boca ni nada, y supongo que ése es el motivo por lo que no habla. ¿Te gustaría que te contara la historia del Bosque Oscuro? Puesto que Raistlin es tu padre...

—¡Sólo quiero salir de este espantoso sitio! —gritó Usha con brusquedad. Temblaba de miedo, pero también empezaba a estar muy enfadada—. ¿Por qué nos tienen prisioneros? ¡No lo entiendo!

—Probablemente porque Raistlin es tu padre —sugirió el kender tras considerar el asunto—. Dalamar fue aprendiz de Raistlin, pero el elfo oscuro también era un espía del Cónclave que vigilaba a Raistlin porque era un mago renegado y no se fiaban de él. Raistlin sabía que Dalamar era un espía, y lo castigó abriéndole unas llagas en el pecho. Esas llagas sangrantes siguen sin cerrarse y siguen doliéndole, pero no se te ocurra pedirle a Dalamar que te las enseñe, pues eso lo pone de un humor de perros. Lo sé, porque se lo pedí una vez.

»Después de aquello, el elfo oscuro iba a matar a tu padre cuando éste intentara regresar del Abismo a través del Portal después de haber estado a punto de derrotar a la Reina Oscura, que fue cuando Caramon intentó cruzar el robledal y Tanis estuvo a punto de luchar contra lord Soth, sólo que no pudo porque yo le había quitado el brazalete mágico... —Tas tuvo que hacer un alto para coger aire. Usha lo miraba con los ojos muy abiertos.

—Ese Raistlin... quiero decir mi padre... ¿Mi padre hizo todo eso? ¡No me contaste esa parte! —Se hundió en la silla, desmadejada—. ¡No es de extrañar que Dalamar no confíe en mí! ¡Jamás me dejará salir! ¡Puede que incluso me mate!

—No lo creo. —Tas reflexionó sobre el asunto—. Pero tal vez te lleve ante el Cónclave de Hechiceros. Si lo hace, ¿querrás llevarme contigo?

Usha gimió y se llevó las manos a la cabeza.

—¡No quiero ir a ningún Cónclave de Hechiceros! ¡Sólo quiero ir a casa!

A Tas le resultaba difícil asimilar esta idea, ya que padecía de la enfermedad del «ansia viajera» desde muy temprana edad. Sabía por sus amistades que la nostalgia del hogar era un defecto en los humanos.

—Estoy seguro de que encontraría alguna forma para que saliéramos de aquí si me pusiera a ello en serio. Pero ¿qué me dices de esos objetos mágicos que llevas contigo? —Tas señaló la bolsa de Usha—. Le dijiste a Dalamar que eras una poderosa hechicera. Claro que siendo hija de Raistlin es lógico que lo seas. ¡Me encantan los hechizos! Y me gustaría mucho ver alguno de los tuyos.

Usha echó una ojeada nerviosa a las bolsas, sobre todo a la que guardaba los objetos mágicos.

—No creo que lleve nada ahí que pueda servirnos de ayuda.

—Pero no lo sabes con certeza. ¡Echemos un vistazo! Te ayudaré a hacer un repaso de lo que llevas —se ofreció Tas, magnánimo—. Se me da realmente bien seleccionar y ordenar cosas, y también encontrarlas. Es sorprendente las cosas que le aparecen a la gente cuando buscan en mis saquillos. ¡Encuentran objetos que ni siquiera sabían que habían perdido!

—Estoy segura de que ahí no hay nada que pueda ayudarnos —dijo Usha al tiempo que acercaba más hacia sí las bolsas, lo que ponía de manifiesto que empezaba a aprender algo sobre los kenders, después de todo—. Pero ¿por qué no miras en tus saquillos? Puede que tú sí encuentres algo.

—Es verdad. Nunca se sabe. —Tas se sentó en el suelo y empezó a hurgar dentro de sus bolsas. Apareció un trozo de queso medio mohoso; un murciélago muerto y muy tieso; un huso; un tintero con la tinta seca; un libro con el nombre «Haplo» escrito en la guarda («no sé quién es»); un huevo cocido; y una cucharilla de plata.

—¡Ajá! —exclamó Tas.

Usha, que echaba un vistazo en su propia bolsa subrepticiamente, dio un brinco de sobresalto.

—¿Qué ¿Qué pasa?

—¡Lo encontré! —dijo el kender con expresión reverente—. Un artefacto sagrado. —Lo alzó hacia la luz—. ¡La Cuchara Kender de Rechazo!

—¿Estás seguro? —Usha se inclinó hacia adelante y la examinó con detenimiento—. Se parece a las cucharas que utilizamos anoche para cenar. Tiene incluso mermelada de fresa pegada.

—No te asustes, Usha, pero eso es sangre —dijo Tas, solemne—. Es la Cuchara Kender de Rechazo. La reconocería en cualquier parte. Mi tío Saltatrampas llevaba una con él siempre. Tenía un dicho: «La mayoría de los muertos vivientes tienen más miedo de ti que tú de ellos. Sólo quieren que se los deje en paz para aparecerse, aullar y hacer sonar sus cadenas. Pero de vez en cuando te topas con uno que quiere comerte los hígados. Entonces es cuando necesitas la Cuchara Kender de Rechazo».

—¿Cómo funciona? —Usha no parecía muy convencida.

Tas se puso de pie.

—Debes mostrarla con decisión. Sostenerla en alto delante del espectro o del esqueleto guerrero o de cualquier otro tipo de trasgo que puedas encontrarte. Y entonces dices con voz firme, para que no haya ningún malentendido: «márchate» o «lárgate», no estoy seguro. En cualquier caso, cuando el espectro está concentrado en la cuchara...

—Paso a hurtadillas a su lado y cruzo la puerta —intervino Usha con entusiasmo—. Y entonces, cuando el espectro se vuelva a mirarme, te escabulles tú y cruzas la puerta. ¿Qué te parece?

La sugerencia había desconcertado al kender.

—Pero no necesitaremos escabullirnos, Usha. Para cuando haya terminado con él, el espectro obedecerá todas mis órdenes. ¡Puede que lo lleve con nosotros! —añadió, inspirado.

—No. —Usha se estremeció—. No creo que ésa sea una buena idea.

—¡Pero nunca se sabe cuándo te puede venir bien un espectro! —argumentó Tas, mohíno.

Usha iba a razonar con lógica, señalando que un espectro sería un compañero muy desagradable, por no mencionar un potencial peligro. Pero se tragó su lógica a tiempo. Estaba aprendiendo mucho sobre los kenders.

—¿Y qué pensaría Dalamar de nosotros si le robamos un espectro? —preguntó con gesto grave. Se colgó las bolsas—. Se pondría furioso, y no lo culparía por ello.

—¡No se lo robaría! —protestó el kender, escandalizado por la acusación—. Sólo quiero tomarlo «prestado» un tiempo, enseñárselo a unas cuantas personas... Oh, está bien, supongo que tienes razón. Además, puedo volver más adelante y coger uno.

Guardó todas sus posesiones en los saquillos. Una o dos cosas que no eran suyas y que por «casualidad» también habían ido a parar a ellos volvieron a salir por sí mismas.

Aferrando la cuchara en la mano izquierda, la sostuvo en alto frente a él y echó a andar audazmente hacia la puerta.

—Abre tú —le dijo a Usha.

—¿Yo? —La joven dio un respingo—. ¿Por qué yo?

—Porque yo tengo que estar aquí plantado dando la cara y sosteniendo la cuchara —contestó Tas algo irritado—. No puedes esperar que actúe valientemente y abra la puerta al mismo tiempo.

—¡Oh, de acuerdo!

Usha avanzó sigilosa hacia la puerta, pegada a la pared. Alargó una mano y agarró el picaporte con cautela; contuvo la respiración y dio un tirón a la manilla. La puerta se abrió. Los dos ojos incorpóreos —ahora entrecerrados en un gesto de ira— empezaron a flotar hacia adentro.

Tas adelantó la cuchara hacia lo que suponía era la cara del espectro.

—¡Aléjate de aquí inmediatamente! ¡Márchate! Vuelve a... a dondequiera que vengas. —Tas no fue muy preciso en este punto. Suponía que era el Abismo, aunque, claro, nunca se sabía, y no quería herir los sentimientos del espectro.

»Márchate, guardián, y déjanos en paz. —Eso era una rima, y Tas, bastante orgulloso de su talento poético, la repitió—: Márchate, guardián, y déjanos en paz.

El espectro no miraba la cucharilla con el debido respeto, teniendo en cuenta que ésta era la sagrada Cuchara Kender de Rechazo. Los ojos espectrales estaban, de hecho, mirando a Tas con una expresión letal. Un frío gélido, como el de la tumba, hizo que los dientes del kender castañetearan. Pero al menos el espectro miraba a Tas, no a Usha, que casi había cruzado la puerta y se dirigía a la escalera.

En ese momento los ojos empezaron a girarse.

—¡Alto! —gritó el kender con toda la osadía de que fue capaz—. ¡Deténte y desiste! —Era lo que había oído decir una vez a un alguacil, y le encantaba esta exclamación.

La mirada del espectro siguió moviéndose.

—¡Corre, Usha! —gritó.

La joven no podía. El gélido frío entumecía huesos y músculos, helaba la sangre en las venas. Tiritaba de pies a cabeza, incapaz de moverse un solo centímetro. El espectro estaba casi encima de ella.

Tas, enfadado de verdad —al fin y al cabo, ésta era la Cuchara Kender de Rechazo— se puso de un salto delante del espectro.

—¡Lárgate! —le gritó.

Los ojos se volvieron hacia él, hacia la cucharilla. De repente, los ojos se abrieron de par en par, parpadearon, se cerraron y desaparecieron.

El frío cesó. La puerta seguía abierta.

A lo lejos, una campanilla de plata tintineó débilmente.

Usha miraba fijamente, no a la cuchara, sino a algún punto del fondo del cuarto.

—¡Lo hice retroceder! —La voz de Tas sonaba algo sorprendida—. ¡Lo hice marcharse! ¿Lo viste, Usha?

—Vi algo —repuso ella, con voz temblorosa—. Detrás de ti. Era un hombre que llevaba ropas negras. Una capucha le cubría el rostro. No pude ver...

—Seguramente sería otro espectro —dijo Tas. Se dio media vuelta, presentando la cucharilla con gesto osado—. ¿Está aún ahí? Haré que se marche.

—No, ya no está. Desapareció después de que lo hiciera el espectro, cuando sonó esa campanilla.

—Oh, vale. —Tas estaba desilusionado—. Quizás en otra ocasión. De todas formas, la puerta está abierta. Podemos marcharnos.

—¡Cuanto antes, mejor! —Usha se encaminó hacia la salida, vaciló y se asomó a la escalera—. ¿Crees que el espectro se ha marchado de verdad?

—Desde luego que sí. —El kender frotó la cucharilla contra la pechera de su camisa. Hecho esto, se la guardó en el bolsillo que tenía más a mano, por si necesitaba utilizarla otra vez, y salió del cuarto.

Usha lo siguió de cerca.

Salieron a un amplio rellano. La escalera ascendía y descendía en espiral. El interior de la torre estaba oscuro, pero al llegar ellos aparecieron en las paredes unas parpadeantes llamas cuya fuente de combustión era invisible. A la tenue luz que arrojaban estas espeluznantes llamas, Tas y Usha vieron que la escalera no tenía barandilla ni otro tipo de cerramiento. El centro de la torre era un hueco. Un paso mal dado en los estrechos escalones podía ser el último.

—Hay una buena caída hasta abajo —comentó el kender mientras se asomaba temerariamente por el borde de la escalera a las sombras del hueco central.

—¡No hagas eso! —Usha lo agarró por la correa de una de sus bolsas y tiró de él hacia atrás, contra la pared—. ¿Hacia dónde vamos?

—¿Hacia abajo? —sugirió Tas—. La salida está en esa dirección.

—De acuerdo —musitó la joven. El camino no parecía muy prometedor ni en una ni en otra dirección. Echó una última mirada atrás, al cuarto que abandonaban, medio temiendo, medio esperando, ver de nuevo la extraña figura vestida de negro.

La habitación estaba vacía.

Pegados a la pared, agarrados de la mano —por si acaso alguno de los dos resbalaba, comentó amablemente Tas— empezaron a bajar la escalera lenta y cuidadosamente. Nada ni nadie los molestó hasta que llegaron al nivel inferior.

Allí, en la planta baja, los aprendices de mago, que estudiaban bajo la tutela de Dalamar, tenían sus aposentos. Tas empezaba a soltar un suspiro de alivio por haber llegado al final de tan largo descenso, cuando oyó el susurro de túnicas, las suaves pisadas de pies calzados con zapatillas, y el sonido de voces altas. Una luz alumbró la oscura escalera.

—Vaya, me pregunto qué está pasando —dijo el kender—. Quizá sea una fiesta. —Reanudó el descenso con entusiasmo.

—¡Es Dalamar! ¡Ha vuelto! —susurró la muchacha, atemorizada.

—No, ésa no es su voz. Será la de alguno de sus discípulos. —Escuchó un momento las voces—. Parecen muy alterados. Voy a ver qué pasa.

—¡Pero si los discípulos nos sorprenden nos harán volver a la habitación!

—Bueno, pues entonces pasaremos otro rato divertido intentando salir —repuso Tas alegremente—. Vamos, Usha, ya se nos ocurrirá algo. No podemos quedarnos en esta aburrida escalera toda la noche.

—Supongo que tienes razón. Esas voces suenan a personas de verdad, vivas. ¡Puedo enfrentarme a gente de verdad! Además, si nos quedamos aquí, alguien acabará por encontrarnos, y parecerá menos sospechoso si salimos a descubierto, sin andar escondiéndonos.

—¿Sabes una cosa? —Tas la miraba con admiración—. Si no tuvieras ascendencia irda, diría que tienes antepasados kenders. Tómalo como un cumplido —añadió apresuradamente. A veces, cuando decía esto, la gente intentaba darle un puñetazo.

Pero Usha parecía halagada. Sonrió, cuadró los hombros, levantó la cabeza y empezó a bajar la escalera hacia la luz.

Tas tuvo que darse prisa para alcanzarla. Los dos estuvieron a punto de chocar con un Túnica Roja que apareció corriendo por la esquina. El mago se frenó en seco y los miró atónito.

—¿Qué sucede? —preguntó Usha con calma—. ¿Podemos ayudar?

—¿Quién infiernos sois y qué hacéis aquí? —demandó el Túnica Roja.

—Me llamo Usha... —La joven hizo una pausa.

—Majere —completó Tas.

—¡Majere! —repitió el joven mago, sobrecogido. Casi dejó caer el libro de hechizos que llevaba en las manos.

—¡Ya has metido la pata! —Usha miraba al kender con simulada furia—. ¡Se suponía que no tenías que decirlo!

—Lo siento. —Tas se llevó la mano a la boca.

—En fin, ahora ya lo sabes. —La joven suspiró de manera teatral—. Resulta tan difícil esto de la popularidad... La gente no me deja en paz. No se lo dirás a nadie, ¿verdad? A Dalamar no le haría gracia.

—Soy Tasslehoff Burrfoot, Héroe de la Lanza —se presentó el kender, pero el Túnica Roja no se mostró impresionado, y parecía haber olvidado la existencia de Tas. Miraba a Usha con una expresión de veneración, con el corazón y el alma en los ojos.

—Lo prometo, señorita Majere —dijo suavemente—. No se lo diré ni a un alma.

—Gracias. —Usha sonrió; una sonrisa que parecía decir «Estamos solos los dos, tú y yo, contra el mundo».

El Túnica Roja no cabía en sí de placer. A Tas le sorprendió que el aprendiz no empezara a derretirse a sus pies.

—Tal vez me quede a estudiar aquí, con vosotros —siguió Usha mientras echaba un vistazo a su alrededor para ver si el sitio le gustaba—. Todavía no lo he decidido. —Volvió los ojos hacia el mago—. Pero creo que me gustaría este lugar.

—Espero que sí —dijo él—. Es muy cómodo y acogedor.

—Oscuro, húmedo y con un olor raro —observó Tas—. He estado en prisiones que eran mejores, pero supongo que debe de tener sus compensaciones.

El Túnica Roja parpadeó y cayó de repente en la cuenta de que había un kender en la Torre de la Alta Hechicería. Lanzó una mirada fulminante a Tas, ceñudo.

—¿Qué haces tú aquí? Mi maestro jamás permitiría que un...

Usha cogió al hombre por el brazo y se aproximó a él.

—Estábamos profundamente dormidos en los excelentes aposentos que nos proporcionó lord Dalamar cuando oímos repicar una campana. Creímos que podía ser...

—¡Un incendio! —se apresuró Tas a concluir la frase—. ¿Hay un incendio? ¿Vamos a quemarnos todos como tizones? ¿Es por eso por lo que tocaba la campana?

—¿Repicar una campana? —El Túnica Roja tenía una

expresión como si estuviera escuchando campanillas desde que había puesto los ojos sobre Usha. Pareció salir de un trance—. ¡Campanas! ¡La campana de plata! ¡He de irme! —Se soltó con brusquedad.

—¡Hay un fuego! —Tas volvió a agarrarlo.

—No, no lo hay —replicó el joven aprendiz, enfadado—. Suéltame. ¡Y devuélveme eso! —Le quitó de un tirón el rollo de pergamino que tenía el kender en las manos, un pergamino al que le faltaban pocos centímetros para desaparecer en uno de los saquillos de Tas.

—Qué suerte tienes de que lo encontrara —dijo el kender con seriedad—. Podrías haberlo perdido. ¡Eh, la campana suena otra vez! El fuego debe de estar extendiéndose.

—No es ningún fuego. La campana de plata significa que alguien ha entrado en el Robledal de Shoikan. Tengo que irme —repitió el Túnica Roja, pero era incapaz de apartar los ojos de Usha—. No te muevas, aquí estarás a salvo.

«¡El Robledal de Shoikan!», dijo Tas para sus adentros. «¡Y los intrusos serán arrastrados bajo tierra por los espectros y yo no estaré allí para verlo! A menos que...» Tuvo una idea. «¡A menos que vaya allí para salvarlos!»

Sacó del bolsillo la cucharilla de plata y, antes de que Usha o el Túnica Roja pudieran impedírselo, salió a todo correr hacia la entrada de la torre.

20

Túnica Blanca. Armadura negra

Las espantosas voces del Robledal de Shoikan guardaban silencio. Las manos de los espectros, que intentaban arrastrar a sus víctimas bajo tierra para que se unieran a ellos en su eterna y hambrienta oscuridad, se agitaban incansables debajo de las hojas putrefactas, pero no atacaban. Los árboles mantenían su severa vigilancia, pero parecían dispuestos a dejar pasar al caballero y al mago.

Codo con codo, los dos jóvenes entraron juntos en la horrenda arboleda. Las voces de los muertos los instaban a seguir adelante, los incitaban, engatusadoras, a continuar.

El camino no era fácil. No existía ninguna senda en el Robledal de Shoikan, al menos, no para Steel y Palin. Tenían que abrirse paso a medida que avanzaban, luchando contra la maleza enmarañada y espinosa; los olores nocivos a muerte y putrefacción casi los asfixiaban. En el mundo fuera del Robledal de Shoikan, el suelo estaba seco y abrasado por el sol, cubierto de polvo. Dentro de la arboleda, la tierra estaba empapada de humedad; el cieno rezumaba bajo sus pies, y un agua salobre cubría las huellas que dejaban a su paso. El aire era frío y neblinoso, y una humedad —como el sudor de un enfermo febril— les cubría la piel y les escurría por el cuello.

Cada paso era una experiencia aterradora. Los muertos del robledal no decían nada en voz alta. Susurraban palabras apenas inteligibles, pero rebosantes de odio y de una horrible ansia.

Steel se puso al frente, sosteniendo la espada desenvainada con las dos manos y levantada para atacar. Estaba vigilante, alerta, haciendo cada movimiento con extremada precaución. Palin lo seguía, caminando a la luz del Bastón de Mago que utilizaba para alumbrarles el camino. Quizá fuera fruto de la imaginación sobreexcitada, pero le daba la impresión de que unas manos esqueléticas retrocedían cuando la luz del cayado iluminaba los huesos.

El trayecto parecía interminable. El miedo convertía los segundos en horas, las horas en años. La susurrante oscuridad, el asfixiante hedor, el frío que se metía en los huesos y dejaba los dedos entumecidos empezaron a hacer efecto tanto en el guerrero como en el mago.

El suelo estaba cada vez más mojado, y caminar se hacía más difícil a cada momento. Steel, con sus pesadas botas y la carga de la armadura, se hundía hasta los tobillos en el repugnante y pegajoso cieno. Cada paso que daba requería de un gran esfuerzo para sacar el pie del barro, y se convertía en una brega contra el lodoso terreno; al poco tiempo respiraba de manera jadeante y el agotamiento se empezaba a apoderar de él. Las piernas le ardían por el esfuerzo. Intentó encontrar terreno más firme, mirando dónde ponía los pies, pero no sirvió de nada. A cada paso se hundía un poco más; cada vez le costaba más soltarse del barro. Cansado, mucho más cansado de lo que debería haber estado, casi sin respiración, hizo un alto y volvió la vista hacia las huellas que dejaba tras de sí.

Se estaban cubriendo de sangre.

Palin no tenía dificultad para caminar; marchaba con ligereza sobre el terreno, sin dejar huella de su paso. Podía andar, pero no respirar.

Bajo los árboles, el aire parecía líquido que fluía por su nariz y su boca como agua oscura y aceitosa. Se atragantó, tragó con esfuerzo y volvió a atragantarse. Los pulmones le ardían. Inhaló profundamente, pero sólo consiguió que le diera una arcada y vomitara como si hubiese bebido agua estancada. Empezó a ver minúsculos puntos luminosos; se estaba ahogando lentamente, y empezó a perder el sentido.

Boqueando para coger aire, se vio obligado a detenerse junto a Steel.

Los muertos los esperaban.

Unas manos descarnadas que no eran más que hueso y tendones salieron de la negra marga y agarraron a Steel por las espinillas. Unas voces crujientes como huesos resecos farfullaban y reían. Las manos tiraron hacia abajo con fuerza inhumana, intentando arrastrar al caballero bajo tierra para que se uniera a ellos en una muerte sin descanso.

Blandiendo su espada al tiempo que lanzaba un grito, Steel descargó sobre las manos la reluciente hoja.

Más manos aferraron los pies del caballero, cerrándose en torno a sus tobillos. La espada cercenaba manos de las esqueléticas muñecas. Una mano caía cortada, pero al punto era reemplazada por otra, y otra más después. Estaba perdiendo la batalla; lo estaban arrastrando bajo tierra inexorablemente. De hecho, ya estaba hundido en la ciénaga hasta las rodillas.

Palin se adelantó presuroso para ayudarlo. Con las palabras de un hechizo en los labios, se esforzó para inhalar el aire que necesitaba para pronunciarlas en voz alta. Pero fue incapaz de hablar; el poco aire que conseguía coger tenía que usarlo para respirar y evitar asfixiarse. Desesperado, golpeó las manos con la punta del bastón.

Los huesos se rompieron, los tendones se partieron.

Animado, continuó el ataque, y de repente notó que podía respirar con más facilidad. También Steel luchaba con renovada esperanza, y consiguió mover las piernas.

—¡Agárralo! —gritó Palin mientras le tendía la punta del bastón.

Steel extendió la mano hacia él.

Unos fríos huesos se cerraron sobre la garganta de Palin, hincándose en la carne. Un dolor ardiente, lacerante, lo recorrió de la cabeza a los pies. Sus extremidades se sacudieron con movimientos espasmódicos. El Bastón de Mago cayó al suelo, y la brillante luz del cristal se apagó.

La oscuridad, densa y palpable, se abalanzó sobre ellos como si les hubiera puesto una emboscada y sólo estuviera esperando que se le presentara la ocasión para atacar. Palin tiró de las manos con frenesí, con un pánico creciente, y, de pronto, supo lo que tenía que hacer. El recuerdo de sus hermanos, entrenándose en la lucha cuerpo a cuerpo, acudió a su memoria con desesperada claridad. Vio a Tanin agarrar a Sturm por el cuello desde atrás, y vio a Sturm plantar los pies firmemente y empujar hacia atrás; recordó cómo Tanin había caído patas arriba, soltando su presa.

Palin plantó los pies tan firmemente como le fue posible en el terreno cenagoso y, con todas sus fuerzas, se arrojó hacia atrás. Al no haber ningún cuerpo sólido que detuviera su caída, cayó en medio de la oscuridad, y se dio un fuerte golpe en el suelo que lo dejó sin el poco resuello que le quedaba. Pero había conseguido que las manos le soltaran la garganta.

Quedó tumbado, boqueando para coger aire, sabiendo que tenía que moverse, pero demasiado débil para intentarlo todavía. Miró a lo alto y creyó ver brillar una estrella en medio de la oscuridad; se preguntó maravillado cómo era esto posible, hasta que cayó en la cuenta de que se trataba de la luz de la Joya Estrella, que relucía sobre el pecho de Steel.

—¡Deprisa, Majere! —ordenó el caballero mientras le ofrecía la mano para ayudarlo a levantarse—. Se han ido... de momento.

El joven mago no cogió la mano tendida. Se puso de rodillas y empezó a tantear entre las hojas podridas. La oscuridad susurraba a su alrededor.

—¿Qué ocurre? ¿Estás herido? —preguntó Steel.

—¡Mi bastón! ¿Dónde está? ¡No lo encuentro! ¡No veo nada! —Palin tanteaba las hojas mojadas.

—¡Date prisa, mago! —lo urgió Steel.

El caballero se plantó, protectoramente, a su lado, escudándolo con su cuerpo y con la espada desenvainada.

—¡Lo tengo! —exclamó Palin con alivio. Su mano se cerró sobre la suave madera y de inmediato el cristal brilló radiante. Apoyándose en el cayado, se puso de pie.

Y allí, ante ellos, estaba la Torre de la Alta Hechicería. Era un edificio alto, construido con magia y mármol negro, que se elevaba hacia el oscuro cielo. Ni siquiera las estrellas lucían sobre la Torre de Palanthas. Las tres lunas sí lo hacían. Los muros de mármol relucían a la luz de Solinari, pues, aunque Solinari era un dios reverenciado por los Túnicas Blancas, él —como sus hermanos— reverenciaban a toda la magia. En lo alto de la torre, los rayos rojos de Lunitari relucían sobre los minaretes, que parecían estar teñidos con sangre. Por encima de ellos, más arriba de la galería conocida como la Avenida de la Muerte, se cernía Nuitari, la luna negra, guardiana especial de esta torre y sólo visible para los Túnicas Negras.

—Lo hemos conseguido —dijo Palin, con un nudo en la garganta.

El momento tan esperado había llegado. Casi echó a correr, pero los acontecimientos le habían enseñado a actuar con precaución. Esperó a que el caballero lo precediera.

A despecho de la fatiga, Steel echó a andar rápidamente. Él, también, se sentía aliviado al ver que la travesía de la arboleda llegaba a su fin. Juntos, caminando ahora a la luz de las dos lunas visibles, se acercaron a la cancela de hierro.

Que ellos vieran, no había ninguna cerradura. Daba la impresión de que la cancela se abriría con sólo empujarla. Sin embargo, ninguno de los dos alargó la mano ni deseaba tocar aquella reja, que chorreaba con la extraña, misteriosa humedad del Robledal de Shoikan.

No se veía a nadie. En las ventanas no brillaba ninguna luz, pero eso podía ser una ilusión. Quizás había —casi seguró que había— varios ojos observándolos.

—Bueno, Majere, ¿a qué esperas? —Steel señaló la cancela con su espada—. Éste es tu terreno. Adelante.

El joven mago no podía discutirle tal circunstancia, de manera que dio unos pasos y puso la mano en la verja.

Ésta se abrió suavemente.

Palin cobró ánimos. Se volvió a mirar a Steel con algo parecido a un abatido triunfo. Ahora le tocaba a él ir delante.

—Vamos —dijo—. Se nos ha invitado a entrar.

—Qué afortunados somos —rezongó Steel sin bajar la espada. Cruzó la cancela y entró en un patio ajardinado. Era un jardín extraño.

En él crecían muchas hierbas y flores que se utilizaban para componentes de hechizos. Cultivadas y cuidadas por los aprendices de mago, la mayoría de estas plantas crecían por la noche, desarrollándose con la luz invisible de Nuitari. Belladona, lirio de la muerte, orquídeas negras, rosas negras, ruda, dulcamara, beleño, adormidera, mandrágora, ajenjo, muérdago... Su perfume dulzón, cargado, intenso, saturaba el aire.

—No cojas ni toques ninguna de las plantas —advirtió Palin mientras caminaban por los húmedos adoquines grises del patio.

—No es la clase de ramillete que me gustaría —contestó Steel, aunque se detuvo para hacer una leve reverencia ante el lirio que era el símbolo de su orden.

Palin se estaba planteando cómo entrar en la torre propiamente dicha —guardaba un vago recuerdo de que había una campana— cuando los vio. Por todas partes, a su alrededor.

Ojos. Ojos inmóviles, sin pestañear. Sólo ojos.

Nada de calaveras, ni cuellos, ni brazos, torsos o piernas.

Ojos y manos.

Manos espantosas. Manos de fría muerte.

Steel estaba detrás de Palin.

—¿Qué son ésos? —siseó el caballero al oído del mago.

—Los guardianes de la torre —advirtió Palin—. No..., no dejes que se acerquen a ti.

Los ojos se deslizaron hacia ellos, aproximándose. Tenía que haber centenares, brillando pálida y fríamente a la luz de Nuitari.

—¿Cómo, en nombre del Abismo, se supone que puedo impedírselo? —Steel se pegó a Palin, protegiendo la espalda del mago, del mismo modo que Palin guardaba la del caballero—. ¡Haz algo! ¡Di algo!

—Soy Palin Majere —exclamó el mago en voz alta—. ¡Apartaos!

—Majere... Majere... Majere...

El nombre se repitió como un eco en los muros de la torre, resonando a través del patio como el tañido de campanas disonantes, terminando en una risa burlona.

Palin se estremeció. La mandíbula de Steel se tensó; el semblante del caballero brillaba por el sudor.

Los ojos seguían acercándose más y más. Unas manos blancas, incorpóreas, aparecieron en la oscuridad. Los dedos esqueléticos señalaban los palpitantes corazones de los dos seres vivos. Un leve roce, y la sangre se les congelaría, el latido del corazón cesaría.

—¡En nombre de Chemosh, os ordeno que os apartéis! —gritó Steel de repente.

Los ojos relucieron... pero sólo de cólera.

—Yo no mencionaría ese nombre otra vez —advirtió Palin en voz queda—. Aquí sólo se respeta a un dios.

—¡Entonces, haz tú algo, señor mago! —replicó con dureza Steel.

—He venido a ver a Dalamar —explicó el joven mago desesperadamente—. Vengo a visitar a vuestro señor.

—Es mentira... mentira... mentira...

Las palabras eran como el susurro de túnicas invisibles, harapientas, como el chasquido de dedos huesudos, como el parpadeo de blancos ojos helados.

Los guardianes espectrales se acercaron todavía más y formaron un círculo alrededor del mago y del caballero. Los dos estaban espalda contra espalda, Palin con el bastón levantado, Steel enarbolando la espada. Pero la luz del cristal del cayado se estaba debilitando rápidamente. Steel hizo un amago con la espada a uno de los espectros. El arma silbó, sesgando únicamente la noche. Los espectros se aproximaron.

—¡Tío! —gritó Palin—. ¡Es a ti a quien he venido a ver! ¡Tío, necesito tu ayuda!

La puerta de la torre se abrió y de ella fluyó la oscuridad. Los espectros frenaron su avance; los fríos y pálidos ojos se volvieron en aquella dirección.

Palin tembló, atenazado por el miedo, la excitación, el sobrecogimiento. Se inclinó hacia la oscuridad.

—¿Tío? —preguntó.

—¡No os mováis! —respondió una voz—. ¡Quedaos donde estáis! ¡Ya voy! ¡Ya voy! ¡Os salvaré!

De la oscuridad salió corriendo Tasslehoff Burrfoot.

21

La puerta se abre. El jardín de Nuitari. El camino está preparado

¡Tío Tas! —exclamó Palin sin salir de su asombro.

—Supongo que no era *este* tío el que tenías en mente —dijo Steel, ceñudo.

—No. —Palin estaba desconcertado—. No se me...

—¡La... tengo... aquí! —El viejo kender resollaba por el esfuerzo de la carrera. Se detuvo en los escalones que conducían a la puerta de la torre y agitó en el aire algo brillante—. No te preocupes...

—¡No te acerques más, tío Tas! —gritó, asustado, el mago—. ¡Vuelve! ¡Vuelve dentro!

—¡No, no! —repuso el kender a gritos—. No lo entiendes. ¡La tengo! ¡Ahora estás a salvo!

Antes de que Palin pudiera decir una palabra más, Tas bajó disparado la escalera y corrió directamente hacia los espectros.

La débil luz del bastón centelleó en el objeto que el kender llevaba en la mano: una cucharilla de plata.

—¡Marchaos, asquerosos espectros! —ordenó poniendo una voz profunda, brusca, autoritaria, como suponía que haría un clérigo. Sin embargo, mantener aquel tono profundo resultó demasiado para él, y estuvo a punto de ahogarse. En medio de toses y carraspeos, consiguió repetir—: ¡He dicho que os marchéis! ¡Fuera! ¡Largaos!

Agitó la cucharilla frente a los espectros.

—Vamos a morir —pronosticó Steel.

—No —dijo Palin tras observar la escena un momento, atónito—. No lo creo.

Los ojos se fueron cerrando de dos en dos. Las letales manos esqueléticas desaparecieron bajo mangas invisibles. El patio quedó desierto, y la puerta de la torre seguía abierta.

La luz del bastón relució brillante en los ojos de Tas mientras el kender se dirigía brincando hacia ellos para saludarlos.

—La Cuchara Kender de Rechazo —dijo con orgullo mientras la levantaba para que Palin la viera.

El joven mago iba a examinarla para comprobar si en la cuchara había algún tipo de magia, pero, antes de que tuviera oportunidad de hacerlo, Tas se la guardó en un bolsillo y pasó a otros asuntos.

—¿Cómo estás? —saludó cortésmente a Steel al tiempo que le tendía la pequeña mano—. Soy Tasslehoff Burrfoot, pero mis amigos me llaman Tas. Salvo Palin, que me llama tío Tas —añadió, como si acabara de ocurrírsele la idea—. En realidad no soy su tío, pues Caramon y yo no somos parientes. Soy un amigo de la familia. Cuando eran más pequeños que yo solían llamarme «abuelito», pero acabó pareciendo un poco estúpido cuando crecieron y se hicieron más grandes que yo, así que, tras una charla, decidimos cambiarlo por «tío». Hubo un tiempo en que tuve un tío, Saltatrampas. Era el que poseía la cuchara. Caray, ésa sí que es una armadura fabulosa. Con un aspecto tan maravillosamente perverso con esas calaveras y lirios de la muerte. ¡Ya sé! ¡Tienes que ser un Caballero de Takhisis! He oído hablar de vosotros, pero no había visto a ninguno. Esto es un verdadero privilegio. ¿Mencioné que me llamo Tasslehoff Burrfoot?

—No converso con kenders —dijo Steel.

—¿Ni siquiera con uno que te ha salvado la vida? —preguntó Palin suavemente.

El caballero dirigió una mirada ceñuda al mago, pero acabó haciendo un brusco y breve saludo con la cabeza.

—Steel Brightblade —se presentó.

—¡Te conozco! ¡Tanis me habló de ti! ¡Eres el hijo de Sturm! ¡Sturm y yo éramos grandes amigos! —Tas se lanzó para darle un abrazo.

Steel lo frenó sujetándolo por el copete y lo mantuvo a distancia, con el brazo extendido.

—Es posible, aunque no muy probable, que te deba la vida, kender —dijo fríamente—. El honor me compromete a saldar esa deuda, pero no estoy obligado a dejar que te acerques a mí. Así que te lo advierto: manténte alejado de mi persona. —Sin más, apartó a Tas de un empujón.

Palin sujetó al kender para que no cayera.

—Lo había olvidado —exclamó Tas en un sonoro susurro mientras hacía un gesto de dolor y se frotaba la cabeza—. ¡También es hijo de Kitiara!

Palin iba a aconsejar al kender que sería beneficioso para su salud si se mantenía lejos del caballero cuando la voz de una mujer sonó en el interior de la torre, llamando:

—¡Tasslehoff! ¿Dónde estás? ¡Tas! ¿Adónde has ido?

Palin alzó la vista y miró hacia la puerta. Dejó escapar un suave suspiro. Los espectros casi le habían helado el corazón, pero ahora lo sintió inflamarse.

Una mujer como jamás había visto otra en toda su vida se encontraba en el umbral. Una poblada melena de cabello plateado enmarcaba un rostro que era seductor y misterioso, aunque —por los grandes y anhelantes ojos dorados— parecía necesitar que los demás le revelaran todos sus secretos. Sus ropas, de ligera seda de fuertes colores, eran extravagantes y de un estilo tal que ninguna mujer de esta parte del país bien educada las habría llevado puestas. Sin embargo, iban con su estilo. Ella era tan exótica, tan encantadora, como si acabara de bajar de una estrella.

—¡Tas! —exclamó la joven con un tono de alivio. Bajó corriendo la escalera—. ¡Gracias a los dioses que te he encontrado! ¿Cómo vamos a salir de...? —Enmudeció de repente y miró a Steel y a Palin—. Oh. —Miró de soslayo a Tas al tiempo que se acercaba a él con disimulo—. ¿Quiénes son estos caballeros?

—¡Amigos míos! —contestó Tas, entusiasmado—. Éste es Steel Brightblade. Es hijo de Sturm. Sturm era un Caballero de Solamnia y uno de mis mejores amigos. También es hijo de Kitiara, pero ella no pertenecía a la caballería. Era una Señora del Dragón y no podía considerarla exactamente como una amiga, más bien como una conocida. Ésta es Usha.

—Señora —dijo Palin, que miraba fijamente a la mujer, como embrujado. Pero se sintió decepcionado al ver que la mirada de ella estaba prendida en el caballero, y que esbozaba una sonrisa tímida.

Steel ni siquiera la miraba, ya que sus ojos iban de una ventana de la torre a otra buscando alguna señal de peligro.

Usha siguió observándolo, estudiando su armadura que ahora podía ver con claridad a la luz de las lunas. Su sonrisa se desvaneció y sus ojos se oscurecieron.

—Eran como tú... los que vinieron. —Su voz temblaba por la ira—. Nos trataron como si fuéramos escoria. ¿Por qué tuvisteis que venir para destrozar nuestras vidas? —gritó de repente—. ¿Qué os habíamos hecho? ¡No éramos ninguna amenaza para vosotros!

Ahora Steel se volvió a mirarla y la contempló con interés.

—¿De qué ciudad eres, señora? ¿De Kalaman? ¿Es cierto que ha caído bajo nuestro dominio?

Usha abrió la boca para responder, pero de pronto pareció que le resultaba difícil hablar.

—No, no vengo de Kalaman —contestó por fin—. Soy de por allí cerca... —Su voz se debilitó un instante, pero enseguida cobró fuerza—. ¡No teníais derecho a invadir nuestra tierra!

—Sea cual sea el mal que imaginas que te causamos, lo hicimos en nombre del progreso, señora —contestó Steel—. No espero que puedas entenderlo, así que no intentaré explicártelo. —Su mirada se volvió de inmediato hacia la torre. Seguía con la espada en la mano—. Tenemos cosas que hacer aquí, Majere, recuérdalo.

—Lo recuerdo —repuso Palin, aunque casi lo había olvidado.

Usha había vuelto aquellos ojos maravillosos hacia él.

—¿Cómo te llamas? —preguntó, con las mejillas arreboladas al reparar en su mirada de descarada admiración.

—Palin Majere —respondió suavemente—. ¿Y tú? No..., no lo entendí bien.

—Usha —contestó incisivamente.

—¡Usha *Majere*! —exclamó Tas, que brincaba por la excitación—. ¿No es fantástico? ¡Usha es hija de Raistlin! He encontrado a la hija de Raistlin.

—¡No! —gritó Palin, consternado.

—¿Qué? —Usha, asustada por la intensidad de su expresión, se apartó de él un paso—. ¿Qué pasa?

—¡Soy..., soy sobrino de Raistlin! Caramon Majere es mi padre y tu tío. Somos primos —dijo el joven mago amargamente—. ¡Primos *hermanos*!

—¿Eso es todo? —Usha respiró tranquila—. Somos primos hermanos, ¿y qué? A mí no me importa —dijo, sonriéndole.

Su sonrisa relució alrededor de Palin como una lluvia de estrellas. Estaba tan deslumbrado que apenas veía.

—Vuestros padres eran gemelos —comentó Tas, a modo de explicación.

—Y ahora que está aclarado todo el tema de la genealogía —intervino Steel con acritud—, ¿permites que te recuerde de nuevo, Majere, que no disponemos de mucho tiempo y que tenemos un trabajo importante que hacer dentro de la torre?

—¿Dentro? —Usha echó un vistazo a la torre, asustada, y luego volvió su mirada acosada hacia Palin—. ¿Vas a entrar?

—Nosotros acabamos de salir —les informó Tas, que añadió, enorgullecido—: Dalamar nos tenía prisioneros a los dos.

—¿Por qué motivo? —Palin no parecía muy convencido.

—¿Acaso importa? Habéis venido a través del robledal —dijo Usha, que se apresuró a hablar, sin dar tiempo a Tas de responder. Tomó a Palin de la mano y lo miró a los ojos—. El Túnica Roja que está dentro dijo que tienes que ser un hechicero extremadamente poderoso para hacer algo así. —Se acercó más y le susurró al oído—: ¡Tú y el caballero podríais llevarnos a través de la arboleda, y así podríamos huir de este sitio horrible!

Su mano era suave, cálida. Su contacto le provocó un estremecimiento.

—No puedo marcharme —repuso el mago, sin soltarle la mano—. Tengo que hacer algo aquí. Y tú no deberías tratar de huir a través del Robledal de Shoikan. Es demasiado peligroso. Nosotros casi no conseguimos sobrevivir. —Se volvió hacia Tasslehoff—. No lo entiendo. ¿Por qué Dalamar os retenía prisioneros?

—Porque es hija de Raistlin, naturalmente —contestó el kender como si fuera algo obvio.

Por supuesto. Palin había imaginado la respuesta aun antes de plantear la pregunta. Dalamar se sentiría más que satisfecho de tener en su poder a la hija de Raistlin Majere. Y entonces, con una punzada de dolor, al joven mago se le ocurrió que quizás *ella* era la razón de que la voz lo hubiera guiado hasta aquí. Quizá su tío necesitaba simplemente un guía para la persona en quien estaba realmente interesado: su hija.

Palin se soltó de su mano. Los celos lo reconcomían, hincaban profundamente sus colmillos ponzoñosos en él. Se sentía atraído por esta mujer, y, al mismo tiempo, celoso de ella; por fin entendía la agridulce relación que había existido entre su padre y su gemelo.

Usha percibió su repentina frialdad, más gélida que el frío de los espectros. Lo miró con desconcierto y consternación, y se apartó de él de manera inconsciente.

—¿No nos ayudarás a escapar? Muy bien. Pues atravesaré el robledal por mis propios medios —declaró altivamente.

—No, Usha, me temo que no. —La voz de Palin sonaba tensa—. Hay una razón para que estés aquí...

—¿Cuál? ¿La mandó traer Raistlin? —conjeturó Tas alegremente—. Creí que estaba muerto. ¿Crees tú que está muerto, Palin? ¡No lo crees, ¿verdad?! ¡Por eso estás aquí! —El kender estaba ahora excitado en extremo.

—Majere... —empezó Steel con impaciencia.

—¡Lo sé, lo sé! ¡Ya voy! —Palin cogió a Usha por el brazo y empezó a llevarla de vuelta al interior de la torre—. Vamos a tener una charla con Dalamar...

—¡No está aquí! —dijo Usha al tiempo que se soltaba de Palin—. Ha ido a un no sé qué de hechiceros en alguna parte...

—A la Torre de la Alta Hechicería de Wayreth —aclaró Tas—. Un Cónclave. Una vez estuve en uno. ¿Os he contado alguna vez cuando Par-Salian me convirtió en un ratón? Bueno, supongo que fui yo mismo el que hizo que me volviera ratón, pero...

—Dalamar no está —musitó Palin.

Yo me encargaré de Dalamar...

Era lo que su tío había prometido. Tal vez fuera una coincidencia, pero Palin lo dudaba. Raistlin estaba interviniendo activamente para ayudarlo. Pero ¿con qué propósito? ¿Con qué fin?

—Entonces será mejor que nos demos prisa, antes de que regrese Dalamar. —Palin se encaminó hacia la puerta.

Un mago cuya túnica era roja se encontraba dentro, cerrándoles el paso.

—¿Qué hacéis vosotros dos aquí? ¿Cómo cruzasteis el Robledal de Shoikan y pasasteis a los guardianes? ¿Dónde están los guardianes?

Palin abrió la boca. No se le daba muy bien mentir, pero en este caso ser sincero no les serviría de mucho. Estaba a punto de hablar cuando se le adelantó Tasslehoff:

—Los mandó llamar Dalamar —anunció el kender con gesto importante—. En cuanto a los guardianes, hice que se retiraran con la Cuchara Kender de Rechazo. —Sacó la cucharilla para mostrársela.

El mago la miró fijamente; luego hizo otro tanto con Palin y Steel, así como al recinto del patio. Parecía confuso y desconfiado.

—Así que lord Dalamar os mandó llamar —repitió—. ¿A un Túnica Blanca y a un caballero negro?

—Justo para crear un buen equilibrio, ¿no te parece? —comentó Tas, que añadió—: Además ¿cómo iban a cruzar el Robledal de Shoikan a menos que Dalamar les hubiera dado talismanes para ayudarlos? Y ahora, si nos disculpas, tenemos que subir a los aposentos de tu maestro. —El kender volvió la cabeza hacia Palin y preguntó en un audible susurro—: Allí es donde queréis ir, ¿no?

El Túnica Roja frunció el entrecejo. Steel se puso ceñudo. Había envainado la espada, pero su mano descansaba sobre la empuñadura.

—Soy Steel Brightblade, Caballero de Takhisis. Vengo en una misión, y lord Dalamar no...

—... los esperaba tan pronto —intervino Tas en voz muy alta y aguda—. Di al primito Steel que se calle y que me deje llevar este asunto a mí —volvió a susurrar a Palin, quien deseó fervientemente que Steel no hubiera oído su nuevo apelativo.

Tas se encaminó hacia la puerta. Movió la mano en un gesto de invitación para que los demás lo siguieran.

—Esperaremos a Dalamar en su cuarto. Nos gustaría tomar un poco de té, si no es mucha molestia. Vamos, Usha.

Steel fue en pos del kender, y Palin dio un par de pasos tras ellos cuando reparó en que Usha se quedaba atrás, sin moverse. Se retorcía las manos con nerviosismo y tenía los ojos alzados hacia la torre, contemplándola con temor.

—Acabo de salir de ahí —protestó—. ¡No quiero volver!

El Túnica Roja los miraba ahora con una profunda desconfianza.

—Dijiste que ibas a estudiar magia con nosotros, señorita, como aprendiza de lord Dalamar. ¿Qué está pasando aquí?

—Yo... eh... aún no lo he decidido —contestó la joven—. Necesito ir a otra parte para reflexionar sobre el asunto. ¡A cualquier otro sitio! En cuanto a estudiar magia, puede que no necesite ampliar mis conocimientos. Ya soy suficientemente poderosa ahora.

—Usha —empezó Palin.

Steel lo agarró.

—Déjala marchar —dijo el caballero—. Estamos perdiendo tiempo.

Encolerizado, el joven mago se soltó de un tirón.

—Por mucho poder mágico que tenga, morirá si cruza esa arboleda. Además —añadió en voz baja—, es posible que estemos aquí a causa de ella.

—¿Qué? ¿Por qué? —Steel miró de soslayo a la joven sin apenas interés.

—Porque, si es la hija de Raistlin, tal vez esté intentando llegar hasta ella.

El caballero contempló a Palin intensamente.

—Tal vez sea a la hija a quien Raistlin quiere, *no* al sobrino. —Steel se encogió de hombros—. ¿Y piensas que abrirá el Portal para ella? Quizá tengas razón. A mí me da lo mismo, mientras ese Portal se abra. Tráela.

Palin volvió despacio junto a Usha.

—No puedes marcharte —dijo—. Te pido que te quedes conmigo. Confía en mí. Ya se nos ocurrirá algo.

Ella alzó sus ojos dorados hacia el joven mago. Su mirada era fría, pero Palin advirtió, al contemplarla tan de cerca, que esa frialdad era una tapadera para encubrir su miedo. Estaba tan aterrorizada como una niña pequeña.

—Iré contigo —repuso con voz queda—. Pero debes permanecer a mi lado.

Tenía la piel cálida y suave. El cabello plateado le rozó el rostro al mago, despertando en su cuerpo una hormigueante sensación de deseo. Jamás había sentido algo tan maravilloso en toda su vida; ni se había debatido en tan amargo conflicto. ¡Que se quedara con ella, le había dicho! Él tenía que entrar al Abismo.

El Túnica Roja, habiendo pensado el asunto con más detenimiento, al parecer llegó a la conclusión de que el kender tenía razón y que el mejor sitio para este extraño grupo era dejarlo encerrado a buen recaudo en los aposentos de su maestro.

—Os acompañaré al cuarto de lord Dalamar —anunció el Túnica Roja—. Esperaremos juntos a mi maestro.

Esto no les interesaba en absoluto, como la mirada severa de Steel le recordó a Palin. Tenían que encontrar el Portal al Abismo, y más valía que lo hicieran mientras Dalamar se encontraba ausente.

—Gracias, pero no será necesario —contestó Tas amablemente—. Conocemos el camino. Y, además, Palin ya ha estado antes aquí. Es un amigo personal de Dalamar.

El Túnica Roja enarcó las cejas en un gesto de incredulidad.

—¿Es que no lo reconoces? —exclamó Tasslehoff—. ¡Es Palin *Majere*! ¡El sobrino de Raistlin Majere! Usha es hija de Raistlin, ya lo sabes. Y éste —el kender señaló a Steel— es sobrino segundo de Raistlin. Creo que es así. —El kender frunció el entrecejo, pensativo—. Veamos, Kitiara era hermanastra de Raistlin. Quizás en tal caso Steel sólo es sobrino tercero.

—Es una reunión familiar —dijo Steel y, empujando al Túnica Roja contra la pared, el caballero pasó ante él y entró en la torre.

El Túnica Roja no los siguió a los aposentos de Dalamar, pero se aseguró de que varios de los guardianes espectrales fueran con ellos. Los pálidos e impasibles ojos los mantuvieron bajo vigilancia hasta que estuvieron a salvo dentro del cuarto del elfo oscuro, con la puerta cerrada.

—Pero estarán esperándonos —pronosticó Palin—. Por no mencionar al que monta guardia a la puerta del laboratorio. Ese espectro tiene órdenes dadas por Dalamar de que no deje entrar a nadie, ni siquiera a él mismo. El laboratorio no se ha abierto desde que mi tío...

El joven mago hizo una pausa y no acabó la frase. Lo que había dicho no era del todo cierto. La puerta del laboratorio se había abierto una vez. El Bastón de Mago había estado guardado dentro y ahora lo sostenía en la mano.

—Oh, no tienes que preocuparte por el espectro —dijo Tas con gran seguridad en sí mismo—. Tenemos la...

—Cuchara Kender de Rechazo. Lo sé. —Palin suspiró. No estaba de humor para tonterías kenders—. Mira, tío Tas, me he fijado en el emblema grabado en el mango y es una de las cucharas de...

Un movimiento atrajo su mirada. Alzó la vista. Un

mago vestido de negro estaba de pie en el cuarto. No era algo inusitado en la Torre de la Alta Hechicería, salvo porque éste hechicero tenía el cabello blanco, la piel dorada y las pupilas en forma de reloj de arena. La lengua se le quedó a Palin pegada al paladar. Empezó a hablar:

—Tío...

Raistlin hizo un ademán negativo. Sus ojos dorados se detuvieron brevemente en el kender y después la aparición se desvaneció.

—¿Sí? —Tas alzó la vista de la cuchara, que estaba contemplando con admiración—. ¿Decías algo acerca de que era un cubierto común y corriente?

Palin echó una rápida ojeada a su alrededor. ¿Había visto alguien más la aparición? Al parecer, no.

Steel registraba el cuarto, tanteando las paredes, mirando detrás de los tapices, intentando encontrar otra salida. Usha, medio dormida, se sentaba acurrucada en un sillón con gesto desconsolado. Tasslehoff acariciaba amorosamente su cuchara.

—¡Ésta no es una cuchara cualquiera! —continuó el kender—. Es una sagrada reliquia que le fue entregada a mi tío Saltatrampas por Mishakal en persona. ¿O fue Reorx? Lo he olvidado. Sea como sea, el caso es que funciona. Tú mismo lo viste.

Nadie más había visto a Raistlin. El archimago había venido a él, solamente a él. El cansancio, el dolor, la decepción se desprendieron del joven como una capa desechada. Entraría en el laboratorio. El camino estaba preparado. Como se había dicho en una ocasión de Raistlin Majere:

«Las puertas se abrirán a su paso.»

—A ver, deja que eche otro vistazo. —Palin le cogió la cuchara a Tas y la examinó. Era exactamente igual que el resto de las cucharas que había sobre la mesa—. Tienes razón, tío Tas —dijo suavemente—. Es un artefacto sagrado. Sumamente sagrado, efectivamente.

22

Recelos. Introspección. El laboratorio de Raistlin

Salieron del cuarto de Dalamar, y Tas encabezó la marcha hacia el laboratorio, con la cuchara de plata enarbolada audazmente ante sí.

A Steel no le hacía gracia tener al kender como compañero, pero Palin —para sorpresa y cólera del caballero— no intentó disuadirlo.

—Sólo un kender puede utilizar la magia de la Cuchara Kender de Rechazo —dijo el joven mago con un esbozo de sonrisa.

—Tú y yo sabemos que esa cuchara no es mágica —replicó Steel.

—Viste cómo hizo retroceder al espectro —contestó Palin.

—¿Lo vi? ¿O es lo que quieres que crea que vi?

Palin eludió la pregunta.

—Llevaremos al kender con nosotros y lo vigilaremos. ¿O prefieres que nos siga a su aire? «Nunca des la espalda a un kender», es un dicho de los enanos.

—¿De veras? —La voz de Steel era fría—. Creía que era: «Nunca des la espalda a un mago».

Los ojos incorpóreos parpadearon, llamearon y después desaparecieron.

Una cuchara sostenida por un kender no podía repeler a semejantes espectros. Steel lo sabía, y también lo sabía Palin. El joven mago estaba de repente muy ansioso por llegar a su destino. Sus dudas, sus temores, habían sido dejados de lado. Se lo veía relajado, seguro de sí mismo. Algo había ocurrido; había visto algo, había recibido alguna señal, pero Steel no sabía qué. ¿Era el joven mago mucho más poderoso de lo que le había dado a entender? ¿Era esta extraña mujer de ojos dorados parte de una confabulación? ¿Lo estaban conduciendo a una trampa? El caballero, que jamás había confiado en los magos, decidió tener vigilados de cerca a Palin y a la chica.

Subieron la oscura escalera, girando y girando en una espiral constante que dejaba doloridas las piernas, pegados a la pared para evitar tropezar y caer por el borde al negro vacío. Nadie les salió al paso. Era como si la torre estuviera desierta a excepción de ellos.

El mal afamado laboratorio de la Torre de la Alta Hechicería se encontraba casi en la cúspide. El único Portal al Abismo que quedaba estaba dentro del laboratorio.

Quizá.

—Háblame de ese Portal, Majere —dijo Steel mientras subían.

El joven mago parecía muy reacio a hablar.

—Es poco lo que sé —empezó.

—¡Yo sé un montón! —intervino el kender entusiasmado.

Steel hizo caso omiso de él.

—Eres mago, ¿no, Majere? Supongo que os deben enseñar este tipo de cosas en la escuela de magia o dondequiera que estudiéis.

—Sé la historia —respondió evasivamente.

—¡Y yo también! —insistió Tasslehoff—. De hecho presencié gran parte de ella. Estaba con Caramon y con Raistlin cuando Raistlin no era Raistlin, sino Fistandantilus, y entró en el Portal e intentó luchar contra la Reina Oscura, pero fracasó. ¿Te gustaría que te lo contara?

—No —contestó Steel—. Quiero saber cosas sobre el Portal, ya que los dos vamos a entrar en él —añadió intencionadamente al tiempo que observaba con atención la reacción de Palin.

El Bastón de Mago relució con más fuerza sobre el joven, y el caballero vio que éste tenía el rostro encendido y los ojos brillantes, jubilosos.

Al darse cuenta de que la mirada de Steel estaba prendida en él, Palin retiró un poco el cayado de manera que la luz no cayera tan de lleno sobre él.

«Está tramando algo», se dijo el caballero, que se puso más en guardia.

—¿Vais a entrar en el Abismo? —preguntó Tas, y su voz no sonó tan excitada como lo habría hecho la de cualquier kender ante tal perspectiva—. Espero que sepáis que no es un sitio muy agradable. De hecho es horrible. No estoy seguro de que me apetezca acompañaros.

—Estupendo —dijo Steel—, porque tú no vienes. Sigue con tu historia, Majere.

—Sí, sigue hablando, sea de lo que sea —intervino Usha—. No da tanto miedo cuando alguien habla.

Sin embargo, Palin guardó silencio. Siguieron subiendo hasta llegar a un amplio rellano. Faltos de aliento y con los músculos doloridos, todos se pararon al mismo tiempo, como si se hubieran puesto de acuerdo. La puerta del laboratorio estaba todavía bastante más arriba de donde se encontraban, perfilada por la luz de una antorcha. Se sentaron en el rellano y estiraron las piernas, agradecidos por el descanso.

—¿Qué me dices del Portal? —insistió Steel al tiempo que le daba un codazo a Palin.

—En realidad no hay mucho que contar —repuso el joven, que se encogió de hombros en un gesto despreocupado—. Hace mucho tiempo, existían cinco Portales localizados en cada una de las Torres de la Alta Hechicería. Creados por la magia, los Portales fueron concebidos para proporcionar a los hechiceros un medio de trasladarse de una torre a otra sin tener que gastar sus energías en hechizos de teleportación.

»Con la idea de abrir unas puertas entre ellos, los hechiceros no se dieron cuenta de que, accidentalmente, habían creado una ruta de este mundo a otro plano de existencia. Pero Takhisis sí lo vio. Atrapados en el Abismo, ella y sus dragones malignos llevaban mucho tiempo buscando una vía de entrada a Krynn, pero se lo impedían Paladine y sus dragones bondadosos. No obstante,

Paladine no tenía mucho control sobre los magos, que, como bien era sabido, actuaban según sus propias reglas.

»Takhisis encontró a un Túnica Negra que podría ceder a la tentación. Adoptando la forma de una bellísima mujer, se aparecía al hechicero en sus sueños todas las noches y le susurraba seductoras promesas. El hechicero acabó obsesionado con la encantadora mujer; juró encontrarla y hacerla suya.

»"Estoy prisionera en otro plano, en otro tiempo", le dijo Takhisis al hechicero. "Sólo tú, con tu poder, puedes liberarme. Para hacerlo, tienes que cruzar el Portal. Mantén mi imagen en tu mente, y yo te guiaré."

Palin calló de repente al llegar a este punto. Su rostro, iluminado por la luz del bastón, se había puesto muy pálido.

Yo te guiaré. Las palabras parecían cernidas en el aire.

—¿Qué le ocurrió al hechicero? —preguntó Usha.

—¡Lo sé! ¡Lo sé! —Tas levantó la mano.

Palin notaba seca la garganta y carraspeó antes de proseguir:

—El hechicero, dominado por el deseo, entró en el Portal con la imagen de Takhisis haciendo arder su sangre. Lo que le ocurrió allí nadie lo sabe, pues jamás regresó. Una vez que el Portal estuvo abierto, Takhisis y sus legiones de dragones entraron como un enjambre en Krynn y aquello, según cuenta la leyenda, fue la causa de la Primera Guerra de los Dragones.

»El valeroso Caballero de Solamnia, Huma, expulsó a la Reina Oscura haciéndola regresar al Abismo. Los hechiceros, profundamente avergonzados, trataron de clausurar los Portales. Por desgracia, los magos que los habían creado habían muerto en la Guerra de los Dragones, llevándose con ellos sus conocimientos y su poder. Los hechiceros supervivientes no podían cerrar los Portales, pero sí hacer imposible cruzarlos... o eso creyeron. Así, pusieron como condición indispensable que las únicas dos personas que podían entrar por ellos tenían que ser un Túnica Negra acompañado por un clérigo de Paladine. Una alianza tan tortuosa e inaudita, creyeron, sería impracticable, y de este modo los Portales serían seguros.

»Con el tiempo, en pleno auge de Istar, cuando los magos fueron perseguidos por la iglesia, tres de las Torres de la Alta Hechicería o se perdieron o fueron destruidas, y con ellas, sus Portales. Los hechiceros que vivían en la Torre de Palanthas accedieron a abandonarla a cambio de la promesa del Sumo Sacerdote de que se les permitiría partir para seguir practicando la magia en Wayreth. Sin embargo, antes de dejar la torre y como medida de precaución, los magos trasladaron el Portal a la fortaleza de Zhaman, ahora conocida como el Monte de la Calavera, suponiendo, con muy poco acierto, que nadie lo encontraría allí.

—¡Yo lo encontré! —gritó Tas—. Bueno, más o menos. Estaba con Caramon y Raistlin, en el pasado, aunque se suponía que no debía estar allí. Y Raistlin y Crysania, que entonces era una sacerdotisa de Paladine, cruzaron el Portal y así es como Raistlin entró en el Abismo. Y Crysania fue con él, y la Reina Oscura casi mató a Crysania, sólo que salvó la vida, aunque se quedó ciega, y Caramon entró y la sacó de allí, y entonces Raistlin comprendió el terrible error que había cometido y que la Reina Oscura iba a entrar en el mundo, así que él, Raistlin quiero decir, sacrificó la vida para quedarse en el Abismo y mantener el Portal clausurado. Caramon cree que a su hermano le fue concedida la paz de un sueño eterno en recompensa por su sacrificio, lo que significaría que Raistlin no se encuentra en el Abismo, después de todo...

»¡Oh! —Tas se levantó de un brinco, muy excitado—. ¿Es por eso por lo que vamos a cruzar el Portal, Palin? ¿Para buscar a Raistlin? En ese caso, iré con vosotros —ofreció el kender con magnanimidad—. Raistlin y yo éramos grandes amigos. Bueno, lo éramos hasta que mató a Gnimsh, el gnomo. —Tas adoptó una expresión seria—. En realidad nunca lo perdoné por aquello.

—¿Vais a entrar allí para buscar a Raistlin Majere? —preguntó Usha. No miró a Palin mientras hablaba, sino que jugueteó con el repulgo de su túnica con nerviosismo.

—Aún tenemos que entrar en el laboratorio —repuso Palin—. ¡Todavía tenemos un largo camino por delante antes de entrar en el Abismo para buscar a nadie!

—Y ninguno de nosotros es un Túnica Negra ni un clérigo de Paladine —intervino Steel—. Lo que significa, según tu historia, Majere, que no tenemos la menor posibilidad de entrar, que *nunca* la hemos tenido. —Se puso de pie con un ágil salto, llevando la mano a la empuñadura de la espada—. Lo sabías desde el principio. ¿Qué clase de truco tienes en mente? ¿O acaso hay algo que has omitido contarnos?

—No hay ningún truco —dijo Palin con voz queda—. Te he dicho la verdad... hasta donde yo la conozco. —Alzó la vista hacia Steel—. No tengo ni idea de cómo voy a conseguir entrar...

—Oh, sí que lo sabes. En caso contrario, no habrías llegado tan lejos. ¿De qué se trata? ¿Qué es lo que sabes?

Palin agarró el Bastón de Mago y se puso de pie.

—Sé que te di mi palabra de honor, y no faltaré a ella.

—La palabra de honor de un mago es tan inconsistente como el humo —replicó el caballero con sorna.

—Pero la palabra de honor de un Majere, no —contestó Palin con gran dignidad—. ¿Seguimos adelante?

Continuaron subiendo y subiendo por la tortuosa escalera. Sabían que los vigilaban, aunque no veían a los que los observaban.

Cada peldaño traía recuerdos a Palin, recuerdos de su Prueba, que había tenido lugar en esta torre. Todo una ilusión, según Dalamar. ¿Lo había sido? Parecía tan real... Claro que la Prueba siempre parecía real a los magos que la pasaban y que arriesgaban la vida a fin de poseer la magia.

Quizá la Prueba había sido realidad, y el resto de la vida de Palin, pura ilusión.

Palin cerró los ojos, se apoyó en la fría pared de la torre y, por primera vez en su vida, se entregó, con una en-

trega total y sin reservas, a la magia. La sintió bullir en su sangre, acariciarle la piel con un cosquilleo. Las palabras que susurró fueron de bienvenida, de aceptación absoluta. Su cuerpo se estremeció en un éxtasis...

Palin recordó ese momento de la Prueba con una punzada de pesar. Hacía mucho, mucho tiempo que no experimentaba esa sensación de éxtasis. Nunca lo había admitido ante nadie, ni siquiera ante sí mismo, hasta ahora: la magia se había convertido en un trabajo pesado. El estudio de hechizos en plena noche a solas; palabras recitadas una y otra vez procurando darles la inflexión correcta, la pronunciación debida. Las palabras mágicas le daban vueltas en la cabeza cuando intentaba dormir; los componentes de hechizos plagaban sus sueños. El cosquilleo en la sangre cuando se ejecutaba el hechizo, la satisfacción cuando la magia funcionaba como se suponía tenía que hacer... todo eso lo experimentaba. Pero nunca excedía la sensación de insuficiencia, el vacío, la impotencia, el terror que aparecían cuando el conjuro no funcionaba.

Y cada vez más a menudo la magia no funcionaba. Las palabras se mezclaban en su mente, amontonadas en un revoltijo. No se acordaba si tenía que pronunciar la primera palabra con el acento en la última sílaba o si era la última palabra con el acento en la primera sílaba. Era incapaz de encontrar el componente de un hechizo que había visto en su saquillo un momento antes...

¿Cuándo había empezado a crecer el temor dentro de él? No en su primera aventura, viajando con sus hermanos, cuando habían conocido al enano Dougan Martillo Rojo y habían salido a capturar la Gema Gris de Gargath. Entonces la magia había sido embriagadora, y el peligro, regocijante.

Había vuelto a sus estudios con ansiedad, aunque no tenía un maestro que le enseñara. Ningún mago de Krynn quería al sobrino de Raistlin Majere por discípulo. Palin lo comprendía. No había sentido la necesidad de tener un maestro en ese momento de su vida. Trabajaría solo, como lo había hecho su tío.

Al principio, Palin trabajó bien, aunque sin obtener resultados. Los meses pasaron. Hizo poco o ningún progreso. A veces parecía incluso que retrocedía. Viajó a la Torre de Wayreth, buscando consejo en el Cónclave.

—Paciencia —le había dicho Dalamar—. Paciencia y disciplina. Los que toman la Túnica Blanca alcanzan, finalmente, un mayor poder que los que llevan la Roja y la Negra, pero se paga un precio. *Tienes* que caminar antes de que puedas correr.

«¡Mi tío no caminó!» Palin sentía la frustración ardiendo en su interior. Se impacientaba con el repetitivo aprendizaje de memoria, con la interminable redacción de pergaminos, con las horas perdidas hurgando en la tierra de su jardín de hierbas. Y por debajo de todo esto, como unas aguas residuales que contaminaban su vida y su trabajo, estaba el creciente temor de no ser lo bastante bueno, de que nunca sería más que un mago de bajo nivel, adecuado para practicar su magia en las fiestas infantiles.

Probarse a sí mismo su valía era una de las razones por las que había abandonado los estudios y cabalgado con los caballeros. Había fallado estrepitosamente... y fueron sus hermanos los que pagaron su fracaso.

Palin subía los peldaños, uno tras otro, obligando a sus doloridas piernas a dar otro paso, y otro más; su mente estaba tan absorta en el pasado que no se daba cuenta del presente. Ya no era consciente del entorno, no reparó en que habían llegado a su destino hasta que el kender le dio tirones de la túnica.

Miró aturdido a Tas, sin reconocerlo al principio. Entonces parpadeó y regresó al presente súbitamente.

—¿Sí? ¿Qué pasa?

—Creo que hemos llegado —dijo Tas en un susurro alto mientras señalaba—. ¿Es aquí?

Palin levantó el cayado, y la luz del cristal disipó la oscuridad.

Se encontraban en un rellano amplio, directamente debajo de una puerta de madera con goznes de hierro forjado. Un corto tramo de escalones conducía a ella.

—Conozco este sitio —contestó el joven mago con esfuerzo. Tenía la garganta y la boca tan secas que le costaba trabajo hablar—. Pasé mi Prueba aquí. Sí. —Hizo una pausa y se lamió los resecos labios—. Éste es el laboratorio.

Nadie habló, ni siquiera Tas. Se juntaron más, dentro del círculo de la luz del bastón. Fuera de él la oscuridad farfullaba y susurraba. Sombras vislumbradas pasaban veloces, tanteándolos con manos tan inconsistentes como volutas de humo. Si se apagaba la luz del bastón se sumergirían en la más absoluta oscuridad.

—¡Vamos, Majere! —La voz de Steel sonaba ronca, destemplada—. Adelante. Abre esa puerta.

A Palin le vino a la mente una visión del pasado.

Dos ojos fríos y transparentes los observaban desde la oscuridad. Eran unas pupilas sin cuerpo, a menos que la propia oscuridad formase parte de su carne, su sangre y sus huesos...

—Hazte a un lado y déjanos pasar —dijo Dalamar.

—Imposible, maestro. Tus órdenes fueron: «Toma esta llave y guárdala por toda la eternidad. No se la entregues a nadie, ni siquiera a mí mismo. Desde hoy en adelante, guardarás esta puerta. Que nadie la cruce. Que la muerte alcance a aquellos que lo intenten...».

—Tenemos que pasar ante el guardián —dijo Palin.

—¿Qué guardián? —demandó Steel, impaciente—. ¡No hay ningún guardián!

Palin miró fijamente ante sí. Reinaba la oscuridad. La única luz era la del Bastón de Mago. Y ante esa luz la oscuridad se apartaba.

Al espectro no se lo veía por ningún sitio. Los susurros en la oscuridad no eran amenazadores, comprendió de repente Palin. Eran jubilosos. ¿Acaso presagiaban el regreso del verdadero Amo de la Torre?

—¡Todo esto es un error, está mal! —musitó Palin.

No, sobrino. ¡Está eminentemente bien!

Las lágrimas le escocían en los ojos. Se estremeció; la luz del bastón titiló en su temblorosa mano.

«¿Qué hago aquí? Me está utilizando...»

—¡Por supuesto que el guardián se ha marchado! —dijo Tasslehoff Burrfoot con satisfacción—. Se enteró de lo de mi cuchara. ¡Vamos, Palin! ¡Yo iré delante!

El kender se guardó la cuchara en el bolsillo y echó a correr escalera arriba.

—¡Tío Tas, deténte! ¡No entres ahí!

Estas palabras, desgraciadamente, no se encuentran en el vocabulario kender.

Palin observaba atemorizado, esperando ver aparecer al guardián, y al kender desplomarse muerto en la escalera.

No ocurrió nada.

Tasslehoff llegó a la puerta del laboratorio sin sufrir ningún percance. Tiró del picaporte, se asomó por el agujero de la cerradura, y dio un empujón a la puerta... que se abrió silenciosamente.

Un aire frío salió hacia afuera, cargado de olor a cerrado, a moho y a otras cosas más desagradables. Usha sufrió una arcada y se tapó la boca y la nariz con el pañuelo. Steel hizo un gesto raro y desenvainó la espada.

—Huele a muerte —dijo.

Tasslehoff se quedó parado en el umbral, atisbando el interior.

—¡Guau! —lo oyeron exclamar. Y entonces el kender salvó de un salto el escalón de la entrada y desapareció en la oscuridad.

Palin imaginó los jarros de componentes de hechizos, los artefactos mágicos, los pergaminos... todo ello al alcance de los ágiles dedos del kender. Ahí había mucho más peligro que el de cualquier guardián espectral.

—¡Tas! —Palin empujó a Steel y pasó ante él. Se recogió el repulgo de la túnica y subió corriendo la escalera.

Se paró en el umbral, asustado de repente, reacio a entrar. Esto no estaba bien. Nada bien. Palin metió el bastón para que la luz del cristal alumbrara dentro.

Tasslehoff había avanzado hasta el centro de la habitación y estaba plantado delante de una mesa enorme, contemplando fijamente los objetos que había sobre ella con los ojos muy abiertos, maravillados.

—¡Tío Tas! —lo regañó, con una mezcla de alivio y enfado—. ¡Sal de ahí!

A su espalda podía oír a Steel remontando los peldaños.

La luz del bastón se apagó y la oscuridad los envolvió, los aplastó, los ahogó.

Steel soltó una maldición. Usha dio un grito de miedo.

—¡Que nadie se mueva! —advirtió Palin, aterrado al imaginarlos precipitarse por el hueco de la escalera hasta estrellarse en el suelo, allá abajo—. ¡*Shirak*!

La orden no surtió efecto. O era eso o el bastón se negaba a obedecer. La oscuridad se hizo más intensa, más profunda.

—¿Qué es lo que pasa, Majere? —demandó Steel—. ¡Enciende ese maldito bastón!

—¡Lo estoy intentando! —replicó Palin, frustrado y furioso consigo mismo. De nuevo la magia le había fallado.

—¡Palin! —llamó Usha, asustada—. ¡Subo a reunirme contigo! No te muevas.

—¡Usha, ten cuidado! —Palin giró sobre sus talones para volver sobre sus pasos y llegar junto a la joven.

—¡Palin! —La voz de Tas resonó estridente—. He cogido algo. ¡A lo mejor nos sirve!

—¡Tío Tas, no! —gritó, volviéndose otra vez hacia la puerta.

Se oyó un golpe y el ominoso estrépito de cristales rotos.

Palin echó a andar tanteando con el bastón, como un pordiosero ciego del mercado, y entró en el laboratorio, negro como boca de lobo. Steel venía pisándole los talones. El caballero llegó al umbral y entonces vaciló. No entró.

La puerta se cerró de golpe.

23

Dalamar regresa. Un mensaje. La magia de Usha

Majere! —Steel se abalanzó contra la puerta cerrada en un intento de echarla abajo—. ¡Maldito seas, Majere! ¡Abre la puerta!

—¡Palin! —Usha estaba a su lado, golpeando la madera con los puños.

El caballero oyó unos gritos apagados y golpes al otro lado de la puerta. Podía ser el joven mago intentando abrirla... o tal vez cerrándola con llave. Steel decidió que era esto último.

—Regresa al rellano —ordenó a la mujer.

—¿Qué vas a hacer?

—Intentar echarla abajo. Me pareció sentir que cedía hace un momento. Vamos, quítate. Me estás estorbando.

—Pero... ¡está muy oscuro! —protestó Usha con voz temblorosa—. ¡No veo nada! ¿Y... y si me caigo?

A Steel lo traía sin cuidado si la muchacha se caía o no, pero dominó su impaciencia.

—Baja a tientas y pégate a la pared. Cuando llegues al rellano lo notarás. Una vez que estés allí, no te muevas.

Oyó los pasos cautelosos de la muchacha bajando despacio los escalones, y luego se olvidó de ella y enfocó toda su atención en la puerta. Tendría que subir corriendo para empujarla, lo que restaría efectividad al impulso...

Usha gritó espantada.

—¡Caballero! ¡Detrás de ti!

Steel se volvió al tiempo que levantaba la espada.

Dos ojos pálidos brillaban en la oscuridad.

—Márchate, caballero. El paso está prohibido.
—¡Pero dejaste pasar al mago! Y al kender —replicó Steel.
—No fui yo.
—Entonces ¿quién?
—El Amo de la Torre.
—¿Ha vuelto lord Dalamar? ¡Entonces dile que me deje entrar! —exigió el caballero.
Los ojos se aproximaron a él. El frío mortal del otro mundo le penetró hasta la médula de los huesos. Steel apretó los dientes para evitar que le castañetearan, y aferró la espada con más fuerza.
—No me refería a Dalamar —dijo el espectro—. Márchate de aquí ahora mismo, señor caballero, o jamás lo harás.
—¡Socorro! —gritó Usha—. ¡Que alguien nos ayude, por favor!
Su voz levantó ecos espectrales en la oscuridad, repitiéndose una y otra vez en la pared del hueco de la torre, más y más abajo, como una piedra al caer en un pozo. El sonido era tan extraño y terrorífico que la muchacha no repitió la llamada de auxilio.
La ayuda vendría o no, a su arbitrio. El prisionero de Steel estaba al otro lado de la puerta, y la misión del caballero también estaba allí. Había cometido un fallo; había vacilado en el umbral en lugar de entrar de inmediato. Este terreno regido por los hechiceros era perturbador, intimidante. El propio aire estaba cargado y viciado por la magia; la oscuridad, rebosante de espíritus agitados. Ansiaba enfrentarse a un enemigo visible, corpóreo. Deseaba respirar un soplo de aire fresco, oír el claro tintineo metálico de una espada chocando contra otra. Anhelaba salir de esta fortaleza mágica, pero no podía dar la espalda a su deber, aunque le fuera en ello la vida.
Atacó al espectro. Su espada silbó en el aire y resonó al chocar contra la pared de piedra, haciendo saltar una lluvia de chispas.
Los pálidos y relucientes ojos se hicieron enormes, dilatados y desorbitados. Unas manos, cuyo tacto resultaba letal, se extendieron hacia él. Steel arremetió otra vez con su espada.

—¡Takhisis, acude en mi ayuda! —gritó.

—Tus plegarias son en vano, caballero —dijo una voz—. Nuestra soberana no tiene jurisdicción aquí.

Un globo de cálida luz amarilla que sostenían las manos de una maga Túnica Roja hizo retroceder a la oscuridad. A su lado, de pie en el rellano, había un hechicero, un elfo vestido con ropajes negros. Sorprendido al principio, Steel cayó en la cuenta de que el hombre tenía que ser un elfo oscuro, uno de los que daban la espalda a la luz e iban en contra de los preceptos de su pueblo. Éste debía de ser Dalamar el Oscuro, señor de la Torre de la Alta Hechicería.

¿O era meramente un sustituto provisional del verdadero señor?

Dalamar alzó la vista hacia el caballero que el espectro mantenía a raya en la escalera.

—Me enteré de que habían entrado intrusos, que un caballero y un Túnica Blanca habían cruzado a salvo el Robledal de Shoikan. Al principio no podía creerlo, pero ahora lo entiendo. Un Caballero de Takhisis. Pero ¿dónde está el Túnica Blanca que te acompañaba? ¿Dónde está Palin Majere?

—¡Ahí dentro! —respondió Usha, que señalaba al laboratorio—. Entró en esa..., esa habitación. El kender iba con él, y entonces la puerta se cerró de golpe y no hemos podido...

Se calló sin acabar la frase. El semblante de Dalamar estaba lívido. El enfurecido hechicero se volvió hacia el guardián, que seguía plantado ante la puerta.

—¡Has faltado a tu deber! ¡Te di órdenes de que no permitieras entrar a nadie ahí!

—Tus órdenes fueron revocadas, mi señor Dalamar —replicó la voz hueca—, por el verdadero Amo de la Torre.

Dalamar no contestó. Tenía el rostro rígido y frío, más frío que si las gélidas manos del espectro lo hubieran tocado.

Steel percibió el poder del elfo oscuro, el fuego de su ira. Al caballero no lo habría sorprendido ver que las paredes de la torre empezaban a derretirse por aquella furia abrasadora. Usha retrocedió y se pegó a la pared. Incluso la compañera del elfo, la maga, dio un paso atrás involuntariamente. Steel se mantuvo firme sólo porque su honor se lo exigía.

Y, entonces, Dalamar se tranquilizó. El fuego en sus ojos se apagó y asomó a ellos una expresión neutra. Estaba sumido en hondas reflexiones, en comunión consigo mismo.

—Quizás esto sea para bien, después de todo. Puede que él sepa algo... —Sus labios se curvaron en una sonrisa irónica—. Al parecer, el asunto ha escapado a nuestro control, Jenna. Al menos de momento.

—Sí, eso parece —se mostró de acuerdo la hechicera, cuya mirada fue de la puerta cerrada al caballero plantado delante de ella y a la muchacha acurrucada contra la pared—. ¿Qué harás con estos dos?

La mirada de Dalamar volvió hacia el caballero, y el elfo oscuro pareció verlo por primera vez.

—¿Eres por casualidad Steel Brightblade?

Steel disimuló su asombro, recordando que se encontraba en presencia de un poderoso hechicero.

—Lo soy —respondió con orgullo.

—¡El hijo de Kitiara! —exclamó Dalamar—. Tendría que haber visto el parecido. Conocí a tu madre —añadió con ironía.

—*Mataste* a mi madre —replicó Steel con tono amenazador.

—Cosa que, naturalmente, consideras una deuda de honor que he de saldar con mi sangre. —Dalamar se encogió de hombros—. De acuerdo. Tú me retas y yo acepto el desafío. Tú me atacas y yo te mato. Qué manera tan absurda de desperdiciar un buen soldado. Takhisis no se sentiría complacida con ninguno de los dos. Maté a tu madre en combate, Steel Brightblade. Fue en defensa propia. Ella atacó primero. Puedo enseñarte esa cicatriz, pero, desgraciadamente, no puedo mostrarte otro tipo de cicatrices que dejó en mí.

Las últimas palabras fueron dichas en voz baja. Steel no estaba seguro de haberlas oído, y prefirió pasarlas por alto, de todas formas. Estaba consultando la Visión, como hacían todos los Caballeros de Takhisis cuando se enfrentaban a un dilema. ¿Era deseo de su soberana que luchara contra este elfo oscuro y que probablemente perdiera la vida en el intento? ¿Era Su deseo que presentara una fútil resistencia ante la puerta del laboratorio? ¿O tenía otros planes para él?

Se sumió mentalmente en la Visión. Surgió una imagen de su madre. Llevaba la espada desenvainada, en la mano, como si fuera a usarla. Pero detrás de su madre vio otra figura: un dragón de cinco cabezas. Su madre estaba a la sombra del dragón. El significado seguía siendo confuso...

—¡Señor caballero! —Dalamar lo llamaba, lo había estado llamando desde hacía un rato, aparentemente, tratando de atraer su atención.

—¿Qué decías, señor? —preguntó Steel, el entrecejo fruncido, tratando todavía de interpretar la voluntad de la Reina Oscura.

—He dicho que alguien ha estado intentando ponerse en contacto contigo —repitió pacientemente el hechicero—. Creo que es tu comandante.

—¿Cómo es eso posible? —el recelo de Steel era evidente—. Nadie sabe que estoy aquí. ¿Qué es lo que ha dicho?

—No tengo la menor idea —respondió Dalamar con un timbre de irritación en la voz—. No soy el chico de los recados. En lo referente a cómo sabe que estás aquí, supongo que alguien se lo dijo. Posiblemente la misma persona que te ayudó a cruzar el Robledal de Shoikan a salvo. Si no te importa dejar tu puesto de guardia, Brightblade, te llevaré a donde podrás ponerte en contacto con tu oficial. Te aseguro —añadió Dalamar— que tu presencia aquí es inútil. Ni siquiera yo mismo podría entrar en el laboratorio. El tío ha mandado llamar al sobrino. Debemos dejar que lo resuelvan entre los dos.

—Palin Majere era mi prisionero —explicó Steel, que todavía dudaba—. Acepté su palabra de honor de que no escaparía.

—Ah —dijo Dalamar, comprendiendo al instante la

situación—. Entonces tienes que tomar una difícil decisión, indudablemente.

El caballero sólo tardó un instante en decidirse. Su comandante sabía que estaba aquí. Debía de ser voluntad de Takhisis que su servidor encaminara sus pasos en otra dirección. También debía de ser su voluntad que siguiera vivo. Steel envainó la espada y bajó el tramo de escalera.

De inmediato, los dos ojos pálidos regresaron a su puesto, guardando la puerta.

—Te llevaré a la Cámara de la Visión —dijo el hechicero cuando Steel se reunió con él en el rellano—. Allí podrás comunicarte con tu comandante. Nos desplazaremos por los caminos de la magia, que son mucho más rápidos y menos extenuantes que esta escalera. —El elfo oscuro puso la mano en el brazo del caballero—. Quizás experimentes una sensación de mareo...

—¿Y yo qué? —Usha, que había permanecido tan inmóvil que podría haber sido una estatua de piedra, cobró vida de repente—. ¿Qué haréis conmigo? ¿Y qué le ha pasado a Palin? ¡Quiero ir con él!

—Jenna, ocúpate de ella —ordenó Dalamar.

La hechicera asintió con la cabeza, sonriente.

Dalamar pronunció unas palabras mágicas.

La oscuridad se abrió ante Steel, a quien asaltó el imperioso deseo de huir, pero el hechicero lo empujó hacia adelante.

Entonces sus pies tocaron suelo firme. Se encontraba al borde de un estanque, y se veía reflejado en la quieta y oscura superficie.

Usha había ido con los demás principalmente porque no quería quedarse sola en el cuarto. Y también, admitió ahora ante sí misma, porque el joven mago le había parecido muy atractivo. Era el primer hombre que conocía que no era estúpido o grosero, como los matones que la habían atacado; ni astuto y atemorizador, como el hechicero; ni frío y cruel, como el caballero negro.

Palin era diferente. Le recordaba en muchas cosas a su Protector. Era amable, vulnerable; percibía el temor en él, semejante al suyo propio. La sombra de un gran pesar, alguna pena oculta, flotaba sobre él. Y sin embargo era fuerte, tanto en voluntad como en coraje. Evocó su rostro y experimentó una sensación de tristeza que le oprimía el corazón y que resultaba inquietante, dolorosa y exquisitamente deliciosa.

—Quiero ir con Palin —repitió.

—Adelante. —Jenna señaló la puerta del laboratorio, los ojos pálidos del guardián.

Usha lo pensó mejor.

—Quiero marcharme —manifestó—. Todos los demás se han ido. No puedes retenerme aquí contra mi voluntad.

—No, claro que no puedo —contestó Jenna fríamente—. Una hechicera tan poderosa como tú podría ir a cualquier lugar que deseara.

Lo que Usha deseaba, como no había deseado otra cosa en toda su vida, era marcharse de esta torre maligna. No quería tener nada que ver con ella ni con la gente que había en ella... con la posible excepción de Palin Majere.

Alzó la vista hacia la puerta tras la que había desaparecido. Los ojos del espectro la contemplaban fijamente.

—Entonces me marcharé —dijo Usha, y abrió la bolsa.

Observó con expresión perpleja los diversos objetos que había dentro. Sabía que eran mágicos, pero eso era todo lo que sabía sobre ellos. Lamentó amargamente no haber prestado más atención a las instrucciones que le habían dado. Había varios anillos; un amuleto hecho con cuarzo blanco, uno con un granate y otro con una obsidiana; dos rollos de pergamino atados con cintas púrpuras; una bolsita pequeña que contenía algún tipo de hierbas de aroma dulzón; un trozo de cuerda, algo inútil, que ella supiera; varias figurillas pequeñas de animales; y una pequeña redoma de cristal.

Cerró los ojos y se concentró, intentando recordar la imagen y las palabras de los suyos.

Las imágenes acudieron a su mente, reconfortantes, cálidas, y perdidas para siempre.

Las lágrimas ardientes le escocieron en los ojos. Había sido tan fría, tan egoísta... Ansiaba poder revivir aquellos momentos, cambiarlos por otros en los que les diría lo agradecida que les estaba, cuánto los amaba, lo mucho que... lo mucho que los echaba de menos.

«Si alguna vez estás en peligro y quieres escapar, utiliza esto...»

Podía ver claramente al Protector, escuchar su consejo, sentir el tacto del objeto en su mano.

¿Qué objeto? ¿Cuál de ellos?

—Si no quieres quedar atrapada y sola en la escalera, a oscuras, te aconsejo que vengas conmigo —advirtió Jenna, que añadió secamente—: A menos que quieras dejarnos.

—Me marcho —contestó Usha.

O era el amuleto de obsidiana o la redoma de cristal; el uno o la otra. Uno de los dos objetos tenía algo que ver con sombras, lo que sin duda no le sería de mucha ayuda. Este espantoso sitio tenía sombras más que de sobra. El otro la sacaría del peligro. ¿Cómo? Usha no lo recordaba, pero cualquier cosa era mejor que esto.

La obsidiana era negra, como lo eran las sombras. La lógica descartaba el amuleto y le aconsejaba intentarlo con la redoma.

Usha había vivido rodeada de magia toda su vida, pero sólo el tipo de magia que se utilizaba para el bien y para propósitos prácticos. Jamás había visto magia negra o perjudicial... hasta que había entrado en esta horrenda torre. Por lo tanto no sentía un especial temor por probar una magia desconocida. Su Protector se lo había dado, y confiaba en él.

Usha sacó la redoma de la bolsa y rompió el sello de cera que la tapaba.

Jenna saltó sobre ella, pero era demasiado tarde.

Un fino hilillo de humo amarillo blanquecino salió del recipiente de cristal. Tenía un olor dulzón, como a hierba recién cortada, y disipó el hedor a muerte y putrefacción que flotaba en el aire.

Usha se puso la redoma bajo la nariz e inhaló el humo...

Y se transformó en humo.

24
La Cámara de la Visión

Dónde estamos ahora? —preguntó Steel.

—Nos encontramos en la Cámara de la Visión —repuso Dalamar—. La creó mi *shalafi*, Raistlin Majere.

Estaban en una cámara circular en el centro de la cual, ocupando casi todo el espacio a excepción de una estrecha franja, había una laguna de agua oscura. Un chorro de llamas azules surgía del centro de la charca. Las llamas no echaban humo y lo que les servía de combustible —a menos que quemara el agua— era un misterio. Aunque emitía un fuerte brillo proporcionaba escasa luz, de manera que la cámara permanecía a oscuras.

—¿Y para qué sirve esta Cámara de la Visión —inquirió Steel mientras miraba con desagrado a su alrededor—, aparte de despedir un olor asqueroso?

Un movimiento junto al borde de la laguna atrajo su mirada; su mano fue hacia la espada.

—Tranquilízate, caballero —dijo Dalamar en voz queda—. No pueden hacerte daño.

Steel, que no se fiaba del Túnica Negra, no soltó la empuñadura del arma. Dirigió una mirada escrutadora hacia donde había visto el movimiento e hizo una brusca y siseante inhalación.

—¿Qué es eso, en nombre de Takhisis?

—En cierto momento de su notoria carrera, mi *shalafi* intentó crear vida. Éstos fueron los resultados. Se los conoce como los Engendros Vivientes.

Los Engendros Vivientes, unas masas sanguinolentas que semejaban larvas, reptaban, se retorcían o se arrastraban a lo largo del borde de la laguna. Hacían ruidos, pero Steel ignoraba si estaban hablando o meramente gimoteaban de angustia y dolor. El caballero había visto muchas cosas horribles; había presenciado cómo hacían pedazos a sus compañeros en una batalla; había visto dragones moribundos cayendo a plomo desde el cielo. Por primera vez en su vida, no tuvo más remedio que apartar la mirada y poner todo su empeño en calmar su estómago revuelto.

—Sacrilegio —dijo, deseando que las criaturas dejaran de emitir sus lastimosos gemidos.

—Cierto —se mostró de acuerdo Dalamar—. Mi *shalafi* no sentía mucho respeto por los dioses..., por ninguno de ellos. Pero no malgastes tu compasión con éstos. Los Engendros Vivientes han corrido mejor suerte, y lo saben.

—¿Mejor suerte que quién? —demandó Steel ásperamente.

—Que los que se conocen como los Engendros de la Muerte. Pero, vamos, señor caballero. Tu comandante quiere hablar contigo y estamos haciendo que pierda su valioso tiempo. Parecía muy impaciente.

—¿Cómo hablo con él? ¿Dónde está? —Steel escudriñó las sombras de la cámara como si esperara que el subcomandante Trevalin saliera de las paredes de piedra.

—No tengo idea de dónde está. No me lo dijo. Mira en la laguna.

Los gemidos de los Engendros Vivientes se volvieron excitados, y varios arrastraron sus cuerpos cerca del borde y señalaron el agua con sus deformes apéndices. Steel los miró a ellos, al elfo oscuro y a la charca con desconfianza.

—Ve al borde —instruyó Dalamar con impaciencia—, y mira en el agua. No te ocurrirá nada malo. Vamos, adelante, no es sólo tu comandante quien está perdiendo tiempo. El mundo está pasando por un momento crítico a causa de ciertos acontecimientos, como creo que estás a punto de descubrir.

Steel, sin estar del todo convencido, pero acostumbrado a obedecer órdenes, caminó hacia el borde de la charca con cuidado de no pisar a ninguno de los Engendros Vivientes. Miró fijamente la oscura agua y, al principio, no vio nada salvo el reflejo de las llamas azules. Entonces, éstas y el agua se mezclaron, se agitaron en ondas. El caballero tuvo la horrible sensación de que se sumergía en la laguna; extendió las manos para frenarse y casi estuvo a punto de tocar la imagen del subcomandante Trevalin.

El oficial se encontraba en las ruinas calcinadas de un castillo. Los muros estaban negros y chamuscados; las vigas del techo se habían desplomado y el techo era ahora el cielo.

El subcomandante estaba celebrando una reunión con sus oficiales, aparentemente, pues muchos caballeros que estaban a su mando se encontraban en la amplia habitación. Al otro lado de la estancia había otro caballero sentado, éste vestido con la armadura de los Caballeros de Solamnia. Steel podría haber tomado a este caballero por un prisionero, pero su armadura estaba chamuscada y ennegrecida igual que los muros del castillo. Unos ojos rojos como el fuego ardían a través de las rendijas del yelmo metálico. Steel conocía el nombre de este temible caballero, y comprendió dónde se encontraba su comandante.

En el alcázar de Dargaard, hogar del caballero muerto, lord Soth.

—Subcomandante Trevalin —saludó Steel.

El oficial se dio media vuelta.

—Ah, Brightblade. Aún eres un invitado de mi señor Dalamar, por lo que veo. —El subcomandante hizo un saludo—. Gracias, señor, por transmitir mi mensaje.

Dalamar inclinó la cabeza levemente, la boca curvada con una sonrisa que casi era una mueca burlona. Se encontraba en una posición muy delicada. No sentía ningún aprecio por los magos vestidos con túnicas grises, y sin embargo estaba obligado —al menos aparentemente— a hacer todo lo posible para el progreso de la causa de la Reina Oscura.

—¿Cómo va tu misión, Brightblade? —continuó Trevalin—. Los Caballeros Grises están deseosos de saber algo. —El modo en que enarcó una ceja expresaba claramente lo que pensaba de los Caballeros Grises y su impaciencia.

Steel afrontó a su superior con resolución, sin pestañear.

—Mi misión ha fracasado, subcomandante. El Túnica Blanca, Palin Majere, ha escapado.

—Un suceso muy lamentable. —Trevalin tenía una expresión grave—. ¿Hay alguna posibilidad de que puedas volver a capturar al prisionero?

Steel miró de soslayo a Dalamar. El elfo oscuro sacudió la cabeza.

—A donde ha ido, no —dijo suavemente.

—No, subcomandante —contestó Steel.

—Una pena. —La actitud de Trevalin se tornó repentinamente fría—. Majere estaba sentenciado a muerte, y tú te ofreciste como garante de su regreso. Puesto que lo has dejado escapar, serás tú quien ocupe el puesto del prisionero.

—Soy consciente de ello, subcomandante.

—Tendrás, naturalmente, el derecho de exponer tu caso ante el censor correspondiente. Aunque en otros casos éste es elegido entre los caballeros de rango superior al nivel doce, en esta ocasión será el propio lord Ariakan quien ejerza el derecho, puesto que fue tu padrino y quien te presentó como solicitante para ser admitido en la orden de los Caballeros de Takhisis. —Trevalin parecía aliviado—. Afortunadamente para ti, Brightblade, y para mí, lord Ariakan está muy ocupado en este momento, y tu juicio será pospuesto debido a esta circunstancia. Eres un soldado valiente y diestro. Lamentaría perderte en vísperas de una batalla. Lo que me trae al asunto por el que quería comunicarme contigo. Tienes orden de regresar y reunirte con tu garra.

—Sí, subcomandante Trevalin. ¿Cuándo?

—Ahora, inmediatamente. No hay tiempo que perder. Ya he enviado a Llamarada para que te recoja.

—Gracias, subcomandante. ¿He de unirme a mi garra en el alcázar de Dargaard?

—No, Brightblade. Para entonces ya habremos partido de aquí. Te reunirás con nosotros en las montañas Vingaard. Mañana, al amanecer, atacaremos la Torre del Sumo Sacerdote. No te resultará difícil encontrarnos —añadió Trevalin, cuya ocurrencia fue celebrada con risas por los caballeros reunidos—. Los propios dioses mirarán desde lo alto a este vasto ejército y lo contemplarán con asombro. De todos modos te daré las indicaciones oportunas.

Dalamar observó y escuchó la conversación en silencio. Al principio de ésta, Jenna había entrado en la cámara y le hizo señas de que necesitaba hablar con él. Él respondió que esperara con un gesto. Cuando hubo oído lo que consideraba necesario oír, Dalamar fue hacia el extremo de la cámara y se paró junto a Jenna.

—¿Qué ocurre? Habla en voz baja.

Jenna se inclinó hacia él y susurró:

—¡La chica se ha marchado!

—¿Marchado? —Dalamar enarcó una ceja—. ¿Cómo?

—Con medios mágicos. —Jenna se encogió de hombros—. ¿De qué otro modo, si no? Sacó una redoma de cristal y rompió el sello de cera. Del recipiente salió humo y, antes de que tuviera ocasión de impedírselo, lo inhaló y *ella* se transformó en humo. No podía invertir el hechizo sin saber cuál había utilizado la irda.

—De todos modos, es muy probable que tampoco hubieras podido hacerlo aunque lo hubieses sabido —comentó Dalamar—. ¿Así que se ha marchado?

—La nube de humo se disipó, y con ella la muchacha.

—Interesante. Me pregunto por qué no se fue antes si posee esa capacidad.

—Quizá, como dijiste, los irdas la enviaron a espiarnos. ¿Te convence lo ocurrido de que la chica tiene al menos una parte de ascendencia irda?

—No. Un gully podría haber utilizado esos objetos encantados si alguien le hubiera enseñado cómo hacerlo. Esto no responde a ninguna de nuestras preguntas acerca de la muchacha. Bien, si se ha marchado, no hay nada que hacer. Tenemos otros asuntos más preocupantes de los que ocuparnos. Los Caballeros de Takhisis planean atacar la Torre del Sumo Sacerdote al amanecer.

Jenna abrió los ojos desmesuradamente.

—¡Por Gilean bendito! —exclamó, atónita.

—Vencerán —pronosticó Dalamar al tiempo que miraba con gesto ceñudo a Steel.

Jenna observaba fijamente al elfo oscuro.

—¿Es posible que tal noticia no te complazca? ¿Acaso no estás de parte de tu reina?

—Si Takhisis estuviera de *mi* parte, yo estaría de la suya —replicó Dalamar con acritud—. Pero no es así. Mi reina ha considerado oportuno tener sus propios hechiceros para que le hagan el trabajo. Si la Torre del Sumo Sacerdote cae en manos de sus caballeros, la ciudad de Palanthas se rendirá sin la menor duda, y estaremos al capricho y arbitrio de los Túnicas Grises.

—No estarás pensando que se atreverían a arrebatarte la Torre de la Alta Hechicería, ¿verdad? —Jenna estaba consternada.

—¡En cuanto puedan, querida! El Cónclave se les enfrentará, desde luego, pero ya vimos lo bien que funcionó nuestro ataque al alcázar de las Tormentas.

Jenna asintió con la cabeza, pálida y silenciosa. Su padre, Justarius, había muerto en la fallida intentona.

—A Nuitari le tiene que estar resultando difícil resistirse a su madre —continuó Dalamar sombríamente, refiriéndose al dios de la magia negra, hijo de Takhisis—. He notado que su poder ha menguado últimamente.

—Y no es sólo él —dijo la hechicera—. Lunitari está atravesando un momento de extraña debilidad, y, según el Túnica Blanca con el que hablé ayer en Wayreth, también Solinari parece estar alejado de sus seguidores.

Dalamar asintió con la cabeza.

—Creo que voy a hacer un corto viaje, querida.

—A la Torre del Sumo Sacerdote —adivinó Jenna—. ¿Qué hago con el caballero?

—Su dragón azul viene a recogerlo. Llévalo arriba, a la Avenida de la Muerte. Haré que la protección que rodea a la torre se abra el tiempo suficiente para que el dragón descienda y recoja a su amo.

—¿Es conveniente que lo dejemos marchar? Podríamos hacerlo prisionero.

Dalamar consideró esta posibilidad.

—No —decidió—. Dejaremos que se reúna con su ejército. Un caballero más o menos no va a influir en el resultado de la batalla.

—Podríamos utilizarlo como rehén...

—Los Caballeros de Takhisis no harían nada para salvarlo. De hecho, a su regreso será juzgado y probablemente sentenciado a muerte. Dejó escapar a su prisionero, ¿comprendes?

—Entonces, no volverá. ¿Por qué iba a hacerlo?

—*Est Sularis oth Mithas*. Mi honor es mi vida. Los Caballeros de Solamnia fueron los primeros que lo dijeron, pero los Caballeros de Takhisis han adoptado el mismo código estúpido. Intenta hacer que lo rompa. Estoy convencido de que encontrarás muy divertida su respuesta.

»Además —añadió Dalamar, pensativo—, dudo que estemos haciendo un buen servicio a su Oscura Majestad al devolver a sus filas a este caballero en particular. No lo tiene totalmente bajo su dominio.

—Hablas de un modo enigmático, amor mío —Jenna sacudió la cabeza—. Yo lo veo muy vinculado a Takhisis. ¿Qué quieres que haga después de que se haya marchado?

Dalamar contempló fijamente la oscura laguna. La luz de las llamas azules se reflejaba en sus ojos.

—Si fuera tú, mi querida Jenna, empezaría a hacer el equipaje.

Steel terminó la conversación con su oficial al mando. El conjuro acabó y el encantamiento se disipó. El caballero se encontró una vez más junto a la charca de agua oscura. Varios de los Engendros Vivientes se habían reunido a su alrededor, toqueteando y tanteando su armadura con curiosidad. Conteniendo un escalofrío, retrocedió tan rápidamente que casi chocó contra Jenna.

—Creo que nos dejas, señor caballero.

—Así es, señora —contestó Steel—. Mi dragón viene hacia aquí. —Miró a su alrededor—. ¿Dónde está lord Dalamar?

—Mi señor ha ido a retirar la protección mágica que rodea la torre. Te conduciré a la Avenida de la Muerte. Allí podrás reunirte con tu dragón. A no ser que prefieras regresar a través del Robledal de Shoikan, claro —añadió la hechicera con sorna.

Steel, consciente de que se estaba burlando de él, guardó un frío silencio.

—Por favor, sígueme, señor caballero. —Jenna señaló hacia la puerta—. Saldremos al pasillo. No me apetece subir un millar de peldaños, y prefiero no ejecutar un hechizo en esta cámara. Los encantamientos no armonizan bien.

Steel siguió a Jenna fuera de la Cámara de la Visión sin lamentar abandonar aquel lugar. Una vez que se encontraron en el pasillo inhaló profundamente. El aire de la torre estaba cargado y olía a hierbas y a especias, a moho y a putrefacción, pero al menos limpió su nariz del repulsivo hedor de la cámara.

Jenna lo observaba con curiosidad.

—Primero he de preguntar, señor caballero, si estás realmente seguro de que quieres dejarnos.

—¿Por qué no iba a querer? —preguntó Steel, que la miró con desconfianza—. ¿Hay alguna posibilidad de llegar hasta Majere?

—No en esta vida —contestó Jenna, sonriente—. No me refería a eso. Dalamar me dijo que si regresabas con tu ejército corrías el peligro de ser condenado a muerte.

—Fracasé en la misión encomendada, y la pena por ello es la muerte.

Steel se mostraba tranquilo y Jenna lo miró asombrada.

—Entonces, ¿por qué regresas? ¡Huye mientras tienes ocasión de hacerlo! —Se acercó a él y añadió suavemente—: Puedo enviarte a cualquier lugar adonde desees ir. Entierra esta armadura, y podrás iniciar una nueva vida. Nadie lo sabrá jamás.

—Lo sabría yo, señora —replicó el caballero.

—Entonces, de acuerdo. —Jenna se encogió de hombros—. Es tu funeral. Cierra los ojos. Te ayudará a disipar la sensación de mareo.

Steel cerró los ojos, y oyó que la hechicera se echaba a reír.

—Dalamar tenía razón. ¡Realmente divertido!

25

Un enano muy bien vestido. Doble o nada

Usha se encontró junto a un carro lleno de fruta sin tener una idea muy clara de cómo había llegado allí o dónde estaba. Sentía un hormigueo por todo el cuerpo, de la cabeza a los pies; parecía tener la cabeza llena de una fina y humeante neblina, y notaba un cosquilleo en la nariz.

Recordó vagamente haber destapado la redoma, haberla olisqueado y haber inhalado una fragancia muy agradable; y eso era todo lo que sabía, hasta ahora, cuando se encontró de pie en lo que parecía ser un mercado al aire libre lleno de gente. Usha esperaba que todos la estarían mirando al haber aparecido de repente allí, pero nadie le prestaba la menor atención.

La gente tenía preocupaciones de sobra con las suyas. Nadie vendía nada en el mercado y lo único que se intercambiaba eran rumores. Estaban reunidos en grupos apretados, hablando en tono bajo y tenso. De vez en cuando alguien de un grupo se marchaba y se unía a otro, pidiendo noticias. Usha oyó varias veces la frase «¡Kalaman ha caído!» dicha en tono de miedo y alarma. La joven no sabía lo que podía significar eso, pero había oído lo suficiente para llegar a la conclusión de que estaba todavía en Palanthas.

Suspiró. No le hacía gracia seguir en esta ciudad, tan cerca de la torre, y, sin embargo, habría sentido haberse marchado de allí, abandonando toda esperanza de volver a ver a Palin. Aunque se dijo que tal esperanza era remota, no dejó de abrigarla. Ya no se sentía sola, sin amigos. Había alguien a quien le importaba. Y ella tenía alguien por quien preocuparse.

No podía ver la torre desde donde se encontraba, ya que le tapaba la vista los tejados de los altos edificios que había alrededor. Esperaba escabullirse antes de que nadie se fijara en ella, perderse entre la multitud. Tenía que hacer algo para ganarse la piezas de acero que los palanthianos consideraban tan valiosas. Reflexionaba sobre ello, preguntándose qué hacer, cuando un poco de humo que le quedaba en la nariz le empezó a hacer unas molestas cosquillas. Intentó contenerse, pero no lo consiguió, y soltó un estornudo escandaloso.

Un enano vestido ostentosamente dio un brinco de sobresalto, y sus botas resonaron en los adoquines.

—Por las barbas de Reorx, jovencita, ¡vaya susto que me has dado! —exclamó el enano, que inhaló aire con un sonido siseante mientras se llevaba la mano al corazón.

—Lo siento, señor —empezó Usha, pero otro estornudo la interrumpió.

—¿Estás constipada, muchacha? Soy propenso a los catarros. —El enano, que la miraba con nerviosismo, retrocedió un paso.

Usha sacudió la cabeza, incapaz de explicarse debido al estallido de un tercer estornudo. El enano retrocedió más aún, y se cubrió la cara con el sombrero.

—¡Salud! —dijo el enano, con cierto retraso.

Usha dio las gracias con un cabeceo, sorbió y empezó a buscar por los bolsillos un pañuelo.

El enano le ofreció el suyo. Era blanco, con puntillas, y las iniciales «DMR» bordadas en una esquina. El pañuelo parecía demasiado elegante y fino para utilizarlo. Usha, avergonzada, se limpió la nariz con una punta y, sonrojada, se lo devolvió.

El enano lo guardó en un bolsillo y miró a Usha con sus ojos brillantes, astutos.

—¿Cómo te llamas, muchacha?

—Usha, señoría —contestó al tiempo que hacía una reverencia, juzgando por su vestimenta que este enano debía de ser alguien importante, si no el mismísimo señor de Palanthas.

—Nada de señoría, jovencita —dijo el enano, aunque se atusó la espesa y lustrosa barba con gesto enorgullecido—. Dougan Martillo Rojo, a tu servicio.

Usha sabía que los enanos eran unos artesanos muy diestros, hábiles con los metales y la piedra, pero nunca había oído que estuvieran a la cabeza en asuntos de moda. La legendaria belleza de las salas del gran reino subterráneo de Thorbardin se quedaba corta comparada con la casaca de terciopelo rojo adornada con botones dorados; la magnificencia de las inmensas puertas de Pax Tharkas quedaba reducida a una insignificancia al contrastarla con la camisa de seda de Dougan, adornada con volantes y puños de encaje.

Unas calzas de terciopelo rojo, medias negras, zapatos negros con tacones rojos, y un sombrero de ala ancha tocado con una pluma roja completaban el atuendo del enano. Su negra y sedosa barba era tan larga que sobrepasaba la amplia cintura; el cabello negro le caía en rizos sobre los hombros.

El fragante aroma a fruta fresca, que ha estado al calor del sol de mediodía, atrajo la atención de Usha. No esperaba tener hambre otra vez después del festín de la Torre de la Alta Hechicería, pero eso había ocurrido hacía tiempo, como le recordaba su estómago. La joven echó un rápido vistazo de soslayo al vendedor y sintió un gran alivio al comprobar que no era el mismo que la había hecho arrestar.

Aun así, había aprendido la lección. Apartó la mirada con esfuerzo de la fruta y suspiró, ordenando a su estómago que pensara en otras cosas, pero éste se reveló con un sonoro gruñido.

El enano se había percatado de la mirada de la joven, y ahora escuchó su suspiro y el ruido del estómago.

—Adelante, jovencita, sírvete tú misma —la invitó con un ademán—. Las ciruelas no están tan frescas como esta mañana, pero las uvas saben bien, si no te importa que estén algo arrugadas por el calor.

—Gracias, pero no tengo hambre —repuso Usha, negándose a mirar en dirección a la fruta.

—Entonces es que te has tragado un perrito —dijo Dougan con franqueza—, porque puedo oírle dar ladridos desde aquí. Vamos, come. Yo ya lo he hecho, así que no será una descortesía hacia mí.

—No se trata de eso. —Las mejillas de Usha estaban encendidas—. No..., no tengo ninguna de esas que llaman «monedas».

—Ah, así que ése es el problema. —Dougan se atusó la barba mientras miraba a la joven pensativamente—. Nueva en la ciudad, ¿eh?

Usha asintió con la cabeza.

—¿Dónde vives?

—En ningún sitio en particular —contestó de manera evasiva. El extraño enano se estaba tomando demasiado interés en sus asuntos personales—. Si me disculpas...

—¿Qué haces para ganarte la vida?

—Oh, pues, un poco de todo. Bueno, ha sido un placer hablar contigo, pero tengo que...

—Comprendo. Acabas de llegar a la ciudad y buscas trabajo. Todo te resulta un poco agobiante, ¿no?

—Bueno, sí, señor, pero...

—Creo que puedo ayudarte. —Dougan la miró con ojo crítico, la cabeza ladeada—. Te acercaste muy furtivamente. No te oí llegar, y eso no suele ocurrirme. —Tomó en su mano la de ella y la examinó con atención—. Dedos esbeltos. Y ágiles, puedo jurarlo. ¿Son rápidos? ¿Hábiles?

—Eh... supongo que sí. —Usha miraba al enano desconcertada.

Dougan le soltó la mano como si fuera una pieza de fruta achicharrada por el sol, y le estuvo mirando los pies un largo rato; luego alzó la vista hacia su rostro, musitando para sí mismo:

—Unos ojos que encandilarían a Hiddukel y lo harían dejar de contar su dinero. Rasgos que harían levantar al propio Chemosh de su tumba. Servirá. Sí, ya lo creo que sí, jovencita —dijo alzando la voz—. Conozco a ciertas personas que buscan chicas con cualidades como las que tú tienes.

—¿Qué cualidades? Yo no...

Pero Dougan ya no la escuchaba. Cogió un racimo de uvas y lo puso en las manos de Usha. Añadió varias ciruelas, una calabaza grande, y también habría apartado unos cuantos nabos de no ser porque a Usha ya no le cabía nada más en las manos. Hecho esto, el enano echó a andar.

—¡Eh, tú! ¿No has olvidado algo? —El frutero, un humano corpulento, había estado charlando con unos amigos sobre la rumoreada caída de Kalaman. Ver que alguien intentaba marcharse con parte de su mercancía sin antes pagar alejó de su cabeza toda idea acerca de la inminente guerra. Se plantó junto al enano, imponente—. He dicho que si no te has olvidado algo.

Dougan se paró y se atusó el bigote.

—Creo que sí. Los nabos. —Cogió varios y echó a andar otra vez.

—Está el asuntillo de mi dinero —dijo el vendedor mientras se interponía en su camino.

Usha se metió un puñado de uvas en la boca y se las tragó lo más deprisa posible, sin apenas masticar, decidida a comer todo lo que pudiera por si acaso tenía que devolver la fruta.

—Ponlo en mi cuenta —dijo Dougan con desenvoltura.

—Esto no es una taberna, Tapón —gruñó el hombre, que se cruzó de brazos—. Págame.

—Te propongo una cosa, buen hombre —repuso Dougan afablemente aunque parecía un poco molesto por el apelativo de Tapón—. Te lo juego a cara o cruz. —Sacó del bolsillo una moneda de oro. Los ojos del frutero se iluminaron—. Si de tres tiradas sale dos veces la cara del Señor, me llevo la fruta gratis. ¿De acuerdo? De acuerdo.

Dougan lanzó la moneda. El vendedor, con gesto ceñudo, la observó dar vueltas en el aire. La moneda cayó en la barra del carro, de cara. El hombre la examinó con atención.

—¡Eh, ésa no es una moneda de Palanthas! Y no lleva la cara del Señor. Esa cabeza parece la tuya...

Dougan se apresuró a recoger la moneda.

—Debo de haberme equivocado al cogerla, creyendo que era otra. —La arrojó otra vez antes de que el hombre pudiera protestar. La cabeza, del Señor o del enano, volvió a caer boca arriba.

—Ah, qué mala suerte has tenido —comentó Dougan con gesto complacido mientras se agachaba para recoger la moneda.

No obstante, el vendedor fue más rápido.

—Gracias —dijo—, esto cubre tu compra, más o menos.

—¡Pero has perdido! —bramó Dougan con el rostro congestionado.

El frutero, que examinaba la moneda con detenimiento, empezó a darle la vuelta.

—Bueno, no importa —añadió el enano, que echó a andar rápidamente al tiempo que tiraba de Usha—. Lo importante no es ganar o perder, sino cómo juegas, es lo que digo siempre.

—¡Eh, enano! —gritó el vendedor—. ¡Has intentado engañarme! ¡Esta moneda tiene dos cabezas, y las dos se parecen...!

—Vamos, muchacha —instó Dougan, apresurando el paso—. No disponemos de todo el día.

—¡Eh! —El vendedor gritaba ahora a pleno pulmón—. ¡El dorado se está quitando! ¡Detened a ese enano...!

Dougan corría ahora, y sus gruesas botas resonaban contra los adoquines de la calle.

Usha, aferrando su comida, se apresuró para mantener el paso.

—¡Nos persiguen! —advirtió.

—¡Gira a la derecha, por ese callejón! —Dougan resoplaba y jadeaba.

Los dos se metieron a toda carrera en el callejón. Usha miró hacia atrás y vio que los que iban persiguiéndolos se frenaban de golpe a la entrada del callejón.

El vendedor señalaba, suplicando y tratando de engatusar a los demás.

Pero los hombres sacudieron la cabeza y se marcharon.

El frutero, tras gritar amenazas e improperios a Dougan, también se alejó, bramando de rabia.

—Han dejado de seguirnos —dijo Usha, desconcertada.

—Lo han pensado mejor —contestó Dougan, que dejó de correr y empezó a abanicarse con el sombrero—. Seguramente se dieron cuenta de que llevo espada.

—No llevas ninguna espada —hizo notar la joven.

—Era su día de suerte —dijo el enano con un guiño astuto.

Usha miró a su alrededor con nerviosismo. El callejón estaba más limpio que cualquiera de los otros que había visto en Palanthas. También estaba más oscuro, y vacío, y silencioso. Un cuervo se acercó, descarado, y empezó a picotear una ciruela que se le había caído a la muchacha. Usha se estremeció. No le gustaba este sitio.

—¿Sabes dónde estamos? —preguntó.

El cuervo dejó de picotear la fruta, ladeó la cabeza y la contempló fijamente con sus brillantes ojos amarillos.

—Sí, muchacha, lo sé —repuso Dougan Martillo Rojo, sonriente—. Hay unos amigos que viven por aquí a los que quiero que conozcas. Necesitan alguien como tú para que les haga algunos trabajillos. Creo que eres justo lo que buscan, muchacha. Justo lo que buscan.

El cuervo abrió el pico y emitió un graznido chillón, como una risita divertida.

26

El laboratorio. Tasslehoff toma la iniciativa (entre otras cosas)

Caray! —susurró Tasslehoff, demasiado emocionado e impresionado para hablar en voz alta.

—¡No toques nada! —fueron las primeras palabras de Palin, pronunciadas en tono severo y apremiante.

Pero, puesto que éstas son por regla general las primeras palabras que cualquiera pronuncia en presencia de un kender, la advertencia pasó por un oído de Tas, salió por el otro, y acabó alegremente interpretada en medio.

¡No toques nada!

«Buen consejo, supongo», se dijo Tas para sus adentros, «ya que se da en el laboratorio de uno de los Túnicas Negras más grandes y poderosos que han existido. Si toco algo aquí puedo acabar viviendo dentro de uno de esos tarros, como esa pobre cosa muerta que hay metida en uno, aunque no causaría ningún perjuicio sólo porque quite la tapa y le eche un vistazo más de cerca...»

—¡Tas! —Palin le quitó el tarro de la mano.

—Lo estaba echando hacia atrás para que no se cayera —explicó el kender.

—¡No toques nada! —reiteró el joven mago, que le lanzó una mirada furiosa.

—Caray, pues sí que está de un humor de perros —siguió hablando para sí el kender mientras se dirigía hacia otra parte del laboratorio en donde estaba más oscuro—. Lo dejaré solo un rato. En realidad no dice en serio lo de «no toques nada» porque ya estoy tocando algo. Mis pies tocan el suelo, lo que está bien, o en caso contrario estaría flotando en el aire como todo este polvo. Eso sería muy entretenido. Me pregunto si sabría arreglármelas. Quizás el potingue azul verdoso de aspecto grasiento y repugnante que hay en esa botella es algún tipo de pócima para levitar. Lo...

Palin, con el semblante ceñudo, le arrebató la botella de la mano y le impidió que quitara el tapón. Después de sacar de los bolsillos del kender varios objetos —un trozo de vela cubierto de polvo, una pequeña piedra tallada a semejanza de un escarabajo, y un carrete de hilo negro— Palin llevó a Tas hacia un rincón débilmente iluminado y le dijo, en el tono más enfadado que el kender había oído utilizar a nadie:

—¡¡Quédate ahí y no te muevas!! O te sacaré de aquí —acabó el joven mago.

Tas sabía que esta amenaza era vana, porque, mientras él se dedicaba a fisgonear por el laboratorio, había reparado vagamente en el hecho de que Palin golpeaba la puerta con los puños y había tirado del picaporte queriendo abrirla, llegando incluso a golpearla con el bastón, sin ningún resultado. La puerta no cedió.

El caballero también la había aporreado durante un rato, pero desde el otro lado. Ahora ya no se oían los golpes ni las furiosas invectivas de Steel Brightblade.

—O se ha marchado —dijo Tas— o el espectro se ha ocupado de él.

Esto habría sido algo interesante de presenciar, y Tas lamentaba habérselo perdido. Pero un kender no puede estar en todos los sitios a la vez, y Tasslehoff no habría dejado pasar la oportunidad de entrar en el laboratorio ni por todos los espectros del mundo, salvo, quizá, si se les unían una o dos *banshees*.

—Palin no quiere ser tan gruñón, lo que pasa es que está asustado —comentó Tas, con tono compasivo.

El kender no estaba familiarizado con esa emoción particularmente incómoda, pero sabía que afectaba a muchos de sus amigos, así que decidió —llevado por la lástima por su joven compañero— hacer lo que Palin le había pedido.

Se quedó en el rincón, sintiéndose virtuoso y preguntándose cuánto duraría esa sensación. No mucho, probablemente, ya que la virtuosidad rayaba en el aburrimiento. Sin embargo, funcionaría durante un rato. Tas no podía tocar nada, pero sí mirar, así que miró con todas sus fuerzas.

Palin caminaba despacio por el laboratorio. El Bastón de Mago arrojaba una luz brillante sobre todo lo que había en la habitación, como si le complaciera estar de vuelta en casa.

La estancia era enorme, mucho mayor de lo que razonablemente se podía esperar que fuera, considerando su localización y el tamaño de todas las otras habitaciones de la torre. Tas tenía la excitante y escalofriante impresión de que la estancia había crecido cuando entró en ella y, lo que era más apasionante, que todavía seguía creciendo. Era una sensación causada por el hecho de que, mirara donde mirara, cada vez que apartaba la vista y luego volvía a mirar, siempre veía algo que estaba seguro de que no estaba antes allí.

El objeto más grande del laboratorio era una mesa gigantesca. Era de piedra y ocupaba gran parte del centro del cuarto. Tasslehoff habría podido tumbarse tres veces a lo largo en ella y todavía habría sobrado sitio para su copete. No es que a Tas le apeteciera tenderse sobre todo ese polvo, que lo cubría todo con una gruesa capa. Las únicas huellas que el kender alcanzaba a ver sobre el polvoriento suelo eran las suyas y las de Palin; ni siquiera había marcas de ratones. Tampoco había telarañas.

—Somos los primeros seres vivos que pisan dentro de esta cámara desde hace años —dijo suavemente Palin, haciéndose eco, sin saberlo, de los pensamientos del kender.

El joven mago pasó junto a una mesa de trabajo, y la luz del bastón brilló sobre innumerables estanterías repletas de libros y pergaminos. Tas reconoció algunos de los volúmenes, los que estaban encuadernados en color azul oscuro, como los libros de hechizos del infame hechicero Fistandantilus. Otros, encuadernados en negro y con grabados plateados o los encuadernados en rojo con inscripciones doradas, pertenecían a Raistlin o quizás habían sido dejados aquí por anteriores habitantes de la torre.

Palin se detuvo delante de estos libros de hechizos y los contempló con ojos anhelantes. Alargó la mano hacia uno, pero la retiró bruscamente.

—¿A quién pretendo engañar? —exclamó con amargura—. Si mirara aunque sólo fuera la guarda, seguramente perdería la razón.

Al haber sido compañero de viaje de Raistlin, Tas conocía lo bastante acerca de la magia y los hechiceros para saber que un mago de rango bajo que intentara leer un conjuro que no debía se volvería loco de inmediato.

—Es una medida de seguridad —comentó Tasslehoff, por si acaso Palin no lo sabía—. Raistlin me lo explicó una vez, cuando me quitó el libro de hechizos. Fue muy amable al respecto, diciendo que no quería tener al lado a un kender loco. Le contesté que era muy considerado por su parte, pero que a mí no me importaría volverme loco, y él dijo que vale, pero que a él sí le importaba, y creo que añadió algo en el sentido de que preferiría que veinte ogros le estuvieran aporreando la cabeza con veinte palos, pero quizá lo entendí mal.

—Tío Tas —dijo Palin con voz nerviosa, ahogada—. No es mi intención ser grosero, sobre todo con alguien de tu edad pero, por favor, ¡cállate!

Siguió recorriendo el cuarto, acercando el bastón a un objeto o a otro para alumbrarlo mejor, pero sin coger ni tocar nada. Dio dos vueltas completas al laboratorio, salvo un lugar.

Eludió la parte posterior de la cámara, localizada casi directamente enfrente de donde Tasslehoff estaba parado. Esa zona estaba muy oscura, y Tas empezó a sospechar que Palin evitaba deliberadamente que le diera la luz del bastón.

Pero el kender sabía lo que había en esa parte del laboratorio. Caramon y Tanis le habían contado la historia.

Palin no dejaba de lanzar miradas de soslayo en aquella dirección y después volvía la vista hacia el kender, como si no estuviera seguro de lo que tenía que hacer.

En fin, menos mal que Tas sí lo sabía.

—Pero todavía está asustado —comentó el kender mientras sacudía la cabeza—. Tiene que ser eso, porque de otro modo no entiendo que esté deambulando de un lado para otro, cuando deberíamos poner manos a la obra. Podría decirle lo que hay que hacer.

»No, eso no sería una buena idea. Tal y como recuerdo de cuando era un jovencito kender, los consejos de una persona mayor, como soy yo, a alguien más joven, como es Palin, no son siempre bien recibidos. Quizá debería lanzarle una indirecta, darle un empujoncito, por así decir. Después de todo, no disponemos de todo el día. Se está haciendo hora de cenar y, según recuerdo, a las comidas en el Abismo, aunque puede que sean nutritivas, les falta sabor. Bien, esperaré a que no esté mirando...

Palin examinaba los pergaminos por encima, interesado en ellos, pero era evidente que tenía algo más importante en la cabeza. Les echaba una ojeada, suspiraba y volvía a dejarlos con evidente renuencia.

—Vamos... ¡encuentra alguno que puedas usar! —rezongó Tasslehoff.

De repente, al parecer, Palin lo encontró. Examinó el sello de cera que estaba estampado en la cinta que ataba el rollo de pergamino, y su rostro se animó de manera considerable; rompió el sello y empezó a repasar el contenido.

Tasslehoff Burrfoot, moviéndose tan silenciosamente como sólo un kender es capaz, lo que significa que hacía el mismo ruido que el polvo al caer al suelo, abandonó su sitio en el rincón, cruzó sigilosamente el cuarto, y remontó los peldaños de piedra que llevaban al Portal al Abismo.

—Esto es interesante, tío Tas —dijo Palin mientras se volvía para mirar hacia donde el kender había estado. Su voz adquirió un tono de preocupación cuando vio que ya no se encontraba allí—. ¡Tas!

—Mira lo que he encontrado, Palin —proclamó el kender, orgulloso.

Agarró el dorado cordón de seda que colgaba a un lado de la cortina de terciopelo púrpura y tiró de él.

—¡Tas, no! —gritó el joven mago, que dejó caer el rollo de pergamino y saltó hacia el kender—. ¡No lo hagas! Puedes meternos en...

Demasiado tarde.

La cortina se recogió y de los pliegues se soltó una nube de polvo tan densa que casi asfixió al kender.

Y entonces Palin escuchó la palabra más temida... la palabra que por lo general era la última que oían en vida los infortunados que viajaban con un kender:

—¡Oops!

27

El Gremio de Ladrones. La nueva aprendiza

El Gremio de Ladrones de Palanthas podía presumir —y solía hacerlo con cierto orgullo— de ser el más antiguo de la ciudad. Aunque no existía fecha oficial de su fundación, sus miembros no debían de equivocarse mucho en sus cálculos. Ni que decir tiene que hubo ladrones en Palanthas mucho antes de que hubiera plateros o sastres o perfumeros o cualquiera de los otros gremios ahora florecientes.

Las raíces del Gremio de Ladrones se remontaban a tiempos inmemoriales, a un caballero conocido como Pedro *el Gato*, que había dirigido una banda de salteadores en las tierras agrestes de Solamnia. Su banda asaltaba a los viajeros. Pedro *el Gato* (el apodo no le fue dado porque fuera tan silencioso como un gato y tuviera su gracilidad, sino porque en una ocasión lo azotaron con un gato de siete colas) era muy selectivo con sus víctimas. Evitaba a los grandes señores que viajaban con escoltas armadas; a todos los magos; a los mercenarios; y a cualquiera que llevara espada. Pedro *el Gato* sostenía que detestaba los enfrentamientos armados y era enemigo de derramar sangre. Y, en efecto, lo era... sobre todo si se trataba de la suya.

Prefería robar al viajero solitario y desarmado, como por ejemplo el calderero ambulante, el juglar itinerante, el esforzado buhonero, el empobrecido estudiante, el pobre clérigo. Huelga decir que Pedro *el Gato* y su banda andaban a la cuarta pregunta, aunque Pedro nunca perdía la esperanza de que algún día abordarían a un calderero que resultaba que llevaba guardado un puñado de joyas, pero esto no ocurría nunca.

Durante un invierno especialmente duro, cuando la banda había llegado a tales extremos que se comían los zapatos y empezaban a mirarse unos a otros ávidamente, relamiéndose, Pedro *el Gato* decidió mejorar su situación. Abandonó el campamento a escondidas, decidido a buscar fortuna —o por lo menos un mendrugo de pan— en la recién fundada ciudad de Palanthas. Gateaba por encima de la muralla en plena noche cuando tropezó con un guardia de la ciudad. Los que ven a Pedro *el Gato* desde una perspectiva romántica dicen que el guardia y él se enzarzaron en una lucha encarnizada, que Pedro arrojó al guardia desde lo alto de la muralla y que el salteador de caminos entró triunfante en la ciudad.

Los que se molesten en leer la verdadera historia de Pedro *el Gato* descubrirán la versión real de lo ocurrido. Al ser abordado por el guardia en la muralla y ante la amenaza de una defunción inminente, el osado Pedro *el Gato* cayó de hinojos, se abrazó a las piernas del guardia, y suplicó clemencia. En ese momento, el guardia resbaló en un parche de hielo. Debido a que los brazos de Pedro estaban fuertemente ceñidos en torno a sus rodillas, el guardia no pudo recuperar el equilibrio y, agitando los brazos, se precipitó al suelo desde lo alto de la muralla.

Pedro *el Gato*, que tuvo el suficiente sentido común de soltarse en el último momento, mantuvo su impasible presencia de ánimo. Descendió al suelo por medios más convencionales, desvalijó al cadáver, y se coló a hurtadillas en la ciudad, donde instaló su residencia en un establo de vacas.

En lugar de salir de la nada, puede decirse que el gremio surgió de los excrementos vacunos.

Pedro afirmó siempre que era él quien había fundado el Gremio de Ladrones, pero en realidad es a su amante, una enana llamada Bet *Mano Rápida*, a quien se debe el mérito de su creación. «Los ladrones salen como las malas hierbas», es un viejo dicho y, a medida que Palanthas se hacía más grande y más rica, los ladrones se multiplicaban al mismo ritmo. A menudo allanaban una casa y se encontraban con que ya había sido saqueada la noche anterior o, como sucedió en una sonada ocasión, tres grupos distintos de ladrones se presentaron al mismo tiempo en la mansión de un gran señor para saquearla. Aquello acabó con una gran trifulca entre los delincuentes que despertó al servicio de la casa. El señor y sus criados capturaron a todos los ladrones y los encerraron en la bodega hasta la mañana siguiente, que fueron colgados. Pedro *el Gato* se encontraba, desafortunadamente, entre ellos, y se cuenta que luchó como un demonio y se enfrentó a la muerte con valentía, aunque en los registros se señala que se derrumbó hecho un ovillo y balbuciendo, al pie del cadalso, y que tuvieron que subirlo por la escalera arrastrándolo del cogote.

Tras el desastre, Bet *Mano Rápida* reunió a todos los cacos, degolladores y rateros que pudo convencer para que salieran de sus escondrijos y les dirigió un discurso conmovedor. Sería mucho mejor para todos, les dijo, aunar sus habilidades, marcar un territorio, repartir las ganancias y no ponerse zancadillas unos a otros. Todos ellos habían visto los cuerpos de sus compañeros meciéndose en la soga, así que aceptaron y jamás lamentaron su decisión.

El Gremio de Ladrones resultó tener tal éxito que fue llegando a Palanthas más y más gente con gran talento en el oficio. El gremio prosperó bajo una dirección inteligente. Sus miembros establecieron reglamentos y códigos de conducta propios a los que tenía que adscribirse todo aquel que entraba en el gremio. El gremio recibía un porcentaje del botín de todos los ladrones y, a cambio, ofrecía adiestramiento, coartadas a los que de vez en cuando eran llevados a juicio, y escondites cuando los hombres del Señor estaban de ronda.

El cuartel general actual del gremio era un almacén abandonado dentro de la muralla de la ciudad, cerca de los muelles. Aquí los ladrones habían prosperado durante años impunemente. El Señor de Palanthas prometía de vez en cuando a los ciudadanos que acabaría con el Gremio de Ladrones. De manera periódica a lo largo del año, los guardias de la ciudad hacían una incursión al almacén. Los espías del gremio sabían siempre cuándo acudiría la guardia, y ésta siempre encontraba vacío el almacén a su llegada. El Señor les decía entonces a los ciudadanos que el Gremio de Ladrones estaba fuera de circulación. Los ciudadanos, acostumbrados a esto, seguían cerrando y atrancando sus casas por la noche y, estoicamente, hacían recuento de las pérdidas a la mañana siguiente.

A decir verdad, los habitantes de Palanthas, aunque detestaban a los delincuentes, se sentían bastante orgullosos de su Gremio de Ladrones. El avaro comerciante corriente que con sus altos precios robaba a la gente en menor escala podía protestar en voz alta de la situación. Las jovencitas soñaban con salteadores apuestos y osados a los que redimían con su amor, salvándolos de una vida criminal. La ciudadanía de Palanthas miraba con desdén a los habitantes de ciudades menores que no tenían Gremio de Ladrones. Hablaban con desprecio de ciudades tales como Flotsam, cuyos delincuentes no estaban organizados y tenían, estaban convencidos, mucha menos clase que los de Palanthas. A los palanthianos les gustaba contar una y otra vez la historia del noble ladrón que, al entrar en la casa de una pobre viuda para robarle, quedó tan conmovido por su lamentable situación económica que de hecho le dio dinero. De haber tenido ocasión, las viudas pobres de Palanthas habrían podido refutar esta historia, pero nadie les preguntaba.

Fue a este almacén —o la casa gremial, como se la llamaba ostentosamente— hacia donde Usha y Dougan dirigieron sus pasos. El callejón estaba oscuro y desierto, pero la joven entró en él sin vacilar. El recuerdo de la torre la acosaba, así que, mientras estuviera lejos de aquel horrible sitio, se daba por satisfecha. Le gustaba la actitud farolera y las maneras bruscas del enano, admiraba su estilo elegante de vestir y, a no tardar, gozaba de su confianza.

La muchacha no sabía nada de los ojos que los vigilaban mientras recorrían el callejón. Era feliz en la ignorancia de que, de haberse encontrado sola en este sitio, habría acabado degollada.

Sin embargo, los ojos vigilantes conocían y aprobaban a Dougan. Lo que Usha, inocentemente, creyó que eran silbidos de pájaros y maullidos de gatos, guiaron al enano y a su compañera a salvo a través de una red de espías y centinelas.

El almacén era un edificio gigantesco pegado contra la muralla de la ciudad. Debido a que estaba construido con el mismo tipo de piedra que la muralla, tenía el aspecto de un forúnculo o un quiste que hubiera salido en la superficie de la muralla y cuya purulencia se extendiera por las calles. Era gris, moteado con manchas, y estaba combado y desmoronándose. Las ventanas que tenía o estaban rotas o sucias; los huecos se habían tapado con mantas (que podían quitarse en caso de que el edificio fuera atacado, y resultaban unos puestos ideales para arqueros). La puerta era gruesa, maciza, hecha con madera y reforzada con bandas de hierro; en ella había una marca peculiar.

Dougan llamó de una manera rara y complicada.

Una mirilla se deslizó cerca de la parte inferior y un ojo se asomó por ella. El ojo examinó a Dougan y luego se fijó en Usha; volvió hacia el enano, se entrecerró y luego desapareció al cerrarse la mirilla.

—No dirás en serio que aquí vive gente, ¿verdad? —comentó la joven a la par que miraba a su alrededor con asco y asombro.

—¡Chist, calla! No alces la voz, muchacha —advirtió Dougan—. Se sienten muy orgullosos de esto, ¿sabes? Muy orgullosos.

Usha no entendía el porqué, pero no dijo lo que pensaba por educación. Echó un vistazo sobre el hombro. Aunque a lo lejos, podía divisar la Torre de la Alta Hechicería. Incluso podía ver —o eso le pareció— la ventana del estudio de Dalamar. Imaginó al hechicero asomado a ella, observando las calles, buscándola. Sintió un escalofrío y se arrimó más a Dougan, deseando que quienquiera que viviese en este edificio contestara a la puerta.

Al volver la cabeza se la encontró ya abierta. Usha sufrió un sobresalto, ya que no había oído el menor ruido. Al principio no vio a nadie en el umbral. Al otro lado estaba muy oscuro y se percibía un olor espantoso —a repollo o algo peor— que le hizo encoger la nariz. En un primer momento creyó que el hedor salía del edificio, pero entonces una voz habló desde las malolientes sombras:

—¿Qué querer vosotros?

—¡Anda, pero si es un enano! —exclamó Usha con alivio.

—¡Muérdete la lengua! —gruñó Dougan—. Es un gully, así que no hagas comparaciones —añadió con gesto estirado.

—Pero si... Quiero decir que él... —Dio por sentado que era un varón, aunque no podía asegurarse por sus ropas andrajosas— ... se parece... —Estuvo a punto de decir «a ti», pero una mirada feroz de Dougan la hizo rectificar—. A... un enano —terminó sin convicción.

Dougan, evidentemente indignado, no respondió. Se volvió hacia el gully.

—Quiero ver a Lin. Di a Lin que Dougan Martillo Rojo está aquí y que no quiero que me haga esperar. Di a Lin que tengo algo para él que puede interesarle.

El gully echó a andar para llevar el recado en tres ocasiones distintas —cada vez que Dougan terminaba una frase— y las tres tuvo que frenarse y darse media vuelta para escuchar lo que decía Dougan.

—¡Alto! —gritó de repente el gully—. Yo, mareo. —Realmente parecía estar con náuseas.

Usha también empezaba a sentir revuelto el estómago, pero era por el olor.

—Mí no siente bien —dijo el gully con voz ahogada—. Siente como ganas «gomitar».

—¡No, no! —gritó Dougan al tiempo que retrocedía a una distancia segura—. Anda, descansa y tranquilízate. Buen chico.

—«Gomitar» no estar mal —argumentó el gully con expresión animada—. Si comida buena cuando entrar, también buena cuando salir.

—Ve a buscar a Lin, gusano —ordenó Dougan, que se enjugaba el sudor de la cara con el pañuelo. El calor en el cerrado callejón era agobiante.

—¿Quién es Lin? —preguntó Usha mientras el gully se alejaba trotando obedientemente.

—Su nombre completo el Linchado Geoffrey —respondió Dougan en voz baja—. Es el jefe de gremio.

—Qué nombre tan raro —susurró la joven—. ¿Por qué se llama así?

—Porque lo fue.

—¿Fue qué?

—Linchado. No hagas ningún comentario acerca de la quemadura de la soga en su cuello. Es muy susceptible respecto a eso.

Usha sentía curiosidad por saber cómo un hombre que ha sido linchado todavía andaba por ahí vivito y coleando. Estaba a punto de preguntar cuando Linchado Geoffrey apareció en la puerta. Era alto y delgado, con manos grandes y finas, dedos largos que estaban en constante movimiento, ya fuera chasqueando, enlazándose, meneándose o agitándose. Un diestro carterista de quien se contaba que en cierta ocasión había robado una camisa de seda a un noble sin rozar la casaca, Lin sostenía que estos ejercicios mantenían flexibles sus dedos. Una gruesa cicatriz de un fuerte color rojo le rodeaba el cuello. Tenía un rostro vulgar, y su único rasgo interesante era la cicatriz.

—¿Qué miras, muchacha? —demandó Lin, molesto.

—N... nada, señor —tartamudeó Usha, obligándose a retirar la vista de la cicatriz y fijarla en los ojos del hombre, que eran pequeños, semejantes a los de una comadreja.

Lin gruñó, poco convencido, y se volvió hacia Dougan.

—¿Dónde has estado metido, viejo amigo? Estuvimos hablando de ti el otro día. Nos habrías venido bien para echarnos una mano con un trabajito de abrir un túnel. A vosotros, los enanos, se os da bien ese tipo de cosas.

—Sí, bueno, he estado ocupado con otros asuntos —rezongó Dougan, que parecía ofendido por el tono desdeñoso con que el hombre había dicho lo de «vosotros, los enanos», pero se tragó la cólera—. Bien, vamos a lo que nos interesa. Mi joven amiga —señaló a Usha— acaba de llegar a la ciudad. Necesita un sitio donde dormir.

—Esto no es una casa de huéspedes —dijo Lin al tiempo que ponía la mano en la puerta y empezaba a cerrarla.

Dougan interpuso un pie en el camino de la puerta y empujó.

—Si me hubieras dejado acabar, Lin, viejo amigo, estaba a punto de decir que la chica necesita un medio de vida. Le hace falta un poco de adiestramiento en el arte, y estoy dispuesto a pagar lo que cueste su enseñanza —añadió el enano, huraño.

Lin volvió a abrir la puerta. Observó intensamente a Usha, a quien no le gustó la forma en que la miraba, como si la estuviera despojando no sólo de la ropa, sino también de la piel. Un fuerte rubor cubrió sus mejillas. No le gustaba ni este sitio ni este hombre odioso, con esas manos, que parecían arañas reptantes. No estaba segura de querer aprender lo que le pudiera enseñar. Estaba a punto de despedirse de todos cuando, al echar un vistazo hacia atrás, a la salida del callejón, vio que había un mago vestido de negro.

Había muchos Túnicas Negras en Palanthas, y no pocos de ellos tenían tratos con la gente del almacén, pero al instante Usha dio por sentado que era Dalamar.

El mago estaba plantado en la salida del callejón. Su cabeza, cubierta con la capucha, giraba a uno y otro lado, como si estuviera buscando a alguien. El callejón, al final del cual se encontraban el enano y ella, era largo y estaba sumido en sombras. A lo mejor aún no la había visto.

Usha se adelantó inesperadamente, agarró a Lin Geoffrey la mano y se la estrechó con tanta energía que estuvo a punto de arrancársela.

—Encantada de conocerte —dijo con fingido entusiasmo—. No regatearé esfuerzos. Soy buena trabajadora. —Se deslizó entre el hombre y la jamba y se metió en la oscuridad del almacén, inhalando el aire maloliente con alivio.

El enano y el ladrón parecían desconcertados por su entusiasmo.

—Se mueve con rapidez, eso tengo que admitirlo —comentó Lin. Sacudió la mano—. Y también agarra con fuerza y firmeza.

Dougan sacó una bolsa de dinero de su ancho cinturón y la sostuvo en la mano, como sopesándola.

—Hecho —dijo el ladrón, que invitó amablemente a Dougan a pasar—. Bien, ¿cómo te llamas, muchacha?

—Mi nombre es Usha —contestó al tiempo que miraba a su alrededor con curiosidad.

El interior del almacén era cavernoso. Parte del suelo estaba ocupado con mesas y sillas, de manera que recordaba la sala de una posada. En las paredes había antorchas encendidas y sobre las mesas ardían gruesas velas. Había gente sentada alrededor de las mesas, bebiendo, comiendo, jugando, charlando o durmiendo. Estaban representadas todas las edades y razas de Ansalon. Puede que el Gremio de Ladrones tuviera sus faltas, pero el prejuicio no era una de ellas. Dos humanos estaban sentados y bebiendo en buena armonía con tres elfos. Un enano jugaba a los dados con un ogro. Un goblin y un kender competían a ver quién aguantaba más bebiendo. Una hechicera Túnica Roja sostenía una acalorada discusión acerca de Sargonnas con un minotauro. Había niños corriendo entre las mesas, entretenidos en juegos de peleas y persecuciones. El resto del almacén se perdía en las sombras, por lo que Usha no alcanzó a ver qué había.

Nadie la miró. Nadie le prestó la menor atención. Pensando que no vendría mal impresionar a su futuro patrón, añadió:

—Mi nombre completo es Usha Majere. Soy hija de Raistlin.

—Sí —dijo Lin Geoffrey—. Y yo soy su madre. —Escupió en el suelo.

Usha lo miró fijamente, desconcertada.

—Perdón, ¿qué has dicho?

—¡La hija de Raistlin! —El ladrón soltó una risotada desagradable—. Es lo que dicen todas. Me vinieron tres el año pasado, afirmando eso mismo. —Su voz se endureció y sus ojos de comadreja se tornaron fríos, incisivos—. ¿Quién eres en realidad? ¿Una espía? —En un visto y no visto, una daga apareció en su mano—. Aquí nos ocupamos de los espías rápidamente, ¿verdad, hermanos?

Los otros miembros del gremio se pusieron de pie. De las botas salieron dagas, y las espadas de sus vainas. Palabras de conjuros y plegarias entonadas crepitaron en el aire, acompañadas por el extraño zumbido de una jupak girando.

Usha retrocedió a trompicones hasta chocar en la puerta cerrada y atrancada. Dougan interpuso su corpulenta persona entre la muchacha y el jefe del gremio. El enano levantó la bolsa de dinero.

—Me conoces, Lin Geoffrey. ¿Es que piensas que iba a traer aquí a una espía? Así que la chica afirma ser hija de Raistlin Majere —Dougan parecía algo nervioso por esta posibilidad y miraba a Usha por el rabillo del ojo, pero continuó animosamente—: ¿Quién puede decir lo contrario? ¿Cuántos de vosotros —dirigió una mirada ceñuda, de censura, a todos los reunidos— podéis afirmar bajo juramento quién fue vuestro padre?

Por los murmullos y los asentimientos de cabeza que se produjeron a su alrededor, la mayoría parecía considerar el argumento del enano válido. La abultada bolsa de dinero, con su agradable tintineo de monedas de acero, añadía peso a su razonamiento.

—Lo siento si me he precipitado un poco, muchacha —dijo Lin, y la daga desapareció de su mano de manera tan rápida y misteriosa como había aparecido—. Soy muy susceptible y tengo un temperamento muy nervioso. —Se volvió hacia Dougan—. La tomaremos de aprendiza, en las condiciones habituales. ¿Para qué quieres que se la adiestre?

—Para un trabajo especial —contestó Dougan evasivamente.

—¿Qué tipo de trabajo, enano? —Lin había fruncido el entrecejo.

—Eso es algo que no te hace falta saber —replicó con brusquedad Dougan—. Te estoy pagando para que la adiestres. No hay más que hablar.

Lin no se habría mostrado tan dispuesto a ceder si la bolsa de dinero no hubiera abultado tanto, pero en este caso se limitó a contestar, ceñudo:

—Al gremio le corresponde su parte, no lo olvides.

Dougan miró a la gente que estaba a su alrededor, observando. Sobre todo se fijó en los niños. Su expresión severa se suavizó. Se quitó el sombrero con su elegante pluma y lo sostuvo sobre su pecho, como si estuviera haciendo un juramento.

—Si tenemos éxito, todos vosotros participaréis, os lo prometo. Si fracasamos, no habrá reproches para nadie. —Suspiró, y por un instante pareció abatido.

Lin cogió la bolsa del dinero con destreza.

—Tenemos un trato —dijo—. ¿Qué le enseñamos? ¿Mangar? ¿Sablear? ¿Timar? ¿Manejo de ganzúas? ¿Servir de cebo?

Dougan y él hicieron un aparte en un rincón y enseguida entablaron una conversación reservada.

Usha encontró una silla y una mesa vacía y tomó asiento. Un niño harapiento le trajo un plato de estofado y una jarra de cerveza. La muchacha comió con apetito. Sólo había una sombra que enturbiaba su bienestar: la preocupación por la suerte corrida por Palin. Pero el corazón de la juventud siempre es optimista, sobre todo cuando ese corazón ha experimentado las primeras congojas dolorosamente dulces del amor.

«Los dioses no habrían hecho que nos encontráramos si tuvieran intención de separarnos de manera tan cruel», pensaba Usha con un convencimiento tan firme que decía mucho en favor de su fe, ya que no de su conocimiento de la cruda realidad.

Recién comida, Usha se sentía relajada y contenta con la nueva situación. A pesar de la forma grosera de hablar de esta gente, a pesar de su extraña y siniestra apariencia, Usha ya no les tenía miedo.

No había entendido muy bien lo que iban a enseñarle, pero habían hablado de servir de cebo, de timar —que debía de estar relacionado con timones—, y de ganzúas, que sin duda serían una especie de anzuelos.

Estas personas se dedicaban a la pesca, naturalmente.